U0097310

古典詩歌研究彙刊

第七輯

龔鵬程 主編

第 2 冊

韓愈詩歌唐宋接受研究

曾金承 著

國家圖書館出版品預行編目資料

韓愈詩歌唐宋接受研究／曾金承 著 — 初版 — 台北縣永和市：
花木蘭文化出版社，2010〔民99〕
序6+ 目 4+274 面；17×24 公分
（古典詩歌研究彙刊 第七輯；第 2 冊）
ISBN　978-986-254-117-3（精裝）
1.（唐）韓愈　2. 學術思想　3. 詩評
851.4417　　　　　　　　　　　　　　　　　99001713

ISBN - 978-986-254-117-3

9 789862 541173

古典詩歌研究彙刊
第七輯　第二冊　　　　　　ISBN：978-986-254-117-3

韓愈詩歌唐宋接受研究

作　　　者　曾金承
主　　編　龔鵬程
總 編 輯　杜潔祥
出　　　版　花木蘭文化出版社
發 行 所　花木蘭文化出版社
發 行 人　高小娟
聯絡地址　台北縣永和市中正路五九五號七樓之三
　　　　　　電話：02-2923-1455／傳眞：02-2923-1452
網　　　址　http://www.huamulan.tw 信箱 sut81518@ms59.hinet.net
印　　　刷　普羅文化出版廣告事業
初　　　版　2010 年 3 月
定　　　價　第七輯 20 冊（精裝）新台幣 28,000 元

韓愈詩歌唐宋接受研究

曾金承　著

作者簡介

曾金承，民國六十一年生於彰化縣濱海的小漁村。南華大學文學碩士，淡江大學中國文學博士，研究領域為古典詩詞、中西文學理論，並創作古典詩詞以自娛。先後任教於淡江大學中文系、南華大學文學系及嘉義大學中文系等，開授「昭明文選」、「五代詞」、「李杜詩」、「蘇辛詞」等課程。著有《漢〈鼓吹鐃歌〉十八曲研究》、《韓愈詩歌唐宋接受研究》，以及參與周彥文教授主編《中國學術史論》之撰述。

提　　要

　　韓愈的研究，傳統上都圍繞在「文」與「道」的議題為主，至於其詩歌的研究較為晚出，數量也不如韓文。晚近雖然在質量方面均有所提昇，但主要的研究議題與方法還是圍繞在傳統的研究方法與範疇，如韓愈的身世與仕宦生涯對他的詩歌創作之關係、社會文化思想與韓詩之關係、韓愈詩歌與個人文、道主張之關係等，雖頗有用功精深之作，但在方法上卻未有突破。因此，本文採取歷史的縱向與橫向的觀察，期望能由接受的角度，經由讀者主動的立場與判斷，勾勒出韓愈詩歌在唐宋的發展圖像。

　　本文共分六章：

　　第一章為緒論，說明寫作緣由與動機，檢討前人的相關研究之得失，並論述寫作方法與接受美學在本文的使用說明。第二章討論韓愈詩歌的創作技巧、思想與藝術特徵，目的在於對韓愈詩歌的「本文」特徵定調，以作為接受的「本文」基礎，而給予之後接受者有一個可以進入「期待視野」並進行評價的對象。第三章討論中唐社會環境與韓愈詩歌的研究，主要集中在韓愈從事文學活動的前後時期之社會現象的分析，藉以建構一個中唐的「期待視野」，並進行韓詩效果史的研究。然而本時期韓詩的發展條件尚未成熟，接受現象並不普遍。第四章討論晚唐五代社會文化環境與韓愈詩歌的接受，本章在方法上同於第三章，但在社會文化與政治現實的轉變下，促使韓詩有了更大的接受空間與條件，本章可視為韓詩接受的轉折期。第五章討論宋代的文化環境與韓愈詩歌接受，在宋代對道統重建的殷切期盼下，韓詩夾雜「道」的內涵為根基，不斷在爭論中被深化與接受，並對宋代學術產生深厚的影響，可謂韓詩接受的高峰期。第六章為結論，總結本文的研究成果與提出韓詩接受研究的未來展望。

　　本文期望能由接受的角度，經由讀者主動的立場勾勒出韓愈詩歌在唐宋的的發展圖像。本文除了希望透過韓愈詩歌的接受，觀察各時期韓詩地位的變化外，也期待韓詩的接受像是一面多角的菱鏡，能從中折射、反應各時期的詩歌主流風貌，所以本文除了針對韓詩的接受討論外，也用了許多篇幅比較韓詩與其他詩歌在同一個時空環境下的接受情況，將文學史還原。

目

次

自　序

　　撰寫論文是一場孤獨的冒險，長時間把自己關在書房中，資料一篇篇比較、分析；一字一字慢慢檢索、輸入；深恐一字之差，造成全面性的誤解，箇中滋味，非親歷者不能盡嚐。猶記得擬定綱要後，戰戰兢兢地連同第一章交給李正治老師，只見他悠閒的點起一根菸，逐字緩緩閱讀，看著老師將文稿與眼睛的距離拉得老遠，突然發覺這像是時間的延伸線……。

　　當年第一次與李老師相遇，是在淡江校園旁「動物園」的屋頂。那夜，一群人談了很多理想，喝了不少酒，唱了許多歌，酒酣耳熱之際，大家鼓動正治老師吟詩。李老師也不推辭，席地而坐，緩緩吟出杜甫的〈贈衛八處士〉：「人生不相見，動如參與商。今夕復何夕，共此燈燭光……」說真的，二十歲的我，無法體會杜甫在動亂中那種生離死別的不安與無奈，只是不明白在這樣一個歡聚的場合，老師怎會吟出這種亂離之調。而今，十七年過去了，當年夜聚的朋友早已四散，現實的壓力，早已摧垮了大家的年少的壯志，我也為了生活，奔波於南北，開門所見先有七件事，至於讀書做學問，已然列於其後。雖然進修博士時重回淡江，也曾再度造訪「動物園」，那曾住過的廂房已改成咖啡館，然而門扉緊掩；舊時承載歡樂與哀愁的鞦韆也已毀壞，靜靜斜臥一旁。最令我訝異的是當然年手植的樟樹，已經高於屋頂，

很難與當時三寸的幼苗在想像上繫連,「木猶如此,人何以堪?」桓溫的感慨,響亮的共振於心。此時,耳邊響起的是正治老師所吟的「明日別山岳,世事兩茫茫」,原來,我們這一輩人的「亂」來自心理,「離」來自現實,大家都有聯絡方式,但礙於生活的忙亂與志氣的消散,只好任由時間割裂一切的情誼。

此時,和老師相對而坐,心中有些忐忑,也有些感傷,歷經多年的風霜,當年的夥伴有的早已屈就於現實,或是以皓首窮經做為逃脫之途。而正治老師依然堅持著崗位,燃燒著理想,時時站在歷史的高度,對當下的庸俗與庸碌,給予一針見血的批判。然而,高處不勝寒,這些年他也飽受批評與責難,縱然如此,他心中的火一直沒有熄滅。「這樣可以,就接著寫下去吧。」原本做了重寫或大幅度修改的心理準備,被老師平淡的言語給打亂了,反而不知如何答話。從小就聽從老師指導,而今我的指導教授沒有給我指導的意見,一時之間,卻不知道以後該如何寫下去。老師似乎看出了我的心事,微笑道:「讀到博士了,該有獨立研究的能力了。」是的,從當年大學的新生,到現在結婚生子,怎麼在老師面前都是同一個樣子與心態?我怎麼沒有注意到時間的流逝與成長的速度是否一致?也許被正治老師照顧慣了,反而覺得理所當然,我想,該是證明自己成長的時候了。

原本選定韓愈作為研究的對象,是出自一個很叛逆的理由:從高中開始,我就不欣賞韓愈,他既無李白的浪漫俠義,也無杜甫的溫柔敦厚,甚至覺得他的〈祭十二郎文〉過於矯情。正好有一位同事告訴我:作學位論文是一種折磨,論文完成後,大概就不會想去碰它了,原本喜歡的議題,也會因為寫作的壓力轉而排斥。於是,抱著未來排斥也無所謂的態度,選擇了韓愈詩歌做為研究對象。

然而,在研讀史料、比對相關資料後,逐漸發掘出韓愈的其他面向,他忠於自己、忠於國家、更忠於自己的文學理念。他的確為了仕途而投書尋援,不過這是唐代文人普遍的行為;韓愈上書諫迎佛骨以致「一封朝奏九重天,夕貶潮陽路八千」,但他表現的卻不是無怨無

悔，而是到了潮州立即上表謝恩，這是一種認錯求憐嗎？不是的，唐宋遭貶謫的官員，到了任所後，是有上表謝恩的慣例。凡此種種，在研究過程中一一解開，對於韓愈，也有著更深入的認識，這一段歷程，不僅在學術上受用，在人生的分際與拿捏中，也是如此。

論文眞正寫作時間不長，大部分時間都是在蒐集、閱讀資料，和唐、宋文人為伍，細細品味他們的思想與哲理；也在地圖中尋訪韓愈一生的蹤跡。尤其是夜深人靜，一個人在孤燈下陪伴韓愈踏入潮州之地，詩人在茫茫天地之間攜著家眷走投南荒，不知明日將面對何景何物時，除了同情之外，彷彿喚起了童稚時的片斷影像，與之疊合……

家鄉是一個濱海的小村，土地貧瘠，俗謂「風頭水尾」，不利於耕種。約莫我二、三歲左右，就長年隨著父母與村民南下幫傭，依稀記得，一群人常常在星空下擠在舊式卡車的車斗上，一路顛頗，我總是在母親懷中仰望滿天寒光的星斗，而後進入夢鄉。醒來後，或在田埂邊、或在暖和的爐灶邊、或在無人的木板床上。有時可以直接坐在田埂上尋找父親割稻的背影；有時眩眩望著忙著為工人做早餐的母親；有時對著陌生的窗景嚎啕大哭。我們像是遊牧民族，一處收割完成，隨即趕往下一處；稻子收割完了，就替人採收甘蔗，也許大人們心中都很踏實，但對於年幼的我，卻常常必須擔心明朝醒來身在何處。我很幸運，雖然為了生活必須時時驛動，但畢竟是生在一個承平的時代，韓愈的苦，我無從體會，但幼時顛沛的生活，一直深埋於心靈深處，所以當觸及韓愈被貶謫的痛苦時，三十幾年前揪在內心的線頭，又被理出來了。

當我對韓愈有更多的認同與相契後，就決定援筆寫作。在我給正治老師過目綱要及第一章後的一年半，終於鼓起勇氣跟老師說：「我今年要畢業。」他微微遲疑，隨即轉為平淡地說：「剩下兩個多月，拼拼看吧。」之後，我全力趕稿，每週與老師見面討論時，總是帶著厚厚的一疊初稿，正治老師也「全力配合」，總能及時看完，並適時給我關鍵的指導。原本以為一切進度都在掌握之中，不料小女沛穎提

早在我交稿前五天報到，小傢伙的出生，打亂了原本緊湊但尚稱的穩健的步驟。為了讓我專心撰寫論文，妻偕著剛出生的女兒回娘家坐月子，就讀幼稚園的兒子胤翔就由我照顧。說到照顧，內心就充滿不捨與內疚，那時忙著到處兼課，每天也必須撥空回娘家探望妻女，其餘時間都埋首撰文。兒子跟著我其實是很孤單的，想運動時，也只能自己對著圍牆投球；沒有床頭故事，睡前自己播放 CD 聽故事入眠。深夜感到疲倦時，就到房間巡視，幫他蓋被子。有一次輕撫他的小腿，發現他的膝蓋處貼著透氣膠帶，膠帶上滲著已然乾硬的黑色血漬，內心泛起一陣酸楚與自責：這孩子知道我忙碌，受了傷也不讓我知道，我的眼中只有遠在中唐的韓愈，卻忽略了近在眼前的稚子，但是時間真的緊迫，只好暫時委屈他了。正治老師知道我的難處，還特別與承辦助教商討，盡量將我的口試往後排，原本我還在慶幸運氣不錯，多了很多時間修補論文，後來才從助教口中得知一切原委，對老師真是既感激又抱歉，為了我的私事還勞動他為我張羅、安排。

我生性愚魯，上天卻待我不薄，求學期間承蒙師長不以愚鈍見棄，正治老師的提點自是不在話下，高柏園老師身兼副教長，公務本已忙錄，又必須在電話的那端不厭其煩的給我指示。論文初審時，李建崑教授細心指正許多疏漏之處，口試時又對我多所鼓勵；口考委員陳慶煌教授對韓詩的細部解讀讓我在理解的層次有更高的進境；崔成宗教授用心指正韓詩的藝術價值等問題，口試後還將他精心研讀的心得與疑闕之處提供給我作為修正時的參考；王基倫教授一眼看穿我對韓愈的偏見，提出了「同情的理解」作為我思考、研究韓詩的正向態度，讓我對韓愈詩歌有新的理解視野。陳昱志學長時時督促我的進度，並在適當的時機扮演心靈導師的角色，每當思竭慮乏時，就躲到他的研究室，喝著那來路不名的茶，聊著不著邊際的話題，看似無用卻有大用，貌似無為實則無不為，原本困慮的心思，往往因短暫的精神跳脫而滌靜、理清。怡潔等人在百忙中放下公事，幫我製作 PDF檔，讓論文如期付梓；裕超同學時時給我鼓舞，甚至提供金援，頗有

古代俠義之風。

最後，感謝我的家人，他們是我邁向學術之途的後盾。年邁的父母為了讓我專心撰寫論文，家中的勞動事務都默默扛下，母親更是處處求神許願，祈求我的論文順利完成。這些年來，家務與經濟都由妻子承擔下來，是她讓我無後顧之憂的完成學業，尤其是在那些南北奔波的日子裡，常常一週有五天在外，是她默默守著這個家，教養著孩子，無怨無悔的支持著我。

讀了近三十年的書，終於擺脫學生的身分了。然而，旻志學長說：「且勿喜，這只是第一本，往後還多著呢。」正治老師訓示曰：「真正做學問是從現在開始。」回首前塵，近二十年的中文學習歲月悄然而逝，故舊知己像分道揚鑣的行船者，但願在每個轉運的碼頭能再次相會，彼此都能有著充實的旅程與滿艙的豐收。往前走吧，前方的路還很長。

第一章　緒　論

第一節　問題之擬議

　　韓愈其人、其事、其作一直是歷代學者討論的重點。韓愈的身世坎坷，襁褓之年即喪母，幼時又失怙，童年即由兄長韓會撫養，之後又隨兄嫂南貶嶺南。韓愈十三歲時，韓會卒於韶州，遂與侄子老成從嫂鄭氏歸葬家鄉河陽。成年後的仕宦之途亦不順遂，在〈上宰相書〉中自稱：「四舉於禮部乃一得，三選於吏部卒無成。」〔註1〕其間為了出仕展開多方干謁，並三次向宰相上書，都如同石沉大海。最後才於貞元十二年（796）任汴州刺史、宣武節度使董晉的觀察推官，自此正式展開二十七年的宦海浮沉生涯。

　　韓愈從出仕前的干謁、上宰相書等行為到正式從政期間，曾作詩讚揚宦官俱文珍「奉使羌池靜，臨戎汴水安。沖天鵬翅闊，報國劍鋩寒。」〔註2〕在上憲宗〈諫迎佛骨表〉而被貶潮州後，立刻以表「哀謝」憲宗之恩，「以臣為潮州刺史，既免刑誅，又獲祿食，聖恩寬大，

〔註1〕韓愈著、馬其昶校注、馬茂元整理：《韓昌黎文集校注》（上海，上海古籍出版社，1998 年），頁 155。

〔註2〕韓愈：〈送汴州監軍俱文珍〉，錢仲聯編：《韓昌黎詩繫年集釋》（台北，學海出版社，1985 年），頁 42。

天地莫量，破腦刳心，豈足爲謝！」〔註3〕之後又與僧徒如大顛、穎師等人相交往。如此種種反覆的行爲，皆引人非議。甚至韓愈的死因也引起後人的爭論：韓愈病卒之因，未見於其行狀、碑、志，之後的舊、新《唐書》均未述及。然以其父兄之早逝，韓愈卒於五十七歲亦非短壽，故視其衰老以終當無可議之處。然而，白居易〈思舊〉詩云：「退之服硫黃，一病訖不痊。微之鍊秋石，未老身溘然。」〔註4〕將韓愈的死因指向服食硫磺，又引發了一場千年未休的筆仗。〔註5〕

　　韓愈的一生充滿爭議與矛盾，也具有幾分的神祕色彩，就如同他的作品一般，令人難以輕易接受與明瞭，他在〈與馮宿論文書〉中云：

> 僕爲文久，每自則意中以爲好，則人必以爲惡矣。小稱意則人亦小怪之，大稱意即人必大怪之也。時時應事作俗下文字，下筆令人慙，及示人，則人以爲好矣。小慙者亦蒙謂之小好，大慙者即必以爲大好矣。不知古文直何用於今世也，然以竢知者知耳。〔註6〕

韓愈也知道他的古文作品不爲當世所接受，另一方面也深具自信的認爲後世必有「知者」。他在另一封〈答劉正夫書〉亦言：

> 夫百物朝夕所見者，人皆不注視也，及睹其異者，則共觀而言之。夫文豈於是乎？漢朝人莫不能爲文，獨司馬相如、太史公、劉向、揚雄爲之最。然則用功深者，其收名也遠。

〔註3〕韓愈著、馬其昶校注、馬茂元整理：《韓昌黎文集校注》（上海，上海古籍出版社，1998年），頁617～618。

〔註4〕白居易：〈思舊〉，轉引自吳文治編：《韓愈資料彙編》一（北京，中華書局，2004年），頁15。

〔註5〕韓愈是否服食硫磺而死，自從白居易的〈思舊〉詩提出後，爭論不斷。宋人孔平仲在《孔氏雜說》卷一以及陳師道《後山詩話》均有譏評；相對的，反對這種論調的人，則提出韓愈逝世前半年左右，皆與韓愈相處的張籍所寫的〈記退之〉一詩證明韓愈從生病到死亡的過程都是很平常的過程，更無服食硫磺治病之事。所以，關於韓愈是否有服食硫磺而死之事，至今尚無定論。

〔註6〕韓愈著、馬其昶校注、馬茂元整理：《韓昌黎文集校注》（上海，上海古籍出版社，1998年），頁196。

若皆與世沈浮，不自樹立，絕不爲當時所怪，亦必無後世
之傳也。足下家中百物皆賴而用也，然其所珍愛者，必非
常物。夫君子之於文，豈異於是乎？今後進之爲文，能深
探而力取之，以古聖賢人爲法者，雖未必皆是，要若有司
馬相如、太史公、劉向、揚雄之徒出，必自於此，不自於
循常之徒也。若聖人之道，不用文則已，用則必尚其能者，
能者非他，能自樹立，不因循者是也。有文字來，誰不爲
文，然其存於今者，必其能者也。顧常以此爲說耳。〔註7〕

韓愈認爲古代文章用功深者，必然不與世浮沉，並且能自樹一格。這
樣的作品雖爲當時所怪，但必能傳之後世。韓愈更舉日常生活中的例
子，說明只要是「非常物」，必受珍愛，所以他認爲作文章不應異乎
此，並引司馬相如、司馬遷、劉向、揚雄等人爲證。

　　而他推行「古文」以抗「時文」，並「亢顏爲師」，成立了師友
集團〔註8〕共同推行古文，雖爲時人所謗，甚至於譏其「以文爲戲」、
「駁雜無實」等，但仍不能阻擾其決心，因爲他一直相信後世必有
肯定者。誠如韓愈自己所預言，到了宋代，他成了蘇軾筆下「文起
八代之衰，道濟天下之溺」的古文宗師。

　　韓愈的詩歌也同樣走不隨流俗的路數，以「奇險」、「晦澀」爲基
調，突出強烈的個人色彩，結果卻比古文更不爲人所好。也因爲不爲

〔註7〕　韓愈著、馬其昶校注、馬茂元整理：《韓昌黎文集校注》（上海，上
　　　　海古籍出版社，1998 年），頁 206～208。
〔註8〕　所謂「師友集團」，是韓愈刻意連結而形成的團體，並以韓愈爲中心
　　　　的文藝團體，成員主要爲韓愈的學生、朋友。姜劍雲說：「他『不顧
　　　　流俗，犯笑侮收招後學』（柳宗元〈答韋中立論師道書〉），表明了他
　　　　愛才惜才：『韓愈引致後進，爲求科舉，多有投書請益者』（《唐國史
　　　　補》卷下），……不過，有一點非強調不可，即出入『韓門』者未必
　　　　皆爲『韓門弟子』。怪奇派詩人中多數乃韓愈學生；但也有朋友兼學
　　　　生的，例如李翱、煌甫湜；還有的就只能稱作朋友，例如盧仝、孟
　　　　郊，……韓愈又始終是怪奇詩派的旗幟，他的創作成就巨大，影響
　　　　顯著，登高一呼，應者紛至沓來。無論是學生還是朋友，都主要以
　　　　『韓門』爲『沙龍』，太討人生和藝術。」詳見姜劍雲：《審美的游
　　　　離──論唐代怪奇詩派》（北京，東方出版社，2002 年），頁 81。

當世所好,所以影響的範圍與層面並不大。且相較於古文,韓愈對詩歌的態度顯得隨性許多,在〈和席八十二韻〉中,韓愈自稱「多情懷酒伴,餘事作詩人。」﹝註9﹞因此,後世雖然對韓詩多有高度評價,歷史上有「韓孟詩派」、「怪奇詩派」或「險怪派」之稱,現代學者李建崑先生並集其師友集團而合稱之為「韓孟詩人集團」,﹝註10﹞詩派當中的核心人物即為韓愈、孟郊。然而,韓愈雖然與孟郊交好,並有相當多的詩歌以及「聯句」唱和,但在中晚唐人的眼中,韓愈的詩歌是不如孟郊的。唐・李肇《唐國史補》卷上云:

> 元和已後,為文筆則學奇詭于韓愈,學苦澀于樊宗師。歌行則學流蕩于張籍。詩章則學矯激于孟郊,學淺切於白居易,學淫靡于元稹,俱名為「元和體」。大抵天寶之風尚黨,大歷之風尚浮,元和之風尚怪。﹝註11﹞

李肇標舉出元和時期的文學特徵為「尚怪」,並且指出元和體中尚怪的兩個主要文類:文筆與詩歌。然而韓愈的詩雖然亦屬險怪,但在晚唐人的眼中,還是較為重視他的古文,所以稱韓愈之怪在於「文筆」,而李肇也只談他的文而不論其詩。另外,趙璘《因話錄》也說:

> 韓文公與孟東野友善,韓公文至高,孟長於五言,時號「孟詩韓筆」。﹝註12﹞

韓愈對自己古文在後世必有賞識之人的推測,於中晚唐逐漸應驗。但他的詩在元和時代起評價就不如元白,甚至於在所謂的「韓孟詩人集團」中,韓愈的詩歌在中晚唐人的眼中並不如孟郊,遂有「孟詩韓筆」之說。

﹝註9﹞ 錢仲聯編:《韓昌黎詩繫年集釋》(台北,學海出版社,1985年),頁962。

﹝註10﹞ 李建崑在《韓愈詩探析》中,將提出「韓孟詩人集團」之看法與說明,並獨列〈韓孟詩人集團之詩歌唱和研究〉一節,收於附錄之中。詳見李建崑:《韓愈詩探析》(台北,臺灣師範大學國文研究所博士論文,1992年)。

﹝註11﹞ 李肇:《唐國史補》卷下(上海涵芬樓影印本,1922)

﹝註12﹞ 趙璘:《因話錄》卷三(清康熙間(1662～1722)振鷺堂重編補刊本)

　　由「孟詩韓筆」之說而下，直到唐宋八大家的地位確立之前，韓愈的古文在宋代就已經被推崇備至，並影響整個宋代文壇，歐陽脩〈記舊本韓文後〉云：

> 是時天下學人，楊、劉之作，號為時文，能者取科第、擅聲名，以夸榮當世，未嘗有道韓文者。……因取所藏韓氏文複閱之，則喟然嘆曰：「學人當至於是而止爾！」因怪時人之不道，而顧己亦未暇學，徒時時獨念於予心。以謂方從進士干祿以養親，苟得祿矣，當盡力於斯文，以償其素志。〔註13〕

歐陽脩在年少時就對韓文情有獨鍾，只是當時的文壇風氣並不流行古文，所盛者乃是以楊億、劉筠等人所代表的「時文」，擅長這種時文者在於將有利於追求科場之功名，所以歐陽脩也「從善如流」，先將韓文擱下，等待他日登科入仕，再盡力於古文，「以償其素志」。歐陽脩說明他對韓文的鍾情早原於年少之時，但屈就現實環境，所以未能早學韓文，之後進士及第，遂能專心推展古文：

> 後七年，舉進士及第，官於洛陽，而尹師魯之徒皆在，遂相與作為古文。因出所藏《昌黎集》而補綴之，求人家所有舊本而校定之。其後天下學人亦漸漸趨於古，而韓文遂行於世。至於今，蓋三十餘年矣，學者非韓氏不學也。可謂盛矣。……韓氏之文，沒而不見者二百年，而後大施於今。此又非特好惡之所，蓋其久而愈明，不可磨滅，雖蔽於暫而終耀於無窮者，其道當然也。（同上註13）

歐陽脩的這一段記述，關鍵性的記錄了韓愈古文由「未嘗有道韓文者」到歐陽脩的大力推廣與用心補綴、校訂《昌黎集》之後，造就「學者非韓氏不學也」的三十餘年歷程，自此以後，經由韓愈所崇尚與實踐的古文在歐陽脩的推動之下，遂成為中國的文學史上的一門顯學。歐陽脩在〈記舊本韓文後〉中所謂「其久而愈明，不可磨滅，雖蔽於暫而終耀於無窮」，也呼應了韓愈在〈與馮宿論文書〉以及〈答劉正夫

〔註13〕歐陽脩：《居士外集》卷二十三，收錄於楊家駱主編：《歐陽脩全集》（上）（台北，世界書局，1991年），頁536。

書〉對自己古文將在後世有「知音」的預說。

另外，蘇軾〈潮州韓文公廟碑〉有以下之評價：

匹夫而為百世師，一言而為天下法，是皆有以參天地之。關盛衰之運。……自東漢以來，道喪文弊，異端並起。歷唐貞觀、開元之盛，輔以房、杜、姚、宋而不能救。獨韓文公起布衣，談笑而麾之，天下靡然從公，復歸於正，蓋三百年於此矣。文起八代之衰，道濟天下之溺。忠犯人主之怒，而勇奪三軍之帥。此豈非參一天地，關盛衰，浩然而獨存者乎？〔註14〕

蘇軾對韓愈的古文稱譽，不僅從「文」的角度切入，更深入的宣揚韓文所肩負的「道統」責任，從文、質兩方面肯定韓文之價值與影響，韓愈在古文家的宗師地位，可謂確定。

相較於韓愈的古文之發展與影響，韓愈詩在後世的評價與發展雖有類似歷程，但卻「延遲」了許久。韓愈雖然預測自己的古文將在後世有知音，但他卻早已有論學古文的師友集團，並在當時具有一定的影響力。相對的，韓愈的詩歌有其自謂「多情懷酒伴，餘事做詩人」之說，此乃對其詩作的消極態度與「餘事」的看法，顯見個人的重視程度大不如其古文。

中、晚唐文學史的發展也映證韓愈的態度與看法，「孟詩韓筆」的既定觀念一直延續下去，所以中、晚唐的文人少有論及他的詩作的，更遑論能多有肯定之評價。〔註15〕當中較早給予高度評價的當推

〔註14〕蘇軾：《蘇東坡全集·後集》第十四卷（台北，河洛圖書出版社，1975年），頁627。

〔註15〕關於此以時期對韓詩評論者，有王建〈寄上韓愈侍郎〉：「重登太學領儒流，學浪詞鋒壓九州。不以雄名疏野賤，唯將直氣折王侯。詠傷松桂青山瘦，取盡珠璣碧海愁。敘述異篇經摁別，鞭驅險句物先投。碑文合遣貞魂謝，史筆應令諂骨羞。清俸探將還酒債，黃金旋得起書樓。參來擬設官人禮，朝退多逢月閣遊。見向雲泉求住處，若無知薦一生休。」但本詩並非單獨針對韓愈詩而發，而是多面向由「詠」（詩）、「序述」、「碑文」、「史筆」等文體綜而敘之。當中評韓詩句：「詠傷松桂青山瘦，取盡珠璣碧海愁」正是針對他的險怪詩

晚唐的顧陶：

> 國朝以來，人多反古，德澤廣被，詩之作者繼出，則有李、
> 杜挺生於時，群才莫得而問；其亞，則昌齡、伯玉、雲卿、
> 千運、應物、益、適、建、況、鵠、當、光羲、郊、愈、
> 籍、合，十數子。挺然頹波間，得蘇、李、劉、謝之風骨，
> 多爲清德之所諷覽，乃能抑退浮僞流豔之辭，宜矣。〔註16〕

顧陶將韓愈的詩與王昌齡、陳子昂等人並列而視之，以爲居李、杜之
亞，也就是將韓愈的詩提高到唐朝詩歌史上的第二級之地位。並且認
爲韓愈等人的詩歌有「蘇、李、劉、謝之風骨」，也就是陳子昂所謂
的「漢魏風骨」，〔註17〕有復古之風，並足以退六朝以下「浮僞流豔」
之詩風。然顧陶此處所言，雖有肯定韓愈之詩有復古之傾向，並足以
對抗前朝淫靡之作。但因非針對韓愈一家而言，其所敘又籠統，故尚
未確切突出韓詩的獨到之處。

　　正式將韓愈的詩才與文筆並重者，當推晚唐的司空圖。司空圖不
僅肯定韓詩之特質，並有較深入且具體論及韓詩之特色與價值，他在
《題柳柳州集後》云：

> 金之精麤，效其聲皆可辨也。豈清於磬而渾於鐘哉。然作
> 者爲文爲詩，格亦可見，豈當善於彼而不善於此耶？愚觀
> 文人之爲詩，詩人之爲文，始皆繫其所尚，既專，則搜研

風而論。之後賈島有〈攜新文詣張籍韓愈途中成〉：「袖有新成詩，
欲見張、韓老。青竹未生翼，一步萬里道。仰望青冥天，雲雪壓我
腦。失卻終南山，惆悵滿懷抱。安得西北風，身願變蓬草。地只聞
此語，突出驚我倒。」賈島在本詩中是將韓愈視爲論詩之友，欲取
「新詩」示韓愈、張籍。除了肯定彼此之間的友誼之外，也有肯定
韓愈的詩才，否則何須以詩示之？但本詩僅可推知賈島肯定韓愈之
詩才，但並無相關韓詩評價之討論。

〔註16〕顧陶：〈唐詩類選序〉，收錄於《文苑英華》卷七一四（台北，大化
　　　　書局，1985年），頁1681。

〔註17〕陳子昂：〈與東方左史虬修竹篇序〉：「文章道弊五百年矣！漢魏風骨，
　　　　晉宋莫傳，然而文獻有徵者。僕嘗暇時觀齊梁間詩，採麗競繁而興寄
　　　　都絕，每以永歎，思古人常恐逶迤頹靡，風雅不做，以耿耿也。」陳
　　　　子昂：《陳伯玉文集》卷一（明弘治四年（1491）射洪楊澄刊本）。

愈至，故能炫其工於不朽，亦猶力巨而鬭者，所持之器具
各異，而皆能濟勝以爲勍敵也。愚常覽韓吏部歌詩數百首，
其驅駕氣勢若掀雷扶電，撐抉於天地之間，物狀奇怪，不
得不鼓舞而徇其呼吸也。〔註18〕

司空圖以爲韓愈之文，筆力雄渾，再視其詩，發現亦不遑多讓，依舊
保有韓文之基調，氣勢雄偉，想像奇絕，刻畫險怪，令人難以企及。
也是對韓詩中所展現的氣勢、想像、險怪等風格給予正面的評價。司
空圖的評價，也奠定了此後對韓詩風格的基本看法。

　　進入宋代以後，學者對韓愈詩有極端的兩面評價，如梅堯臣將
李、杜、韓三家詩名並列，梅堯臣〈讀邵不疑學士詩卷杜挺之忽來因
出示之且伏高致輒書一時之與以奉呈〉：

作詩無古今，唯造平淡難。譬身有兩目，瞭然瞻視端。邵
南有餘風，源流應未殫。所得六十章，大小珠落槃。光彩
若明月，射我枕席寒。韓香視草郎，下馬一借觀。既觀坐
長歎，復想李、杜、韓。願執戈與戟，生死事將壇。〔註19〕

梅堯臣所代表的是宋人尊韓詩一派，將韓愈詩的地位提高到與李、杜
並稱，也就是詩人地位之極了；另外也有極度貶低韓愈詩歌者，甚至
於認爲他的詩作是「押韻之文」，將之逐出詩歌的門戶，釋惠洪《冷
齋夜話》有如下的爭議之記載：

沈存中、呂惠卿吉甫、王存正仲、李常公擇，治平中，在
館中夜談詩。存中曰：「退之詩，押韻之文耳，雖健美富贍，
然終不是詩。」吉甫曰：「詩正當如是。吾謂詩人亦未有如
退之者。」正仲是存中，公擇是吉甫，於是四人者，交相
攻，久不決。公擇正色謂正仲曰：「君子群而不黨，公獨黨
存中？」正仲怒曰：「我所見如是，偶同存中，便謂之黨。

〔註18〕見唐・司空圖：《司空表聖文集》卷二（吳興劉氏嘉業堂刊本，1914
　　　　年）。

〔註19〕梅堯臣：〈讀邵不疑學士詩卷杜挺之忽來因出示之且伏高致輒書一時
　　　　之與以奉呈〉，見《宛陵先生集》卷四六（台北，新文豐出版公司，
　　　　1979年），頁247～248。

則君非黨吉甫乎？」一座大笑。〔註20〕

如沈括、王存認爲將韓愈有健美富贍之特色，是文之所長，但欠缺詩的溫柔蘊藉之美，如果以傳統「詩賦欲麗」、「詩緣情而綺靡」的審美標準觀之，被貶爲「終不是詩」，也非厚責；另一方面也有極端擁護韓詩之雄美者，如呂惠卿、李常之輩，將之捧爲「詩人亦未有如退之者」。

從中、晚唐到兩宋，韓愈的詩歌都是在爭議中流傳、影響，當中影響韓詩流傳與接受最大的是歐陽脩。歐陽脩甚好韓詩，並以韓愈自比，視好友梅堯臣爲孟郊，也就是將二人之關係比爲韓孟。邵博在《邵氏聞見錄》有載：「聖俞謂子美曰：『永叔自要作韓愈，強差我作孟郊。』」〔註21〕另外在梅堯臣的〈依韻和永叔澄心堂紙答劉原甫〉詩中，也談到此事：

> 退之昔負天下才，掃掩眾說猶除埃。張籍盧仝鬥新怪，最稱東野爲奇瑰。當時辭人固不少，漫費紙札磨松煤。歐陽今與韓相似，海水浩浩山嵬嵬。石君蘇君比盧籍，以我擬郊嗟困摧。〔註22〕

由梅堯臣詩中自敘可知，歐陽脩不只將自己與梅堯臣比附爲韓愈、孟郊，並將石曼卿、蘇舜欽比爲盧仝、張籍，顯然有意模仿韓愈的師友集團，更可以說是歐陽脩對韓愈有深切的仰慕，故他主盟北宋文壇時，大力推行韓愈學術亦是必然。更因歐陽脩的地位高、影響深，所以韓愈的學術、人格之特徵，深深烙入宋代文人心目中。顧永新在《歐陽修學術研究》中云：

> 尊韓到了歐陽脩時已達極盛，學者、文士、儒者各取所需，都搬出韓愈作爲招牌，已形成一股強大的社會思潮。但是，

〔註20〕釋惠洪《冷齋夜話》卷二，轉引自吳文治編：《韓愈資料彙編》一（北京，中華書局，2004 年），頁 192。

〔註21〕《邵氏聞見錄》卷十八，轉引自：《歐陽脩資料彙編》（北京，中華書局，2004 年），頁 178。

〔註22〕梅堯臣著、朱東潤編年校注：《梅堯臣集編年校注》卷二十五（台北，源流出版社，1983 年），頁 800～801。

> 幾乎與讚譽聲雀起的同時，一些有思想、有識見的學者並
> 沒有隨波逐流、人云亦云，而是冷靜地、客觀地分析和理
> 解韓愈其人、其道、其文，實事求是，全面評說，……開
> 這種風氣之先的恰恰也是歐陽脩。〔註23〕

歐陽脩秉持了宋人務實重理性的思想風格，一方面爲韓愈的學術人格
大力推揚；另一方面又不失宋儒的本色，以理性的態度評判韓學。

　　歐陽脩的這種態度，與前文《冷齋夜話》中的館中夜談對照而看，
可以呈現此後宋代文人對韓愈評價之分歧因素。〔註24〕但就歐陽脩的
態度而言，他雖然也客觀的批判韓愈，〔註25〕但在主觀上他是肯定韓
詩的。這種大原則的肯定爲前提，卻又不盲從韓愈其人、其道、其文，
並以實事求是的態度去深究韓學，正是宋儒的一貫態度。也因爲正反
兩面不斷探索、研究，終使韓愈的研究盛於宋代，因爲歐陽脩以後的
文人大都對韓愈抱持大前提的肯定爲原則，而展開批判的行爲，也致
使韓愈的人格、學術地位奠基於宋代。正如閻琦所云：

> 韓詩真正的名不寂寞是在宋代。葉燮所謂「（愈）崛起特爲鼻
> 祖，宋之宋、梅、歐、蘇、王、黃，皆愈爲之發端」，〔註26〕

〔註23〕顧永新：《歐陽修學術研究》（北京，人民文學版社，2003 年），頁
　　　　64～65。

〔註24〕關於宋人對韓愈的分歧評價與爭議，本書中的第五章〈宋代文化環
　　　　境與韓愈詩歌接受〉中第二、三、四節均有討論。

〔註25〕如歐陽脩曾嘲貶韓愈的〈感二鳥賦〉：「愈嘗有賦矣，不過羨二鳥之
　　　　光榮，嘆一飽之無時爾。此其心使光榮而飽，則不復云矣。」歐陽
　　　　脩：《居士外集·卷二十三·讀李翱文》，收錄於楊家駱主編：《歐陽
　　　　脩全集》（上）（台北，世界書局，1991 年），頁 533。又，歐陽脩對
　　　　韓愈因諫迎佛骨而貶潮州之後，卻又立刻上了一篇幾近求饒，諂媚
　　　　阿諛的〈潮州刺史謝上表〉甚爲反感，曾在寫給尹洙的信上說：「又
　　　　常與安道（余靖）言：『每見前世有名人，當論事時，感激不避誅死，
　　　　真若知義者；及到貶所，則戚戚怨嗟，有不堪之窮愁形於文字。其
　　　　心歡戚，無異庸人，雖韓文公不免此累。』」《居士外集·卷一七·
　　　　與尹師魯第一書》，收錄於楊家駱主編：《歐陽脩全集》（上）（台北，
　　　　世界書局，1991 年），頁 491。

〔註26〕葉燮著、霍松林校注：《原詩》（北京，人民文學出版社，1998 年），
　　　　頁 8。

就是說，韓愈幾乎影響了整個宋代的詩風。近人陳衍《石遺
室詩話》（卷十八）也說：「昌黎則兼有清妙、雄偉、磊砢三
種筆意；北宋人多學杜韓，故工七言者多。」唐人於宋詩影
響最大的，自然要推杜甫，下來就要算韓愈，而韓愈的影響
主要在古詩上，再來就是以文爲詩的創作手法。這自然與宋
代的政治、文化因素有關，但韓詩獨特的面貌，創新的精神
和提供了足以使後人廣爲開拓的藝術途徑也是很重要的原
因，並不單憑歐陽脩等幾個人的偏愛和提倡。〔註27〕

韓愈詩歷經在中、晚唐的冷落之後，到了宋代因爲需要新的藝術美學
典範與創新的思維，在歷經了長時間的爭議與接受的磨合過程，終於
影響了整體宋詩的發展方向。

　　本書基於韓愈詩歌發展的特殊性爲基礎，並擬從接受美學的角
度，探討韓愈詩歌如何經由中、晚唐的沈澱，歷經北宋的爭議與接受
過程，並影響了整個宋代的詩歌發展。當中並涉及文化的環境考察、
比較，以及唐宋人的時尚、喜好等文化因子的研究，企圖由多方面的
認知，全面探索韓愈詩歌在唐宋的接受、影響與發展。

第二節　前人研究之檢討與本議題的開展性

　　韓愈研究長期以來都集中在古文部份，再者就是生平、思想方
面，關於他詩歌研究，並未受到廣泛的重視。兵界勇先生在〈台灣地
區 50 年韓愈研究概況（1949～2000）〉一文直指：「本地韓詩研究之
質量，遜於韓文。」〔註28〕該文中僅列出李建崑先生的《韓愈詩探析》
〔註29〕、高八美的《韓愈詩研究》〔註30〕兩本專著。至於相關期刊論

〔註27〕閻琦：《韓詩論稿》（西安，陝西人民出版社，1984 年），頁 207。
〔註28〕兵界勇：〈台灣地區 50 年韓愈研究概況（1949～2000）〉，《周口師範
　　　　高等專科學校學報》第 18 卷第 1 期（河南，周口師範高等專科學校，
　　　　2001 年），頁 9～10。
〔註29〕李建崑：《韓愈詩探析》（台北，臺灣師範大學國文研究所博士論文，
　　　　1992 年）。
〔註30〕高八美：《韓愈詩研究》（台北，臺灣師範大學國文研究所博士論文，

文，計有：李建崑〈韓孟詩人集團之詩歌唱和研究〉〔註31〕、段醒民〈由韓愈的感春詩評騭韓愈人格形態的發展歷程〉〔註32〕、柯萬成〈韓愈「以文爲詩」的問題〉〔註33〕、顏崑陽〈從南山詩談韓愈山水詩的風格〉〔註34〕、張夢機〈杜甫北征與韓愈南山詩的比較〉〔註35〕、以及傅錫壬〈韓愈南山、猛虎行二詩作意辨識〉〔註36〕等。

其中以李建崑先生的《韓愈詩探析》用功最深，他以韓愈的詩歌爲中心，廣泛的探討了韓愈的生平、仕宦、思想、交遊等外在因素，進而再與他的詩歌結合研究。同時單獨就韓愈詩歌的形式特徵詳細探索，舉凡聯章結構、詩歌章法、構句與練字、用典技巧、表意手法等，無不詳細論述說明，可謂韓愈詩歌研究之大成。不過，在該書最後章節雖有〈歷代韓愈詩之評價〉，羅列歷代重要的韓詩評語，並加以確認韓愈在詩史上的地位，但這部份的說明卻多以資料羅列，再輔以簡單說明，雖能明確點出韓愈詩歌對北宋詩壇的關鍵影響，〔註37〕以及韓愈在詩歌史上處於繼往開來的關鍵地位，〔註38〕也僅舉其要，未論

1986 年）。

〔註31〕李建崑：〈韓孟詩人集團之詩歌唱和研究〉，《興大文史學報》第 26 期（台中，中興大學，1996 年）。

〔註32〕段醒民：〈由韓愈的感春詩評騭韓愈人格形態的發展歷程〉，《臺北商專學報》第 14 期（台北，國立臺北商專，1980 年）。

〔註33〕柯萬成：〈韓愈「以文爲詩」的問題〉，《孔孟月刊》第 28 卷第 5 期（台北，孔孟月刊社，1990 年）。

〔註34〕顏崑陽：〈從南山詩談韓愈山水詩的風格〉，《古典文學論叢》（台北，漢光文化，1987 年）。

〔註35〕張夢機：〈杜甫北征與韓愈南山詩的比較〉，《思齋說詩》（台北，華正書局，1975 年）。

〔註36〕傅錫壬：〈韓愈南山、猛虎行二詩作意辨識〉，《淡江人文社會學刊》第 21 期（台北，淡江大學，1984 年）。

〔註37〕該文依序大略說明北宋之歐陽脩、梅堯臣、蘇舜欽、王安石、王令、蘇軾、黃庭堅等人受到韓愈詩風影響的情形。此處說明雖然簡略，但幾乎已涵括北宋所有重要之詩人。

〔註38〕該文中又有「韓詩歷史地位之評估」一小節，說明韓愈詩歌上溯《詩經》〈楚辭〉，接著又「沿杜甫奇險一面，開疆拓域，爲奇變一支之大宗」，並在「蘇、黃之前，首開詭變之例」；往下影響則爲「唐詩

其詳。所以兵界勇評爲：

> 檢討各家說法，確定韓愈在詩史上的獨特地位，論見精妥有
> 據，對韓詩之基礎研究，極具貢獻，甚值學者參考。〔註39〕

兵界勇雖然肯定「精妥有據」，但又認爲這些資料的貢獻在韓詩的基礎研究方面，而非一種深入研究的結果。因爲李建崑先生在這一小節的論述是置於全書正文之末，將韓愈的詩歌地位置入文學史中觀察以作結，並非該書的重心之所在。〔註40〕

另外如更早的韓愈詩歌研究專論有高八美的《韓愈詩研究》，雖也全面的討論韓愈詩歌的創作相關問題，但因爲內容不足以超出李建崑先生的研究範圍及深度，而且重點也集中在韓愈其人及其詩歌本身的研究，並無太大的研究縱深。

在韓愈詩歌作品方面，最具有研究縱深的議題就屬於「以文爲詩」之討論，此議題的內在共同因素是對韓愈詩歌中險怪風格之追索，並將這些追索的答案聯繫在韓愈所提倡與力行的古文。總括「以文爲詩」這個議題的討論，重點幾乎都集中在羅聯添先生所提出的「句式散文化」、「以文章氣脈入詩」、「以古文章法句法爲詩」、「以議論入詩」、「詩多賦體」以及「詩兼散文體裁」六個方面。〔註41〕

「以文爲詩」的議題方面，首先是將韓愈的「詩」認定爲體裁的跨越，也就是以「詩」之名，但在句法上雜入散文句法，〔註42〕在內容上表現多元方向。「以文爲詩」的論題事實上已經成爲研究韓詩的一

之一大變，後代大家，皆嗣法李杜韓蘇黃」。

〔註39〕兵界勇：〈台灣地區 50 年韓愈研究概況（1949～2000）〉，《周口師範高等專科學校學報》第 18 卷第 1 期（河南，周口師範高等專科學校，2001 年），頁 9。

〔註40〕就該書而言，其重心是放在韓愈詩文觀念、詩歌創作源流、詩歌內涵與形式分析、創作技法和風格特徵等方面。也就是韓愈詩歌作品的思想層次分析。

〔註41〕羅聯添：〈論韓愈古文幾個問題〉，《漢學研究》第 9 卷第 2 期（台北，漢學研究中心，1991 年），頁 289。

〔註42〕此處將「賦體」歸入廣泛的散文範疇，乃是基於其散化的句式。

個重點，如前述羅聯添先生的〈論韓愈古文幾個問題〉之外，更早有
朱自清〈論「以文爲詩」〉、〔註43〕錢穆〈雜論唐代古文運動〉、〔註44〕
閻琦〈關於韓愈的以文爲詩〉、〔註45〕許總〈杜甫以文爲詩論〉、〔註46〕
程千帆〈韓愈以文爲詩說〉、〔註47〕葛曉音〈詩文之辨和以文爲詩──
兼析韓愈白居易蘇軾三首記遊詩〉；〔註48〕以及之後繼續深入擴大探討
的有王基倫〈韓愈以詩爲文論題之辨析〉〔註49〕都圍繞在這個論題繼
續深入論述。專題論述的學位論文有戴麗霜的《北宋「以文爲詩」詩
風形成原因及其風格研究》、〔註50〕近來更有郭鵬的專著──《詩心與
文道》〔註51〕專就北宋詩學中關於「以文爲詩」的問體深入討論，透
過「以文爲詩」的概念，考察宋詩的轉變歷程與文學觀念的變化。其
他散見各類韓愈詩文論著以及各類文學史、文學批評史之著作亦頗爲
可觀，在此難以盡述。

　　大致而言，韓愈詩歌的研究較爲晚出，數量也不如韓文之研究，
雖然晚近在質量方面均有提昇，但主要還是圍繞在傳統的議題與方
法，如韓愈的身世與仕宦生涯對他的詩歌創作之關係、社會文化思想

〔註43〕朱自清：〈論「以文爲詩」〉，《朱自清古典文學論文集》（台北，遠流
　　　　出版社，1982 年）。
〔註44〕錢穆：〈雜論唐代古文運動〉，《中國學術思想史論叢》（四）（台北，
　　　　東大圖書公司，1983 年）。
〔註45〕閻琦：〈關於韓愈的以文爲詩〉，《韓詩論稿》（西安，陝西人民出版
　　　　社，1984 年）。
〔註46〕許總：〈杜甫以文爲詩論〉，《杜詩學發微》（南京，南京出版社，1989
　　　　年）。
〔註47〕程千帆：〈韓愈以文爲詩說〉，張伯偉編：《程千帆詩論選集》（太原，
　　　　山西人民出版社，1990 年）。
〔註48〕葛曉音：〈詩文之辨和以文爲詩──兼析韓愈白居易蘇軾三首記遊
　　　　詩〉，《漢唐文學的嬗變》（北京，北京大學出版社，1990 年）。
〔註49〕王基倫：〈韓愈以詩爲文論題之辨析〉，《第二屆國際唐代學術會議論
　　　　文集》（台北，文津出版社，1993 年）。
〔註50〕戴麗霜：《北宋「以文爲詩」詩風形成原因及其風格研究》（台北，
　　　　國立政治大學中國文學研究所碩士論文，1991 年〕
〔註51〕郭鵬：《詩心與文道》（北京，北京語言大學出版社，2003 年）

與韓詩之關係、韓愈詩歌與個人文、道主張之關係、韓愈詩歌的繼承脈絡、韓愈詩的內涵研究、韓愈詩歌的形式之分析、創作技法、風格特徵、評價與影響等。這些論述的相關著作不勝枚舉，如前文所言，此部分又以李建崑先生的《韓愈詩探析》為集大成之作。李先生在該書中全面探討韓愈詩作，舉凡前述關於韓愈詩歌中的內在、外緣以及繼承、影響等方面均下功夫研究，可謂是在韓愈詩歌研究方面至今最完整的著作。

　　但是，因為李建崑先生的著作全面，所顧及的層面甚廣，所以在個別單元的研究就不免淪為概述性的說明。這是因面向太大而使得「點」的問題研究較難以深入；同時也是因為大部分韓愈詩歌的個別傳統式的研究已經多且深入，所以在討論方式上已無須做錦上添花的工作。

　　因此，在韓愈詩歌的研究面向上勢必要另闢蹊徑，而適當的研究題材必然要前人所未觸及，或是並未深入研究的議題。基於此，首先考量研究方向與方法自然是要有別於傳統的領域。在韓詩的領域中，歷史的向下縱深研究是較為缺乏的，也就是韓愈詩歌對後世的影響問題。這部份研究並非無人觸及，但卻缺乏系統且深入的研究，一般都是放在韓愈的詩文個別議題討論之後，作為總結式的延伸說明，並未獨立且完整的探求。以李建崑先生的《韓愈詩探析》而言，在該書的第十一章，也就是正文的最後一章探討關於「韓愈詩之評價」，分別就「歷代學者對韓愈詩之評價」以及「韓詩在詩史上之地位」提出說明。但因為涵蓋歷史縱深達千年，〔註52〕故未能鉅細靡遺的探討，僅在各家之說後，略作評語。較值得注意之處為當中關於「韓愈與北宋詩壇」一節，作者點出了韓愈在北宋詩壇的影響力以及對宋詩發展方向產生了關鍵性的作用，但行文卻無較深之著墨，僅約略提出歐陽脩、梅堯臣等七家加以論敘，雖有影響研究之意識，但終究欠缺細琢之功。所以，在韓愈詩歌的影響問題上，尚待深入探討的空間甚大。

────────────

〔註52〕李建崑先生所列關於對韓詩提出評價之學者，自中唐至清末，歷時約一千年。

　　另外，對在於研究方法的採用，傳統的影響研究也有其受限之處。一般傳統式的影響研究方式，大都放在個別詩人的影響研究。而且在「作者──文本──接受者」﹝註53﹞的關係結構中，傳統研究的焦點都放在「作者──→文本」與「文本──→接受者」這兩區塊，但授與受的關係多是單向的。本文的研究方法主要是採用接受美學（aesthetics of reception）的論點，以接受者的角度反向逆推去審視韓愈的詩歌，並主動決定個別的接受條件，藉此擴大韓愈詩歌研究的面向與深度，並避免過去研究方法的片面與單一。

第三節　接受美學在本文的採用與論述說明

　　二十世紀的六十年代末期，漢斯・羅伯特・姚斯（Hans Robert Jauss,1921～1997）以及沃爾夫岡・伊瑟爾（Wolfgana Iser,1926～2007）等人在德國倡導接受美學（aesthetics of reception）的新研究途徑。這個以「讀者」為研究中心的文學理論，是奠基在二十世紀中葉前後文學理論重心逐漸由文本轉向讀者的思潮之上，也就是由胡塞爾（Edmund Husserl, 1859～1938）、海德格（Martin Heidegger, 1889～1976）所領導的現象學轉向的新潮。高達美（Hans-Georg Gadamer, 1900～2002）從存有論開展的詮釋學，反對傳統認識論中對「先見」或「偏見」的棄絕。﹝註54﹞相反地，高達美認為讀者的「偏見」是理解的前提，也是理解的動力：

　　　他（高達美）分析了理解的歷史性三要素：（1）理解前業

﹝註53﹞此處的「接受者」所指的對象較廣，包含閱讀讀者、後世創作者等與作品接觸者而言。

﹝註54﹞在西方的啟蒙運動有一個重要標誌是：倡導以理性代替傳統的「偏見」。偏見也被視為一切對理性加以束縛的思想和一切沿襲傳統的信念。偏見從此被視為與理性的對立面，也被視為「理解」的阻礙。因此，理性追求理解和真理的方向被認為必須以擺脫先見、滌淨先見為起點。相關說明見金元浦：《接受反應文論》（濟南，山東教育出版社，2002年），頁65。

已存在的社會歷史因素；（2）理解對象的歷史性構成；（3）
由社會實踐與歷史發展所決定的價值觀念。這些構成了理
解前提或曰「前理解」。他導致理解者對所理解事物的一種
先入為主的「偏見」。偏見的形成是人的不可避免的歷史性
所決定，所以是「合法的偏見」（類似於海德格爾的「前結
構」）。它不是一種有待克服的消極因素，而是促成真正理
解的積極因素，它是我們理解的前提，它是我們理解的動
力；它不幫助我們「複製」本文，而是激勵我們「生產性」
的努力。〔註55〕

這些前提或稱為「前理解」，大致上是一個讀者在他所處的時空環境
造成的一種知識背景及好惡取向，它的重要特徵在於允許讀者對本文
「誤讀」，甚至可以說是把誤讀當成一種必然的現象，也是必須的結
果。因為本文一旦離開作者，他是處於一種「自由」的狀態，當本文
與接受者接觸時，他的自由性正可多面向的與讀者交融。因為本文自
由，所以接受者在理解時受到的限制較少，他的「偏見」正好可以開
創更大的「生產性」，〔註56〕所以當中唐以後的接受者面對韓愈詩歌
的「本文」時，都會有各自的知識背景與思考行為給予判斷或解釋，
擴大韓詩的面貌以及更多的審美面向。

這種環境對讀者的影響關鍵，開啟了姚斯對接受美學的讀者中
心視野思想，於是他就進一步引進曼海姆（Karl Mannheim, 1893～
1947）與波普爾（karl Pop Aper, 1902～1994）的「期待視野」（horizon

〔註55〕朱立元：《接受美學導論》（合肥，安徽教育出版社，2004年），頁5。
〔註56〕所謂的「生產性」，筆者以為用「創造性」更為貼切。因為「偏見」
　　　　是與本文互相發明、融合發展的，是有其積極的意義推進。正如「伽
　　　　達默爾（案：即高達美）認為，理解既不是解釋者克服歷史性所造
　　　　成的『偏見』以順應、接近和破譯本文，也不是『偏見』單向地、
　　　　武斷地去同化、判斷本文，而是『偏見』與本文互相作用的過程，
　　　　解釋者利用『偏見』生產性地去解釋本文，在解釋過程中，『偏見』
　　　　也受到檢驗、調整和修正，從而更好地展示本文的真理，主客體雙
　　　　方在理解過程中都得到了發展。」見朱立元：《接受美學導論》（合
　　　　肥，安徽教育出版社，2004年），頁6。

of expectations）概念。〔註57〕

> 所謂「期待視野」，是指文學接受活動中，讀者原先各種經
> 驗、趣味、素養、理想等綜合形成的對文學作品的一種欣
> 賞要求和欣賞水平，在具體閱讀中，表現為一種潛在的審
> 美期待。〔註58〕

「期待視野」可以說是讀者在他個人的生活時空中，受到影響而造成
的審美觀念、好惡、批判等標準。具體而言，這些標準是由社會背景、
文化因素、政治條件等氛圍的影響力形塑而成。

　　接受美學的「期待視野」方式，可以使影響研究的面向擴大。因
為影響研究如果採用由上而下的歷史縱深研究，主要會產生兩個闕
漏：一是在研究的角度都是放在前人如何對後人造成影響，並牽出他
們的共通或相近之處，以此視為前人「加諸」後人的影響，在使用上
顯得單一；二是以往的影響研究大多著重於被影響者（接受者）的個
人身世和經歷，與大環境的交融關係探討也比較欠缺。

　　而接受美學由讀者的角度出發，讓接受者擁有主動權，姚斯在〈文
學史作為向文學理論的挑戰〉說：

> 在這個作者、作品和大眾的三角形之中，大眾並不是被動
> 的部份，並不僅僅做為一種反應，相反，他自身就是歷史
> 的一個能動的過程。……因為只有通過讀者的傳遞過程，
> 作品才進入一種連續性變化的經驗視野。在閱讀過程中，
> 永遠不停地發生著從簡單接受到批評性的理解，從被動接
> 受到主動接受，從認識的審美標準到超越以往的新的生產
> 的轉換。〔註59〕

〔註57〕曼海姆與波普爾首先將視野與「期待」合用，並引入哲學和文化社
　　　　會學討論，用以描述我們在現實處境中理解和解釋文本的先在繫
　　　　聯。相關說明可參閱朱立元：《接受美學導論》（合肥，安徽教育出
　　　　版社，2004 年），頁 121。
〔註58〕朱立元：《接受美學導論》（合肥，安徽教育出版社，2004 年），頁
　　　　61。
〔註59〕H.R.姚斯著；周寧、金元浦譯：《接受美學與接受文論》第一章〈文
　　　　學史作為向文學理論的挑戰〉（瀋陽，遼寧人民出版社，1987 年），

因爲讀者有其主動性與選擇性，所以作品才有接受與評價的問題。作品是發送者，如果少了接受者，結果將是湮沒於文學的歷史洪流之中，成爲「零符號」（zerosign），〔註 60〕必須等到有選擇接受的權力與能力的讀者出現，它才有新的生命力。接受者除了有主動權與選擇權之外，更具有解釋權，所以是一種「闡釋性的接受」。就像莎士比亞的《哈姆雷特》（Hamlet）中所說的：「一千個人眼中，有一千個哈姆雷特。」

　　審美的期待視野是一種廣泛的綜合背景所鎔鑄成的一種「先在標準」，而這種先在標準的期待視野提供了接受者主動選擇的條件與解釋的能力。所以，本書的處理方式是著重在接受者的期待視野之建立，以及這種視野在歷時性的推進中所產生的個別共時性之差異。也就是韓愈詩歌從中晚唐，再歷經整個宋代的歷史縱向軌跡中（歷時性，diachronic），個別橫切面（共時性，synchronic）的變化情形，以構成一個兼具縱向與橫面的韓愈詩歌接受的立體架構。

　　在方法上，因爲涉及到期待視野中的環境因素，所以本文也必須考量社會與文學的交互因素，也就是文學創作的社會背景：

　　　　從文化傳統特別是價值觀念的角度看，它們會通過各種信息渠道逐漸爲文學社會藝術家所接受，影響他們的思維方式，決定他對事物意義的認定，還會滲透到他的潛意識中，使他自覺不自覺地判斷什麼是重要的，什麼是不重要的，

　　頁 24。

〔註 60〕在符號學中，完整的符號行爲是：

　　　　發送者───→能指───→所指───→接收者
　　　　　（編碼）　　（信息）　　（解碼）

當一個符號發送出去以後，並沒有足以解碼的接收者時，即爲「零符號」。零符號所產生的原因往往是文化的差異、時代的審美趨勢不同所造成。零符號通常是一種暫時的現象，因爲符號從形成、發送之後就已經是具體的存在，一旦文化、時空的隔閡化解之後，它依然會是一個有效的符號，所以下文才會說：「等到有選擇接受的權力與能力的讀者出現，它才有新的生命力」。相關說明可參閱趙毅衡《文學符號學》（北京，中國文聯出版公司，1990 年），頁 6～7。

什麼是值得著重表現的，什麼是應當竭力避免的。〔註61〕
在此筆者並無意採用嚴格、完整的社會學理論，而是站在社會與文
學必然交互影響的立場，文學的讀者在判斷一部作品的審美與接受
的抉擇時，社會文化的影響是深具關鍵性。因為人生於社會之中，
時時刻刻受到時尚的審美觀念、好惡判斷、政局發展、文化氛圍等
環境因素的影響。本文既然運用到接受美學中的「期待視野」概念，
就不能、也不該摒棄社會性的視野建構。因此在對「期待視野」的
採用與設定上也有所調整：因為著重於接受者的社會影響面，而且
接受者在創作與影響的關鍵因素放在社會文化因素，等於是「社會
文化——→讀者——→期待視野——→作品評價與接受」的關係，故本文
對於關於讀者視野變化的關鍵因素是放在社會文化的影響。

　韓愈的詩歌在中國的文學史上的地位雖不如李杜般光芒萬丈，
個人的詩名又被文名所掩蓋，但就客觀角度而言，他的詩歌仍具有
一定的影響力。就後世的接受條件而言，韓愈詩歌的影響力之產生，
除了其詩本身的藝術條件之外，更與作者的其他條件有關，尤其與
他捍衛儒家道統的鮮明主張與形象更是密不可分。根據詮釋學
（Hermeneutics）的傳統，不管是西方古典詮釋學或是對當代詮釋學
思潮，都是致力於作品與讀者的關係研究，詮釋學之為當代人文學
主流思潮乃源自於二十世紀初海德格（Martin Heidegger,1889～
1976）的哲學詮釋學。而真正使哲學詮釋學成為當今思潮顯學是他
的門生高達美。在高達美的《真理與方法》（*Wahrheit und Methode*）
一書的結尾統整出了他的主張：「早在施萊爾馬赫（Friedrich Daniel
Ernst Schleiermacher,1768～1834）以前開始，中間經過了狄爾泰
（Wilhelm Dilthey, 1833～1911），再到胡塞爾和海德格為止，詮釋學
問題的發展表明了，我們稱之為『詮釋學』的東西，並不是指那些
在語文學中自我檢驗之方法的有趣應用；實際上，詮釋學將哲學對

〔註61〕花建、于沛：《文藝社會學》（上海，上海文藝出版社，1989年），頁
　　　　65。

其自身的研究帶領向一個有系統的見解中。」〔註62〕又,「在《眞理
與方法》中,高達美將詮釋學推展到一個內涵更爲廣泛的的新的層
次。……理解是一種歷史性的、辨證的、語言性的事件,無論是在
科學中,還是在人文學中,甚至在日常生活,都是如此。他不是以
傳統的方式把理解想像爲一種人類主觀性行爲,而是存有(Dasein)
在世的基本方式。理解的要件並不是操縱和控制,而是參與和開放;
理解並非知識而是經驗,並非方法論而是辨證。對他來說,詮釋學
的目的並不是在於提出『客觀有效』的理解規則,而是在於盡其可
能廣泛去審察理解本身。」〔註63〕高達美所關注的焦點,不是要如
何進行更正確的理解,也不是要提出一種有效詮釋的典範,而是要
更深刻、也更眞實去關注理解的本身。因爲高達美採取的是一種針
對理解事物本身作辨證的工作,是一種較爲開放的分析態度,所以
並不注重方法論的建立。而這種態度,爲詮釋學提供了新的視野。
「《眞理與方法》就展示出了一個探究詮釋學理論的全新視野,也許
還預示了現代關於詮釋思想的、一個成果豐碩的嶄新階段即將開
始。」〔註64〕詮釋學是一門向作品靠攏的研究學科,尤其是越早期
詮釋學越往作品中心靠攏。〔註65〕接受美學是繼承詮釋學傳統的一

〔註62〕 詳見帕馬著、嚴平譯:《詮釋學》(台北,桂冠圖書公司,1992年),
頁250。

〔註63〕 詳見帕馬著、嚴平譯:《詮釋學》(台北,桂冠圖書公司,1992年),
頁253～254。

〔註64〕 詳見帕馬著、嚴平譯:《詮釋學》(台北,桂冠圖書公司,1992年),
頁256。

〔註65〕 詮釋學一詞源於希臘神名「Hermes」,意即諸神的使者,負責傳達諸
神的訊息給凡人,祂的工作不是死板板地逐字逐句傳達,更負有將
所有意義「詮釋」清楚再傳給人們。也就是「需要某些澄清作用或
者附加其他註解的。因此,詮釋學從事兩項工作:一是確定一個字、
句子、文件等等的眞正意含;其次,發掘出包含在符號形式裡面的
種種指示。」所以早期的古典詮釋學是源於解釋經典的需要,此爲
古典詮釋學的起源,其中心問題是放在文本上的;之後貝蒂(Emilio
Betti, 1890～1968)認爲「藉著我們思想範疇之助,因此論證的進路
——這在說話裡是很清楚的——就可以重新表達一個創造的、賦予

門文學理論，但它的接受詮釋模式與詮釋學已有較大的不同。它的基本目的依然是詮釋文本，不過重心已經移往讀者中心論的立場。但是只要偏向極端，必然有相對的闕漏，這個問題也引起了姚斯自己的檢討：

> 接受反應文論的最大失誤是他在早期的極端的讀者中心論立場，也許它當年的異軍突起恰恰得益於這一「片面的深刻」。但在西方批評理論的發展中，他的局限性即對作者創作過程的忽視日益暴露，致使其創始人們後來也不得不調整觀點：接受反應文論由早期的極端讀者決定論立場轉向文學的雙向交流基點。姚斯後來承認，他早期著作有某種「片面性」，而後來的接受美學已日益把本文與讀者之間的問題，置於其研究興趣的核心。〔註66〕

雖然姚斯已經對接受美學的讀者中心論做了調整，但並未脫離詮釋學的大傳統，依然是游離於作品與讀者之間。這樣的接受者所投射的範圍僅止於作品而不涉作者，與中國傳統「知人論世」的詮釋接受模式有所不同。

　　以接受美學理論研究中國古典文學作品已逐漸受到學者的重視與採用，畢竟在傳統的作品與作者為中心的研究面向之外，另闢一個讀者中心的研究向度是一條全新的進路，它能提供新的思考角度與審美詮釋觀點，並成為一種具有系統性的文學研究方法。關於接受美學理論的討論與應用，大約是二十世紀八十年代開始在兩岸引起注意與譯介，其後紛紛有相關論述與實際運用的研究成果展現。早在姚斯的著名演講稿〈文學史作為向文學理論的挑戰〉譯介到中

　　形式的過程。」以及海德格以「存有」的角度去詮釋外界客體，也就是不重視客觀世界如何在意識中構成，而是人是什麼、人的生活如何就是理解的過程與結果。貝蒂與海德格的詮釋學重心已有往讀者，也就是詮釋者的方向靠攏。詳見 Josef Bieicher 原著、賴曉黎譯：《當代詮釋學》第一、二、三章（台北，使者出版社，1990 年）。

〔註66〕金元浦：《接受反應文論》（濟南，山東教育出版社，2002 年），頁395～396。

國之前，〔註67〕1983 年就有幾篇關於「接受美學」的相關評論、研究與譯介。如馮漢津翻譯義大利學者雷加利的〈論文學接受〉（《文藝理論研究》1983 年第三期）、張黎的〈關於「接受美學」的筆記〉（收錄於《文學評論》1983 年第六期），之後相關討論亦藉作品紛紛問世，古典文學的接受研究運用也逐步受到重視與採用。根據陳文忠在《中國古典詩歌接受史研究》一書中的附錄統計，1980 到 1997 年間兩岸研究作家作品的接受史，以及採用接受美學討論傳統接受理論的論著，共計有論文八十一篇，專著十一本。〔註68〕其中台灣學者的作品僅有曾勤良的《〈左傳〉引詩賦詩之詩教研究》〔註69〕與楊文雄的《李白詩歌接受史》〔註70〕兩部，這是十八年內的大致情形，當中難免會有所遺漏，如廖棟樑的〈接受美學與《楚辭》學史研究〉〔註71〕以及《古代楚辭學史論》〔註72〕均未收錄。而楊文雄的《李白詩歌接受史》獲得陳文忠相當高的評價，認為「當是中國學者研究中國古代詩人接受史的第一部專著」。之後關於古代詩人詩歌接受史的著作也隨之而起，較為重要的有蔡振念的《杜詩唐宋接受史》、〔註73〕劉學鍇的《李商隱詩歌接受史》〔註74〕等。其中楊文雄與劉學鍇所採用的研究方法是「效果史」、「闡釋史」、「影響史」的論述框架。

　　所謂的「效果史」，是作品在不同時空環境、文化與群體的反應

〔註67〕姚斯的〈文學史作為向文學理論的挑戰〉的譯文在 1987 年才收錄於遼寧出版社的《接受美學與接受理論》。

〔註68〕詳見陳文忠：《中國古典詩歌接受史研究》（合肥，安徽師範大學出版社，1998 年），頁 332～338。

〔註69〕曾勤良：《左傳引詩賦詩之詩教研究》（台北，文津出版社，1993 年）。

〔註70〕楊文雄：《李白詩歌接受史》（台北，五南圖書出版公司，2000 年）。

〔註71〕廖棟樑：〈接受美學與《楚辭》學史研究〉，《中國文學史暨文學批評學術研討會論文集》（臺北，國立政治大學中文系，1996）。

〔註72〕廖棟樑：《古代楚辭學史論》（臺北，輔仁大學中國文學系博士論文，1997）。

〔註73〕蔡振念：《杜詩唐宋接受史》（台北，五南圖書公司，2002 年）。

〔註74〕劉學鍇：《李商隱歌接受史》（合肥，安徽師範大學出版社，2004 年）。

與批評現象，其特色在於能夠連貫性的看出作品在不同文化環境層次，與不同讀者中的審美評價與地位變化之軌跡，所以效果史的主體是讀者的傳播紀錄與批評爲主體。相對的，也可以透過對向的互換視角，從作品的審美的變化考察文學時尚的變化。

「闡釋史」的主體是批評家，他是刻意就作品的內容思想特徵、藝術風格與創作旨趣等方面的再度闡釋，也就是針對本文已有的闡釋結果再闡釋過程，其效能在於系統性的整理過去已有的詮釋資料與成果，站在一個文學史的的高度，重新審視過往的闡釋意見，分析出各類的闡釋類型，再根據這些闡釋的歷史變化歷程，歸結出一套作品的「意義整體」；〔註75〕或是站在一個總結的角色，將以往的論點審視分析，從中歸結出一個最具合理性、說服力的意見；也可以針對作品當中的字句，審視其象徵意義或比興寄託的蘊涵。所以楊文雄先生對闡釋史的操作歸結出「操作方式多樣」的結論。〔註76〕

「影響史」是旨從在歷史的縱深中，考察一篇作品爲後世作家所模仿、借用、引爲典故等現象，是屬於實際創作層面的影響。陳文忠認爲影響史的意義主要有三：一爲「參比異同優劣，提高鑑賞能力」。二爲「總結影響規律，豐富創作方法」。三爲「開闊理論視野，更新詩學觀念」。〔註77〕影響史是後世仿作者直接、或是間接在前代詩人的本文主題、風格、技法、藝術特徵、思想等方面加以仿製。比如漢

〔註75〕相關意見參考楊文雄：《李白詩歌接受史》（台北，五南圖書出版公司，2000年），頁24。

〔註76〕楊文雄說：「闡釋史研究的操作方式應是多樣的。例如，就主題而言，或者展示『意義整體』的具體化過程，或者解決學術中的疑難問題，或者比勘詩學命題的異同聯繫，或者著眼宏觀的闡釋原則和接受規律的把握；就研究方法而言，或從歷史角度考察作品闡釋差異及原因，或從美學角度概括歷史闡釋中的審美一致性，以便認識多樣的審美價值和獨特的藝術風貌，等等。」見《李白詩歌接受史》（台北，五南圖書出版公司，2000年），頁25。

〔註77〕關於影響史的三個主要意義之相關說明，詳閱陳文忠：《中國古典詩歌接受史研究》（合肥，安徽師範大學出版社，1998年），頁23～26。

代的〈鐃歌〉，本屬於軍樂系統的樂章，也是朝廷的貴族樂章之一。之後曹魏蒐集西漢的「鼓吹曲」二十二曲，並加以仿作，之後吳、晉、宋、齊、梁、北齊等續有仿製，以「述功德受命以相代，大抵多言戰陣之事」。〔註78〕唐代雖然依然有仿樂府古題的〈鐃歌〉作品四十五首，但多與原始〈鐃歌〉的原始意涵無涉。〔註79〕所以影響史的研究是審視一個母題作品在文學史中對後世作者、作品之啟發，他所涉及的不只是評價與認同的問題，更是創作實踐的模仿與遞進。

　　文學理論作為文學研究的工具，雖然能夠使文學研究更具便利性，但工具畢竟是工具，它必須適用於文學的研究的某些特殊性需求，而非將文學的研究具體的調整成適合某一種理論的機械性，形成本末倒置的現象。所以筆者在本書的研究無意機械式的將接受美學區隔成「效果史」、「闡釋史」與「影響史」三個區塊分別說明，而是將這三者交互運用，彼此互涉，所以在方法的採用將以接受美學的「接受」概念為主，再彈性的取捨「效果史」、「闡釋史」與「影響史」的運用模式。因此，在本書的構成方法上，第二章討論韓愈詩歌的創作技巧、思想與藝術特徵，目的在於對韓愈詩歌的「本文」特徵定調，以作為接受的「本文」基礎，而讓之後接受者有一個可以進入「期待視野」並進行評價的對象。本章的主要目的在於確立韓愈詩歌的形式與思想特徵，但在討論其詩歌藝術特徵時，進一步針對具有歷史縱深研究價值的的〈雙鳥詩〉進行闡釋史的研究，提出歷代詩評家對於雙鳥所指涉的對象提出三種可能，並逐一分析，也就是根據前人的闡釋進行再闡釋的過程。

　　第三章到第五章主要是以效果史的研究為主。將韓愈的詩歌接受效應分成「中唐」、「晚唐五代」、「宋代」三個時空區塊，並根據不同時空的社會、文化、時俗風尚、士風等條件進行「期待視野」的建構。

〔註78〕郭茂倩編撰：《樂府詩集・鼓吹曲辭一》（台北，里仁書局，1999年），頁224。

〔註79〕關於〈鐃歌〉的影響史的說明，詳見曾金城《漢〈鼓吹鐃歌〉十八曲研究》（嘉義，南華大學文學研究所碩士論文，2000年），第五章〈曹魏至中唐的「鼓吹鐃歌」仿作現象〉。

然而，不同的時空中，影響期待視野的基本條件未必相同，所以未必一體適用。如中唐因為經歷安史之亂的因素，所以有「民族主義」的條件必須考量，但在宋代「民族主義」就不屬於論述的重點條件，因此在章節的編排的設定方面，是以社會文化與詩風為一個大範圍的重點，並力求各章節安排的平衡性與一制性，但為了顧及現實條件的不同，也會調整章節的內容以因應。

最後討論關於「期待視野」在本書中的使用說明：

姚斯的接受美學雖然是以讀者——也就是接受者為中心，但他並未將接受者獨立成一個純粹的審美個體；相反的，他重視本文與接受者在社會因素的影響下所造成的期待視野設定與變化。這部份的思考有借鑑於馬克思主義文學理論與社會學的的範疇，使得姚斯的接受美學有了更多的社會文化與物質基礎，尤其是接受重心的讀者，他的期待視野因此更具有廣泛性與客觀性。姚斯在《審美經驗與文學解釋學》的〈序言〉中說：

> 如果人們把生產和接受的審美活動等同於生產和消費的經濟辯證法，而忽略做為媒介的審美經驗的第三個要素——交流活動，那麼，這就意味著還沒有全面地理解審美實踐。……在馬克思那裡，這個第三要素被看作是處於生產和消費之間的「分配和交換」媒介。〔註80〕

姚斯並未將期待視野的建構以純粹的審美主題為唯一條件，而是把作者、本文、讀者三者放在歷史中觀察，並以不同時期的歷史連續性與外在環境因素的交互影響，而構成一個具有過程特徵的文學藝術。這種具有物質性的交互影響觀念，是必須藉助於馬克思主義的生產與消費論述，「只有當作品的連續性不僅通過生產的方法，而且通過消費主體，即通過作者與讀者的相互作用來調節時，文學藝術才能獲得具有過程性特徵的歷史。同時，由此文學的現實不僅是新事物的生產，

〔註80〕漢斯・羅伯特・耀斯（姚斯）著；顧建光、顧靜宇、張樂天譯：《審美經驗與文學解釋學》（上海，上海譯文出版社，1997年），頁8～9。

也是一種對過去的再生產。」〔註81〕

　　姚斯在建構接受美學中受到馬克思主義的影響，所以在期待視野的條件中雖然是以接受者爲中心，但並未走向形式主義認爲讀者「不過是將其做文一個在本文指導下的感覺主體，以區別（文學）形式或發現（文學）過程。」〔註82〕姚斯雖然認爲必須調和形式主義與馬克思主義文論，但在具體的理論探索中，姚斯因爲將接受者視爲再創作的主動接受主體，這個接受主體有其社會背景與文化的先決影響，所以他是比較傾向與馬克思主義的社會爲基礎的建構。姚斯在反對審美的純粹主義時說：

> 藝術創造出來、使之成爲可能的欣賞態度是地道的審美經驗，它既是自主前的藝術的基礎，亦是自主的藝術之基礎。它必定再次成爲理論反思的對象。我們這個時代，一種持生產的、接受的和交流的態度的審美實踐，必將帶來新的意義。〔註83〕

姚斯的審美思考與期待視野是一種以接受者爲中心的主張，接受者是文學活動中的積極動能之所在，也掌握了作品的詮釋權與價值判斷的主控權，但接受者的期待視野建構是必須與環境、文化以及相關外在條件如政治等因素納入考量，並且對於生產者（作者）的條件也納入交流的條件。法國學者塔迪埃（Tadie,J.Y.）進一步詮釋說明姚斯的意見：

> 作品的内涵不是永恆的，而是「在歷史的過程中形成」。每當「接受作品的歷史和社會條件發生變化」，作品的意義也隨之變化。……僅僅把藝術作品的「生產」與當時的經濟條件聯繫起來進行研究，如某些馬克思主義者所信奉的那樣，是不夠的：對其時代的接受情況的調查才能觸及「眞

〔註81〕金元浦：《接受反應文論》（濟南，山東教育出版社，2002 年），頁117。

〔註82〕漢斯・羅伯特・耀斯（姚斯）著；顧建光、顧靜宇、張樂天譯：《審美經驗與文學解釋學》（上海，上海譯文出版社，1997 年），頁23。

〔註83〕漢斯・羅伯特・耀斯（姚斯）著；顧建光、顧靜宇、張樂天譯：《審美經驗與文學解釋學》（上海，上海譯文出版社，1997 年），頁29。

　　　　正的主題，觸及發展的社會媒體」。〔註84〕

姚斯的接受美學所建構的期待視野是必須將社會條件納入考量的，因此，基於唐宋人對韓愈詩歌的接受取向有一部分因素是決定於作者的條件，也就是對韓愈的觀感，以及本書所採取的「期待視野」是建構於社會文化的影響因素。所以筆者認作者與接受者的文化背景必須一起考量，不可偏廢，因此在本書的研究方法方面，是將接受者的期待視野包含了作品，並上溯到作者的個人條件。所以筆者撰此文雖名為「韓愈詩歌唐宋接受研究」，以讀者為中心主體，而被接受的客體不只是「韓愈」的「詩歌」，更包含了「韓愈」這個「作者」。

　　接受與環境的關係是密不可分的，所以在本書的研究取向將分兩大階段：從中晚唐到五代，韓愈詩歌並未居於主流，所以除了討論韓愈詩歌接受外，也分析當世之主流詩歌，以資對照，藉此了解宋代以前社會環境變遷與韓愈詩歌地位之變化；入宋以後，韓詩居於主流，討論的範疇與重心就直接切入宋人對韓愈詩歌的接受。

〔註84〕讓——伊夫·塔迪埃著、史忠義譯：《20 世紀的文學批評》（天津，百花文藝出版社，1998 年），頁 203。

第二章　韓愈詩歌的創作技巧、思想與藝術特徵

　　傳統的韓愈研究都是以思想、古文為主。不過,隨著研究廣度、深度的開展,韓愈詩歌也逐漸受到重視。對於韓愈詩歌研究的重點,主要集中在創作技巧與藝術特徵之相關論述。尤其近二十年以來,兩岸學者在此一領域均提出了質量可觀的論著,相關的說明已見於第一章第二節〈前人研究成果之檢討與本議題的開展性〉,在此本無須贅述。且詩歌雖然以緣情為主要在基礎,但文學的接受因子主要都來自作品的創作技巧、思想與藝術特徵等方面。尤其詩本即有「歌」的成分,所以他的形式藝術特徵的韻律要求更是不可偏廢,所以在本書中也必須提出相關的說明,否則往後的接受討論將會欠缺討論的依據。因此,本文也將在前人關於技巧、思想、藝術特徵三方面的研究基礎上,加以整理說明及給予適度的補充。

第一節　韓愈詩歌的創作技巧

　　有關韓愈詩歌的創作技巧,李建崑先生的《韓愈詩探析》是集大成之作。該書中對韓愈詩歌的創作技法有專章討論,敘述全面且深入。李建崑將韓愈詩的創作技法分成「聯章結構」、「章法舉例」、「構

句與鍊字」、「用典技巧」、「託物表意手法」五大部份依序提出說明。而本節將著重在後世討論爲主，也是較受到普遍重視的三大部份：構句鍊字、修辭、典故運用，也就是偏向辭章技巧部份的討論。以下分別羅列說明：

一、構句鍊字

（一）構　句

　　韓愈詩歌在構句方面最大的特色是破壞古典詩歌的傳統句式規範，藉以產生「橫空盤硬語」的特殊語言氣勢。一般而言，古典詩歌的句式在五言最多的是「二三」句式，七言詩以「四三」爲主，王力先生說：

> 己類（「二三」）最多，因爲「二三」句式的節奏和詩集上「二二一」的節奏很相似，把律詩上的腳節和腹節合併。乙類（「二二一」）和詩律上的節奏完全相符，倒反少些，因爲末字自成一節，只能用形容詞或不及物動詞，範圍本來就狹些。但辛類（「四一」）有許多句式也可歸入乙類，所以也不算少了。〔註1〕

「二三」句式原本就多，再加上分類上幾乎可併入「二三」句式的「二二一」（如「明月——松間——照」）以及「四一」（如「尋覓詩章——在」）句式，所以廣泛的「二三」句式數量更爲可觀，也成爲五言詩的普遍句式。胡震亨對於五、七言詩的句式也有以下意見：

> 五字以上二下三爲脈，七字句以上四下三爲脈，其恆也。有變五字句上三下二者，如元微之「庾公樓悵望，巴子國生涯」，孟郊「藏千尋步水，出十八高僧」之類；變七字句上三下四者如韓退之「落以斧引以墨徽」，又「雖欲悔舌不可捫」之類皆塞吃不足多學。〔註2〕

傳統上有所謂的常態規律的句式，一但出了這種常態，往往會招致

〔註1〕王力：《漢語詩律學》（上海，上海教育出版社，2002年），頁241。
〔註2〕胡震亨：《唐音癸籤》卷四（台北，木鐸出版社，1982年），頁31。

「出格」的責難，胡震亨引韓愈的詩句為「變七字句」例，並給予「蹇不足多學」的負面評價，顯然韓愈詩歌的句式為反傳統規範的現象早已引起前輩學者的注意。七言詩是在五言詩的「二三」句式之前加入兩字，形成「四三」句式最普遍，如「落花時節——又逢君」（杜甫〈江南逢李龜年〉），上四（落花時節）下三（又逢君）即屬此類。其餘如「林下水聲——喧語笑」（王維〈敕借歧王〉）、「洛陽城裡——見秋風」（張籍〈秋思〉）等均是，此外尚有更多類似句法不勝枚舉。

　　韓愈在詩歌的句式使用方面，五言詩經常有違反「二三」句式之處，七言詩亦經常有違背「四三」句式的作法。根據李卓藩與李建崑的整理，[註3] 列舉如下：

1. 五言詩

（1）變化為「一四句式」，如：

　　在紡織耕耘（〈謝自然詩〉）

　　在梓匠輪輿（〈符讀書城南〉）

　　乃一龍一豬（〈符讀書城南〉）

　　學與不學歟（〈符讀書城南〉）

　　熒實如惠文（〈初南食貽元十八協律〉）

　　蠔相黏為山（〈初南食貽元十八協律〉）

　　蛤即是蝦蟆（〈初南食貽元十八協律〉）

　　夫豈能必然（〈送無本師歸范陽〉）

　　曰吾兒可憎（〈讀東方朔雜事〉）

　　或連若相從，或蹙若相鬥（〈南山詩〉）

　　或妥若弭伏，或竦若驚雛（〈南山詩〉）

　　或散若瓦解，或赴若輻輳（〈南山詩〉）

　　牛不見服箱，斗不挹酒漿（〈三星行〉）

　　千以高山遮，萬以遠水接（〈路旁堠〉）

[註3]　此部分資料分別取自李建崑：《韓愈詩探析》（台北，臺灣師範大學國文研究所博士論文，1992 年），頁 172～173。以及李卓藩：《韓愈詩初探》（台北，文史哲出版社，1999 年），頁 120～121。

箕獨有神靈（〈三星行〉）

問客之所爲（〈示兒〉）

（2）變化爲「三二」句式，如：

有窮者孟郊（〈薦士〉）

淮之水舒舒（〈此日足可惜一首贈張籍〉）

楚山直叢叢（〈此日足可惜一首贈張籍〉）

苟異於此道（〈謝自然詩〉）

知音者誠希（〈知音者誠希〉）

訏謨者誰子（〈歸彭城〉）

2. 七言詩

（1）變化爲「三四句式」，如：

子去矣時若發機（〈送區弘南歸〉）

落以斧引以縲徽（〈送區弘南歸〉）

嗟我道不能自肥（〈送區弘南歸〉）

溺厥邑囚之崑崙（〈陸渾山火一首和皇甫湜用其韻〉）

雖欲悔舌不可捫（〈陸渾山火一首和皇甫湜用其韻〉）

（2）變化爲「五二句式」，如：

母從子走者爲誰（〈汴州亂二首〉）

（3）變化爲「二五句式」，如：

奈何君獨抱奇材（〈贈唐衢〉）

早知皆是自拘因（〈和歸工部送僧約〉）

破屋數間而已矣（〈寄盧仝〉）

放縱是誰之過歟（〈寄盧仝〉）

知者盡知其妄矣（〈誰氏子〉）

不從而誅未晚耳（〈誰氏子〉）

雖然歷來詩人亦偶有背離一般句式的作品，如「色——因林——向背」
（李頎〈籬筍〉）爲「一二二句式」；「猿——護——窗前樹」（劉長卿
〈初到碧澗招明契上人〉）爲「一一三句式」；「山——臨青塞——斷」
（王維〈送嚴秀才入蜀〉）爲「一三一句式」；「花密——藏——難見」
（杜甫〈百舌〉）爲「二一二句式」；「江雨——夜聞——多」（杜甫〈散

愁二首〉其一）爲「二二一句式」。〔註4〕但一般而言，這種特殊句式的運用，在單一詩人並不常用，而是偶一爲之居多。所以相對而言，韓愈在這種特殊句式的使用頻率上是偏高的。

王力先生認爲詩歌的句法可區分爲「意義上的節奏」和「詩句上的節奏」：

> 意義上的節奏，和詩句上的節奏並不一定相符。所謂意義上的節奏，也就是散文的節奏。譬如一個五言的句子，如果把它當做散文的句子看待，節奏應該如彼；現在做爲詩句，節奏卻應該如此。五言近體詩的節奏「二二一」，但是意義上的節奏往往不是「二二一」，而是「二一二」，「一一三」，「一三一」，「二三」，「三二」，「四一」，「一四」，等等。

王力先生所提出的「意義上的節奏」不同於「詩句上的節奏」本爲合理的判斷，不但五言詩如此，七言詩也是一樣。至於爲何要讓「意義上的節奏」跳脫「詩句上的節奏」，是有其實際運用的需要與美感追求的另類要求。在實際需求方面，詩歌雖然本屬於音樂文學，但隨著時間的變化，唐代的古詩與近體詩和音樂的關係逐漸淡化，其「音樂性」轉而往吟詠的方向發展，雖然仍有節奏方面的需求，但在音樂的特性卻單調得多，可以說只有五言的「二二一」（或「二三」）以及七言的「四三」句式而已。然而如此單一的詩句節奏句式實在無法與實際意義的語言節奏相配合，因此韓愈往往選擇意義上的節奏，將詩歌的內容凌駕於形式之上。

韓愈曾經在〈答劉正夫書〉明白指出「夫百物朝夕所見者，人皆不注視也，及睹其異者，則共觀而言之。夫文豈於是乎……若皆與世沈浮，不自樹立，絕不爲當時所怪，亦必無後世之傳也。」〔註5〕顯然，韓愈認爲「怪」是一種另類美感的突破，主要的目的與用意就是

〔註4〕關於唐詩句式的討論，可詳閱王力：《漢語詩律學》（上海，上海教育出版社，2002 年），頁 238～241。

〔註5〕韓愈著、馬其昶校注、馬茂元整理：《韓昌黎文集校注》（上海，上海古籍出版社，1998 年），頁 206～208。

突破傳統框架，進而樹立新的體範。所以韓愈勇於打破詩歌語法的既定範式，以散文的句式進入、取代詩歌的節奏，雖然不免招來負面的批評，[註6] 但也因怪而引人注目，進而知其美、究其美而傳之後世。

（二）鍊　字

　　韓孟詩派的詩作世稱為險怪，險怪的風格有一大特色是用字奇特。韓愈的詩中鍊字更是特出，並藉以表現出奇崛的詩風與「陌生化」」（estrangment）的審美藝術風格，[註7] 本單元將討論韓愈在詩歌中刻意以少見、艱深的字來表現一般事物與道理，使讀者在閱讀理解的時間延長，並在延長理解的時間中，能夠避免對一般熟知事物的直接與忽略，並從反覆咀嚼中再得其滋味：

　　1.〈南山詩〉：「先強勢已出，後鈍嗔誼譆。」

　　　錢仲聯《韓昌黎詩繫年集釋》注云：「〔魏本引祝充曰〕《玉篇》：「誼譆，詀謵，言不正也。」〔徐震《評釋》〕誼譆，

〔註6〕 如第一章第一節中，引《冷齋夜話》所載即有沈存中批評韓愈的詩只是「押韻之文」。朱光潛也說：「在一般人看，散文和詩中間應有一個界限，不可互越，散文像詩如齊梁人作品，是一個大毛病；詩像散文，如韓昌黎及一部分宋人的作品，也非上乘。」朱光潛：《詩論》（合肥，安徽教育出版社，1997 年），頁 93。

〔註7〕 所謂「陌生化」是由俄蘇形式主義（Russian Formalism）代表人物希柯洛夫斯基（Viktor Shjlovsky）所提出：「藝術的存在正是由於要重新拾回生命的直接經驗，真正去感覺事物，使石頭『石頭』起來。藝術的目標是要表達事物的直接經驗，使之可見可觸，而不是單純的認辨；藝術的手段是要使事物陌生起來，使形式有阻拒性，以便擴大感知的困難和時間，因為在藝術裡，感知過程是以自我為主，而一定是要延長的；藝術是重新體會事物構造的方法，但在藝術裡，已形成的事物是不重要的。」佛克馬（Douwe Fokkema）和蟻布思（Elrud Ibsch）進一步說明：「希柯洛夫斯基解釋，除開修辭法，尚有很多其他方法可以使形式有阻拒性和使事物陌生化。他從托爾斯泰的作品借來不少例子。例如托爾斯泰描述事物時不提事物的名字，就像初次看見這些事物一樣，這便製造出將熟悉經驗「疏離」（陌生化）的效果。……這些手段的效果是：『一件物體從其熟習的感知過程轉移至嶄新的過程，並因此導致特殊的語意換位。』詳見佛克馬、蟻布思著，袁鶴翔等譯：《二十世紀文學理論》（台北，書林出版有限公司，1995 年），頁 14。

《廣韻》上音齟，下音耨，云：「詆語，不能言也。」此句謂
後鈍見嗔，不能言也。

2. 〈讀東方朔雜事〉：「偷入雷電室，輷輘掉狂車。」

錢仲聯《韓昌黎詩繫年集釋》注云：李善注：「輷輘，大聲也。」

3. 〈陸渾山火〉：「熙熙醰醰笑語言，雷公擘山海水翻。」

錢仲聯《韓昌黎詩繫年集釋》注云：〔祝充注〕醰，飲也。
《禮記》：「長者舉末醰，少者不敢飲。」醰與酬同，主人進
客。〔王元啓曰〕醰酬謂飲畢而導賓也。

4. 〈陸渾山火〉：「齒牙嚼齧舌齶反，電光礔礰赬目暖。」

錢仲聯《韓昌黎詩繫年集釋》注云：〔補釋〕《十洲記》：「獸
舐地良久，忽叫如天大雷霹靂，又兩目如礔礰之交光，光朗
衝天。」慧琳《一切經音義》：「今吳名電爲礔礰，音息念、
大念反。」〔方世舉注〕《說文》：「赬，赤色。」〔顧嗣立
注〕《廣韻》：「暖，大目也。」

5. 〈秋懷詩〉：「謂是夜氣滅，望舒霣其團。」

錢仲聯《韓昌黎詩繫年集釋》注云：〔魏本引孫汝聽曰〕《淮
南子》：「月御曰望舒。」〔魏本引韓醇曰〕《離騷》：「前望
舒使先驅。」霣，墜也。《公羊》：「夜中星霣如雨。」……
〔朱彝尊曰〕桐葉落，常事耳，寫得如此奇峭，不知費多少
營構工夫？

又：李建崑《韓愈詩探析》曰：此「霣」字，即隕之古字。
〔註8〕

6. 〈寄崔二十六立之〉：「敦敦凭書案，譬彼鳥黏黐。」

錢仲聯《韓昌黎詩繫年集釋》注云：〔顧嗣立注〕《六書故》：
「黐，爲黏之甚者。以苦木皮擣取膠液，可黏羽物，今人謂
之黐。」

〔註8〕李建崑：《韓愈詩探析》（台北，臺灣師範大學國文研究所博士論文，
1992 年），頁 190。

7. 〈月蝕詩效玉川子作〉：「於菟蹲於西，旗旄衛氄毳。」

錢仲聯《韓昌黎詩繫年集釋》注云：〔祝充注〕《廣韻》：「氄，長毛貌。」「毳，毛衣也。」

8. 〈感春三首〉之一：「疊疊新葉大，瓏瓏晚花乾。」

錢仲聯《韓昌黎詩繫年集釋》注云：〔補釋〕疊疊，與娓娓同義，美盛貌。《廣韻》：「疊，美也。無匪切。」

9. 〈記夢〉：「我亦平行蹋虺虺，神完骨蹻腳不掉。」

錢仲聯《韓昌黎詩繫年集釋》注云：〔方世舉注〕《玉篇》：「虺虺，不安也。」

10. 〈劉生詩〉：「美酒傾水炙肥牛。」

錢仲聯《韓昌黎詩繫年集釋》注云：〔高步瀛曰〕《說文》：「炙，炮肉也，從肉在火上。」「炙」，俗字，從二肉，大謬。

（三）虛字入詩

所謂虛字，馬建忠在《馬氏文通》有如下說明：「凡字，有事理可解者，曰實字。無解而惟以助實字之情狀者，曰虛字。」〔註9〕虛字是用於輔助實詞表達情狀，用於散文或口語都很普遍。但詩歌因為本身韻律與篇幅的限制等因素，虛字的使用較為少見，所以將虛字入詩，韓愈之前即僅偶有詩人為之，如杜甫的〈望嶽〉：「岱宗夫如何？齊魯青未了。」即以虛字「夫」入詩；〈春日憶李白〉：「白也詩無敵，飄然思不群。」中的「也」字亦是虛字。或是同為中唐詩人白居易的〈慈烏夜啼〉：「嗟哉斯徒輩，其心不如禽！」中的「嗟哉」均為虛字。不過大多偶一為之，並不如韓愈頻繁使用。以下列舉說明之：〔註10〕

1. 〈天星送楊凝郎中賀正〉：「正當窮多寒未已，借問君子行安

〔註9〕馬建忠著、章錫琛校注：《馬氏文通・正名卷一》（北京，中華書局，1988年），頁1。

〔註10〕關於韓愈虛字入詩的使用，李建崑也已作分析整理，本文所採的虛字入詩即援引其所謂〈虛字例〉。詳見李建崑：《韓愈詩探析》（台北，臺灣師範大學國文研究所博士論文，1992年），頁190～191。

之？」此句尾用「之」字。

2. 〈此日足可惜〉：「思之不可見，百端在中腸。」此句中用「之」字。

3. 〈寄盧全〉：「破屋數間而已矣。」此句尾用「矣」字。同詩：「放縱是誰知過歟？」此句尾用「歟」字。

4. 〈忽忽〉：「忽忽乎余未知生之爲樂也，願脫去而無因。」此句中用「之」、「乎」，句尾用「也」字。

5. 〈誰氏子〉：「知者皆知其妄矣。」此句末用「矣」字。同詩：「不從而誅未晚耳。」此句末用「耳」字。

6. 〈汴州亂〉：「母從子走者爲誰？大夫夫人留後兒。」此句中用「者」字。

7. 〈贈叔姪〉：「今者復何事？卑棲寄徐戎。」此句中用「者」字。

8. 〈嘲魯連子〉：「願未知之耳。」此句用「之」爲虛字，「耳」爲句末虛字。

9. 〈詠雪贈張籍〉：「惟子能諳耳，諸人得語哉？」其中「耳」、「哉」爲句末虛字。

10. 〈寄崔二十六立之〉：「生分耕吾疆，死也埋吾坡。」此句中用「也」字。

11. 〈李花贈張十一署〉云：「祇今四十已如此，後日更老誰論哉。」此句尾用「哉」字。

12. 〈感春四首〉之一云：「三盃取醉不復論，一生長恨奈何許？」此句末有用「許」字爲語助。

13. 〈杏花〉云：「居鄰北郭古寺空，杏花兩株能白紅。」
張相云：「能，甚辭。……能白紅，言何其紅白相間而熱鬧也。反襯古寺荒涼之意。」（《集釋》卷四引）

14. 〈杏花〉云：「浮花浪蕊鎭長有，纔開還落瘴霧中。」
清・朱駿聲《說文通訓定聲》云：「〈爾雅・釋詁〉：『塵，久

也。』今人時久曰鎮日鎮年，以鎮爲之。」張相云：「鎮，猶常也。長也，盡也。」（《集釋》卷四引）

15. 〈李花贈張十一署〉云：「念昔少年著游燕，對花豈省曾辭盃。」張相云：「著游燕，愛游燕也。」「省，猶曾也。省曾二字聯用，重言而同意也。」（《集釋》卷四引）

16. 〈杏花〉：「鷓鴣鉤輈猿叫歇。」〈本草〉：「鷓鴣鳴云：鉤輈格磔。」

（四）俗字入詩

文學各有其一般體裁與風格標準：如「詩」就應該莊雅；詞就屬於媚柔；曲則偏向樸俗。所以就傳統藝術標準而言，有些詞彙雖然已經存在於人們口語中或俗文學已經很久了，但它們卻很少能出現在詩歌中。然而，古今大學者常不受傳統格局與習慣所限，且加以超越，所以常常能自出機杼，以俗化的詞彙造就詩歌的新鮮感，藉以成就一番新的格局。韓愈將莊雅的詩歌傳統風格加以突破，引俗字入詩，此亦韓詩一大特色。以下列舉說明：

1. 〈答張十一功曹〉：「斗覺霜毛一半加。」張相曰：「斗，與陡同，猶頓也。」（《集釋》卷二引）趙彩娟《論韓愈的「以文爲詩」》說：「『斗』是當時口語，『頓時』的意思。」 〔註11〕

2. 〈八月十五夜贈張功曹〉：「州家申名使家抑。」程學恂《韓詩臆說》：「州家、使家皆當時方言。」（《集釋》卷三引）《趙論》：「『州家』、『使家』是唐時口語，均指當時百姓對州官、觀察使的稱呼。」（頁18）

3. 〈杏花〉：「杏花兩株能白紅。」張相曰：「能，甚辭。」同詩：「浮花浪蕊鎮長有。」蔣抱玄注：「鎮，常之義。」（《集釋》卷四引）《趙論》：「『能』、『鎮』是唐人口語，『盡』、『常』之

〔註11〕趙彩娟：《論韓愈的「以文爲詩」》（內蒙古，內蒙古師範大學碩士論文，2000年），頁18。以下再引該文敘說時，則以簡稱《趙論》稱之。

意。」（頁18）

4. 〈晚秋郾城夜會聯句〉：「跋朝賀飛書。」〔魏本引孫汝聽〕曰：
「跋朝，猶言舉朝也。」〔補釋〕：「跋，唐人俗語，同拔。」
（《集釋》卷十引）

5. 〈晝月〉：「玉碗不磨著泥土，青天孔出白石補。兔入臼藏蛙
縮肚，桂樹枯株女閉戶。陰爲陽羞固自古，嗟汝下民或敢侮，
戲嘲盜視汝目瞽。」韓愈用「蛙縮肚」這樣俗白的辭彙描寫
月亮，在以「雅」爲傳統的詩歌中，顯得出奇的「俗」，但卻
俗得親切並引人注意。

6. 〈瀧吏〉：「潮州底處所？」〔方世舉注〕：「底，何也。」……
唐詩家多用底事，猶云何事也。蓋俗謂何等爲甚底，而吳音
急速，故轉語如此。（《集釋》卷十一引）

7. 〈瀧吏〉：「儂幸無負犯。」〔方世舉注〕：「儂字不只稱我，如〈子
夜歌〉：『郎來就儂嬉』、『負儂非一事』、『許儂紅粉粧』，皆所
謂我儂也。如〈尋陽樂〉：『雞亭故儂去，九里新儂還』，〈讀曲
歌〉：『冥就他儂宿』，皆所謂渠儂也。此詩『儂幸無負犯』、『儂
嘗使往罷』，皆自稱也。『亦有生還儂』，則指他人也。」〔補釋〕：
「《玉篇》：『儂，奴多切。』吳人稱我曰儂。」（《集釋》卷十
一引）

二、修辭技巧

（一）賦體入詩

　　韓愈用賦體的排比、鋪張、僻字入詩，使他的詩歌內容更加瑰麗、
想像更爲奇崛。賦的思想雖不夠深刻，但包羅範圍無限，足以馳騁超
越時空的想像。所謂「賦家之心，苞括宇宙，總覽人物」，〔註12〕正
是襲自漢代賦家的傳統。《文心雕龍・詮賦篇》又云：「賦自詩出，分

〔註12〕劉歆：《西京雜記》卷二江安傅氏雙鑑樓藏明刻本（上海，上海商務
　　　　印書館），頁7。

歧異派。寫物圖貌，蔚似雕畫。抑滯必揚，言曠無隘。風歸麗則，辭
翦荑稗。」〔註13〕是針對賦體的形式主義趨向之批評。韓愈詩歌的賦
體入詩特色，主要表現如下：

1. 僻字入詩

葉慶炳《中國文學史》中有云：「至於用字艱深，蓋由於漢代重
要賦家多為字書學者，如司馬相如撰〈凡將篇〉，揚雄撰〈訓纂篇〉。」
〔註14〕漢賦原本就是詩人競逐文采的的擂台，再加上一批精於文字學
的文人投入，遂將僻字、難字寫入賦中，藉以展現個人之學識，此後
就成為賦的特徵之一。韓愈也常有將僻字入詩的情形，而此種特徵已
於上文「鍊字」單元舉例說明，在此不擬贅述。不過漢賦尚有同部首
字堆砌的文字賣弄特色以及罕見字的使用，韓愈亦嘗為之，茲舉例如
下：

1. 〈陸渾山火一首和皇甫湜用其韻〉：「三光弛隳不復暾，虎熊
   麋豬逮猴猿。水龍鼉龜魚與黿，鴉鴟雕鷹雉鵠鵾。炰烋煨燔
   孰飛奔，祝融告休酌卑尊。」詩中「虎熊麋豬逮猴猿」、「水
   龍鼉龜魚與黿」分別堆砌了陸地及水域動物之名；「鴉鴟雕鷹
   雉鵠鵾」全堆砌「鳥」部首的字；「炰烋煨燔」則全為火部。

2. 〈陸渾山火一首和皇甫湜用其韻〉：「丹蕤縓蓋緋繙帑，紅帷
   赤幕羅脈膰。」當中堆砌了顏色字和絲織類型意義的字。祝
   充注：「縓，絳色。」《爾雅》：「一染謂之縓。」繙，《廣韻》：
   「風吹旗。」帑，《說文》：「幡也。」……《說文》：「緋，帛
   赤色也。」（《集釋》卷六引）

2. 鋪陳誇張

漢賦善於時空鋪陳與文字鋪陳以形成雄偉博大的敘事風格，韓愈

〔註13〕劉勰著、周振甫注：《文心雕龍‧詮賦第八》（台北，里仁書局，1994
年），頁117。
〔註14〕葉慶炳《中國文學史（上）》（台北，台灣學生書局，1994 年），頁
53～54。

的詩中也有此類特徵。如〈南山〉詩、〈月蝕〉詩以及〈譴瘧鬼〉更
是其中的代表：

> 〈南山〉詩中連用或字五十一句，[註15]那完全近於散文，
> 因爲過於重複，很容易破壞詩的和諧性與完整性。〈南山〉
> 中歷敍山石草木，〈月蝕〉中歷敍四方神祇，〈譴瘧鬼〉中
> 歷敍醫師祖師符師，那種鋪張排比的方法，與司馬相如、
> 揚雄作賦的手法相同。[註16]

漢賦除了鋪陳華麗文字外，也喜歡作空間的誇大描寫，敍述東西南北
四方之景物以及奇景異獸等形體表現。如引文中述及〈南山〉歷述山
石草木，故徐震評之曰：

> 以韻語刻畫山水，原於屈、宋。漢人作賦，鋪張雕繪，益
> 臻繁縟。……昌黎〈南山〉，取杜陵五言大篇之體，攝漢賦
> 鋪張雕之工，又變謝氏（謝靈運）軌躅，亦能別開境界，
> 前無古人。顧嗣立謂之光怪陸離，方世舉稱其雄奇縱恣，
> 合斯二語，庶幾得之。[註17]

韓愈的詩歌有好奇的傾向，再輔以個人的奇思異想，將現實中的自然

[註15] 韓愈：〈南山〉詩中有「或連若相從，或蹙若相鬥。或妥若弭伏，
或竦若驚雊。或散若瓦解，或赴若輻湊。或翩若船遊，或決若馬驟。
或背若相惡，或向若相佑。或亂若抽筍，或嶪若注灸。或錯若繪畫，
或繚若篆籀。或羅若星離，或蓊若雲逗。或浮若波濤，或碎若鋤耨。
或如賁育倫，賭勝勇前購。先強勢已出，後鈍嗔誧譳，或如帝王尊，
叢集朝賤幼。雖親不褻狎，雖遠不悖謬。或如臨食案，肴核紛飣餖。
又如游九原，墳墓包槨柩。或累若盆罌，或揭若登豆。或覆若曝鱉，
或頹若寢獸。或蜿若藏龍，或翼若搏鷲。或齊若友朋，或隨若先後。
或迸若流落，或顧若宿留。或戾若仇讎，或密若婚媾。或儼若峨冠，
或翻若舞袖。或屹若戰陣，或圍若蒐狩。或靡然東注，或偃然北首。
或如火熹焰，或若氣饙餾。或行而不輟，或遺而不收。或斜而不倚，
或弛而不毅。或赤若禿鬝，或熏若柴槱。或如龜拆兆，或若卦分繇。
或前橫若剝，或後斷若姤。」連用了五十一個「或」字。

[註16] 劉大杰：《中國文學發展史》（台北，漢京文化事業有限公司，1992
年），頁511。

[註17] 徐震：《南山詩評釋》，轉引自錢仲聯編：《昌黎詩繫年集釋》（台北，
學海出版社，1985年），頁462。

景物誇大描寫，並在時空中自由馳騁，產生了如同漢賦一般的宏篇鉅製。茲舉〈月蝕〉詩一段為例：

> 天階無由有臣蹤，寄牋東南風。天門西北祈風通，丁寧附耳莫漏洩。薄命正值飛廉愱，東方青色龍。牙角何呀呀，從官百餘座。嚼嚙煩官家，月蝕汝不知。安用爲龍窟天河，赤鳥司南方。尾禿翅觰沙，月蝕于汝頭。汝口開呀呀，蝦蟆掠汝雨吻過。忍學省事不以汝觜啄蝦蟆，於菟蹲於西。

詩中將四面八方的空間呈現出來，如「寄牋東南風」和「天門西北祈風通」兩句之中即已呈現東西南北四個方向詞。又「東方青色龍。……赤鳥司南方。……於菟蹲於西」展現了遼闊的空間效果，以及想像與現實交融、令人目眩神迷，而不得不隨文字而同神遊四極八荒，文字張力之極致，已難以復加。

（二）倒裝詞組

韓愈在詩歌創作方面爲了協韻，或是爲了讓語意表現突出，經常將字詞語序倒反，也就是修辭學所謂的「倒裝句」。宋人孫奕在《履齋世兒編・卷九》曾舉出三十例：

> 詩中倒用字，獨昌黎爲多：〈醉贈張祕書〉曰：「元凱承華勛」〈赴江陵〉云：「所學皆孔周」〈歸彭城〉云：「閭里多死飢」，「下言引龍夔」。〈城南聯句〉云：「戛鼓侑牢牲」，又「百金交弟兄」〈赴江陵〉云：「殷勤謝友朋」。〈孟東野失子〉云：「薄厚胡不均」。〈重雲〉云：「身體豈寧康」。〈送惠師〉云：「超然謝朋親」。〈答張徹〉云：「碧海滴瓏玲」。〈苦寒〉云：「調合進梅鹽」。〈東都遇春〉云：「渚牙相緯經」。〈雜詩〉：「詩書置後前」。〈寄崔立之〉云：「約不論財資」，又「無人角雄雌」。〈孟先生〉云：「應對多差參」，又「此格轉崎嶔」。〔註18〕〈符讀書〉云：「寒飢出無驢」。

〔註18〕「此格轉崎嶔」中的「格」應做「路」。查考諸本，均無作「格」，當是孫奕抄錄時形近而訛。又，「崎嶔」用於詩歌中的現象很普遍，如如謝靈運〈登池上樓〉：「傾耳聆波瀾，舉目眺崎嶔。」、高適〈同群公題中山寺〉：「超遙盡巇崿，逼側仍崎嶔。」均作「崎嶔」，本句

〈人日登高〉云：「盤蔬冬春雜」。〔註19〕〈南內朝賀〉云：「不見酬稊稗」，〔註20〕又「磨淬出角圭」。〈晚秋聯句〉云：「惟當早貴富」。〔註21〕〈贈唐衢〉云：「坐令四海如虞唐」。〈八月十五夜贈功曹〉云：「嗣皇繼聖登夔皋」。〈贈劉師服〉云：「後日懸知慚茅魯」。〈杏花〉云：「杏花兩株能白紅」，又「百片飄泊隨西東」。〔註22〕〈感春〉云：「兩鬢雪白趨埃塵」。〈和盤谷子〉：「推書撲筆歌慨慷」。皆倒字類也。〔註23〕

根據孫奕所列舉的倒裝詞共可分二類：

第一類是爲了協韻，多爲偶數句末的詞句倒裝，如：

1. 〈赴江陵途中寄贈王二十補闕李十一拾遺李二十六員外翰林三學士〉：「所學皆孔周。」「孔周」一詞，慣以「周孔」稱之。且觀其前後完整數句：「棲棲法曹掾，何處事卑陬？生平企仁義，所學皆孔周。早知大理官，不列三后儔。」「陬」、「周」、「儔」三字的韻部均屬下平聲十一尤。

2. 〈重雲李觀疾贈之〉：「身體豈寧康。」「寧康」一詞，慣以「康寧」稱之。觀其前後完整數句：「小人但咨怨，君子惟憂傷。飲食爲減少，身體豈寧康。此志誠足貴，懼非職所當。」「傷」、「康」、「當」三字的韻部均屬下平聲七陽。

應無倒裝。

〔註19〕「盤蔬冬春雜」中的「冬春」是季節循環，由冬而返春，故未可視爲倒裝。

〔註20〕「不見酬稊稗」中的「稊稗」非韓愈所獨有之倒裝。如元稹〈青雲驛〉：「何慚居稊稗。」即用「稊稗」一詞；另外《莊子・知北遊》：「東郭子問於莊子曰：『所謂道，惡乎在？』莊子曰：『無所不在。』……曰：『在稗稊。』」可見「稊稗」與「稗稊」皆有使用，故本句不視爲倒裝。

〔註21〕本句根據錢仲聯《韓昌黎詩繫年集釋》所載，乃是李正封所作，故不予討論。

〔註22〕「百片飄泊隨西東」根據《韓昌黎詩繫年集釋》，「百片」應做「萬片」。

〔註23〕宋・孫奕：《履齋世兒編》卷九，轉引自吳文治編：《韓愈資料彙編》二（北京，中華書局，2004 年），頁 449〜450。

3. 〈送惠師〉：「超然謝朋親。」「朋親」一詞，慣以「親朋」稱之。觀其前後完整數句：「惠師浮屠者，乃是不羈人。十五愛山水，超然謝朋親。脫冠剪頭髮，飛步遺蹤塵。」「人、親、塵」三字的韻部均屬上平聲十一眞。

4. 〈答張徹〉：「碧海滴瓏玲。」「瓏玲」一詞，慣以「玲瓏」稱之。觀其前後完整數句：「賴其飽山水，得以娛瞻聽。紫樹雕斐亹，碧海滴瓏玲。映波鋪遠錦，插地列長屛。」「玲」、「聽」、「屛」三字的韻部均屬下平聲九青。

5. 〈苦寒〉：「調和進梅鹽。」「梅鹽」一詞原應做「鹽梅」，〔魏本引樊汝霖曰〕：「《書》：『高宗命傳說曰：若作和羹，爾爲鹽梅。』」觀其前後完整數句：「天王哀無辜，惠我下顧瞻。褰旒去耳纊，調和進梅鹽。賢能日登御，黜彼傲與憸。」「瞻」、「鹽」、「憸」三字的韻部均屬下平聲十四鹽。

6. 〈東都遇春〉：「渚牙相緯經。」「緯經」一詞，慣以「經緯」稱之。觀其前後完整數句：「水容與天色，此處皆綠淨。岸樹共紛披，渚牙相緯經。懷歸苦不果，即事取幽迸。」「淨」和「迸」的韻部爲去聲二十四敬、「經」的韻部爲去聲二十五徑，屬於旁韻，亦可通用。

7. 〈雜詩〉：「詩書置後前。」「後前」一詞，慣以「前後」稱之。觀其前後完整數句：「古史散左右，詩書置後前。豈殊蠹書蟲，生死文字間。古道自愚蠢，古言自包纏。」「前」、「纏」的韻部均屬下平聲一先，「間」的韻部屬上平聲十五刪，但就廣義的標準而言，先、刪都屬於戈載《詞林正韻》所歸之第七部韻。

8. 〈寄崔二十六立之〉：「無人角雄雌。」「雄雌」一詞，慣以「雌雄」稱之。觀其前後完整數句：「老翁不量分，累月答其兒。攪攪爭附託，無人角雄雌。由來人間事，翻覆不可知。」「兒」、「雌」、「知」三字的韻部均屬上平聲四支。

9. 〈孟生詩〉：「應對多差參。」「差參」一詞，慣以「參差」稱

之。觀其前後完整數句：「謁來遊公卿，莫肯低華簪。諒非軒冕族，應對多差參。萍蓬風波急，桑榆日月侵。」「簪」、「參」、「侵」三字的韻部均屬下平聲十二侵。

10. 〈南內朝賀歸呈同官〉：「磨淬出角圭。」「角圭」一詞，慣以「圭角」稱之，〔方世舉注〕：「角圭，即圭角也。唐人好倒用字。如鮮新、莽鹵、角圭之類甚多。」（《集釋》卷十二引）觀其前後完整數句：「貪食以忘軀，鮮不調鹽醯。法吏多少年，磨淬出角圭。將舉汝愆尤，以爲己階梯。」「醯」、「圭」、「梯」三字的韻部均屬上平聲八齊。

11. 〈贈唐衢〉：「坐令四海如虞唐。」「虞唐」一詞，慣以「唐虞」稱之。觀其前句：〔註 24〕「當今天子急賢良，甌函朝出開明光。胡不上書自薦達，坐令四海如虞唐。」「光」、「唐」二字的韻部均屬下平聲七陽。

12. 〈八月十五夜贈張功曹〉：「嗣皇繼聖登夔皋。」「夔皋」一詞，慣以「皋夔」稱之。觀其前句：〔註 25〕「下床畏蛇食畏藥，海氣濕蟄熏腥臊。昨者州前搥大鼓，嗣皇繼聖登夔皋。」「臊」、「皋」二字的韻部均屬下平聲四豪。

13. 〈贈劉師服〉：「後日懸知漸莽鹵。」「莽鹵」一詞，慣以「鹵莽」稱之。觀其前後完整數句：「只今年才四十五，後日懸知漸莽鹵。朱顏皓頸訝莫親，此外諸餘誰更數。」「鹵」、「數」二字的韻部均屬上聲七麌。

14. 〈杏花〉：「杏花兩株能白紅。」〔方世舉注〕：「杏花初放，紅後漸白。」故應以「紅白」爲正，韓愈此處做「白紅」，是爲協韻而倒裝。觀其前後完整數句：「居鄰北郭古寺空，杏花兩

〔註 24〕「坐令四海如虞唐」爲該詩最後一句，所以未能像其他例句一般考察其前後句的韻部，而僅考察其前一句。

〔註 25〕本詩在「嗣皇繼聖登夔皋」的下一聯是「赦書一日行萬里，罪從大辟皆除死。」「死」字乃上聲四紙，並不和韻。但之前各句均屬下平聲四豪，所以「罪從大辟皆除死」依據應屬特例。

株能白紅。曲江滿園不可到，看此寧避雨與風。」「紅」、「風」二字的韻部均屬上平聲一東。

15. 〈杏花〉：「萬片飄泊隨西東。」「西東」一詞，慣以「東西」稱之。觀其前後完整數句：「豈如此樹一來玩，若在京國情何窮。今且胡為忽惆悵，萬片飄泊隨西東。明年更發應更好，道人莫忘鄰家翁。」「窮」、「東」、「翁」三字的韻部均屬上平聲一東。

16. 〈感春〉：「兩鬢雪白趨埃塵。」「埃塵」一詞，慣以「塵埃」稱之。觀其前後完整數句：「今者無端讀書史，智慧只足勞精神。畫蛇著足無處用，兩鬢雪白趨埃塵。乾愁漫解坐自累，與眾異趣誰相親。」「神」、「塵」、「親」三字的韻部均屬上平聲十一眞。

17. 〈盧郎中雲夫寄示送盤谷子詩兩章，歌以和之〉：「推書撲筆歌慨慷。」「慨慷」一詞，慣以「慷慨」稱之。觀其前後完整數句：「歸來辛苦欲誰為，坐令再往之計墮眇芒。閉門長安三日雪，推書撲筆歌慨慷。旁無壯士遣屬和，遠憶盧老詩顛狂。」「芒」、「狂」的韻部均屬下平聲七陽，「慷」的韻部屬上聲二十二養，但就廣義的標準而言，「芒」、「狂」、「慷」都屬於戈載《詞林正韻》所歸之第二部韻。

第二類是純粹在修辭上為了製造新鮮感的倒裝，如：

1. 〈赴江陵途中寄贈王二十補闕李十一拾遺李二十六員外翰林三學士〉：「殷勤獻友朋。」〔註26〕「友朋」一詞，慣以「朋友」稱之。因為是單數句末，無須考慮協韻，且下一句是「明月非暗投」，顯然也沒有考慮對偶的條件，所以應為單純的修辭條件。

2. 〈孟東野失子〉：「薄厚胡不均。」「薄厚」一詞，慣以「厚薄」

〔註26〕「殷勤獻友朋」句，〔舉正〕：「唐、閣本作『吾』。」〔考異〕：「『吾』，或作『朋』。」祝本、魏本作「友朋」。廖本、王本作「吾友」。（《集釋》卷三引）按：若作「吾友」或「吾朋」則不為倒裝。

稱之。本句雖爲偶數句，但非句末詞，故無須考慮協韻。上一句爲「問天主下人」，所以亦無對偶的條件。

3. 〈寄崔二十六立之〉：「約不論財貨。」〔考異〕：「約不」，或作「不約」（《集釋》卷八引）。其爲偶數句，但非句末詞，故無須考慮協韻。上一句爲「老婦願嫁女」，所以亦無對偶的條件。

4. 〈符讀書城南〉：「寒飢出無驢。」「寒飢」一詞，慣以「飢寒」稱之。本句雖爲偶數句，但非句末詞，故無須考慮協韻。上一句爲「不見三公後」，所以亦無對偶的條件。

5. 〈醉贈張秘書〉：「元凱承華勳。」「元凱」，〔魏本引孫汝聽曰〕：「文十二年《左氏》：『高陽氏有才子八人，謂之八愷。高辛氏有才子八人，謂之八元。』」所以應該以「愷元」爲慣用語序。本句雖爲偶數句，但非句末詞，故無須考慮協韻。上一句爲「方今向太平」，所以亦無對偶的條件。

（三）類疊修辭

　　類疊法的運用，可以使文章所要表達的感受更爲強烈，加深描寫內容的印象。相同的字、詞、句重複出現，可以加強語氣，也會產出特殊的效果，造成聽覺上的節奏感，視覺上的重複刺激等。

　　韓愈詩中亦常使用類疊修辭，其中尤以疊字最多：

1. 〈齪齪〉：「齪齪當世士」。此處「齪齪」，黃鉞注：「『齪齪』，《漢書》作『齱齱』」。……師古曰：「齱齱，持整之貌。」（《集釋》卷一引）

2. 〈秋懷詩十一首〉之一：「眾葉光蘪蘪」。此處「蘪蘪」，〔補釋〕：《廣雅·釋詁》：「蘪蘪，茂也。」（《集釋》卷五引）

3. 〈秋懷詩十一首〉之一：「策策鳴不已」。此處「策策」，〔補釋〕：「策策，狀落葉聲。」（《集釋》卷五引）

4. 〈秋懷詩十一首〉之二：「彼時何卒卒？我志何曼曼？」此處

「卒卒」，〔補釋〕：《漢書・司馬遷傳》注：「卒卒，促遽之意也。」此處「曼曼」，〔補釋〕：《廣雅・釋詁》：「曼曼，長也。」（《集釋》卷五引）

5. 〈病鴟〉：「拍拍不得離」。此處「拍拍」，〔魏本引孫汝聽〕曰：「拍拍，欲飛貌。」（《集釋》卷九引）

6. 〈寄崔二十六立之〉：「綴綴意益彌」。此處「綴綴」，〔沈欽韓注〕《荀子・非十二子篇》：「綴綴然是子弟之容。」注：「綴綴然，不乖離之貌。」（《集釋》卷八引）

7. 〈剝啄行〉：「剝剝啄啄，有客至門」。此處「剝剝啄啄」，〔魏懷忠注〕：「剝啄，叩門聲。」〔蔣抱玄注〕：「高適詩：『豈有白衣來剝啄。』」（《集釋》卷六引）

8. 〈謁衡嶽遂宿嶽寺題門樓〉：「杲杲寒日生於東」。此處「杲杲」，〔魏本引孫汝聽〕曰：「《詩》：『杲杲出日。』」杲杲，初日貌也。（《集釋》卷三引）

9. 〈酬司門盧四兄雲夫院長望秋作〉：「倚天更覺青嶄嶄」。此處「嶄嶄」，〔祝充注〕：「嶄嶄，高也。」（《集釋》卷七引）

10. 〈山石〉：「水聲激激風吹衣」。此處「激激」，〔方世舉注〕：「古樂府〈戰城南〉：『水聲激激，蒲葦冥冥。』」（《集釋》卷七引）

韓愈詩中類疊修辭屢見不鮮，以上僅略舉十例為證。

（四）雙聲與疊韻

雙聲與疊韻主要在講求音韻之美。根據王國維《人間詞話》云：
雙聲、疊韻之論，盛于六朝，唐人猶多用之。至宋以後，則漸不講，並不知二者為何物。乾嘉間，吾鄉周松靄先生春〔註27〕著《杜詩雙聲疊韻譜括略》，正千餘年之誤，可謂有功文苑者矣。其言曰：「兩字同母謂之雙聲，兩字同韻謂

〔註27〕周松靄，周春，字屯兮，號松靄，清代學術家。

之疊韻。」〔註28〕

雙聲和疊韻的作用，都是使聲調和諧，增強節奏感。二者也是漢字的一大特點，由於這些字讀起來聲調委婉動聽，在表達上也能配合事物的情態，有奇妙的摹擬作用，所以廣泛出現在詩詞歌賦中。但在沈約提出「四聲八病」之說以後，雙聲和疊韻反而成為一種聲病，王國維對此有不同意見：

> 自李淑〔註29〕《詩苑》傅造沈約之說，以雙聲疊韻為詩中八病之二，〔註30〕後世詩家多廢而不講，亦不復用之於詞。余謂苟於詞之蕩漾處用疊韻，促節處用雙聲，則其鏗鏘可誦，必有過於前人者。惜世之專講音律者，尚未悟此也。〔註31〕

王國維將雙聲疊韻重新肯定，認為在不同的情韻中，使用雙聲與疊韻可以有更強烈的情緒表達。也就是在一連串聲音不同的字句中，穿插出現聲與韻相同的兩個連續字詞，從這種強烈的聲音特色表達獨特的情緒。

清人王鳴盛《蛾術篇·卷七十六》討論韓愈詩〈詠雪贈張籍〉中的雙聲疊韻問題：

〔註28〕王國維著、滕咸惠校：《人間詞話新注》（台北，里仁書局，1994 年），頁 42。本段引文出自趙萬里與王幼安整理之《人間詞話刪稿》。《人間詞話刪稿》係比較王國維《人間詞話》原稿與《國粹學報》1908 年所發表的王氏手定本而得出若干條刪稿。滕咸惠所校《人間詞話新注》為方便讀者閱讀，並將刪稿註明於通行本相應條數。（所謂「通行本」是指徐調孚注、王幼安校訂本。）

〔註29〕滕咸惠校注曰：「李淑，北宋人，有《詩苑類格》，佚。」

〔註30〕滕咸惠校注曰：「周春《杜詩雙聲疊韻譜括略》引李淑《詩苑》：『梁沈約云：詩病有八，……七日旁紐，八日正紐。（謂十字內兩字雙聲為「正紐」，若不共一字而有雙聲為「旁紐」，如「流六」為正紐，「流柳」為旁紐。）周春案：「正紐、旁紐，皆指雙聲而言，觀神珙之圖，自可悟入。若此注所云，則旁紐即疊韻矣，非。』」

〔註31〕王國維著、滕咸惠校：《人間詞話新注》（台北，里仁書局，1994 年），頁 42。本段引文出自趙萬里與王幼安整理之《人間詞話刪稿》。《人間詞話刪稿》係比較王國維《人間詞話》原稿與《國粹學報》1908 年所發表的王氏手定本而得出若干條刪稿。滕咸惠所校《人間詞話新注》為方便讀者閱讀，並將刪稿註明於通行本相應條數。（所謂「通行本」是指徐調孚注、王幼安校訂本。）

「飄颻還自弄，歷亂竟誰催？」「誤雞宵呃喔，驚雀暗徘
徊。」「飄颻」、「徘徊」，皆疊韻，「歷亂」、「呃喔」，皆雙
聲。「城寒裝睥睨，樹凍裹莓苔」，「娥嬉華蕩漾，胥怒浪崔
嵬」，「萬屋漫汙合，千株照曜開」，「水官夸傑黠，木氣怯胚
胎」，「狂叫詩碑砓，興與酒陪鰓。」，皆疊韻。「緯繣觀朝
萼，冥茫矚晚埃」，皆雙聲。舉此以為例，餘不及。〔註32〕

王鳴盛所舉的僅是〈詠雪贈張籍〉中的雙聲疊韻之例，詩中的雙聲與
疊韻多是用於情緒的呈現與抒發，如「飄颻」有人生不定的無奈；「徘
徊」是無所適從，又有驚疑不定惶恐；「蕩漾」有喜悅而綿長的情緒，
使人讀之深受其感染。

雙聲與疊韻是藉由聲律的促緩表現，而呈現情感的多樣性與複雜
性，原屬詩歌形式與情感的交流與互動，但是在六朝的聲律說之後，
雙聲與疊韻變成破壞詩歌聲律的「八病」之一。韓愈不理會世俗的看
法，並能正確認識與善用雙聲與疊韻的優點，正是他所能擇善固執之
長處。

第二節　韓愈詩歌的思想特徵

一、韓愈的「道統」思想

（一）以儒家為正統的「道統」

韓愈的基本思想，是維護先秦的正統儒家孔孟思想。韓愈以儒家
正統自居，他認為儒家有一個正統的傳承體系，也就是「道」：

夫所謂先王之教者，何也？博愛之謂仁，行而宜之之謂義，
由是而之焉之謂道，足乎己無待於外之謂德……「斯吾所
謂道也，非向所謂老與佛之道也。」堯以是傳之舜，舜以
是傳之禹，禹以是傳之湯，湯以是傳之文武周公，文武周

〔註32〕清・王鳴盛：《蛾術篇》卷七十六，轉引自吳文治編：《韓愈資料彙
編》四（北京，中華書局，2004年），頁1281。

> 公傳之孔子，孔子傳之孟軻。軻之死，不得其傳焉。荀與
> 揚也，擇焉而不精，語焉而不詳。〔註33〕

韓愈認為「道」乃是「先王之教」，到孟軻之後已無傳承。而韓愈之
所以再提出，是因為當時的佛老思想盛行，並各言其「道」，所以韓
愈刻意指出他的「道」是儒家系統的思想脈絡，並不是「老與佛之道
也」。勞思光先生也肯定說：「韓氏之學雖不足承孟子，而其志則確以
復興儒學為己任。」〔註34〕韓愈在〈原道〉中雖無明言自己有繼承「軻
之死，不得其傳焉」的「道」，但他在稍早的貞元十四年〈重答張籍
書〉中已大致申明〈原道〉中的思想意涵，〔註35〕並將自己也納入儒
家的道統傳承體系之中：

> 自文王沒，武王、周公、成、康相與守之，禮樂皆在，及
> 乎夫子，未久也；自夫子而至乎孟子，未久也；自孟子而
> 至乎揚雄，亦未久也。……前書謂吾與人論不能下氣，若
> 好勝者。雖誠有之，抑非好己勝也，好己之道勝也。非好
> 己之道勝也，己之道乃夫子、孟軻、揚雄所傳之道。〔註36〕

可見在思想上，韓愈提出了儒家「道統」的相承觀念，並將自己也納
入了此一體系，並且以「文」為實行之工具。韓愈〈爭臣論〉云：「君
子居其位，則思死其官；未得位，則思修其辭以明其道。」〔註37〕「修
辭明道」是韓愈認為當「君子」不得位時，做為自己立命的方向。

　　韓愈一生大多處於「未得位」的狀態，所以幾乎致其一生之力於
「修辭以明道」的努力之中，而韓愈所修之「辭」，指的是「古文」，
即是有別於當時所盛行的「時文」，也就是駢文。韓愈〈答李秀才書〉：

〔註33〕韓愈著、馬其昶校注、馬茂元整理：《韓昌黎文集校注》（上海，上
　　　　海古籍出版社，1998年），頁18。
〔註34〕勞思光：《新編中國哲學史》（台北，三民書局，1990年），頁26。
〔註35〕韓愈的〈原道〉作於貞元十五年秋冬，略晚於〈重答張籍書〉。
〔註36〕韓愈著、馬其昶校注、馬茂元整理：《韓昌黎文集校注》（上海，上
　　　　海古籍出版社，1998年），頁135～136。
〔註37〕韓愈著、馬其昶校注、馬茂元整理：《韓昌黎文集校注》（上海，上
　　　　海古籍出版社，1998年），頁112～113。

　　然愈之所志於古者，不惟其辭之好，好其道焉爾。〔註38〕

在〈題歐陽生哀辭後〉云：

　　思古人而不得見，學古道則欲兼通其辭。通其辭者，本志
　　乎古道者也。〔註39〕

又在〈答陳生書〉曰：

　　愈之志在古道，又甚好其言辭。〔註40〕

韓愈在這三篇文章中提出自己「好古辭」，又言「其辭者，本志乎古道者也」，可見韓愈所作之古文，是奠基於前文所謂的「道」之上，所以後世稱他「文以載道」便是基於此。

　　韓愈企圖以「文」為手段，進而達成他理想中「道」的實現。然而，韓愈本身是個政治性格強烈的儒者，他的「道」是建立在批判佛、道二家的的思想基礎之上，是一種肇基於「破」的立場，但本身又缺乏「立」的哲學依據。根據前文引韓愈〈原道〉所載，韓愈所謂的道並無個人的見解，而是直引傳統儒家的思想系統而概言之，並將此思想系統用以對抗佛、道，並以政治力強力介入。〈原道〉云：

　　然則，如之何而可也？曰：不塞不流，不止不行。人其人，
　　火其書，廬其居，明先王之道以道之，鰥寡孤獨廢疾者，
　　有養也，其亦庶乎其可也？〔註41〕

先以外力強迫僧、道「人其人，火其書，廬其居」，再思想上施以儒家的「先王之道」，並進一步達成《禮記・禮運篇・大同章》的「鰥寡孤獨廢疾者，皆有所養。」〔註42〕之後韓愈雖未再續引《禮記・禮

〔註38〕韓愈著、馬其昶校注、馬茂元整理：《韓昌黎文集校注》（上海，上海古籍出版社，1998 年），頁 176。

〔註39〕韓愈著、馬其昶校注、馬茂元整理：《韓昌黎文集校注》（上海，上海古籍出版社，1998 年），頁 304～305。

〔註40〕韓愈著、馬其昶校注、馬茂元整理：《韓昌黎文集校注》（上海，上海古籍出版社，1998 年），頁 176。

〔註41〕韓愈著、馬其昶校注、馬茂元整理：《韓昌黎文集校注》（上海，上海古籍出版社，1998 年），頁 19。

〔註42〕孫希旦撰：《禮記集解・卷二十一・禮運》（台北，文史哲出版社，1988 年），頁 530。

運篇‧大同章》之文，但仍可由該文所接續之「男有分，女有歸」對
照「人其人，火其書，廬其居」之意，可知惟有僧、道徒還俗歸家，
才有所謂「男有分，女有歸」之儒家大同世界之理想。

　　所以在思想上，韓愈以破佛老之道而立儒家之道爲依歸，但在
「破」的方面是消極的，「立」的方面又是缺乏個人的哲學建構，宋
人張耒就曾批評韓愈「以爲文人則有餘，以爲知道則不足」，〔註43〕
甚至於認爲「是愈於道，本不知其何物」，〔註44〕視韓愈完全是採用
含混的「道統」觀念。正如勞思光先生所言：

　　　韓氏以爲釋老因儒學之衰而興，遂使仁義道德之學不傳；
　　　而天下反以佛老之說爲「道」。「原道」之作，即以辨此義
　　　爲目的。故云……此則申明儒學之價值觀念與佛老不同。
　　　老子言「道德」，「去仁與義」，故非儒家所肯定之「道德」。
　　　又另評佛教之說，則謂佛教是「夷狄之法」，而廢棄倫常，
　　　乃不合理者。韓氏引「大學」中「古之欲明明德於天下者」
　　　一段，再謂……如此駁佛老，未見理論力量何在。然其立
　　　場固然明白。韓氏對古史之了解，全受唐代風氣所局限，
　　　故其論道統，今日視之，亦屬一團混亂。但其自覺肯定者
　　　仍是孔子之學。……「原道」一文，表現韓氏之立場以及
　　　對學統之看法；雖文中理論甚簡而淺，但亦足表示韓氏反
　　　對佛教「捨離精神」，故爲韓氏著作中一重要文件。〔註45〕

以上是針對韓愈在〈原道〉中所表現的「駁佛老」、「論道統」主旨的
疏淺而發，接著在總評其哲學思想：

　　　總之，韓氏自身乃一文人，其談理論問題亦不過作文章而
　　　已，於一切理論分際皆未深察。且雖尊孟子，亦不解孟子
　　　之說；雖反佛教，亦不解佛教教義。故在哲學思想之進展

〔註43〕張耒：《張右史文集》卷五十六，轉引自吳文治編：《韓愈資料彙編》
　　　一（北京，中華書局，2004 年），頁 176。
〔註44〕張耒：《張右史文集》卷五十六，轉引自吳文治編：《韓愈資料彙編》
　　　一（北京，中華書局，2004 年），頁 176。
〔註45〕勞思光：《新編中國哲學史》（台北，三民書局，1990 年），頁 23～
　　　24。

中，可謂全無實際貢獻。然其立場甚為堅定，其志向確在
於復興儒學或「先王之道」，故仍代表當時之一種特殊精神
方向。〔註46〕

就哲學本身的建構上，韓愈是欠缺的；但是在確立儒家的精神方面，
的確有提出一個方向、依歸。

　　韓愈一生雖然致力於發揚儒家道統，但在當時並未受到肯定與重
視。尤其在「駁佛老」的努力上，非但未改變唐帝王對二教的傳統支
持態度，〔註47〕反而因上表諫迎佛骨而激怒憲宗，幾遭殺身之禍。〔註
48〕另一方面，在精神上推動的「道統」建構，也沒有完成，甚至於
在當世並不受重視。韓愈本人在〈進學解〉一文中已自言其努力於觝
佛道而遠紹儒道：

　　觝排異端，攘斥佛老。補苴罅漏，張皇幽眇。尋墜緒之茫
　　茫，獨旁搜而遠紹。障百川而東之，迴狂瀾於既倒：先生
　　之於儒，可謂有勞矣。〔註49〕

但接著又言其不得志：

〔註46〕勞思光：《新編中國哲學史》（台北，三民書局，1990 年），頁 26。
〔註47〕道教奉老子李耳為教主，唐朝皇室亦為李姓，故從唐初起統治者就
　　　　信奉道教。唐高宗更尊李耳為「玄元皇帝」，唐朝大多數皇帝均崇奉
　　　　道教，尤其以唐玄宗為甚。佛教的政治地位雖然不如道教，但就其
　　　　流傳影響及寺院的經濟能力而言，是在道教之上。在武后時期佛教
　　　　更是倍受寵遇，甚至凌駕於道教之上。佛教與道教均以出家為號召
　　　　的宗教團體，在唐代長期互爭高低，李淵父子自稱是老子李耳的後
　　　　裔，規定道士在朝覲的排序在僧尼之前。武則天天授二年（691），
　　　　朝廷改為僧尼排班次序在道士之前。到了唐睿宗景雲二年（711），
　　　　折衷為僧道齊行並進，班次排列不分先後，終唐之世，遂成定制。
〔註48〕歐陽脩、宋祁：《新唐書》卷一百一：「表入，帝大怒，持示宰相，
　　　　將抵以死。裴度、崔群曰：愈言訐忤，罪之誠宜。然非內懷至忠，
　　　　安能及此？願少寬假，以來諫爭。帝曰：『愈言我奉佛太過，猶可容；
　　　　至謂東漢奉佛以後，天子感天促，言何乖刺邪？愈，人臣，狂妄敢
　　　　爾，固不可赦！』於是中外駭懼，雖戚裡諸貴，亦為愈言，乃貶潮
　　　　州刺史。」（北京，中華書局，1997 年），頁 5260～5261。
〔註49〕韓愈著、馬其昶校注、馬茂元整理：《韓昌黎文集校注》（上海，上
　　　　海古籍出版社，1998 年），頁 45～47。

> 然而公不見信於人，私不見助於友。跋前躓後，動輒得咎。
> 暫爲御史，遂竄南夷。三年博士。冗不見治。命與仇謀，
> 取敗幾時！冬暖而兒號寒，年豐而妻啼飢。頭童齒豁，竟
> 死何裨。〔註50〕

韓愈自謂於公於私皆不得人助，個人既宦海浮沈，家計又陷入苦境。
顯然他個人所推行的道統是難以在當時受到肯定的。現代學者閻琦、
周敏認爲韓愈的「道」是中唐社會「轉型期」〔註51〕的科舉士人內心
群體原則，但尚未被眞正標舉出來：

> 韓愈論「道」建構的是一整套以科舉出身的士人尤其庶族
> 士人爲階級立場的社會秩序，及平衡這個士人群體內心世
> 界的原則。自中唐開始的社會轉型歷經百餘年，至北宋時
> 才完成。……宋以後中國社會是一個極端極權專制的皇權
> 之下的文官社會。由科舉出身的士人組成的官僚集團實際
> 運轉著這個社會。於是，韓愈道論的主體成爲國家機器乃
> 至於整個文化界的主流。因此韓愈道論才在北宋被標舉出
> 來，進而影響整個後期封建社會，並與之相始終。〔註52〕

閻琦、周敏對韓愈所揭舉的「道」認定爲庶族士人對社會秩序、以及
平衡士人內心世界的一個原則。但是，「道」的提出也是庶族士人對

〔註50〕韓愈著、馬其昶校注、馬茂元整理：《韓昌黎文集校注》（上海，上
　　　　海古籍出版社，1998 年），頁 45～47。
〔註51〕所謂中唐「轉型期」，是指「唐以前延續了數世紀之久的貴族等級制
　　　　度有著深厚的歷史根基。……貞觀年間重修《氏族志》，旨在打破舊
　　　　的社會格局。太宗自謂此舉非出於舊嫌，『爲其世代衰微，全無官宦
　　　　人物』，新政權不再根據各個家族的原有勢力，而是根據其成員在本
　　　　朝所任官職確定其社會地位。同時，科舉制度的實行造成相對開放
　　　　的政治形態，客觀上也有削弱氏族傳統的作用。……經過一個世紀
　　　　左右的持續積累，由科舉晉身的官員不斷增加，尤其在盛唐之後形
　　　　成了科舉出身士人這樣一個新的社會階層。……他們確實逐漸滲透
　　　　到帝國組織的各個領域和各層機構中，日益成長爲國家機器的實際
　　　　掌管者。」閻琦、周敏：《韓愈文學傳論》（西安，三秦出版社，2003
　　　　年），頁 352。
〔註52〕閻琦、周敏：《韓愈文學傳論》（西安，三秦出版社，2003 年），頁
　　　　353。

傳統文化捍衛的圖騰，就歷史的角度而言，韓愈的道是具有漢民族為中心的強烈排他色彩。盛唐時胡漢一家，彼此不分，因此標示著民族主義的儒家道統並不受重視，安史之亂以後，夷夏之防的觀念興起，韓愈道統說的提出才符合其時代需求。到了北宋，歷經五代十國的紛亂，外族入侵、漢文化地位降低、文人的節氣、士人的風氣敗壞，所以建國之初就提高讀書人的地位，建立極端重文的國家發展方針。於是科舉出身的士人組成的官僚集團掌握整個國家社會的運作，「韓愈道論的主體成為國家機器乃至於整個文化界的主流」，並連帶提高了韓愈的詩文地位。

（二）韓愈詩歌的「道統」思想

韓愈的道統觀念雖然明確指出是要表現於「文」的創作方向，但「詩」的道統思想並不明顯。然而每個人在創作時，不免限於體裁、時空、或社會風尚的因素而有「文類」與「風格」的關係之考量。如唐、宋人面對「詩」與「詞」時的態度便有所不同：〔註53〕詞在唐宋人眼中是「詩之餘事」，文人並不以嚴肅的態度對它，詞「將文學從政教功能向娛樂功能的轉化」。〔註54〕宋代詩歌所表現的大都為士人的個人生命情志與精神理想的追求，就格局而言，是屬於經世的抱負；宋詞因為主要的基因來自民間，所以他的基調就是表現平民百姓的悲歡離合與青樓瓦肆的愛恨情仇。所以文人在寫作詩與詞的時候，總能把握其基本調性，如歐陽脩、范仲淹等文人，他們明顯而刻意將抒情的內心託付於詞，而將理性思維形諸詩文。而韓愈雖然在其文學的總體價值根源不外乎儒家之道與儒家經典，但相較於刻意追求道統的古文，他的詩歌的確較無刻意加入「載道」之思想。

但韓愈的詩歌並非完全阻隔於此思想核心之外，尤其不能將韓愈

〔註53〕此處所論的「詞」是以婉約為正宗的詞風，並不包括蘇軾以降的豪放詞風。

〔註54〕王曉驪：《唐宋詞與商業文化關係研究》（北京，中國社會科學出版社，2004年），頁5。

的「道統」思想僅限於「文」而完全不及於詩。雖然韓愈從未明言他的詩歌思想同於古文，而且一般人都將韓愈的詩風歸為奇險，著重於形式主義的探討，對於他的詩歌精神思想一直缺乏認識。然而，人的思想是屬於有機的整體，自有其內在繫連，不可能區隔得一清二楚，韓愈詩歌中亦偶有排佛老、正儒術的捍衛「道統思想」，陳寅恪先生稱之為「排斥佛老，匡救政俗之弊害」，〔註55〕並分別舉〈送靈師詩〉與〈謝自然詩〉為例。

〈送靈師詩〉云：

> 佛法入中國，爾來六百年，齊民逃賦役，高士著幽禪。官吏不之制，紛紛聽其然。耕桑日失隸，朝署時遺賢。〔註56〕

〈謝自然詩〉亦云：

> 人生有常理，男女各有倫。寒衣及飢食，在紡績耕耘，下以保子孫，上以奉親尊，苟異於此道，皆為棄其身。噫乎彼寒女，永託異物群。感傷遂成詩，昧者宜書紳。〔註57〕

這是站在儒家傳統的道德倫理以及經濟與社會正義的角度批判佛道。〈送靈師詩〉是針對佛教的出家人不事生產且不負擔徭役，但卻享有有崇高社會地位而批判之。當中對中國傳統儒家知識份子最大的打擊是「高士著幽禪」以及「朝署時遺賢」。傳統上，在儒家的觀念中，「學而優則仕」是一個讀書人的追求目標，一個文人的努力方向，都是在於表現自己並貢獻於天下，所以《禮記‧大學》云：「古之欲明明德于天下者，先治其國，欲治其國者，先齊其家；欲齊其家者，先修其身；欲修其身者，先正其心；欲正其心者，先誠其意；欲誠其意者，先致其知，致知在格物。物格而後知至，知至而後意誠，意誠而後心正，心正而後身修，身修而後家齊，家齊而後國治，國治而後天下平。」

〔註55〕陳寅恪：〈論韓愈〉，收錄於《陳寅恪先生論文集（下）》（台北，九思出版社，1977 年），頁 1284。

〔註56〕錢仲聯編：《韓昌黎詩繫年集釋》（台北，學海出版社，1985 年），頁202。

〔註57〕錢仲聯編：《韓昌黎詩繫年集釋》（台北，學海出版社，1985 年），頁 29。

此為儒家積極的入世觀。所以在一心捍衛儒家道統者的眼中,「高士著幽禪」是個人的自我退卻;「朝署時遺賢」是國家人才的浪費。

〈謝自然詩〉是針對道教棄絕儒家倫理傳統而批判。《禮記‧禮運篇‧大同章》云:「……使老有所終,壯有所用,幼有所長,鰥、寡、孤、獨、廢疾者皆有所養,男有分,女有歸。……是謂大同。」此乃儒家倫常與大同世界的理想,而〈謝自然詩〉中「異於此道」的道教是儒家倫常觀念所不容的。

二、根柢於經傳的思想

韓愈的詩文思想有很強烈的儒家意識,其具體的表現就是將儒家經傳思想貫注於詩文之中,他在〈上宰相書〉中直接說明自己的著作都是「約《六經》之旨而成文」:

> 其業則讀書著文歌頌堯、舜之道,雞鳴而起,孜孜焉亦不為利;其所讀皆聖人之書,楊、墨、釋、老之學無所入於其心;其所著皆約《六經》之旨而成文,抑邪與正,辨時俗之所惑。〔註58〕

馬位更直指韓愈的古詩思想即源於經傳:

> 退之古詩,造與皆根柢經傳,故讀之猶陳列商、周彝鼎,古痕斑然,令人起敬。……非徒作幽澀之語,如牛鬼蛇神也。〔註59〕

姜夔也說:

> 詩有出於〈風〉者,出於〈雅〉者,出於〈頌〉者。屈原之文,〈風〉出也。韓、柳之詩,〈雅〉出也。〔註60〕

劉石齡詳析韓詩字句,亦有如下看法:

〔註58〕韓愈著、馬其昶校注、馬茂元整理:《韓昌黎文集校注》(上海,上海古籍出版社,1998年),頁155。

〔註59〕馬位:《秋窗隨筆》,轉引自吳文治編:《韓愈資料彙編》三(北京,中華書局,2004年),頁1155。

〔註60〕姜夔:《白石道人詩說》收錄於何文煥編《歷代詩話》(臺北,木鐸出版社,1982年),頁680。

公詩根柢，全在經傳。如《易・說卦》：「離爲火」，「其于
人也，爲大腹」。故于炎官屬熱，以頹胸坦腹擬諸其形容，
非臆說也。又「彤幢」、「紫纛」、「日轂」、「霞車」、「虹鞘」、
「豹」、「鞹」、「電光」、「頹目」等字，亦從「爲日、爲電」、
「爲甲冑，爲戈兵」句化出，造語極奇，必有根據，以理
考察，無不可解者。世儒於此篇（按：〈陸渾山火一首和皇
甫湜用其韻〉）每以怪異目之，且以不可解置之。吁！此亦
未深求其故耳，豈眞不可解哉？〔註61〕

李建崑也注意到這個問題，並整理清人的相關論述：

清・陳沆《詩比興箋》即舉〈謝自然〉、〈送靈師〉、〈送惠師〉
三首，認爲是：「《原道》之支瀾。」更進一步提出：「當知昌
黎不特約六經以爲文，亦直約風騷以成詩。」之主張。〔註62〕
清・翁方綱《石洲詩話》亦認爲：「韓文公約六經之旨而成文，
其詩亦每於極瑣碎極質實處，直接六經之脈。蓋文象繇占，
典謨誓命，筆削記載之法，悉醞入風雅正旨，而具有其餘味。
自束晳、韋孟以來，皆未有如此沈博也。」〔註63〕以上這些
論見，較之宋・穆修稱頌韓愈〈元和聖德詩〉「辭嚴義密，製
述如經」可謂層次更深，範圍更廣。〔註64〕

這部份的看法其實與「道統」思想有關係，經傳本是儒家傳統思想的
媒介工具，所以韓愈的詩歌思想有部份肇因於經傳，亦與他所重視的
儒家之道有密切關係。另外，韓愈本質上是追求復古的人，自稱非三
代、兩漢之書不敢觀，其詩古貌古心自是不在話下，他的〈薦士〉詩
做了更有系統的說明：

周詩三百篇，雅麗理訓詁，曾經聖人手，議論安敢到。五

〔註61〕引自錢仲聯編：《韓昌黎詩繫年集釋（上）》（台北，學海出版社，1985
年），頁699。
〔註62〕陳沆：《詩比興箋》卷四（臺北，藝文印書館，1970年），頁433。
〔註63〕轉引自錢仲聯：《韓昌黎詩繫年集釋》附錄（臺北，學海出版社，1985
年），頁1345。
〔註64〕李建崑：《韓愈詩探析》（臺北，臺灣師範大學國文研究所博士論文，
1992年），頁232。

言出漢時，蘇李首更號，東都漸瀰漫，派別百川導。建安能者七，卓犖變風操，逶迤抵晉宋，氣象日凋耗。中間數鮑謝，比近最清奧，齊梁及陳隋，眾作等蟬噪。搜春摘花卉，沿襲傷剽盜，國朝盛文章，子昂始高蹈。勃興得李杜，萬類始陵暴，後來相繼生，亦各臻閫隩。〔註65〕

韓愈的詩歌思想有很大的根源是來自於《詩經》、漢魏、李杜，也就是正統的儒家思想為依歸，藉以重新建立儒家的道統，越過西漢以後的經學而複歸孔、孟。韓愈提倡復古，非獨文學形式上的復古，更是「道」的復古，這部分可以從他在〈師說〉一文稱讚「李氏子蟠，年十七，好古文，六藝經傳，皆通習之。不拘於時，學於余，余嘉其能行古道，作師說以貽之」〔註66〕而得到證明。王基倫先生也曾在〈韓愈讀書觀與其散文創作關係之研究〉〔註67〕細論韓愈的讀書觀與創作之間的關係，並尋繹出韓愈在「文」與「道」的取捨之間有著強烈的儒家思想為支配標準，並提出「重道甚於重辭，有時是重道兼能重辭，書寫儒道發用於人倫日用之題材，堅持文章合於儒家之道，允為韓愈終身拳拳服膺之目標。」王基倫先生雖然就「道」與「辭」兩個部份提出韓愈的讀書觀與散文創作的依歸，但其旨歸的重心是在於「儒家之道」，至於「辭」也非不重要，只是在創作的的地位則不得凌駕於「道」之上。

三、不平則鳴的「緣情」觀

韓愈在〈送孟東野序〉中提出了「不平則鳴」的觀念，他從自然界的事物因不平而有的反應——「鳴」，而導入文人寫作的內在行為。從「唐虞」到「唐」，列舉其「善鳴」者皆因物有所觸，心有所感而表現於作品之中。在最後列舉唐代詩人在創作層面所遭遇不平而感發

〔註65〕錢仲聯：《韓昌黎詩繫年集釋》附錄（臺北，學海出版社，1985年），頁527～528。

〔註66〕韓愈著、馬其昶校注、馬茂元整理：《韓昌黎文集校注》（上海，上海古籍出版社，1998年），頁186。

〔註67〕王基倫：〈韓愈讀書觀與其散文創作關係之研究〉，《唐代文學研究》第十輯（桂林，廣西師範大學出版社，2004年）。

爲詩的表現：

> 唐之有天下，陳子昂、蘇源明、元結、李白、杜甫、李觀，
> 皆以其所能鳴。其存而在下者，孟郊東野始以其詩鳴。其
> 高出魏晉，不懈而及於古，其他浸淫乎漢氏矣。從吾遊者，
> 李翱、張籍其尤也。三子者之鳴信善矣，抑不知天將和其
> 聲，而使鳴國家之盛耶？抑將窮餓其身，思愁其心腸，而
> 使自鳴其不幸耶？三子者之命，則懸乎天矣。其在上也，
> 奚以喜？其在下也，奚以悲？

這篇文章的寫作目的是要寬慰孟郊之心，孟郊此時正「役於江南也，
有若不釋然者」，所以韓愈以古今人物爲例，勉勵孟郊：當己身有所
不平時，正是上天有意要讓他窮困飢餓、心腸愁苦，使他們表達自己
的不幸遭遇，並形之於文。況且許多偉大的作品都是因爲內心有眞正
的鬱鬱不平之事，才能緣其情而發其不平之鳴。所以當心有不平之
時，情亦隨之而生，緣情而作之文，方可稱爲眞性至情之作。

　　日人市川勘在《韓愈研究新論》曾分析「言志」與「緣情」的傳
統觀念，他認爲「言志」是屬於「載道」的觀念：

> 所謂「詩者，志之所之也，在心爲志，發言爲詩，情動于
> 中而形於言，言之不足，故嗟嘆之，嗟嘆之不足，故詠歌
> 之，詠歌之不足，不知手之舞之足之蹈之也」。朱自清早就
> 指出「這種『志』，這種懷抱是與『禮』分不開的」。孔子
> 的「興於詩，立於禮，成於樂」，就是對「志」之附著於「禮」
> 的明確表述。……「言志」與「載道」乃同樣觀念，這是
> 不言而喻的。〔註68〕

而「緣情」重在「稱物」，並由稱物而引出各種主觀情感，試觀陸機
〈文賦〉：

> 每自屬文，尤見其情，恆患意不稱物，文不逮意，蓋非知
> 之難，能之難也。故作文賦，以述先士之盛藻，因論作文
> 之利害所由，佗日殆可謂曲盡其妙。至於操斧伐柯，雖取

〔註68〕市川勘《韓愈研究新論》（台北，文津出版社，2004 年），頁 51。

則不遠，若夫隨手之變，良難以辭逮，蓋所能言者，具於此云。佇中區以玄覽，頤情志於典墳。遵四時以歎逝，瞻萬物而思紛。悲落葉於勁秋，喜柔條於芳春，心懍懍以懷霜，志眇眇而臨雲。詠世德之駿烈，誦先人之清芬。〔註69〕

陸機的意見是一種肯定情感與外物的反應現象，若在適度的範圍而言，是一種由「景」而「情」再以「辭」呈現的契合關係，當為一種理想文學表現的內在規範。然而，這當中需要一種理想的「平衡」關係才能創造好的作品。但是，隨著時風的轉變，「景」、「情」、「辭」的平衡關係逐漸破壞而向「辭」的方向傾斜。正如李諤所批評：

……競騁文華，遂成風俗。江左齊、梁，其弊彌甚，貴賤賢愚，唯務吟詠。遂復遺理存異，尋虛逐微，競一韻之奇，爭一字之巧。連篇累牘，不出月露之形，積案盈箱，唯是風雲之狀。〔註70〕

可見歷經六朝的發展，辭采已佔了絕對的優勢，形成一種「彩麗競繁而興寄都絕」〔註71〕的形式主義流風。

韓愈面對這種形式主義文風，除了提出重視內容承載的「道」之外，也將陸機所謂應該「稱物」的「情」重新思考彼此的平衡關係。「文章來自於作者對現實生活的感受，是作者產生於外界的情感鬱積。」〔註72〕這種鬱積就是所謂的「不平」，不平之後必須有「稱物」的文字反應，也就是韓愈主張的「不平則鳴」，他在〈送孟東野序〉云：

大凡物不得其平則鳴。草木之無聲，風撓之鳴；水之無聲，風蕩之鳴。其躍也，或激之；其趨也，或梗之；其沸也，或炙之。金石之無聲，或擊之鳴；人之於言也亦然。有不得已者而後言，其歌也有思，其哭也有懷。凡出乎口而為

〔註69〕陸機：〈文賦〉，收錄於蕭統編、李善等注：《增補六臣注文選》（台北，漢京文化事業有限公司，1983年），頁307～308。

〔註70〕魏徵等：《隋書‧卷六十六‧李諤傳》（北京，中華書局，1997年），頁1544。

〔註71〕陳子昂：〈與東方左史虬修竹篇序〉，收錄於周祖譔編選：《隨唐五代文論選》（北京，人民文學出版社，1999年），頁70。

〔註72〕市川勘《韓愈研究新論》（台北，文津出版社，2004年），頁54。

　　聲者，其皆有弗平者乎？〔註73〕

文章須有眞感受、眞思想，而且必須要出自胸臆的一種悲憤之情。韓愈的一生遭遇是多蹇的，他的主體思想是帶有不安與孤憤。童稚即失恃怙，惟兄嫂是依，接著又與兄嫂受貶投荒，以至於兄長病死異鄉，幼時即間接受到政治鬥爭的無情迫害。而後年長投身仕途，命運似乎與其兄相類，甚至更爲坎坷。第二次被貶時，韓愈還認爲自己無法活著北返，因此對姪孫韓湘說：「知汝遠來應有意，好收吾骨瘴江邊」。〔註74〕

　　不順遂的生活讓韓愈的心中有許多悲憤的情緒，身爲文人，情緒的出口自然是詩文了。韓愈在文的表現主要是在於「道」的普遍價值，屬於個人情志的不滿就反應在詩歌的效用上了。韓愈一生汲汲於仕途，但卻往往事與願違，他的不平之情也多由仕途不順，以及長期在民間與官場浮沉所見多是不平之事，鬱結於心中之情化爲詩歌，遂多有發個人處境之牢騷，如〈從仕〉是屈身於徐州節度推官時作，乃「嘆從仕之難」。〔註75〕〈三星行〉、〈剝啄行〉「皆元和初遇讒求分司時作」〔註76〕；另有譏諷時局、憂民之傷的作品，如〈齪齪〉是反映貞元十三年鄭州、滑州大水，朝士並無作爲，造成百姓驚擾、痛苦，字句中表現對朝臣不顧民生疾苦的惡絕，以及對百姓的同情，更觸發韓愈立志爲諫官的願望。至於〈歸彭城〉、〈赴江陵途中寄贈王二十補闕李十一拾遺李二十六員外翰林三學士〉、〈宿曾江口示姪孫湘二首〉都是感受到人民或受天災、或遭人禍之苦，詩中除了對百姓寄以無限

〔註73〕韓愈著、馬其昶校注、馬茂元整理：《韓昌黎文集校注》（上海，上海古籍出版社，1998 年），頁 233。
〔註74〕韓愈：〈左遷至藍關示姪孫湘〉：「一封朝奏九重天，夕貶潮陽路八千。欲爲聖明除弊事，肯將衰朽惜殘年。雲橫秦嶺家何在？雪擁藍關馬不前。知汝遠來應有意，好收吾骨瘴江邊。」
〔註75〕錢仲聯編：《韓昌黎詩繫年集釋（上）》注釋一：〔王啓元〕語。（台北，學海出版社，1985 年），頁 113。
〔註76〕錢仲聯編：《韓昌黎詩繫年集釋（上）》注釋一：〔魏本引洪興祖〕語。（台北，學海出版社，1985 年），頁 659。

的同情之外，更是藉以控訴統治者的無能與貪婪。所以李建崑先生將
之譽爲「惟杜甫〈三吏〉、〈三別〉可以媲美。」〔註77〕

　　韓愈不論是抒發個人牢騷、或是具有諷諭色彩的詩歌，都是緣於
情，進而積於胸臆之中，最終累成不平之鳴，故讀之歷歷在目，深刻
而令人動容。

第三節　韓愈詩歌的藝術特徵

　　關於韓愈詩歌的藝術特徵，也是長期受到研究者注意的焦點。
一個人的個性決定他的命運，而詩人的個性與命運又會決定他的詩
歌藝術風格特徵。韓愈的個性好奇尙險且崇怪，這一部份是時代風
尙之驅，〔註78〕一部分又是韓愈天性使然：

> 韓愈好奇，與客登華山絕峰，度不可返，乃作遺書，發狂
> 痛哭，華陰令百計取之，乃下。〔註79〕

這段記載雖然並無相關佐證以證實，兩《唐書》及時人亦無論及此事，
故不知李肇所言之根據。但自李肇提出後，後人雖知此論無憑據，卻
不斷提出各種推測與辯駁，甚至在華山蒼龍嶺上端「韓退之投書處」
的勝跡。中原因，不外乎韓愈好奇尙險的與眾不同性格深植於後人心
中，故有相對應之韻事相依佐。韓愈也曾在〈答劉正夫書〉中說明自
己對「奇」的肯定觀點：「足下家中百物，皆賴而用也，然其所珍愛
者，必非常物。夫君子之於文，豈異於是乎？」〔註80〕

〔註77〕　李建崑：〈韓愈詩之諷諭色彩與思想意識〉，《興大中文學報》第 7 期
　　　　　（台中，中興大學中文系，1994 年）。又，李建崑先生的評語是針對
　　　　　〈宿曾江口示姪孫湘二首〉而發，但筆者認爲〈歸彭城〉、〈赴江陵
　　　　　途中寄贈王二十補闕里十一拾遺李二十六員外翰林三學士〉二詩亦
　　　　　足以當之。
〔註78〕　李肇：《國史補》卷上說：「大抵天寶之風尙黨，大曆之風尙浮，元
　　　　　和之風尙怪。」（上海涵芬樓影印本，1922）。又：韓愈的文學活動
　　　　　主要集中於元和時期，所處時代正是充滿「尙怪」的氛圍。
〔註79〕　李肇：《國史補》卷中，（上海涵芬樓影印本，1922 年）。
〔註80〕　詳見本書第一章引文。

　　這種好奇尚怪的個性，也充分表現在韓愈的詩歌上。韓愈詩歌的藝術特徵也就圍繞在「奇」、「怪」及「險」為主，〔註81〕根據李建崑的研究，韓詩奇險表現的藝術特徵主要為「拈取醜怪、離奇之題材入詩」以及「違情悖理之意念表現」兩方面；另外他又提出「韓詩之豪雄風格」的藝術表現，其具體細目為「古文章法之運用」、「盤硬奇警之措辭」與「出人意表之想像」。但筆者以為，所謂「韓詩之豪雄風格」亦為出乎一般認識之風格，故不出乎「奇」、「怪」之範疇，故在本節將合併並整理成「以醜為美」、「以反為正」、「以文為詩」三個主題加以介紹。〔註82〕

一、「以醜為美」的藝術特徵

　　劉熙載《藝概・詩概》說：

　　　昌黎詩往往以醜為美，然此但宜施之古體，若用之近體則不受矣。〔註83〕

劉熙載在《藝概》並未言明他認為韓愈古詩以醜為美的根據何在，但可由同書論韓愈文章的一段說明看出其中梗概：

　　　八代之衰，其文內竭而外侈；昌黎易之以萬怪惶惑、抑遏

〔註81〕韓愈的詩歌主要是以奇險風格為主，但他到了晚年，隨著心境的轉變，生命境界也轉回純樸恬淡，此時詩歌風格也走向淡雅清麗。正如李建崑所言：「大體早年好以《詩經》、《楚辭》、漢魏古詩為法，詩風古雅沖淡；中年以豪放、奇險之本色見稱於世；晚年之作，詩興或無不同，而火候圓融，氣勢稍減，一掃鐫刻盤硬之舊格，改以和調平易手法即物寫心，因造自然淡雅之詩境。」《韓愈詩探析》（台北，臺灣師範大學國文研究所博士論文，1992年），頁217。然而，韓愈一生詩作風格還是以險怪為主，後人所重視者亦在此，故多以「險怪詩」或「韓孟詩派」名之，所以險怪風格是韓愈詩歌與其他詩人風格的主要差異之特徵。因此，本書在相關討論亦以險怪詩風為主，至於其他清麗詩風則略而不述。

〔註82〕本節三大主體所合併者依序為：將「拈取醜怪、離奇之題材」、「盤硬奇警之措辭」歸為「以醜為美」之範疇；將「違情悖理之意念表現」、「出人意表之想像」歸為「以反為正」；將「古文章法之運用」稱為「以文為詩」。

〔註83〕劉熙載《藝概・詩概》（台北，廣文書局，1969年），頁8。

蔽掩，在當時眞爲補虛消腫良劑。〔註84〕

本段文字雖然是討論韓愈文章，但所論之風格亦不外其詩，所以「萬怪惶惑、抑遏蔽掩」自是不同於時尚。基本上，時風所趨，一般稱之爲俗或爲美；反之，則爲雅或醜，此中關係，純然是對立而生，無關乎是非。韓愈詩歌藝術的特殊之處，在於統合能二者，既不同於流俗一般傳統表現，又能以時人所認爲不美之事物、手法入詩，並使之成爲一種另類的美感。

韓愈詩歌「以醜爲美」的藝術表現，可以分爲以下三類：

（一）直接以醜怪題材入詩

傳統詩歌用在描述個人身體或生理狀態時，多用於形貌姿態的美好描述，自《詩經》的「窈窕淑女」〔註85〕、「手如柔荑，膚如凝脂，領如蝤蠐，齒如瓠犀，螓首蛾眉，巧笑倩兮，美目盼兮」〔註86〕到魏晉六朝時的「穠纖得衷，脩短合度。肩若削成，腰如約素。延頸秀項，皓質呈露。芳澤無加，鉛華弗御。雲髻峨峨，脩眉聯娟。丹脣外朗，皓齒內鮮。明眸善睞，靨輔承權。瑰姿豔逸，儀靜體閑。柔情綽態，媚於語言。奇服曠世，骨像應圖」〔註87〕、以及以女性身體爲描寫對象的宮體詩，幾乎無不精雕細琢，加以美化。如果用於身體的傷殘時，則多用於表現戰爭的傷害或個人處境的悲苦，如「旻天疾威，天篤降喪。瘨我饑饉，民卒流亡」〔註88〕、「戰城南，死郭北，野死不葬烏可食」〔註89〕、「手爲錯，足下無菲。愴愴履霜，

〔註84〕劉熙載《藝概·文概》（台北，廣文書局，1969 年），頁 12。

〔註85〕高亨注：《詩經今注·周南·關雎》（台北，漢京文化事業有限公司，1984 年），頁 1。

〔註86〕高亨注：《詩經今注·衛風·碩人》（台北，漢京文化事業有限公司，1984 年），頁 82。

〔註87〕曹植：〈洛神賦〉，收錄於蕭統編、李善等注：《增補六臣注文選》（台北，漢京文化事業有限公司，1983 年）頁 351。

〔註88〕高亨注：《詩經今注·大雅·召旻》（台北，漢京文化事業有限公司，1984 年），頁 472。

〔註89〕漢〈鐃歌·戰城南〉，收錄於郭茂倩：《樂府詩集》（台北，里仁書局，

中多蒺藜。拔斷蒺藜腸肉中，愴欲悲」、〔註90〕「生女猶得嫁比鄰，
生男埋沒隨百草。君不見青海頭，古來白骨無人收」〔註91〕、「夜深
不敢使人知，偷將大石鎚折臂。張弓簸旗俱不堪，從茲始免征雲南。
骨碎筋傷非不苦，且圖揀退歸鄉土」。〔註92〕這一類型的詩歌，主要
是「亂離」與一種以身體傷痛對社會、政治環境的不公、不平發出
悲痛的控訴之詩歌，傳達的是自古以來所不能斷絕的深痛情傷。對
於「亂離」的詩歌，李正治先生有如下說明：

> 「亂離」的詩歌，是中國文學表現的一個層面，而這些作
> 品都是「為情造文」，情有所至，不得不發。這些作品也都
> 有歷史的動亂為其背景，可以就詩人生存的年代而考察。
> 談起這一層面的詩作，迎面而來的是萬古人類的情傷，這
> 裡面有無可化解的悲痛在，因此絕無他類作品那種淺斟低
> 唱的韻味。〔註93〕

至於〈孤兒行〉是以身體的傷痛傳達對於兄嫂的虐待以及對現實生活
的不滿與控訴；〈新豐折臂翁〉所表現的是對統治者窮兵黷武、好啟
邊釁，以至於百姓要以自殘的方式才能免於遠征南疆，以保存殘缺的
生命的悲慘指控。

　　然而對於這類題材，在韓愈的詩歌中則有所顛覆。韓愈在描寫人
物身體時，常用醜態描繪呈現。如〈鄭群贈簟〉中對自己的身體有如
下描寫：

> 法曹貧賤眾所易，腰腹空大何能為，自從五月因暑濕，如
> 坐深甑遭蒸炊。手磨袖拂心語口，慢膚多汗真相宜。〔註94〕

1999 年），頁 228。
〔註90〕漢〈相和歌辭・孤兒行〉，收錄於郭茂倩：《樂府詩集》（台北，里仁
　　　　書局，1999 年），頁 567。
〔註91〕杜甫：〈兵車行〉
〔註92〕白居易：《白氏長慶集・新豐折臂翁》江南圖書館藏日本活字本（上
　　　　海，上海商務印書館），頁 18～19。
〔註93〕李正治：《神州血淚行》（台北，月房子出版社，1994 年），頁 21。
〔註94〕錢仲聯編：《韓昌黎詩繫年集釋（上）》（台北，學海出版社，1985 年），
　　　　頁 387。

韓愈在詩中毫不介意地描寫自己肥胖、好睡、多汗的醜態，雖然寫實，
〔註95〕卻是在其他詩人的作品中少見，這是一種將戲謔的對象指向自
己本身的幽默感。

　　韓愈以醜爲美的藝術表現，常常利用醜怪題材突顯其特異性，再
以醜怪喚起讀者全新感受，這其實是符合人性好奇的心理。試觀自古
以來，人類在「美」與「奇」的辯證中，往往是「奇」勝於「美」，
久而久之，「奇」就等於「美」了。這也就是一般流行現象常常顛覆
傳統的美感規範，以奇特、不協調的方式創造出新的美感認知。在韓
愈詩中，以醜怪題材突顯個別特殊的美感作品之代表爲〈落齒〉：

> 去年落一牙，今年落一齒。俄然落六七，落勢殊未已。餘
> 存皆動搖，盡落應始止。憶初落一時，但念豁可恥。及至
> 落二三，始憂衰即死。每一將落時，懍懍恆在已。又牙妨
> 食物，顛倒怯漱水。終焉舍我落，意與崩山比。今來落旣
> 熟，見落空相似。餘存二十餘，次第知落矣。儻常歲落一，
> 自足支兩紀。如其落併空，與漸亦同指。人言齒之落，壽
> 命理難恃。我言生有涯，長短俱死爾。人言齒之豁，左右
> 驚諦視。我言莊周云，木雁各有喜。語訛默固好，嚼廢輭
> 還美。因歌遂成詩，持用誇妻子。〔註96〕

前人寫牙齒，常寫其美者，如「齒若編貝」、「脣紅齒白」、「明眸皓齒」
加以美化。但本詩寫落齒，絕非世俗所認爲之美事，韓愈不僅津津樂
道、反覆敘說，且用以自娛，直是顛覆常態，出人意表。一口空豁的
牙齒，偶有幾顆又是又牙不齊，零散排列，可謂作者樂於道之，讀者
怯於聽之。最後不但引經據典，還從中體悟出人生道理，直可與莊子

〔註95〕韓愈肥胖、好睡可參閱孔戣《私記》所云：「退之豐肥善睡，每來吾
　　　　家，必命枕簟。」而沈存中《筆談》亦云：「世畫韓退之小面而美髯，
　　　　著紗帽，此乃江南韓熙載爾。熙載諡文靖，江南人謂之韓文公，因
　　　　此遂誤以爲退之。退之肥而少髯。」引自錢仲聯編：《韓昌黎詩繫年
　　　　集釋（上）》（台北，學海出版社，1985 年），頁 388。
〔註96〕韓愈：〈落齒〉。收錄於錢仲聯編：《韓昌黎詩繫年集釋（上）》（台北，
　　　　學海出版社，1985 年），頁 171～172。

道「在屎溺」相頡頏。〔註97〕這種「道」是一種醜陋的表現方式，卻體近生活，可謂樸實自然之美，正如朱彝尊所道：「真率意，道得痛快，正是昌黎本色」。〔註98〕

　　韓愈將傳統以「雅」為主的詩歌中，加入日常生活中極其平易，或是極其醜惡的事物，如〈病中贈張十八〉：「中虛得暴下，避冷臥北窗。」以腹瀉為題材，卻也傳神；〈譴瘧鬼〉云：「求食嘔泄間，不知臭穢非。」〔註99〕更是以嘔泄之物入詩，令人悚然、反胃；〈感春〉其三之「冠欹感髮禿，語誤悲齒墮」；〈苦寒〉：「肌膚生鱗甲，衣被如刀鐮。氣寒鼻莫齅，血凍指不拈。」〔註100〕寫出寒天鼻塞、手凍等情景；並有將「糞壤」寫入詩中，如〈寄崔二十六立之〉中「孤豚眠糞壤」、「我雖未耋老，髮禿骨力羸」；〈赴江陵途中寄贈王二十補闕、李十一拾遺、李二十六員外翰林三學士〉中有「自從齒牙缺」、「因疾鼻又塞」等等。總之，韓愈把人所不願意形諸於詩之物、事、情皆納入，不但豐富了詩的題材，也使得詩歌內容更具多樣性。

　　其中兩首〈嘲鼾睡〉更是極盡挖苦鼾睡醜態之能事：如〈其一〉以「頑飆吹肥脂，坑谷相嵬磊。雄哮乍咽絕，每發壯益倍。有如阿鼻尸，長喚忍眾罪。馬牛驚不食，百鬼聚相待。木枕十字裂，鏡面生痱瘤。鐵佛聞皺眉，石人戰搖腿。」〔註101〕一連串誇張的比喻，將「澹

〔註97〕莊周：《莊子·知北遊》云：「東郭子問於莊子曰：「所謂道，惡乎在？」莊子曰：「無所不在。」東郭子曰：「期而後可。」莊子曰：「在螻蟻。」曰：「何其下邪？」曰：「在稊稗。」曰：「何其愈下邪？」曰：「在瓦甓。」曰：「何其愈甚邪？」曰：「在屎溺。」

〔註98〕錢仲聯編：《韓昌黎詩繫年集釋（上）》（台北，學海出版社，1985年），頁 174。

〔註99〕錢仲聯編：《韓昌黎詩繫年集釋（上）》（台北，學海出版社，1985年），頁 264。

〔註100〕錢仲聯編：《韓昌黎詩繫年集釋（上）》（台北，學海出版社，1985年），頁 154。

〔註101〕錢仲聯編：《韓昌黎詩繫年集釋（上）》（台北，學海出版社，1985年），頁 666。

師」〔註102〕畫睡時的鼾聲描繪得如同鬼哭神號，山河動搖，甚至於帶有陰森恐怖的氣氛；〈其二〉〔註103〕以李建崑敘其嘲諷之能事為最妙，茲引其文如下：

> 第二首「澹公坐臥時」二句，謂澹師特富異能，坐臥皆能穩睡。「吾嘗」二句深憂其五臟受損。以下又連用數喻形容之。其中「黃河」二句，謂澹師鼾睡之聲勢，有若黃河潰瀑，任何人欲梗止之，必如令鯀治水般枉然。「南帝」二句，謂南海之帝，奮槌鑿竅，混沌因此而死。韓愈蓋以此戲喻冒然止其鼾睡之危險。「迴然」四句戲謂澹師鼾睡時忽而一氣長引，有若萬丈之深，不可忖度，令人屏息以待。忽而一氣回反，眾人方敢出言，蓋澹師無氣絕之虞也。以上四句用意之妙，令人噴飯。「幽幽」二句，謂澹師幽幽寸喉之中，似有草木繁生之空間。「盜賊」二句，則戲謂以盜賊之狡獪，亦聞聲亡走，不敢闚闖。此蓋大化鴻蒙，合雜萬物，自有詭譎奇怪之士，以驅騁戾狠不從之人。「乍如」二句，戲謂澹師之鼾聲如人之言語，忽而呶呶相爭，忽若懇懇輸誠。「賦形」二句，謂造物賦形各有其源，澹師之鼾睡，何以如此與眾不同，亦難究詰矣。最後，以無奈而嘲戲之語氣謂：何以堙塞此一異物？亦惟一畚填土而已矣。〔註104〕

〔註102〕錢仲聯〔補釋〕：「公〈送諸葛覺往隨州讀書〉詩韓醇注：『諸葛覺，或云即澹師，公逸詩有澹師〈鼾睡〉二首，為此人作。』《貫休集》作諸葛玨，其懷玨詩云：『出山因覓孟，踏雪去尋韓。』注云：『遇孟郊、韓愈於洛下。』又注：『諸葛曾為僧，名澹然。』題『玨』字下注：『一作覺。』見錢仲聯編：《韓昌黎詩繫年集釋（上）》（台北，學海出版社，1985年），頁666。

〔註103〕本詩原文如下：「澹公坐臥時，長睡無不穩。吾嘗聞其聲，深慮五藏損。黃河弄潰薄，梗澀連拙鯀。南帝初奮槌，鑿竅泄混沌。迴然忽長引，萬丈不可忖。謂言絕於斯，繼出方哀哀。幽幽寸喉中，草木森苯蓴。盜賊雖狡獪，亡魂敢窺闖。鴻蒙總合雜，詭譎騁戾很。乍如鬥呶呶，忽若怨懇懇。賦形苦不同，無路尋根本。何能堙其源，惟有土一畚。」

〔註104〕李建崑：《韓愈詩探析》（台北，國立台灣師範大學國文研究所博士論文，1991年），頁205。

這種以自然人生所面臨的種種「正常醜態」，將之一一描繪，並形成美感的題材表現，正如朱光潛先生所說：「藝術必根據自然，但藝術美並不等於自然美，而自然醜也可以轉化爲藝術美，這就說明了藝術家有描寫醜惡的權利。」〔註105〕

亞丁在他所翻譯的《巴黎的憂鬱》序文中，對於日常生活中必然可見的尋常醜陋事物，經由藝術的手法，使之成爲美感表現，有如下說明：

> 《惡之花》一樣，體現著詩人的新的審美觀點，即美的典範是包含有消極面的。他認爲，「藝術有一個神奇的本領：可怕的東西用藝術表現出來就變成了美；痛苦伴隨音律節奏就使人心神充滿了靜謐的喜悅」。所以，詩人便盡情地歌頌「孤獨」、「昏暗」；歌頌那些「狗」，那些「渾身泥巴、滿身蝨子的狗」；用大量的筆墨，極度的同情去表現一位窮困潦倒的賣藝老人。像詩人還十分喜歡死亡般靜寂的午夜……正像我們從雨果《鐘樓怪人》（NOTRE DAME DE PARIS，另譯《巴黎聖母院》）中的撞鐘人身上所看到的那樣，詩人努力地把消極的處境化爲「美」，從「醜惡」（病）（譯註：根據朱光潛先生意見，《惡之花》原文中的 "mal" 應譯爲「病」，即「世紀病」中的病，「惡」是誤譯）中尋找美的東西。這可以說是浪漫主義中的超度浪漫，也可以說成是現實中的更加現實。〔註106〕

現實生活中的形形色色事物，本有其完美與缺憾的兩個面向，藝術有追求完美對稱的比例，也有以殘缺不和諧展現經驗特殊美感價值。以美的對立面——「醜」激發觀者對於外在不和諧的強烈衝突感，展現孤高、高雅的個體意義。韓愈以醜爲美的詩歌創作手法，是刻意要讓讀者在觀念中產生衝突，並藉由這種衝突的新鮮感來重新審視週遭的

〔註105〕朱光潛《談美書簡》（上海，上海文藝出版社，1980年），頁18。
〔註106〕沙爾‧波德萊爾（Charles Baudelaire）著、亞丁譯：《巴黎的憂鬱》（Le Spleen de paris）（台北，遠流出版社，2006年），譯序。

事物，站在世俗傳統的對立面，從而得到震撼性的美感經驗。

（二）以奇崛手法醜化普通意象

程學恂曾評韓愈〈岣嶁山〉曰：「此與〈石鼓歌〉，皆見好古之誠意耳。究之亦無甚緊要。」〔註107〕韓愈的詩作常將一般人「究之亦無甚緊要」的事物大加描寫，使之有令人耳目一新的風貌表現。但在呈現方法上，韓愈並非使平常事物美化而吸引人；相反地，他在詩歌中常常將尋常事物透過奇崛手法加以醜化，使之別開生面，並引人入勝，這種以奇思妙想開拓新的審美境界，也是一種「以醜爲美」的表現。

大陸學者龍迪勇對韓詩化普通爲醜，再轉爲美的藝術表現有如下說明：

> 在韓詩中，有相當一部分用的也是常見的普通意象，但作者對該意象不但不書寫其「美」的一面，反而強化和凸顯其「醜」的那一面，以表達一種迥異於他人的特殊情緒。〔註108〕

所謂的「特殊情緒」，是「醜」的呈現結果，再由這種「特殊情緒」轉成內心的感動或感嘆，形成一種衝擊內心的美感，使讀者再驚訝中震懾於韓愈的奇特想像，並造成一種迥異於往常的經驗法則，進而刺激出內在世界中新的欣賞與美感觸角。

如韓愈〈游青龍寺贈崔大補闕〉一段描寫柿子的鮮紅時，採用極度誇大比喻，令人嘆絕：

> 光華閃壁見鬼神，赫赫炎官張火傘。燃雲燒樹大實駢，金烏下啄賴虬卵，魂翻眼倒忘處所，赤氣沖融無間斷。有如流傳上古時，九輪獨照乾坤旱。〔註109〕

前四句描寫柿子的果實與樹葉，極盡想像之雕工，故查慎行評之日：「四

〔註107〕轉引自錢仲聯編：《韓昌黎詩繫年集釋（上）》（台北，學海出版社，1985年），頁286。

〔註108〕龍迪勇：〈論韓愈詩歌「以醜爲美」的審美傾向〉，《學習與探索》第149期（哈爾濱，黑龍江省社會科學院，2003年），頁115。

〔註109〕錢仲聯編：《韓昌黎詩繫年集釋（上）》（台北，學海出版社，1985年），頁563

句形容太狠。」〔註110〕是褒是貶，不得而知，但卻可肯定其文字表現是過度的、猛烈的。韓醇也說：「上聯詠柿葉之紅，而光華之燦然；下聯詠柿實之赤，而日光之交映。火傘虬卵，皆狀其紅。」〔註111〕此四句吟詠柿葉與柿實之紅，不盡在視覺上極力以「光華閃壁」、「張火傘」、「燃雲燒樹」、「賴虬卵」呈現其紅，更在觸覺上不斷「虛擬」其「熱」，使人讀之，不僅耀眼，更是有灼熱之感受，並將這種觸覺的感受「轉嫁」至視覺，使得「紅」的感受更為強烈。又以神烏下啄虬卵，〔註112〕亦為之魂翻眼倒，讓人覺得柿子之光已甚於日光，讓以載日為責任的金烏不但難以區分，甚至於無法承受其光芒。接著引入神話想像，誇張的表現柿子的紅已經與日光難以區分，甚至於感覺更為強烈，已有造成「乾坤旱」之可能。原本的綠葉紅果，是一種普通的鮮豔、對照之美。此處韓愈不但極盡誇張想像的寫出柿子之紅，甚且引入鬼神之神話想像，不僅連篇奇想，更有誇大醜惡的奇景怪物，讀之已難令人聯想此乃一般的柿子鮮紅之景況。

又如〈病鴟〉〔註113〕不寫臨風顧盼的猛禽，反而描寫牠墜入水溝中而發出悲鳴，且「有泥掄兩翅，拍拍不得離」的窘態，更受到群童以「瓦礫爭先之」、「中汝要害處」，以致於「汝能不得施」的狼狽情形。其他如〈月蝕詩效玉川子作〉中前面的一段：

〔註110〕錢仲聯編：《韓昌黎詩繫年集釋（上）》（台北，學海出版社，1985年），頁565

〔註111〕錢仲聯編：《韓昌黎詩繫年集釋（上）》（台北，學海出版社，1985年），頁565

〔註112〕金烏的指涉，根據韓愈〈送惠師〉：「金鴟既騰翥」的注釋曰：「〔魏本引韓醇曰〕金鴟，日也，隋孟康〈詠日詩〉：『金屋升曉氣，玉鑒漾晨曦。』」「〔魏本引蔡孟弼曰〕《山海經》曰：『上於扶桑，一日方至，一日方出，皆載於烏。』注：『一日方至，一日方出，言交會相代也。日中有三足烏，故云載於烏也。』參見錢仲聯編：《韓昌黎詩繫年集釋（上）》（台北，學海出版社，1985年），頁196。

〔註113〕錢仲聯編：《韓昌黎詩繫年集釋（下）》（台北，學海出版社，1985年），頁1024。

> 森森萬木夜僵立，寒氣凜凜頑無風。月形如白盤，完完上天東。忽然有物來噉之，不知是何蟲。如何至神物，遭此狼狽凶。星如撒沙出，攢集爭強雄。油燈不照席，是夕吐燄如長虹。

僅僅是月蝕的天文現象，雖不常見，卻也不是前所未見的天文異像。不過在韓愈筆下，卻寫得陰森恐怖，令人讀之怵然。此爲月蝕現象之序幕，已是如此大費周章以恐怖誇張的手法營造氣氛。

之後以想像的口吻，替玉川子發言：「臣有一寸刃，可剉凶蟇腸。」將盧仝加以神化，且神化之後的內容是令人驚異的一連串神話情節的大會串。所以朱彝尊評之曰：「警世駭俗，大勢亦本〈天問〉、〈招魂〉等脫胎來。」〔註114〕〈天問〉、〈招魂〉屬楚辭，楚人的習俗之一即是迷信鬼神，並形諸楚辭。傅錫任先生說：

> 由卜辭上考知，殷人是最迷信的。禮記表記篇也說：「殷人尊神，率民以事神，欲以獲福助，先鬼而後禮。」他們在祭祀中除了天地祖宗之外，更泛及日、月、風、雲、山、川諸神靈。而楚國與直接保存殷商文化的宋國相近，於是迷信色彩也爲楚人接受。……王逸《楚辭章句・九歌序》也說：「昔楚國南郢之邑，沅湘之間，其俗信鬼而好祠。其祠必作歌樂鼓舞以樂諸神。屈原放逐，竄伏其域……出見俗人祭祀之禮，歌舞之樂，其詞鄙陋。因爲作〈九歌〉之曲。」所謂祭祀必用歌辭，這就是文學的起源。所以迷信風氣愈盛，文學的材料愈豐，於是在文學宗教揉合的時代，楚國首先產生了保存濃厚民俗氣息及離奇詭麗的神話詩篇。〔註115〕

〈月蝕詩效玉川子作〉的神奇色彩濃厚，風格怪異，更是將一般天文現象奇異化、想像化的極致表現。

〔註114〕 錢仲聯編：《韓昌黎詩繫年集釋（下）》（台北，學海出版社，1985年），頁761。

〔註115〕 傅錫壬註譯：《新譯楚辭讀本》（台北，三民書局，1995年），頁7～8。

（三）用生硬措辭與映襯筆法產生美感距離

朱光潛說：

> 藝術家和詩人的長處就在能夠把事物擺在某種「距離」以外
> 去看。他們看一條街祇是一條街，不是到某銀行或是某商店
> 去的指路標；看一棵樹只是一棵樹，不是結果實或是架屋、
> 造橋的材料。在藝術家的心目中，這個世界只是許多顏色、
> 許多線形和許多聲音所縱橫組合而成的形相。我們一般人和
> 科學家替這個世界尋出許多分別，定出許多名稱，立出許多
> 意義，來做實用生活的指導。藝術家們把這些分別、這些名
> 稱和這些意義都忽略過去，專以情趣為標準，重新把這個世
> 界的顏色、形狀和聲音組合出條理來，另成一種較可滿意的
> 世界。他們把事物的價值完全換過，極平常的事物經過他們
> 的意匠經營，可以變成很美的印象。〔註116〕

直接的寫、或是描述一件事物，所傳達的常常是其真實面，所要求是
「真」而非「美」，但是就文學的語言而言，求「美」往往重於求「真」。
文學的訴求雖然以求「美」為主，但並非捨棄「真」而不論，而是將
「真」隱藏於「美」的多重包裝之後，再呈現出「真」。所謂「多重
包裝」，就是美感距離，將一般事物用陌生的語言、文字產生距離美
感，不讓讀者一眼看出所有內容，而是在層層思考、探究中不斷產生
新鮮與驚奇。

　　韓愈論孟郊的詩：「橫空盤硬語，妥帖力排奡」，以硬語產生距離，
並展現陌生美感，又有足夠的文才「力道」能充分展現內涵。這是韓
愈詩歌雖奇且硬，但終不若盧仝、馬異等流於晦澀的原因。

　　如〈城南聯句〉：「黃團繫門橫」。黃團，只是曬乾之匏瓜，也就
一般人俗稱之「荣瓜布」。韓愈在此稱之「黃團」，就是要使人多一層
思考、想像，以製造鄉間樸實景物的氛圍與美感。所以周紫芝評之曰：

> 黃團當是瓜蔞，紅皺當是棗。退之狀二物而不名，〔註117〕

〔註116〕朱光潛：《文藝心理學》（台南，大夏出版社，1991年），頁20。
〔註117〕周紫芝此處略有誤失：「紅皺」乃指孟郊之「紅皺曬檐瓦」，周紫芝

使人瞑目思之，如秋晚經行，身在村落間。〔註118〕

由一塊「黃團」進入多一層的思索，擴大聯想空間，並擴大至整個鄉野情趣的美感。因為「陌生」，所以仔細品味，於是一幅悠閒的鄉間秋晚圖真實浮現，美感也從中產生。

韓愈以映襯對比的筆法而產生曲折意境的詩歌作品，當以〈山石〉為最：

> 山石犖确行徑微，黃昏到寺蝙蝠飛。昇堂坐階新雨足，芭蕉葉大梔子肥。僧言古壁佛畫好，以火來照所見稀。鋪床拂席置羹飯，疎糲亦足飽我飢。夜深靜臥百蟲絕，清月出嶺光入扉。天明獨去無道路，出入高下窮煙霏。山紅澗碧紛爛漫，時見松櫪皆十圍。當流赤足蹋澗石，水聲激激風生衣。人生如此自可樂，豈必局束為人鞿。嗟哉吾黨二三子，安得至老不更歸？〔註119〕

本詩頗富情趣，雖非一般文字險怪之作，但其中所蘊藏的意境卻是曲折而多層次。正如方東樹所評之曰：

> 不事雕琢，自見精彩，真大家手筆。許多層事，只起四語了之。雖是順敘，卻一句一樣境界，如展畫圖，觸目通層在眼，何等筆力！五句六句又一筆，十句又一畫，「天明」六句共一幅早行圖畫，收入議。〔註120〕

劉熙載亦云：

> 昌黎詩陳言務去，故有倚天拔地之意。〈山石〉一作，辭奇意幽，可為〈楚辭·招隱士〉對，如柳州〈天對〉也。〔註121〕

之誤植為韓愈所作。

〔註118〕錢仲聯編：《韓昌黎詩繫年集釋（上）》（台北，學海出版社，1985年），頁492。

〔註119〕錢仲聯編：《韓昌黎詩繫年集釋（上）》（台北，學海出版社，1985年），頁145。

〔註120〕錢仲聯編：《韓昌黎詩繫年集釋（上）》（台北，學海出版社，1985年），頁148。

〔註121〕錢仲聯編：《韓昌黎詩繫年集釋（上）》（台北，學海出版社，1985年），頁148。

韓愈的〈山石〉看似清麗，但頗多轉折，所以是「一句一樣境界」，尤其是本詩中多處使用映襯對照的技法，藉由落差的對比，由景進入，而產生強烈的情感內涵。詩一開頭便寫山石犖确陡峭，點出寺藏於深山罕有人跡所染的特色，接著轉入「夏末黃昏的景象千姿百態，而為詩人注目並攝入詩中的僅有兩種：一是漫天紛飛的蝙蝠。蝙蝠多宿於古剎老屋之中，夏秋季節黃昏時分便群翔於空際。這一奇特景觀，這一為許多詩人不屑於攝入詩中的景觀，恰如其分地烘染出了寺廟於地老天荒的古色古香。二是一場暴雨之後，飽受雨水滋潤的自由自在的芭蕉和梔子花。一個「大」字和一個「肥」字，便準確而形象地鉤勒出它們的一派爛漫的生機和蓬勃的生命之光。」〔註122〕本詩以對映的方式使人對事物多一分思索，當中的美感就多出一分。以黃昏古寺的蕭索，配合蝙蝠的陰暗，產生一種孤寂淒絕的美感。接著，筆鋒一轉，出現的卻是雨水滋潤後的生命力──「芭蕉葉大梔子肥」，一種「爛漫的生機和蓬勃的生命之光」，這當中的落差不可謂不大，語氣與意義不可謂不鮮明。對比映襯的表現，產生強烈的落差，也可以使意義鮮明，正如沈謙所說：「在語文中，將兩種不同的，特別是相反的觀念或事實，對立比較，從而使語氣增強，意義顯明的修辭，是為『映襯』。」〔註123〕

　　韓愈的〈山石〉雖然並非使用傳統修辭上的映襯技法，但在行文構思方面，卻頗多對比映襯的巧思。如「僧言古壁佛畫好」，以寺僧的口吻自吹自捧，結果「以火來照所見稀」，專程舉火欣賞，所見卻是「稀」而非「好」；又如「鋪床拂席置羹飯」，顯出寺僧煞有介事的鋪床、擦桌，並為他置羹飯，因此羹飯的菜色頗令人期待，結果端出來的菜色是粗糙的「疏糲」，故充其量也只可以「飽我飢」。

　　所以，〈山石〉一詩，在熟悉中製造陌生，在平凡中創造對比的

〔註122〕吳振華：〈千古含壯氣，異代有通情──韓愈《山石》的文化美學內涵〉，《名作欣賞》第 3 期（太原，名作欣賞雜誌社，2001 年），頁 56。

〔註123〕沈謙：《修辭學》（台北，國立空中大學，1996 年），頁 83。

衝突，也藉由曲折過程的藝術手法，開展出美感的體驗。

二、「以反爲正」的特殊美學內涵

　　傳統上，在文學典故或象徵的使用，都有其約定俗成的慣例，如「竹」代表「節操」、「謙虛」；「鶴立雞群」也是大家熟悉的成語，表示在群體之中有特出的表現。此外，前人的話語，往往有其一定的意涵，雖非典故，但卻爲一般人所共同認知。人情之中，也會有一些共通性的文化傳統與體悟。這些都是在文化傳統的長期積澱下的共識，讀來令人熟而易解，極其親切；但是，相反地，這些長期在文化規範下的共識，雖然在閱讀上有其便利性，但在藝術的表現方面，卻缺乏了刺激性與震撼性，讀之易令人感到疲乏無味。

　　韓愈本身好奇愛險，正如在〈答劉正夫書〉所言：「夫百物朝夕所見者，人皆不注視也，及睹其異者，則共觀而言之。夫文豈於是乎？」〔註124〕於是韓愈在很多詩歌作品中發揮了「以反爲正」的特殊美學思想與技巧，試圖達到化腐朽爲神奇，以不落窠臼的方式達到出奇制勝的效果。而且內涵違情念悖理，顛覆一般的習慣情理認知，也可以呈現奇險之風格。

　　韓愈詩歌「以反爲正」的藝術表現，可以分爲以下三類：

（一）反用典故以刺激新意

　　典故又稱用典、用事、事類等，典故的使用，其優點在於「能以片言數字，闡明繁複隱微之寓意」，〔註125〕《文心雕龍‧事類》也對典故的運用，抱持正面的看法：

　　　　事類者，蓋文章之外，據事以類義，援古以證今者也。……
　　　　然則明理引乎成辭，征義舉乎人事，乃聖賢之鴻謨，經籍
　　　　之通矩也。〔註126〕

〔註124〕韓愈著、馬其昶校注、馬茂元整理：《韓昌黎文集校注》（上海，上海古籍出版社，1998年），頁206。
〔註125〕沈謙：《修辭學》（台北，國立空中大學，1996年），頁350。
〔註126〕劉勰著、周振甫注：《文心雕龍‧事類第三十七》（台北，里仁書局，

胡應麟也說：

> 用事患不得肯綮，得肯綮則一篇之中，八句皆用，一句之中，二事串用，亦何不可？宛轉清空，了無痕跡，縱橫變化，莫測端倪。此全在神運筆融，猶斲輪甘苦，心手自知，難以言述。〔註127〕

任何事物都是有利有弊，典故的使用雖有其巧妙，但正如胡應麟所說：「用事患不得肯綮」，如果不得肯綮，反而適得其反，尤其是六朝顏延之輩的流風，連篇用典，以至於令人讀之生厭。於是鍾嶸主張吟詠情性：

> 夫屬詞比事，乃爲通談，吟詠情性，何貴用事？「思君如流水」，既是即目；「高臺多悲風」，亦唯所見；⋯⋯詎出經史？古今勝語，多非補假，皆由直尋。〔註128〕

到了唐代，皎然甚至於主張「不用事」爲詩中五格之第一位。〔註129〕所以過度使用典故會使文學作品產生制約化，而缺乏活力與新鮮感，因此，韓愈的詩歌就如同他的個性一般，不願與流俗同浮沈，在過度典故使用的文學環境中，標新立異，不是不用典，而是反用典。

如關於「雪」的吟詠，自魏晉以來多從美感欣賞的角度下筆，韓愈則不然，錢仲聯曰：

> 汪師韓曰：自謝惠連作〈雪賦〉，後來詠雪者多騁妍詞。獨韓文公不然，其集中〈辛卯年雪〉一詩有云：「翕翕陵厚載，譁譁弄陰機。生平未曾見，何暇議是非？」〈詠雪贈張籍〉一章有云：「松篁遭挫抑，糞壤獲饒培。隔絕門庭遽，擠排陛級才。豈堪裨嶽鎮，強欲效鹽梅。」「日輪埋欲側，坤軸壓將頹。」「魚龍冷蟄苦，虎豹餓號哀。」所以譏貶者甚至。

1994 年），頁 593。

〔註127〕胡應麟：《詩藪》（台南，莊嚴文化事業公司據南開大學圖書館藏明刻本影印，1997 年）。

〔註128〕鍾嶸：《詩品》（台北，金楓出版有限公司，1986 年），頁 41。

〔註129〕皎然著、李壯鷹校注：《詩式・詩有五格》：「不用事第一；作用事第二；直用事第三；有事無事第四；有事無事，情格俱下第五。」（濟南，齊魯書社，1986 年），頁 23。

又〈酬崔立之詠雪〉一章有云:「泯泯都無地,茫茫豈是天?崩奔驚亂射,揮霍訝相纏。不覺侵堂陛,方應折屋椽。」亦含諷刺,豈直為翻案變調耶?嘗考雪之詠于《三百篇》者凡六,……其他若〈邶〉之〈北風〉,刺虐也,曰「北風其涼,雨雪其雱」,則以喻政教之酷暴矣。〈頍弁〉,諸公刺幽王也,曰「如彼雨雪,先集維霰」,則以比政教之暴虐,自微而甚矣。〈角弓〉,父兄刺幽王也,曰「雨雪瀌瀌,見晛曰消」,則又以雪比小人多,而以日能消雪,喻王之誅小人矣。其後張衡〈四愁詩〉,效屈原以美人為君子,以珍寶為仁義,以水深雪雱為小人。韓公之放才歌謠,正是《詩》《騷》苦語。〔註130〕

一般人對事物有現實的物質層面與浪漫的精神層面感受,而文人筆下常以浪漫的文字渲染美的景物。雪景,常是詩人筆下競逐文字魅力的對象。雪,對詩人而言,是何其純潔美麗,像是上天賜與詩人的筆紙,令人一揮而就的即是引人入勝的唯美意境。然而,詩人韓愈卻不對雪的美感作藝術描繪,反而從負面下筆,寫實的描寫雪災,想像的將雪比喻成小人等,都讓人對雪景有新的感受、體悟與刺激,並在全新的感官經驗中感受其特殊的美感效果。

〈縣齋有懷〉:「如今便可爾,何用畢婚嫁。」其典故本應是指向子平代男女婚事皆畢以後,方與禽慶游五嶽之典故。〔註131〕沈約《還園宅奉酬華陽先生詩》:「早欲尋名山,期待婚嫁畢。」是為正用其典故。而韓愈言「何用畢婚嫁」是為反用,令人有耳目一新之感,因為不為前典所滯,所以何綽稱之「翻用妙」。〔註132〕

〔註130〕錢仲聯編:《韓昌黎詩繫年集釋(上)》(台北,學海出版社,1985年),頁776。0

〔註131〕范曄:《後漢書·向長傳》:「建武中,男女娶嫁既畢,斷家事勿相關,當如我死也。於是遂肆意,與同好北海禽慶俱遊五嶽名山,竟不知所終。」(北京,中華書局,1997年)頁2759。

〔註132〕錢仲聯編:《韓昌黎詩繫年集釋(上)》(台北,學海出版社,1985年),頁237。

〈醉贈張秘書〉：「張籍學古淡，軒鶴避雞群。」其典故本爲「鶴立雞群」，出自南朝宋劉義慶《世說新語・容止》：「嵇延祖卓卓如野鶴之在雞群。」〔註133〕原指在人群之中特立突出之意，在此卻用以稱讚張籍學古淡而不同流於俗豔綺靡，所以有如軒鶴一般的人物，卻刻意避開雞群，不同於流俗。

〈謁衡嶽廟遂宿嶽寺題門樓〉：「猿鳴鐘動不知曙。」李詳評曰：「此翻用謝詩。」〔註134〕即謝靈運〈從斤竹澗越嶺溪行〉：「猿鳴誠知曙。」並將之反用，以產生新的感官效果。

〈薦士〉：「強箭射魯縞。」原本之典爲「彊弩之極，矢不能穿魯縞。」〔註135〕有「強弩之末」的涵義，但韓愈卻不以其典之原意，旨在向朝廷推薦孟郊。韓愈認爲如果朝廷有像歸崇敬和張建封這樣地位崇高的人舉薦，則孟郊被重用就像強弩射穿薄綢一樣容易。〔註136〕

〈送文暢師北游〉：「照壁喜見蝎。」原典爲杜甫詩〈早秋苦熱堆案相仍〉：「每愁夜中自足蝎，況乃秋後轉多蠅。」「蝎」即「蠍」，本爲令人所苦之蟲，根據祝充引《酉陽雜俎》：「江南舊無蝎。」〔註137〕所以當見到蠍子時，即已歸回北方，故爲喜。

（二）衝擊常理的美學震撼

世事皆有其常理，如春花秋月皆爲四時迷人之常景；鳥語花香都是人間美麗之韻致。故一切合於常理之事物，謂之和諧，亦是美感之

〔註133〕劉義慶著、李自修譯注：《世說新語・容止》（台北，地球出版社，1994 年），頁 664。

〔註134〕錢仲聯編：《韓昌黎詩繫年集釋（上）》（台北，學海出版社，1985 年），頁 282。

〔註135〕司馬遷：《史記・韓安國傳》（北京，中華書局，1997 年）頁 2861。

〔註136〕韓愈：〈薦士〉：「況承歸與張，二公迭嗟悼。青冥送吹噓，強箭射魯縞。」詩中「歸與張」指歸崇敬與張建封。歸崇敬歷任左散騎常侍、工部尚書、兵部尚書，封餘姚公，卒後贈尚書左僕射；張建封歷任大理評事、岳州刺史、壽州刺史、濠壽廬觀察使、徐泗濠節度使。

〔註137〕錢仲聯編：《韓昌黎詩繫年集釋（上）》（台北，學海出版社，1985 年），頁 590。

屬，也是一種「秩序」追求過程中的感覺反應。柯慶明先生說：

> 基於我們的人性本能的直接反應，一切的經驗往往也引起
> 一種立即的「如好好色，如惡惡臭」的感覺反應，因而在
> 這一類的感覺反應中，個別的經驗遂呈現出對於我們的某
> 種「意義」來。但是除非我們願意停留在「動物生命」的
> 層次，否則我們必須尋求一種足以統攝這一切經驗，使整
> 個生活呈現出某種追求或前進的目標與方向。基本上也就
> 是必須使我們生活的各種經驗形成某種秩序，獲得某種統
> 一。只有在這種自許與統一的基礎上，我們對於自己的生
> 活的「理解」，以及因而真正的去「努力」，努力才是可能
> 的。因此「生活」的創造，從某種觀點上說正是，或者至
> 少必須起始於這種「秩序」的創造。〔註138〕

人是對生活環境有感覺與認知的動物，並從中建立一套規範與秩序，
這種規範、秩序在歷經長時間的文化積澱，會逐漸形成「某種統一」。
這種統一會引領我們形成一套生活的理解，在這個理解範疇之下，就
有了以文化背景為標準的好惡傳統，這種傳統也就是美感的和諧與
否。當此文化體系下的認知認為是不和諧，也就是非秩序的，自然就
欠缺美感；反之，若在此文化體系下的認知認為是和諧的，也就是秩
序的，就可稱之為具有美感。

　　但是，當背離了這種和諧美感之後，會是哪種感官效果？和諧之
美本屬常態，但持續的常態將會產生一種感覺貧乏，所以當在常態之
中偶見異態，必然引起大驚奇。韓愈不屑同於流俗，反對世俗的認知，
以至於當他的作品「每自則意中以為好，則人必以為惡矣。小稱意則
人亦小怪之，大稱意即人必大怪之也。」〔註139〕這種衝擊一般人感
認知的違情悖理之意念表現，亦為韓詩藝術特徵之一。

〔註138〕柯慶明：〈文學美綜論〉，收錄於李正治主編：《政府遷台以來文學
　　　　研究理論及方法之探索》（台北，台灣學生局，1988年），頁84。
〔註139〕韓愈著、馬其昶校注、馬茂元整理：《韓昌黎文集校注‧與馮宿論
　　　　文書》（上海，上海古籍出版社，1998年），頁196。

　　韓愈詩歌在「衝擊常理的美學震撼」表現有以下詩例：

　　〈苦寒〉中有描寫雀兒因懼寒而有「舉頭仰天鳴，所願晷刻淹。不如彈射死，卻得親炰燖。」雀鳥本是小巧美麗之物，且為有情有命的萬物之一，本應自由悠遊於天地之間，發出悅耳的鳥語，並具體而微的擁有一切生命特徵，這是對鳥類的普遍喜愛與欣賞，是一種「秩序」。然而，韓愈在此處將這種和諧秩序的美感完全支解、顛覆了。詩中極度主觀描寫寒冷之苦，作者想像因為太寒冷了，所以連雀兒都希望一死以赴烈火中燒烤，藉此尋求溫暖，以免除嚴寒之苦迫，將筆力馳騁於「寒」與「暖」兩個極端，下筆可謂既猛且重。所以查晚晴評之曰：「奇想幻筆，於公卻是習逕。」〔註140〕

　　〈鄭群贈簟〉描寫正當天熱難耐時，鄭群贈送韓愈一張簟子，韓愈為了形容這張竹簟之舒適涼爽，竟反常的說：「倒身甘寢百疾瘉，卻願天日恆炎曦。」此處的反常思考之妙用，深獲評者注意與讚許。顧嗣立說：「此詩每用反襯意見奇。」〔註141〕趙翼則說：「謂因竹簟可愛，轉願天下不退暑而長臥此也。不免過火。然思力所至，寧過毋不及，所謂矢在弦上，不得不發也。」〔註142〕程學恂曰：「韓派屏棄常熟，翻新見奇，往往有似過情語，然必過情乃發，得其情者也。」韓愈故意通過極端的形容，以產生新意，讓人從新的角度去感受他的詩意，藉此形成新的藝術手法與典範。

　　韓愈的至交孟郊曾經連產三子，皆數日即失之，此乃人間之至痛。身為摯友的韓愈以詩慰之，但安慰方式卻是與一般人的思維習慣大不相同，一般皆以節哀、天命難違等方式以安慰之，韓愈則做了一首〈孟東野失子〉表示慰問之意：

〔註140〕錢仲聯編：《韓昌黎詩繫年集釋（上）》（台北，學海出版社，1985年），頁161。

〔註141〕錢仲聯編：《韓昌黎詩繫年集釋（上）》（台北，學海出版社，1985年），頁389。

〔註142〕錢仲聯編：《韓昌黎詩繫年集釋（上）》（台北，學海出版社，1985年），頁390。

> 有子與無子，禍福未可原。魚子滿母腹，一一欲誰憐。細
> 腰不自乳，舉族常孤鰥。鴟梟啄母腦，母死子始翻。蝮蛇
> 生子時，坼裂腸與肝。好子雖云好，未還恩與勤。惡子不
> 可說，鴟梟蝮蛇然。有子且勿喜，無子固勿嘆。

很特別的，韓愈以反面的角度、負面的態度舉出有子未必可喜的見
解，並以此安慰孟郊。詩中舉出了「鴟梟啄母腦，母死子始翻。蝮蛇
生子時，坼裂腸與肝」兩個反例，指出梟乃食母之鳥，可謂不孝之極；
而蝮則「蛇之最毒者。眾蛇之中，此獨胎產，在母胎時，其毒氣發作，
母腹裂乃生。」〔註143〕以惡子不孝傷母之例，勸慰孟郊有子未必是
一件好事，雖然說不上無子值得慶幸，但如此勸慰朋友實屬有違於常
理，卻仍可藉以「亂思而紓哀」。〔註144〕而詩中描述鴟梟啄母、坼裂
腸肝，令人讀來驚心動魄、驚異駭極，亦為昌黎詩歌之美學特色。

（三）匪夷所思的形象構思

韓愈詩中另有一類偏向於神話情節的構思想像，這種想像構思完
全超出一般的現實感官經驗，所以將它稱為「匪夷所思的形象構思」。
至於神話的定義，一直眾說紛紜，依個別角度與學術思考立場就會有
不同的見解，且「何謂神話」的問題不屬於本書的論述重點，所以此
處謹轉引神話學者李達三先生的說法作為解釋：

> 首先，我們可以列舉職業的創造神話學家不接受，而且可
> 能引起大多數人激烈反對的三種神話觀念：神話是捕風捉
> 影的形式，是神仙故事，是寓言；神話祇是將稗史與遠古
> 時代的真人實事牽強附會（此亦即希臘哲學攸希馬樂斯
> Euhemerus 所謂神話是英雄人物史實的誇大記述）；神話是
> 一種原始科學，因人們試圖解釋自然現象而產生。那麼，

〔註143〕宋、羅願撰；元、洪焱祖音釋：《爾雅翼》，（明崇禎六年（1633）
羅炌刊本）。

〔註144〕樊汝霖曰：「石君美有子，年少而失。魯直嘗書此詩遺之曰：『時以
觀覽，可用亂思而紓哀，究觀物理，其實如此。』」轉引自錢仲聯
編：《韓昌黎詩繫年集釋（上）》（台北，學海出版社，1985 年），頁
678。

> 創造神話學家認可的界說有哪些？神話是儀式的語言表
> 徵，也是儀式傳播的媒介。神話是想像力藉以連繫、組織
> 根本心智意象的語言。它是最終現實的哲示與表現方式，
> 因此，他指陳的是價值觀而非事實。神話的架構類似文學，
> 而且像文學一樣，是介乎前意識與潛意之間而能令兩者滿
> 足的一種唯美創作。神話是一個故事，或敘事詩、文，論
> 起源、性質，都是屬於非理性的，直覺的，所以與推論的，
> 合乎邏輯而有系統的事物不同，也比它們重要。〔註145〕

所以神話是一種非理性、想像的，屬於一種內在滿足的文學作品。就
文學性而言，它的浪漫成份高，是一種縱橫內在思維的唯美創作，可
說是一種精神性的滿足，其美感追求完全在於超越人類能力的限制，
以獲得完全的精神自由。

　　韓愈的神話型態構思首推〈雙鳥詩〉，詩云：

> 雙鳥海外來，飛飛到中洲。一鳥落城市，一鳥集巖幽。不
> 得相伴鳴，爾來三千秋。兩鳥各閉口，萬象銜口頭。春風
> 卷地起，百鳥皆飄浮。兩鳥忽相逢，百日鳴不休。有耳聒
> 皆聾，有舌反自羞。百舌舊饒聲，從此恆低頭。得病不呻
> 喚，泯默至死休。雷公告天公，百物須膏油，自從兩鳥鳴，
> 聒亂雷聲收。鬼神怕嘲詠，造化皆停留。草木有微情，挑
> 抉示九州。蟲鼠誠微物，不堪苦誅求。不停兩鳥鳴，百物
> 皆生愁；不停兩鳥鳴，自此無春秋；不停兩鳥鳴，日月難
> 旋輈；不停兩鳥鳴，大法失九疇。周公不為公，孔丘不為
> 丘。天公怪兩鳥，各捉一處囚。百蟲與百鳥，然後鳴啾啾。
> 兩鳥既別處，閉聲省怨尤。朝食千頭龍，暮食千頭牛；朝
> 飲河生塵，暮飲海絕流。還當三千秋，更起鳴相酬。

〔註145〕原註為 Sheldon Norman Grebstein, ed., Perspectives in Contemporary
　　　　Criticism：A Collection of Recent Essays by American, English, and
　　　　European Li terary Critics（1968,rpt. Taipei：Yeh Yeh Book Gallery 雙
　　　　葉書廊，1971），p.316。轉引自李達三著、蔡源煌譯：〈神話的文學
　　　　研究〉，收錄於李正治主編：《政府遷台以來文學研究理論及方法之
　　　　探索》（台北，台灣學生局，1988 年），頁 530～532。

這是一首奇險詭異，又帶有濃厚神話色彩的作品。首先指出雙鳥的來處是含糊不明的「海外」，到了中國以後，各自分散，所以「不得相伴鳴」。三千年來均各自閉口，所以相安無事，這算是一段開場前的序曲。但從「萬象銜口頭」以及「不得相伴鳴」可知已經埋下伏筆：「萬象銜口頭」暗示雙鳥有無比的可能與能力，「不得相伴鳴」表示一旦二者相會之時，雙鳥口中的「萬象」將會傾瀉而出。

接著由「春風卷地起，百鳥皆飄浮」引觸了雙鳥相遇而鳴的因子，於是將三千年來閉口不鳴的「萬象」，一口氣「百日鳴不休」般的傾瀉而下，以至於造成了全面性的災害：使得有耳者皆被聒噪而聾，有舌可鳴者都自感不如而深覺羞愧。甚至連喜歡鳴叫的百舌鳥，都從此低頭，再也不敢作聲。就算生病也不再呻吟，一直沉默到死。

再來引出兩位神話人物——天公與雷公，藉由雷公向天公稟告的內容，陳述了因為雙鳥齊鳴而導致了萬物的錯亂、天人的災害，更造成傳統文化道德的淪喪。因為雙鳥鳴的結果，以至於雷聲收歇，世間百物因而缺乏雨水滋潤；〔註 146〕小到連有微情的草木以及蟲鼠，都不免受其挑抉、誅責。因此，若不制止雙鳥鳴，百物皆為之生愁，四季也為之混亂，甚至日月難以運轉，天地之大法也將盡失。一旦世間綱紀、文化淪喪之後，周公、孔丘這樣的大聖人將不復存在。這些看似指控的頌詞，誇大而荒誕，除了表現雙鳥的能耐之外，似乎暗藏肯定的褒意，誠如李建崑所言：「故意誇大雙鳥之罪行，比擬跡近不倫。實則正言若反，適為對雙鳥最高之抬舉。」〔註 147〕

接著天公怪兩鳥，各捉一鳥分開囚禁，百蟲百鳥然後才再度鳴叫。兩鳥分開兩處，閉聲自省其失。接著又再敘其神話般的誇大舉動：「朝食千頭龍，暮食千頭牛；朝飲河生塵，暮飲海絕流。」根據沈欽

〔註 146〕屈原：〈遠游〉：「左雨師使徑侍兮，右雷公以為衛。」傅錫壬註譯：《新譯楚辭讀本》（台北，三民書局，1995 年），頁 130。雷公、雨師相偕而出，所以雷公不鳴，雨師自止。

〔註 147〕李建崑：《韓愈詩探析》（台北，國立台灣師範大學國文研究所博士論文，1991 年），頁 207。

韓與方世舉的註解，這是引自佛教經典以及神話故事而來。〔註148〕
這兩隻鳥分開後，能力依然驚人，而且詩末又留下「還當三千秋，更
起鳴相酬」，似乎暗示三千年後，舊事又將重演，給人留下無窮的想
像空間。

　　韓愈這首類似神話的詩歌，究竟用意何在？當中的雙鳥又有何
指？這個問題千年來一直困擾著前輩學者，他們也提出了不同的立論、
看法。其實這兩個問題是互相關聯的，只要能提出「雙鳥」的指涉條件，
就可以依此推知本詩的用意，所以大多學者也都將目標放在「雙鳥」所
指涉的對象，一般而言，對雙鳥的指涉主要有以下幾種看法：

　　其一、認為雙鳥是「釋、老」：

　　最早對雙鳥的指涉提出看法的，就是指向佛老，這是有其思想背
景因素考量：韓愈的思想排斥佛老是相當鮮明的，詩中又指陳雙鳥的
種種罪狀，尤其是「周公不爲公，孔丘不爲丘」更是與韓愈認爲佛道
進入中國以後，對傳統儒家文化的危害有關：

> 佛本夷狄之人，與中國言語不通，衣服殊制。口不道先王
> 之法言，身不服先王之法行，不知君臣之義、父子之情。
> 〔註149〕

因此，宋人柳開〈韓文公雙鳥詩解〉曰：

> ……大凡韓之爲心，憂夫道也。履行非孔氏者爲夷矣。忿
> 其正日削，邪日寖，斯以力欲排之。位復不得極其世，權
> 復不得動其俗，唱先于天下，天下從之者寡，背之者多，……
> 作害于民，莫大于釋老。釋老俱夷而教殊，故曰雙鳥矣。

〔註148〕沈欽韓注：「《觀佛三昧經》：『金翅鳥王於閻浮提，日食一龍及五百
　　　　小龍。』《海龍王經》：『龍王自佛言：如此海中無數種龍，有四今
　　　　翅常來食之。』」方世舉注：「《列子・湯問篇》：『夸父渴，欲得飲，
　　　　赴飲河、渭，不足。』《神仙傳・麻姑傳》：『向到蓬萊又水淺于往
　　　　日，豈將復爲陵陸乎？王遠歎曰：「聖人皆言海中行復揚塵也。」』」
　　　　轉引自錢仲聯編：《韓昌黎詩繫年集釋（上）》（台北，學海出版社，
　　　　1985 年），頁 839。
〔註149〕韓愈著、馬其昶校注、馬茂元整理：《韓昌黎文集校注・論佛骨表》
　　　　（上海，上海古籍出版社，1998 年），頁 615～616。

其所從來，俱不在于中國，故曰「海外來」也。……夫釋
之爲教也，務當民俗奉之，架宮崇宇，必處都邑。故曰「一
鳥落城市」也。老之爲教也，務當自親其身，收視反聽，
棲息山林，以求不死，故曰「一鳥集巖幽」也，謂其「不
得相伴鳴」也，以其二較之雖來，而未甚明于世，各泯然
矣。……「百鳥皆漂浮」者，眾邪以興也。釋老乃得競出
而扇于民，久益張矣。……百舌謂百子也，從來多善于著
書以亂夫子之道，故曰「舊饒聲」，使世將復其不敗于生
矣。……自此亂而其時無春秋矣，日月亦莫記其序矣，大
法亦失其九疇矣，周、孔之道亦滅絕矣，……斯惟韓之在
釋老罪，非其他也。〔註150〕

柳開基於「海外來」、「城市」與「巖幽」分別據地的特性以及「周公
不爲公，孔丘不爲丘」等現象，認定雙鳥是指佛老。但是，柳開對「天
公怪兩鳥，各捉一處囚」這一關鍵轉折未做討論，天公抓二鳥並分別
囚禁所代表的意義是二者的行爲遭受處分、壓制，但就當時現象而
言，佛道並未受到明顯的重挫。所以此處不解說，立論就難以服人。

抱持相同看法的還有宋人葉夢得。《石林詩話》云：

韓退之〈雙鳥詩〉，殆不可曉，頃嘗以蘇丞相子容云：「意似
是指佛、老二學。」以其終篇本末考之，亦或然也。〔註151〕

葉夢得雖然也認爲雙鳥是指佛老，但他個人並不作肯定的論述，而是
引蘇子容的推測意見，個人再表同意。

清人朱彝尊亦主張雙鳥是指佛道，他說：

兩鳥雖未定所指，謂爲釋老猶近之。若謂李、杜及己與孟，
斷然非也。何者？詆斥意多，贊許意少。〔註152〕

朱彝尊的意見是屬於詩話性質的簡單推測，稱不上有嚴謹的論述。

〔註150〕引自錢仲聯編：《韓昌黎詩繫年集釋（下）》（台北，學海出版社，
1985 年），頁 839～840。
〔註151〕見宋・葉夢得《石林詩話》卷上（清順治丁亥（四年）兩浙督學李
際期刊本，1647 年）
〔註152〕引自錢仲聯編：《韓昌黎詩繫年集釋（下）》（台北，學海出版社，
1985 年），頁 841。

「詆斥意多，贊許意少」就可「斷然」認定所指的是佛道，這種說法失之武斷。況且詩中的意義本難明瞭，何以肯定是褒是貶？就算表面有所貶意，實質的深層內涵是否有寓褒於貶，尚不可得知。

所以將雙鳥視為佛老的說法雖然很早就有人提出，但總是欠缺令人信服的證據，大多在少數字面的貶義，或是對「周公不為公，孔丘不為丘」的貌似衝擊儒家的思想部份做片面的概論式討論，所以在立論的證據方面還是不足。

其二、認為雙鳥是「李、杜」：

韓愈對於前輩詩人，最為推崇李、杜兩位大家。他曾在〈醉留東野〉、〈感春四首〉之二、〈薦士〉、〈石鼓歌〉、〈酬司門盧四兄雲夫院長望秋作〉、〈調張籍〉等詩中將李杜並舉，並給予極高的評價。

〈醉留東野〉云：「昔年因讀李白杜甫詩，常恨二人不相從。吾與東野生並世，如何復躡二子蹤？」韓愈因讀李白杜甫詩，而對此二人心生仰慕之情，基於相惜之心，自然希望兩位不世出的大家能惺惺相惜，因為對二人不相從深感遺憾。

〈感春四首〉之二云：「近憐李杜無檢束，爛漫長醉多文辭，屈原《離騷》二十五，不肯餔啜糟與醨。惜哉此子巧言語，不到聖處寧非癡？」此詩作於憲宗元和元年掾江陵，擔任法曹參軍時。韓愈因為不得意，而更能體會「李杜無檢束」之因，故以「憐」稱之，有同病相憐之意。當韓愈不如意時，所想到的也是李杜，其心中孺慕之情可見一斑。

〈薦士〉云：「國朝盛文章，子昂始高蹈。勃興得李杜，萬類困陵暴。後來相繼生，亦各臻閫隩。」這是一篇討論唐初以來的重要詩人與詩歌發展關係的詩篇。對李杜的詩歌評之曰：「萬類困陵暴」，是指李杜以奇險詩風崛起於盛唐，並獨步於當世，也顯示了韓愈對李杜詩歌的高度推崇。

〈石鼓歌〉云：「張生手持〈石鼓文〉，[註153] 勸我試作石鼓歌。

〔註153〕石鼓文是指刻於「石鼓」上的石刻文字，又稱為〈獵碣〉或〈雍邑刻石〉，是我國現存最早刻石文字，書法古茂，遒樸而有逸氣，大

少陵無人謫仙死，才薄將奈石鼓何？」這是自謙才力不足，非李杜不足以作〈石鼓歌〉，間接對李杜才學的肯定。

　　至於韓愈對李杜推崇之詩篇，首推〈調張籍〉，其詩云：

　　李杜文章在，光焰萬丈長。不知群兒癡，那用故謗傷？蚍蜉撼大樹，可笑不自量。伊我生其後，舉頸遙相望。夜夢多見之，晝思反微茫。徒觀斧鑿痕，不矚治水航。想當施手時，巨刃磨天揚。垠崖劃崩豁，乾坤擺雷硠。惟此兩夫子，家居率荒涼。帝欲長吟哦，故遣起且僵。翦翎送籠中，使看百鳥翔。平生千萬篇，金薤垂琳琅。仙官勅六丁，雷電下取將。流落人間者，太山一毫芒。我願生兩翅，捕逐出大荒。精神忽交通，百怪入我腸。刺手拔鯨牙，舉瓢酌天漿。騰身跨汗漫，不著織女襄。顧語地上友，經營無太忙。乞君飛霞珮，與我高頡頏。〔註154〕

這首詩的寫作背景是為了反駁白居易、元稹對李、杜的詩歌缺乏風雅比興的譏貶，並藉「調」的玩笑口吻對張籍而說，但實際上是要揚李、杜而抑元、白等人。清人方世舉說：

　　此詩極稱李、杜，蓋公素所推服者，而其言則有為而發。《舊唐書‧白居易傳》：元和十年，居易貶江州司馬，時元微之在通州，嘗與元書，因論作文之大旨云：「詩之豪者，世稱

　　約在唐朝初年（西元七世紀）才被發現於陝西鳳翔縣。所發現的石鼓共有十個，每個「石鼓」的四周都刻著一首四言的韻文，內容大都記載著天子出遊、畋獵的情形，因此「石鼓」又稱為「獵碣」。原文共有六百四十字（重文不計），不過由於年代久遠，可以辨識的大約有二百多字。石鼓文的字體比較扁平，字形的結構比較繁複，所以有人認為石鼓文便是大篆，字與字之間的距離較疏朗，而且排列整齊。歐陽脩《集古錄》云：「〈石鼓文〉在岐陽，初不見稱於世，至唐人始盛稱之，而韋應物以為周文王之鼓，至宣王刻詩爾。韓退之直以為宣王之鼓，在今鳳翔孔子廟。鼓有十，先時散棄於野，鄭餘慶始置於廟，而亡其一。皇祐四年，向傳師求於民間得之，十鼓乃足。其文可見者四百六十五，磨滅不可識者過半。然其可疑者三四。退之好古不妄者，余姑取以為信耳。」

〔註154〕錢仲聯編：《韓昌黎詩繫年集釋（下）》（台北，學海出版社，1985年），頁989。

李、杜，李之作才矣奇矣，索其風雅比興，十無一焉。杜詩
最多，可傳者千餘首，盡工盡善，又過於李。然撮其〈新安〉、
〈石壕〉諸章，亦不過三四十。杜尚如此，況不迨杜者乎？」
是李杜交譏也。元於元和八年作〈杜工部墓誌銘〉云：「詩
人已來，未有如子美者。時山東李白，亦矣奇文取稱，時人
謂之李、杜。余觀其樂府歌詩，誠亦差肩於子美矣，至若鋪
陳終始，排比聲韻，大或千言，次猶數百，詞氣奮邁，而風
調清深，屬對律切，而脫棄凡近，則李尚不能歷其藩籬，況
堂奧乎？」其尊杜而貶李，亦已甚矣。時其論新出，愈蓋聞
而深怪之，故為此詩，因元、白之謗傷，而欲與籍參逐翱翔。
要之籍豈能頡頏于公耶？此所以為調也。〔註155〕

從方世舉的論述中，可以得知韓愈寫〈調張籍〉的目的在於反擊元白
等新樂府運動成員，依照其「風雅比興」的條件而對李、杜的詆毀中
傷。所以韓愈先極力讚美李杜，稱其詩有如萬丈光芒。接著批評一群
不自量力的愚兒對他們詆毀中傷，相較之下，猶如蚍蜉欲撼大樹，可
笑又無知。再盛讚李杜詩歌之高妙，自己難以望其項背。並藉由比喻
的方式，表現李杜詩歌氣勢雄建、造語奇特，是為本詩之高峰。緊接
著筆峰一轉，對二人有才無命，時運不濟，有如「窮翎送籠中」的鳥
兒之際遇，表示深深地同情。再者說明二家之詩作有如薤之書、琳琅
美玉，早為天帝所收取，流傳下來僅如「太山一毫芒」。「此蓋暗指今
人所見，既非全文，豈可妄自謗傷？」〔註156〕因為對李杜的崇拜，所
以希望自己能生出兩翅，飛翔於天地八荒之中，上下求索，與李杜精
神相感通，吸收各種險怪之詩歌能力。最後規勸張籍寫詩「經營無太
忙」，希望他能向李杜學習，並有勸他為詩莫近於元、白新樂府之意。
〔註157〕

〔註155〕引自錢仲聯編：《韓昌黎詩繫年集釋（下）》（台北，學海出版社，
　　　　1985 年），頁 989～990。

〔註156〕李建崑：〈韓杜關係論之察考〉，《興大中文學報》第 4 期（台中，
　　　　國立中興大學，1991 年）

〔註157〕錢仲聯補釋云：「籍雖隸韓門，然其樂府詩體近元、白而不近韓，

　　因爲韓愈對李杜的高度評價，所以有學者認爲〈雙鳥詩〉中對雙鳥是持正面褒揚的態度，於是將詩中的雙鳥視爲李、杜。如宋人張表臣《珊瑚鉤詩話》卷一云：

> 退之〈雙鳥詩〉，或云謂佛老，或云謂李、杜。東坡〈李太白贊〉云：「天人幾何同一漚，謫仙非謫乃其游。揮斥八極臨九州，化爲雙鳥鳴相酬，一鳴一止三千秋，開元有道爲少留，麋之不得翛肯求？」〔註158〕乃知爲李、杜也。〔註159〕

張表臣是引用蘇軾的看法，判斷雙鳥所指爲李、杜二家，蘇軾的〈李太白贊〉自是針對李白而寫，詩中所敘述雙鳥以及「一鳴一止三千秋」應是轉用自〈雙鳥詩〉的「不得相伴鳴，爾來三千秋」，將李白與韓愈的自〈雙鳥詩〉聯繫在一起，的確是有將二鳥視爲李杜之意。此外，並無其他學者將雙鳥視爲李杜。

　　其三、認爲雙鳥是「韓、孟」：

　　韓愈個性高傲，當世甚少有其所服者，孟郊則其一也。

　　韓愈的詩文中，對孟郊的文才多所肯定，並深切渴望並世同蹤。〈薦士〉詩有云：「有窮者孟郊，受才實雄驚。冥觀洞古今，象外逐幽好。橫空盤硬語，妥貼力排奡。敷柔肆紆餘，奮猛卷海潦。榮華肖天秀，捷疾逾響報。」在〈醉留東野〉更是自願屈居孟郊之追隨者，該詩云：

> 昔年因讀李白杜甫詩，長恨二人不相從。吾與東野生並世，如何複躡二子蹤。東野不得官，白首誇龍鍾。韓子稍奸黠，自慚青蒿倚長松。低頭拜東野，原得終始如驅蛩。東野不

　　　　故白極稱之。元、白持論，當爲籍所可，故昌黎爲此詩以啓發之歟？」
　　　　錢仲聯編：《韓昌黎詩繫年集釋（下）》（台北，學海出版社，1985年），頁990。

〔註158〕根據《蘇東坡全集‧後集‧卷三》（台北，河洛圖書出版社，1975年），頁491。本詩題目爲〈書丹元子所示李太白眞〉，與張表臣及下文葛立方所言之題目略有出入。

〔註159〕引自錢仲聯編：《韓昌黎詩繫年集釋（下）》（台北，學海出版社，1985年），頁840。

　　　回頭，有如寸筳撞巨鐘。我願身爲雲，東野變爲龍。四方
　　　上下逐東野，雖有離別無由逢。

以韓愈之傲氣，竟在詩中「低頭拜東野」、「四方上下逐東野」，顯示
了他對孟郊的高度推崇，並將自己與孟郊比爲李白、杜甫。可見韓愈
把自己和孟郊並舉，且希望長相依從的惺惺相惜之意是昭然若揭。

　　所以也有許多學者認爲韓愈〈雙鳥詩〉中的雙鳥，指的就是韓孟。
宋人葛立方《韻語陽秋》卷六說：

　　　韓退之〈雙鳥詩〉，多不能曉。或者謂其詩有「不停兩鳥鳴，
　　　大法失九疇。周公不爲公，孔丘不爲丘」之句，遂謂排釋
　　　老而作。其實非也。前云：「一鳥落城市，一鳥集巖幽」後
　　　云「天公怪兩鳥，各捉一處囚」則豈謂釋老耶？余嘗觀東
　　　坡作〈李白畫像〉詩云「天人幾何同一漚，謫仙非謫乃其
　　　游。麾斥八極臨九州，化爲兩鳥鳴相酬。一鳴一止三千秋，
　　　麾之不可矧肯求？」〔註160〕則知所謂雙鳥者，退之與孟郊
　　　輩爾，所謂「不停兩鳥鳴」等語，乃雷公告天公之言，甚
　　　辭以讚二鳥爾。「落城市」，退之自謂，「集巖幽」，謂孟郊
　　　輩也。「各捉一處囚」，非囚禁之囚，止言韓孟各居天一方
　　　爾。末云：「還當三千秋，更起鳴相酬」謂賢者不當終否，
　　　當有行其言者。

葛立方之說，自有其理，但前段文字引東坡〈書丹元子所示李太白眞〉
一詩，有畫蛇添足之失。試觀張表臣與葛立方之說，都引用了東坡〈書
丹元子所示李太白眞〉一詩，但結論卻大不相同。張表臣引該詩明白
指出李白化作雙鳥之一，另一鳥所指是誰雖不得而知，但因李杜並稱
於世，所以張表臣推出另一鳥爲杜甫是有其合理性的。又，詩中有
「開元有道爲少留」一句，其時空背景應該是李杜活躍時期。相對

〔註160〕原詩爲：「天人幾何同一漚，謫仙非謫乃其游。麾斥八極臨九州，
　　　　化爲兩鳥鳴相酬。一鳴一止三千秋，開元有道爲少留，麾之不可矧肯
　　　　求？西望太白橫峨岷，眼高四海空無人。大兒汾陽中令君，小兒
　　　　天臺坐忘眞。生年不知高將軍，手汙吾足乃敢瞋，作詩一笑君應聞。」
　　　　葛立方所引略有漏失。

的，葛立方也引用東坡詩，但並未說明從詩中如何得知雙鳥指的是韓、孟。而且引詩中漏掉關鍵的一句「開元有道爲少留」，不知是因爲葛立方未見此句而未能判斷，或是刻意遺漏之。

朱熹《昌黎先生集考異》卷第二亦云：

> 今按釋老、李杜之說亦未然，舊嘗竊意此但爲己與孟郊作耳。「落城市」者，己也；「集巖幽」者，孟也。初亦不能無疑，而近見葛氏《韻語陽秋》已有此說矣讀者詳之。〔註161〕

朱熹是同意葛立方把雙鳥視爲韓、孟的說法。之後，尤其是清代學者，如何焯、方世舉、翁方綱、陳沆、徐震等人，〔註162〕都力主雙鳥爲韓、孟，雙鳥喻指韓孟遂成定論。

韓愈在〈雙鳥詩〉引用了神話色彩的描寫方式，不但出人意表，而且引人入勝。其他如〈陸渾山火一首和皇甫湜用其韻〉中亦廣泛用到神話人物入其詩中，如「炎官」、「雷公」、「頊冥」、「黑螭」、「上帝」、「巫陽」、「五龍」、「九鯤」等，無怪乎《唐宋詩醇》評之曰：「只是詠野燒耳，寫得如此天動地歧，憑空結撰，心花怒生。」〔註163〕

〔註161〕 朱熹：《昌黎先生集考異》（上海，上海古籍出版社，1985），頁58。

〔註162〕 何焯《義門讀書記》：「柳（開）說迂鑿，葛（立方）說近之。三千謂夏秋冬三時也。紛紛致疑，總不曉詞人夸飾之體耳。」方世舉：「所謂『各捉一處囚』者，謂孟爲從事，己爲分司，孟已去職，己將還京也。案：詩有『兩鳥既別處』句，則是公已別孟入京，爲職方員外郎時矣。」翁方綱：《石洲詩話》曰：「文公〈雙鳥詩〉，即杜詩《春來花鳥莫深愁》、公詩『萬類困陵暴』之意而翻出之，其爲己與孟郊無疑。劉文成〈二鬼詩〉出此。」陳沆曰：「……『落城市』者，己也，『集巖幽』者，孟也。公〈送孟東野序〉云：『物不得其平則鳴。以鳥鳴春，以雷鳴夏，以蟲鳴秋，以風鳴冬。伊尹鳴殷，周公鳴周，孔子鳴《春秋》。唐之興，陳子昂鳴之。其窮而在下者，孟郊東野以其詩鳴。』此詩全用其意。『自從兩鳥鳴』及『不停兩鳥鳴』二段是也。公又有詩云：『我願身爲雲，東野變爲龍。四方上下逐東野。』云云，亦同此旨。皆所謂怪怪奇奇者也。」徐震曰：「末二句云：『還當三千秋，更起鳴相酬。』猶似爲己及孟郊設喻也。」以上皆引自錢仲聯編：《韓昌黎詩繫年集釋（下）》（台北，學海出版社，1985年），頁841～842。

〔註163〕 《御選唐宋詩醇》（台北，世界書局景印摛藻堂四庫全書薈要，集

另外，韓愈的〈月蝕詩效玉川子作〉也是極富神話色彩的詩篇。本詩先由月明如白盤說起，接著筆鋒一轉，以「有物來噉之」表示月蝕的發生。玉川子深感不安與憂慮，於是「再拜敢告上天公」，想要用一刃剖殺吞月之兇物，自此引出一連串神話情節。詩中總共出現蝦蟇精、赤龍、黑鳥（日中三足鳥）、飛廉、青龍、赤鳥、菟（白虎）、烏龜（玄武）、夸蛾、恒娥等十種神話事物，堆砌成一幅充滿神怪詭譎氣氛的圖像，使人讀之新奇且驚異，所以朱彝尊評之曰：「驚世駭俗，大勢亦本〈天問〉、〈招魂〉等脫胎來。學力才氣，自不易及。」〔註164〕

第四節　小　結

韓愈的詩歌最受矚目者是其「險怪」，本章試就傳統上所謂的「險怪」加以分析，大致就形式層面的創作技巧、精神層面的思想特徵、審美層面的藝術特徵三個範疇提出說明。目的在於先行對韓愈創作的「本文」有基本的定調與認識，之後單元要切入歷史中的讀者期待視野與社會環境的交融，才有其客觀的標準與範疇。

本章在韓愈詩歌思想特徵的討論中，主要突顯一個議題：韓愈的詩歌雖然不像他的古文一般直接標舉載道的思想，但傳統經傳、儒家道統確實是不能斷然和韓詩切割。韓愈雖然將詩人的身分視為「餘事」，但每一個人都有他的獨特思想與認知意識，這種思想意識深植於其心，所以在他從事文學創作時，不論是採用何種文體，總是會滲入其中。韓愈的詩在主觀上是餘事，但客觀上仍有道統的因子，這也是宋人對韓愈詩歌無論如何批判，卻都不能否定其價值的主要原因。〔註165〕

部第 115 冊，總集類，198 年），頁 233。
〔註164〕引自錢仲聯編：《韓昌黎詩繫年集釋（下）》（台北，學海出版社，1985 年），頁 761。
〔註165〕關於宋人對韓詩的道統觀念之闡明與繼承的論題，將於本文第五章

　　審美層面的藝術特徵提出了韓愈〈雙鳥詩〉的闡釋史說明，提出歷代詩評家對於雙鳥所指涉的對象提出三種可能，並逐一分析，最後再確認雙鳥所指的對象應是韓愈與孟郊。

　　總而言之，本章確立「本文」的特色，提供效果史與影響史的接受的基礎，也處理一個闡釋史的議題。

論述說明。

第三章　中唐社會文化環境與韓愈詩歌的接受

　　唐詩的分期問題一直是難以定論的爭議。事實上要將一個連續、有機的動態歷史做切割原本就有其困難與侷限。就算在時間上做出了切割，但在文化、思想、政治等方面是難以二分區隔的。所以蔡瑜在《高棅詩學研究》中雖然對於唐詩的分期做了相當詳細的分析，但最終的結果還是呈現不少細節上的差異，[註1] 也就是說在文學層面作出精準的分期是一種難以達成的理想。但是為了研究的需要與方便性，我們依然不得不在必要的取捨之下做出區隔與判斷。就以唐詩的演變而言，它是有明顯的變化軌跡，而這種軌跡的縱軸就是時間，所以我們也只能以權宜的方式將它做硬性的切割。

　　一般所謂的「四唐說」只是一種概念的層次，技術的層次並不可能做到，也無須強求。這個問題從嚴羽的《滄浪詩話》首先提出，歷經元朝楊士弘《唐音》的進一步闡述，最後完成於明朝高棅《唐詩品彙》，這也是在文學史著作中機械式分期的依據。葉慶炳《中國文學史》：

> 初唐自唐高祖武德元年至睿宗太極元年（西元 618～712），
> 盛唐自玄宗開元元年至代宗永泰元年（西元 713～765），中
> 唐自代宗大曆元年至文宗太和九年（西元 766～835），晚唐

〔註1〕　蔡瑜：《高棅詩學研究》（台北，台灣大學臺大文史叢刊，1990 年），頁 59～60。

自文宗開成元年至昭宣帝天祐三年（西元 836～906）。〔註2〕
韓愈卒於長慶四年（824），根據四唐說的分法，時間也接近於晚唐，
為了便於論述討論，所以在第四章直接以「晚唐」的「名」來分析韓
愈詩歌在此時的接受情形之「實」，也就是將韓愈辭世之後十二年內
（824～836）的詩歌影響直接劃入晚唐的時限。

韓愈在世之時，唐帝國已經進入中唐，整個社會文化趨向於保守
與排外，不見初唐的積極與盛唐的氣象。保守排外的社會風氣轉變之
關鍵在於民族主義與科舉因素。

「安史之亂」重挫了唐帝國的命脈，也敲醒了盛唐以來胡漢一家
的美夢。經歷這場大動亂之後，唐帝國在政治、社會文化等各方面都
走向衰微之途，也摧毀唐人的自信心，使得社會風氣退卻為保守，並
開始排斥、提防胡人。中唐社會文化也陷入一種轉形期的矛盾，這種
矛盾的心態經由的文人敏銳的筆鋒表現出來；另外，科舉出身的士人
受到社會的高度重視，使得士子不斷往科舉的窄門擠。文人才士的思
考行為、氣度也逐漸窄化，邊塞、遊俠的豪雄氣魄與四海一家的開放
胸襟也隨之式微。

本章將著重於中唐時期的社會文化與文學現象的考察，探討韓愈
在世之時的時空環境與韓詩接受的關係，並與當時盛行的「元和體」
對比考察、研究，對照這時期的詩歌接受取向。其後章節則將討論韓
愈身後的晚唐五代文化與文學環境，並考察此時對韓愈詩歌的接受情
形，藉以過渡到北宋的詩歌討論。

第一節　中唐民族主義的興起與社會文化的轉變

一、安史之亂促使民族主義的興起

唐帝國原本是一個兼容並蓄，夷夏觀念薄弱的朝代，雖然也有常

〔註2〕葉慶炳：《中國文學史（上）》（台北，台灣學生書局，1992 年），頁
317。

對外征伐之事，但只要外族降服內附後，便視之爲同胞。因此外族慕名而來者甚多，也有不少外族入唐爲官，甚至擔任節度使。〔註3〕這種文化兼容，四海一家的氣度在中國歷史上是前所未有的，傅樂成在《漢唐史論集》說：

> 李唐皇室，起源於北朝胡化的漢人，他們的民族思想，亦即所謂的夷夏觀念，本甚薄弱。唐太宗曾説：「自古皆貴中華，賤夷狄，朕獨愛之如一。」〔註4〕貞觀初，唐平東突厥，其酋長任職中央，五品以上者達百餘人，突厥人入居長安的也將近一萬家。〔註5〕

李唐皇室因爲本身的文化血統之因素，對外族採取包容的態度，並讓外族入朝爲官，享受和漢族相近的待遇。這樣的開明態度也表現在經濟與宗教方面，外族們近者悅，遠者來，長安城中出現外族面孔已是平常之事，在當時，長安是世界最大的國際都市。

　　但是，經歷長期的安定與漢文化的強勢主導之後，國人又轉向重文之風，漸與尚武的胡族文化產生區隔：

> 高宗、武后之世，科舉始盛，國人逐漸棄武就文，風氣所趨，唐初百戰百勝的漢將雄才，至此已不可多見。武后天授中，……當時漢將的武技，既已遜於蕃將，漢人將才之凋零，從而可知。〔註6〕

〔註3〕　傅樂成：《漢唐史論集》：「估計從太宗貞觀初至玄宗天寶初的一百二十年間，外族被唐俘虜或歸降唐室因而入居中國的，至少在一百七十萬人以上，……他們並有不少在中國朝廷中做官。外族來華經商傳教的，也極眾多。波斯、大食人以及西域賈胡等，遍及廣州、洪州、揚州諸地；新羅及崑崙等種人，多爲國人用爲奴隸。這些外族，定居中國，不少與中國人通婚。他們的文化也隨之傳入，在中國境內自由發展。所以唐代無論在血統或文化上，都是大規模與外族混合的時代。」（台北，聯經出版事業公司，1978年），頁357～358。

〔註4〕　原文注：見《資治通鑑‧卷一九八‧貞觀二十一年》（北京，中華書局，1997年），頁6247。

〔註5〕　傅樂成：《漢唐史論集》（台北，聯經出版事業公司，1978年），頁362。

〔註6〕　傅樂成：《漢唐史論集》（台北，聯經出版事業公司，1978年），頁

胡漢文化漸漸產生區隔，胡人往武技發展，漢族崇尚文風，產生差異的因素有兩方面：其一，由崇文尚武風氣之差異，逐漸浮現胡、漢的差別，文化與血統的個別認知也逐漸產生，初盛唐胡漢一家觀念也逐漸崩解；其二，胡人尚武，漢人缺乏武將，於是邊防重任遂交由胡將之手，遂種下安史之亂之因。

由於思想文化上的差異與文、武所尚之不同，安史之亂遂由此起。這場胡人所主導的動亂，不但震衰了唐帝國的命脈，也瓦解了原本合諧的胡、漢之間的關係，傅樂成說：

> 安史亂起，唐室怵於禍害，對武人深懷顧忌；夷夏之防，也因而轉嚴。……（穆宗時）唐室既棄河朔，而舉國視其地如夷狄，不屑與同。這與唐初華夷一家的思想，已有極大的距離，也是安史亂後唐人夷夏之辨漸嚴的明證。〔註7〕

自安史之亂以後，夷夏之防轉趨嚴格，漢族與胡族從原本的文化習性上差距轉烈為彼此顧忌，甚至「不屑與同」。漢族也重新省思與胡人之間的民族、文化差異，夷夏一家的族群融合也轉為胡、漢分立的民族主義。

二、社會文化的轉變

中唐是胡漢關係的轉變關鍵期，從原本對胡人文化、風俗採取包容、甚至喜愛的態度，逐步轉為厭惡、排斥。處於這樣一個轉折樞紐時間點的唐人，其內心之矛盾可想而知。尤其是當面對昨是今非，或是昨非今是的觀念混亂之時，在心態上與行為上該當如何自處，在在都撕裂著中唐人的內心，雖是生活行為上的瑣事，卻也從細微的生活態度與觀念呈現唐人的社會心理思想之變化。以下分別就服裝化妝的特徵、飲食、社會風氣與政治局勢、科舉、宗教思想各方面的變化來探討中唐社會文化的轉變。

362。
〔註7〕傅樂成：《漢唐史論集》（台北，聯經出版事業公司，1978 年），頁364。

（一）服裝化妝的改變

李唐皇室起源於北朝胡化之漢人，〔註8〕胡漢之觀念本即薄弱，尤其是對婦女的生活限制也放寬，她們的穿著、化妝也跟著胡化，尤其是宮廷之中胡風甚盛：

> 承乾自此託疾不朝參者輒逾數月。常命戶奴數十百人專習伎樂，學胡人椎髻，翦綵爲舞衣，尋橦跳劍，晝夜不絕，鼓角之聲，日聞於外。〔註9〕

上有所好，下必從之，唐室初期帶起的胡風，到了開元、天寶時期，風靡更甚。當時的貴游世族，生活幾乎已經胡化了。根據《舊唐書》卷四五〈輿服志〉記載：

> 開元初，從駕宮人騎馬者，皆著胡帽，靚粧露面，無復障蔽。士庶之家，又相倣效，帷帽之制，絕不行用。俄又露髻馳騁，或有著丈夫衣服靴衫，而尊卑內外，斯一貫矣。〔註10〕

胡風的盛行，乃是由朝廷而起，在上行下效的風潮推波助瀾之下，由宮廷流行起的女性騎馬、胡帽、盛裝的拋頭露面的胡風，逐漸傳到士庶之家時，甚至有女穿戎裝男服的現象。這不僅是男女之防的逐步開放，也象徵男女地位的拉近。然而，這種經由胡化的穿著風氣，卻也被視爲安史之亂的主因之一：

> 武德來，婦人著履，規制亦重，又有線靴。開元來，婦人例著線鞋，取輕妙便於事，侍兒乃著履。臧獲賤伍者皆服襴衫。太常樂尚胡曲，貴人御饌，盡供胡食，士女皆竟衣胡服，故有范陽羯胡之亂，兆於好尚遠矣。〔註11〕

〔註8〕　根據陳寅恪先生的考證，李淵的祖先，族葬於趙州昭慶縣（今河北隆平縣），所以應該是趙郡李氏之後，淵祖李虎爲西魏「八柱國之一」，史稱「八柱國家」，乃宇文泰所組成的關隴貴族之中心，因此，李唐皇室是有鮮卑等胡人的血統。詳見陳寅恪《唐代政治史述論稿》上篇〈統治階級之氏族及其升降〉，收錄於《陳寅恪先生論文集（上）》（台北，九思出版社，1977 年），頁 153～169。

〔註9〕　劉昫等：《舊唐書》卷七十六（北京，中華書局，1997 年），頁 2648。

〔註10〕　劉昫等：《舊唐書》卷四十五（北京，中華書局，1997 年），頁 1957。

〔註11〕　劉昫等：《舊唐書》卷四十五（北京，中華書局，1997 年），頁 1958。

劉昫等人在《舊唐書》中直接將安史之亂的原因歸咎於胡風胡服，因爲崇尚胡人文化，所以缺乏防範之心，於是胡人坐大於中國境內，並造成唐帝國最大的禍害。

　　胡人文化全面進入李唐，玄宗之世達到極致。當時婦女多穿胡服，〔註12〕以窄衣短袖爲時尚穿著。陳寅恪先生根據白居易〈上陽人〉「小頭鞋履窄衣裳，青黛點眉眉細長。外人不見見應笑，天寶末年時世妝。」〔註13〕的考證，推出天寶末載與貞元、元和之際穿著化妝的差異。在〈上陽人〉中云：「玄宗末歲初選入，入時十六今六十。」大略可推之所處的時代爲貞元之末，天寶之末又是安史之亂前後，這一時期正處於中唐時尚的轉變期。陳寅恪先生說：

　　　關於衣履事，姚汝能《安祿山事跡・下》云：「天寶初，貴游士庶，好衣胡服，爲豹皮帽，婦人則簪步搖，衩衣之制

〔註12〕徐連達《唐朝文化史》：「所謂『胡服』，系指西域地區諸少數民族以及印度、波斯諸國的服裝式樣而言。其通常服飾是頭戴氈皮帽，身著長衣及膝、衣袖瘦窄，領爲圓領、翻折領或對襟開領，腰繫革帶，下身服緊身小口褲，腳著皮靴。隋唐時……諸少數民族大量地湧入或定居，各種穿著的服飾也勢必影響到隋唐的社會生活。如小圓帽、折領、窄袖、短褲褶、小口褲、皮革帶、皮靴等服飾都明顯地受到胡服的影響。至於胡服、胡妝以及女子男裝、戴帽騎馬則更是直接沿承自胡人的日常裝束。在隋及唐前期，兩京、大都市中漢族男女無不競相仿效，服胡服、學胡妝成爲時髦風尚，這也是勢所必至的現象。」（上海，復旦大學出版社，2003年），頁70～71。

〔註13〕該詩屬於白居易的新樂府之一，《全唐詩》作〈上陽白髮人〉，全詩如下：「上陽人，上陽人，紅顏暗老白髮新。綠衣監使守宮門，一閉上陽多少春。玄宗末歲初選入，入時十六今六十。同時采擇百餘人，零落年深殘此身。憶昔吞悲別親族，扶入車中不教哭。皆云入內便承恩，臉似芙蓉胸似玉。未容君王得見面，已被楊妃遙側目。妒令潛配上陽宮，一生遂向空房宿。房空宿，秋夜長，夜長無寐天不明。耿耿殘燈背壁影，蕭蕭暗雨打窗聲。春日遲，日遲獨坐天難暮。宮鶯百囀愁厭聞，梁燕雙棲老休妒。鶯歸燕去長悄然，春往秋來不記年。唯向深宮望明月，東西四五百迴圓。今日宮中無最老，大家遙賜尚書號。小頭鞋履窄衣裳，青黛點眉眉細長。外人不見見應笑，天寶末年時世妝。上陽人，苦最多。少亦苦，老亦苦，少苦老苦兩如何？君不見昔時呂向美人賦，又不見今日上陽白髮歌。」

> 度，衿袖窄小。」《今唐書》參肆〈五行志〉云：「天寶初，
> 貴族及士民好爲胡服胡帽，婦人則簪步搖釵，衿袖窄小。」
> 即用姚書，足可爲此詩「小頭鞋履窄衣裳。」句之注腳。……
> 又《白氏長慶集》壹肆〈和夢遊春詩〉云：「時世寬妝束。」
> 則知貞元末年婦人時妝尚寬大，是即樂天「外人不見見應
> 笑。」詩意之所在也。〔註14〕

經由陳寅恪先生對白居易詩的考證，可以得知唐人服飾在中唐產生重
大的變化，天寶初流行衿袖窄小的胡服，到了貞元末年轉而「寬妝
束」，這是由胡服轉爲漢服特徵的過程。其實，唐人不只在服飾方面
接受胡化，在化妝方面亦是如此。服裝與化妝的審美觀本是一體的，
所以二者在中唐的變化也是同時產生，徐連達說：

> 這種胡服、胡妝多局限於宮廷、貴族、官僚等上層社會以
> 及歌舞伎樂的場所中，他是服裝尚新奇的一種表現。它對
> 民間的影響並不太大。自中唐以後，胡人進入中原大量減
> 少，同時胡服在長期演進中也逐漸消融在傳統的服裝中。
> 再則，士大夫中守禮的人物受傳統禮教思想的束縛，把胡
> 服、胡妝看作是「服妖」，對之採取鄙而棄之的反對和排斥
> 態度。元稹《法曲》所說的便是這種文化意識的表露。這
> 些都是胡服、胡妝逐漸減少、消失，而傳統的長袍裙、大
> 口袖又轉成時髦服式的社會因素。〔註15〕

元稹的〈法曲〉是從音樂的角度切入，論述了從黃帝以下的正統音樂
發展現象，當中雖屢有變革，但皆保持中原正統音樂。接著到了唐代，
不只音樂有「夷音」進入，胡妝也席捲整個唐帝國，故云：「自從胡
騎起煙塵，毛毳腥膻滿咸洛，女爲胡婦學胡妝，伎進胡音務胡樂，火
鳳聲沈多咽絕，春鶯囀罷長蕭索，胡音胡騎與胡妝，五十年來竟紛
泊。」〔註16〕元稹詩中不只客觀敘述胡音胡服傳入的現象，更帶有一

〔註14〕陳寅恪：《元白詩箋證稿》第五章〈新樂府・上陽人〉，收錄於《陳
　　　　寅恪先生論文集（下）》（台北，九思出版社，1977 年），頁 846～847。
〔註15〕徐連達《唐朝文化史》（上海，復旦大學出版社，2003 年），頁 71。
〔註16〕元稹：〈法曲〉，《全唐詩・第六函・第十冊》（上海，上海古籍出版

份胡風壓過漢人文化的主觀憂慮、批判。

　　服裝與化妝是最明顯的外在打扮，也是文化最顯著的特徵，更是政治權力的主導象徵。〔註17〕唐室由初唐到中唐的胡化，顯示大唐帝國的包容與無私、開放與自信，所以才放任胡服胡妝在中國流行。然而，進入中唐以後，唐帝國國勢大不如前，但胡風不衰反盛，華夏文化已不足以掌控全局。胡化之風也引起當時文人史家的不安，故於《舊唐書》中云：「士女皆竟衣胡服，故有范陽羯胡之亂，兆於好尚遠矣。」史家將胡人為主的安史之亂等動亂歸咎於胡風胡服的盛行。

　　這種由好生惡的矛盾心理在中唐逐漸發酵，對夷夏之防的心態也逐漸產生。雖然長期累積的胡化生活非可一朝一夕盡變，胡服胡妝依舊行於中國，但在接受的態度上已趨於保守，甚至於有人建請明令限制胡服：

　　　　隨著夷夏觀念的改變，中唐對待外來文化的態度也發生了
　　　　變化。表現在服飾方面，元和以後，唐代士女服裝逐步恢
　　　　復漢魏以前的舊觀，改尚大袖寬衣，當時貴族婦女衣袖竟
　　　　大過四尺，裙擺拖地四、五寸。故李德裕任淮南觀察使時，
　　　　曾奏請用法令加以限制：「婦人衣袖過四尺者，皆闊一尺五
　　　　寸；裙曳地四、五寸者，減三寸。」並禁令全國「婦女裙
　　　　不過五幅，曳地不過三寸。」〔註18〕

因為中唐的胡人動亂，唐人夷夏之防的觀念漸生，且因為對胡人的厭惡，漸漸對胡人文化，尤其是最具表象的服飾，更是刻意排斥。所以

　　　　社，1996 年），頁 1025。

〔註17〕祖倚丹、張紅雨：〈論唐代服飾文化的政治特徵〉：「服飾屬於一種文
　　　　化現象，但在不同的時代背景下總是被蒙上一層政治色彩，一方面
　　　　政治氛圍影響著服裝的整體風格及其演變過程，另一方面統治者也
　　　　需要依據服飾來烘托其政治文化的特色並為其政權統治服務。」收
　　　　錄於《河北科技大學學報（社會科學版）》第三卷第一期（河北，河
　　　　北科技大學，2003 年），頁 58。

〔註18〕孫鴻亮：〈論唐代服飾及夷夏觀念的演變〉，收錄於《唐都學刊》2001
　　　　年第 3 期（西安，西安聯合大學，2001 年），頁 27～28。

白居易〈和夢遊春詩〉中對胡服由「好」轉而「笑」，乃是顯現了這種普遍的心態。

（二）飲食習慣的變化

唐人的飲食和服裝一樣，都深受胡人文化的影響。但因為飲食文化並不像服飾那般醒目、強烈，對一般人民而言，並沒有太強烈的文化區隔意識。因此在唐代的歷史發展中，胡人的飲食文化一直都對中國有一定的影響，卻沒有像胡服因為政治因素的影響而產生排斥、衰退。

唐人非常重視飲食，尤其是豪邁的食肉、飲酒，以及飲用奶酪等胡人飲食習慣，在在都融入了唐人的社會。根據李肖的歸納，唐人飲食文化的胡化可分為「大塊喫肉，大碗喝酒的習慣」、「喜食半生不熟的肥鮮」與「使用乳製品的範圍擴大」三方面：〔註19〕

在「大塊喫肉，大碗喝酒的習慣」方面，李肖以李世民的長子李承乾為例：

> ……身為太子，卻格外迷戀突厥人的飲食習慣，於是便「作八尺銅爐，六隔大鼎，募亡奴盜民間馬牛，親臨烹煮，與所幸廝役共食之。……太子自處其中，斂羊而烹之，抽刀割肉相啗。」〔註20〕

與胡服胡粧一樣，這種以刀割肉而啖的豪放習慣，也是從宮中開始推向民間，「即使博學多才，溫文爾雅的大詩人杜甫，也不知何時染上了這種瀟灑的飲食習慣」。〔註21〕杜甫是盛唐儒家文化的象徵性人物，依然染此風氣，可見此風在唐朝前期之盛。

在「喜食半生不熟的肥鮮」方面，本是為了攏絡胡人將領而做，

〔註19〕李肖：〈論唐代飲食文化的基本特徵〉，收錄於《中國文化研究》總第 23 期（北京，北京語言文化大學，1999 年），頁 75。

〔註20〕本段引文出自司馬光：《資治通鑑》卷一九六（北京，中華書局，1997年），頁 6189～6190。

〔註21〕李肖：〈論唐代飲食文化的基本特徵〉，收錄於《中國文化研究》總第 23 期（北京，北京語言文化大學，1999 年），頁 75。

久而久之，也影響了唐人的飲食習慣：

> 開元年間，大批胡人擔任了唐朝的高級將領，為了籠絡他們，唐玄宗經常把剛獵獲的肥鮮送給胡人。……唐人烹製動物，常常採用一種極其野蠻的烹製方式。〔註22〕

唐人豪放，在飲食方面表現無遺，越是奇珍美食，越是令唐人嚮往，除了顯示唐人的文化區隔意識薄弱之外，更具有唐人普遍的好「奇」心態以及重視享樂的性格。因為好奇，所以各種奇異的烹飪方式不斷有人研究、學習，甚至於為了烹調半生不熟的肥鮮而產生種種的「虐食文化」。〔註23〕

在「使用乳製品的範圍擴大」方面，漢民族本是農耕為主，不若北方游牧民族以乳類製品為主食，但在胡人飲食的習慣影響下，乳製品廣泛地出現在中國的南北方：

> 使用奶酪原本是北方人的傳統習慣，南北朝時期，不少士族地主曾想嘗嘗奶酪的滋味，沒想到吃完便瀉肚子，只好望而生畏。唐時，奶酪卻奇蹟般地出現在南方人的飯桌上。白居易詩云：「稻飯紅似花，調沃新酪漿。」這裡「紅似花」的米飯，顯然指南方特有的紅米煮成的米飯。酪漿，即畜牧的乳汁。它說明南方北方都有飲食乳製品的習慣。〔註24〕

乳製品的出現，不僅代表中國人飲食層面的擴大，更是代表一種文化的滲透。文化的滲透越是產生在細微處，越是代表其全面性，一個不

〔註22〕李肖：〈論唐代飲食文化的基本特徵〉，收錄於《中國文化研究》總第23期（北京，北京語言文化大學，1999年），頁75。

〔註23〕所謂虐食文化，是指以殘暴、不人道的方式烹煮肉食。如李昉等：《太平廣記》卷267記載張易之烹煮鵝鴨的過程：「易之為大鐵籠，置鵝鴨于其內，當中熱炭火，銅盆貯五味汁。鵝鴨繞火走，渴即飲汁，火炙痛旋轉，表裡皆熟，毛落盡，肉赤烘烘乃死。」同書卷133載李詹：「平生廣求滋味，每食鱉，輒緘其足，暴於烈日。鱉既渴，即飲以酒而烹之，鱉方醉，已熟矣。復取驢繫于庭中，圍之以火，驢渴即飲灰水，蕩其腸胃，然後取酒，調以諸辛味，復飲之，驢未絕而為火所逼爍，外已熟矣。」（台北，古新書局，1977年）

〔註24〕李肖：〈論唐代飲食文化的基本特徵〉，收錄於《中國文化研究》總第23期（北京，北京語言文化大學，1999年），頁75。

以畜產為主的民族，會廣泛地出現乳製品，當中所代表的意義是胡化的深度與廣度皆具。

此外，各種尋求新奇精緻的飲食內容也不斷推出，唐朝重視菜餚的藝術造型，除了對色、香、味的要求外，也重視容器的搭配。「御廚進饌，凡器用有少府監進者。用九飣食，以牙盤九枚，裝食味於其間。置上前，亦謂之『看食』。」〔註25〕這是帝王家的飲食派頭。至於士大夫家也在飲食方面奢侈成風。如元載飲食所用的珍貴食器有三千件，當郭子儀入朝時，元載等人作東請客，一宴竟費錢一百五十萬。〔註26〕

至於一般唐人飲食器具有杯、盤、碗、盞、樽、杓等，材料講究與否不一，從一般的木質、陶質到頂級的瑪瑙、琉璃、玉石、金、銀、犀角、象牙等皆有，表面從素面到雕鏤各種動植物圖案並俱。

唐人過度肉食主義以及飲酒的習慣，造成身體上的負擔，從帝王到士大夫，多有致「風疾」者，〔註27〕唐順宗甚至因風疾而不能親理朝政，遂將大權交付王叔文等人，並由其推行「永貞革新」，最後以慘敗收場。〔註28〕所以，相對於過度肉食主義以及飲酒的習慣，也興起一股與飲食文化相結合的養生的風潮。根據李肖的研究指出，唐代

〔註25〕李昉等：《太平廣記》卷二三四〈御廚條〉（台北，古新書局，1977年），頁480。

〔註26〕劉昫等：《舊唐書》卷十一：「郭子儀自河中來朝。癸卯，宰臣元載王縉、左僕射裴冕、戶部侍郎第五琦、京兆尹黎幹各出錢三十萬，置宴於子儀之第。」（北京，中華書局，1997年），頁286。

〔註27〕所謂「風疾」，就是高血壓。根據傅樂成：《漢唐史論集》載：「唐代名人，患風疾（即今高血壓）者甚多（如唐高宗、杜甫、哥舒翰等），與縱飲不無關係。」（台北，聯經出版事業公司，1978年），頁129。

〔註28〕劉昫等：《舊唐書》卷一百八十四：「順宗即位，風疾不能視朝政，而宦官李忠言與牛美人侍病，美人受旨於帝，復宣之於忠言，忠言授之王叔文。叔文與朝士柳宗元、劉禹錫、韓曄等圖議，然後下中書，俾韋執誼施行，故王之權振天下。」（北京，中華書局，1997年），頁4767。又，關於「永貞革新」的相關內容與前因後果，可參考胡可先：《中唐政治與文學——以永貞革新為研究中心》（合肥，安徽大學出版社，2000年）。

養生風潮在飲食文化的表現有三:「其一,藥膳和藥酒大量出現」、「其二,用水果養生美容成爲時尙」、「其三,是飲茶的普及」。〔註29〕

　　唐人一方面在飲食上對身體製造負擔,一方面又藉由飲食尋求身體的保健,看似矛盾,卻又翔實呈現唐人社會生活上的一個極端面向,尤其以中唐爲最。中唐時,社會歷經大動亂之後,社會之間的貧富落差逐漸加大,但上層社會的豪侈游宴之風反而更甚:

> 唐代大官多喜豪宴,承平之時固以如此,安史大亂之後,其風尤盛。如代宗大曆二年(西元 767 年),郭子儀入朝,代宗召賜「軟腳局」。宰相元載、王縉,僕射裴冕、第五琦、黎幹等,各出錢三十萬,宴於子儀之第。時田神功亦朝覲在京,並請置宴,於是魚朝恩及子儀、神功等更迭治具,公卿大臣列於席者,百人一宴,費至十萬貫。〔註30〕

社會動亂,人民生活貧困,但上位者不但不知體恤民間疾苦,反而在奢侈豪宴上變本加厲,如此激化的社會環境,使關懷社會、同情人民生活悲苦的詩人將之納入題材,成爲創作的溫床。

(三)社會風氣與政治局勢的轉變

　　中唐歷經安史之亂後,朝廷又受到四方藩鎮的威脅以及異族侵擾,於是對外來文化也開始採取敵視的態度。中唐趨向排外的民族主義也日漸滋長,傅樂成《漢唐史論》歸結出兩個主因,其一是外族叛亂及侵擾的刺激:

> 安史之亂,是中國境內胡族的大叛亂,幾使唐帝國趨於瓦解。歷經八年血戰,亂事雖勉強平定,……繼之而起的是安史餘孽的割據河朔,外族如吐蕃、南詔的乘機入侵,由是引起國人對外族的仇視。〔註31〕

〔註29〕詳見李肖:〈論唐代飲食文化的基本特徵〉,收錄於《中國文化研究》總第 23 期(北京,北京語言文化大學,1999 年),頁 75～76。

〔註30〕傅樂成:《漢唐史論集集》(台北,聯經出版事業公司,1978 年),頁130。

〔註31〕傅樂成:《漢唐史論集集》(台北,聯經出版事業公司,1978 年),頁361。

安史之亂以前，唐朝內部即已腐化，玄宗皇帝雖然開創了令人稱讚的開元盛世，相對的，開元卻也是由盛而衰的高峰點。開元末，玄宗皇帝已進入中晚年，經過將近三十年的努力政務，也在這一段期間逐漸鬆懈，中央政府託給李林甫、楊國忠等奸相；宮中則寵幸高力士等宦官，又沉迷於楊玉環的美色之中，使得國勢日衰，四方節度使也因此對朝廷不再有強烈的向心力。於是，「物必先自蠹而後蟲生」，我們可以進一步說，節度使之反與外族的入侵，是歷史條件發展的必然性，然而，由於最早起兵叛變的節度使──安祿山、史思明都是胡人，所以他們必須背負「非我族類，其心必異」的責難，並由此產生胡漢的對立。

其二是科舉制度的發達：

> 唐自太宗施行科舉，歷朝諸帝，均大力提倡，用以籠絡英俊，粉飾太平。才智之士，群趨科舉考試以取富貴。對外族尚武精神及其文化，自然輕視卑棄。〔註32〕

唐初以科舉作為攏絡士人的工具，由此推展文學風氣，並進一步促使社會對文學的熱愛與對進士的極端推崇，漢人也由此開始傾向重文的傳統。在社會的重視與傳統漢族文化的優越感驅使之下，胡、漢的差異漸漸浮現，但浮現差異之後，並不是互相欣賞與肯定，而是回到民族主義的優劣比較上。

於是，「國人仇視外族及其文化的態度，日益堅決；相反的對中國傳統文化產生熱愛，逐漸建立了以中國為本位的文化。」〔註33〕這已經與唐太宗當時所說的：「自古皆貴中華，賤夷狄，朕獨愛之如一」的夷夏一家精神大相逕庭。

因為安史之亂，唐室對異族將領不再信任，甚至於心懷猜忌，反而迫使僕固懷恩、李懷光等叛變。而河北、淄青等地依然為安史餘孽

〔註32〕傅樂成：《漢唐史論集集》（台北，聯經出版事業公司，1978年），頁362。

〔註33〕傅樂成：《漢唐史論集集》（台北，聯經出版事業公司，1978年），頁361～362。

所盤據，唐室無力克復，終任由其爲化外之地，儼然爲敵國，中國內部已呈分裂局勢，這種分裂又非武力所能強制統一。因爲中央與北方的分裂，不只領地的分隔，更有精神文明的敵對：唐室中央，倡行文辭，崇尚科舉，瀰漫著一股文弱之風；河北藩鎮，鄙視文教，好勇尚武，呈現一片強悍之氣。當內部精神上已分離時，要再統一的難度很高。這種差異，使得中國內部產生文化區隔及敵對的立場。所以之後「河朔再叛，所以終唐之世不能復取，與此甚有關係。〔註34〕唐室既棄河朔，而舉國視其地如夷狄，不屑與同。這與唐初華夷一家的思想，已有極大的距離，也是安史亂後唐人夷夏之辨漸嚴的明證。」〔註35〕

中唐歷經安史之亂以後，唐人逐漸認清盛唐的光輝歲月已逝。而眼前的政治現象已經委瑣靡頓，當是要面對、處理的時刻。中唐以後，政治方面所面對的最大問題是藩鎮的興起與宦官的專權，但卻無從下手處理。

安史亂後，朝廷不再信任武將與藩鎮。而藩鎮的禍源可追溯至玄宗朝。天寶元載，玄宗在國境邊設置十節度經略使，以充實邊防。唐代邊防軍一般都要屯田或營田以自足，邊境節度使亦循此制度經營。節度使在所管轄之地，也兼管民政、度支、安撫、觀察等工作，儼然是個獨立的國中之國，中央政府對藩鎮的管束可謂鞭長莫及。另外，在安史亂後，朝廷爲了安撫投誠的安史降將，任由他們在河北、山東廣大地面列鎮相望，甚而心腹地帶，也有他們節度使，自行擴充軍隊，強奪民間土地，徵收賦稅，自委官吏，各鎮間互相聯絡或互相兼併，這些藩鎮可說是明目張膽的割據自雄。雖然在憲宗朝一度平定蜀地、淮西等叛跡昭著的藩鎮，並且號稱「中興」，但事實上各鎮節度使只是表面歸順中央，依然各自任用官吏，徵稅，保有軍隊等。於是在憲

〔註34〕 河朔之不能復，一部分的原因是唐室重文臣，故以文臣任節度使，或不善於征戰，或怯於戰鬥。

〔註35〕 傅樂成：《漢唐史論集集》（台北，聯經出版事業公司，1978 年），頁364。

宗死後藩鎮之亂隨即又起，直接影響到唐朝的滅亡。

　　宦官專權問題與藩鎮的禍害密不可分，宦官勢力的興起也源於玄宗朝。唐朝從太宗時定制限制宦官數量與權限，直到中宗時雖多至三千餘人，但大多依舊位卑職輕，〔註36〕到了玄宗朝，宦官的職權開始明顯擴張：

> 開元、天寶中，……宦官黃衣以上三千員，衣朱紫千餘
> 人。……其在殿頭供奉，委任華重，持節傳命，光焰殷殷動
> 四方。……監軍持權，節度返出其下。……德宗懲艾泚賊，
> 故以左右神策、天威等軍委宦者主之，置護軍中尉、中護軍，
> 分提禁兵，是以威柄下遷，政在宦人，舉手伸縮，便有輕重。
> 至懷士奇材，則養以為子；巨鎮疆藩，則爭出我門。〔註37〕

從玄宗到德宗，宦官的勢力逐漸擴張。玄宗時，宦官不只得以擔任監軍，甚至於權力大過節度使。德宗時，宦官掌握軍權，實力更甚以往，使得朝廷內外，爭相巴結，國之權柄，已然倒持。肅宗居東宮之時，宦官李輔國事之，及肅宗即位後，李輔國遂大被信用：

> 自上在靈武，判元帥行軍司馬事，侍直帷幄，宣傳詔命，四
> 方文奏，寶印符契，晨夕軍號，一以委之，乃還京師，專掌
> 禁兵，常居內宅，制敕必經輔國押署，然後施行，宰相百司
> 非時奏事，皆因輔國關白、承旨。常於銀台門決天下事，事
> 無大小，輔國口為制敕，寫付外施行，事畢聞奏。〔註38〕

一如肅宗代理人般主掌朝廷政軍之權，李輔國權力之大，有唐以來所未見。事實上，李輔國得以如此權高勢重，是有其個人與環境因素所

〔註36〕劉昫等：《舊唐書》卷一百八十四：「貞觀中，太宗定制，內侍省不置三品官，內侍是長官，階四品。至永淳末，向七十年，權未假於內官，但在閤門守禦，黃衣廩食而已。則天稱制，二十年間，差增員位。中宗性慈，務崇恩貨，神龍中，宦官三千餘人，超授七品以上員外官者千餘人，然衣朱紫者尚寡。」（北京，中華書局，1997年），頁4754。

〔註37〕歐陽脩、宋祁等：《新唐書》卷一百三十二（北京，中華書局，1997年），頁5856。

〔註38〕司馬光：《資治通鑑》卷二百二十一（北京，中華書局，1997年），頁7073。

致。就個人機運而言：李輔國因長期侍奉肅宗，國家動亂之際，又一
路艱困的陪侍肅宗逃奔靈武，所以深獲肅宗信任；就環境因素而言：
安史之亂重挫了唐人對胡人與武將的信任度，尤其對胡人將領更是處
處提防，甚至於因此迫使胡將叛變。〔註39〕國君不再信任武將，所以
大量以宦官爲監軍，甚至於監軍權高於節度使，且有實際調度、指揮
作戰之職。〔註40〕

　　君王重用宦官，是爲了避免武人過於縱恣，相對的，卻又造成宦
官的專權。宦官專權，古已有之，東漢中後期的宦官之禍殷鑑不遠，
何以唐室帝王尚且執迷不悟？因爲在中國人的傳統觀念中，宦官是
「刑餘之人」，未被視爲完整之人，中國社會並無接受其擔任君主之
可能，所以並無篡奪之憂；另一方面，宦官是皇帝的家奴，外既無親
族相聯繫，內又沒有後嗣與子孫，所以可以避免有如外戚一般的家族
勢力結合，並進一步威脅王權。這也是在歷史上有外戚奪權而無宦官
篡位之因。

　　中唐君主寵信宦官，宮中的軍政大權，全交於宦官之手：

　　　李輔國恃功益橫，明謂上曰：「大家但居禁中，外事聽老奴
　　　處分。」上內不能平，以其方握禁兵，外尊禮之。乙亥，
　　　號輔國爲尚父而不名，事無大小皆咨之，群臣出入皆先詣，

〔註39〕關於安史亂後，唐室猜忌胡人將領，以至於如李光弼終身不敢入朝、
　　　　僕固懷恩與李懷光分而叛變之事，詳見傅樂成：《漢唐史論集》（台
　　　　北，聯經出版事業公司，1978年），頁214～218。
〔註40〕如《舊唐書》卷一百二十：「九月，奉詔大舉，子儀與河東節度使
　　　　李光弼、關內節度使王思禮、北庭行營節度李嗣業、襄鄧節度史魯
　　　　炅、荊南節度季廣琛、河南節度使崔光遠、滑濮節度許淑冀、平盧
　　　　兵馬使董秦等九節度之師討安慶緒，帝以子儀、光弼俱是元勳，難
　　　　相統屬，故不立元帥，唯以中官魚朝恩爲觀軍容宣慰史。」九節度
　　　　使聯軍竟不立元帥，反而交由宦官魚朝恩協調指揮，以至於「九節
　　　　度圍安慶緒於相州，大戰鄴西，敗之。光弼與諸將議：『思明勒兵
　　　　魏州，欲以怠我，不如起軍逼之。彼懲嘉山之敗，不敢輕出，則慶
　　　　緒可禽。』觀軍容使魚朝恩固謂不可。既而思明來援，光弼拒賊，
　　　　戰尤力，殺略大當。會諸將驚潰，……」（《新唐書》卷一百三十六，
　　　　頁4586。）

輔國亦晏然處之。〔註41〕

此為宦官李輔國恃其曾助代宗登基之功，且又掌控禁軍之後的驕縱行
徑。此後的宮中軍政大權遂落於宦官之手，造成中唐自憲宗以後的穆
宗、文宗、武宗、宣宗、懿宗、僖宗、昭宗七帝，都是宦官所立的特
殊歷史現象，其中憲宗、敬宗、文宗更是被宦官所殺害。

　　安史亂後，中央試圖以宦官任監軍，以監督各鎮。此舉不但使宦
官權勢擴大，而且在監督各節度使的功效卻適得其反。因為「藩鎮賴
宦官以鞏固其割據，宦官以藩鎮而維持其竊柄」的勾結互利，〔註42〕
形成唐室兩大禍患，最終導致唐朝覆滅。

（四）科舉、士風與士族的沒落

　　科舉行於隋朝，有唐繼之，其目的原本是藉以發掘並籠絡人才，
所以唐太宗才會在端門見新進士綴行而出時，高興的說：「天下英雄
入吾彀中矣。」〔註43〕陳寅恪對唐代科舉發展情形有如下看法：

　　蓋唐代科舉之盛，肇於高宗之時，成於玄宗之代，而極於
　　德宗之世。德宗本為崇獎文詞之君主，自貞元以後，尤欲
　　以文治粉飾苟安之政局。〔註44〕

唐朝科舉的大盛，是在中唐的德宗以後，而這段時期正是唐代政治、
社會、經濟最動盪的時候，所以才需要「粉飾苟安之政局」。因為政
府的重視提倡，科舉盛行，士人莫不趨之若鶩，其中尤以進士科最受
矚目。競爭最為激烈，故有「三十老明經，五十少進士」〔註45〕之說。

〔註41〕司馬光：《資治通鑑》卷二百二十二（北京，中華書局，1997年），
　　　　頁7125。

〔註42〕傅樂成：《漢唐史論集集》（台北，聯經出版事業公司，1978年），頁
　　　　191。又，關於宦官與藩鎮勾結互利之情事，可參閱該書之〈唐代宦
　　　　官與藩鎮的關係〉一章。

〔註43〕王定保撰、姜漢椿校注：《唐摭言》卷一（上海，上海社會科學院出
　　　　版社，2003年），頁7。

〔註44〕陳寅恪：《元白詩箋證稿》第一章〈長恨歌箋證〉，收錄於《陳寅恪
　　　　先生論文集（下）》（台北，九思出版社，1977年），頁692。

〔註45〕王定保撰、姜漢椿校注：《唐摭言》卷一（上海，上海社會科學院出
　　　　版社，2003年），頁10。

進士科雖稱文學之科，但並非一開始就以文學爲本，傅璇琮說：

> 在唐初一個相當長的時期，進士考試是與詩賦無關的。……
> 進士只考試策文的情況，到高宗後期、即則天實際掌握政
> 權時有了變化，這就是進士由試策文一場改變爲試帖經、
> 雜文、策文三場，這種三場考試的辦法，遂成爲唐代進士
> 試的定制。〔註46〕

唐代的進士科發展是由「試策」到「試策加經史」〔註47〕再到「帖經與
雜文及試策」。〔註48〕至於所試雜文內容，根據徐松的解釋爲：「按雜文
兩首，謂箴銘論表之類，開元間始以賦居其一，或以詩居其一，亦有全
用詩賦者，非定制也。雜文之專用詩賦，當在天寶之季」。〔註49〕

　　所以進士眞正成爲「文學之科」應該是在唐高宗永隆二年（公元
681 年），此時距離高祖武德五年（公元 622 年）開科取士，〔註50〕

〔註46〕傅璇琮：《唐代科舉與文學》（西安，陝西人民出版社，2003 年），頁
165～168。

〔註47〕傅璇琮：《唐代科舉與文學》：「《通典》卷十五〈選舉〉三說進士『其
初止於試策，貞觀八年詔加進士試讀經史一部。至調露二年，考工
員外郎劉思立始奏二科（即進士、明經——琮），並加帖經，其後又
加《老子》、《孝經》，使兼通之』。……所謂『加進士試讀經史一部』，
是因爲原來所考的策文是時務策（《新唐書・選舉志》說『凡進士，
試時務策五道』），現在再加上從經書和史書各一部中出題目，考問
經史大義，這仍是試策。」（西安，陝西人民出版社，2003 年），頁
166～167。

〔註48〕關於進士科考試內容的變化，可參閱王溥：《唐會要》卷七十六：「調
露二年四月。劉思立除考功員外郎。先時。進士但試策而已。思立
以其庸淺。奏請帖經。及試雜文。自後因以爲常式。」又同書七十
五卷：「永隆二年八月敕。如聞明經射策。不讀正經。抄撮義條。纔
有數卷。進士不尋史籍。惟誦文策。銓綜藝能。遂無優劣。自今已
後。明經每經。帖十得六已上者。進士試雜文兩首。識文律者。然
後令試策。」（台北，世界書局，1989 年）

〔註49〕徐松著、趙守儼點校：《登科記考》卷一（北京，中華書局，1984
年）

〔註50〕據蘇鶚：《蘇氏演義》卷上載：「近代已諸科取士甚多，武德四年，
復置秀才、進士兩科，秀才試策，進士試詩賦。其後秀才合爲進士
醫科。」根據清人李元調的說法，蘇鶚爲唐僖宗光起二年（公元 886
年）年進士，上距初唐設置科舉之時已經有二百五十年左右，所以

相距已六十年。這六十年間，進士科一直是科舉中最受重視的一門。如唐太宗在放榜之日親自參觀考場，並題上飛白體「禮部貢院」四字；武則天更親自舉行殿試以策問進士，所以進士有「天子門生」的說法；唐文宗也曾親自命題以考進士；宣宗更自寫「鄉貢進士李某」賜禮部侍郎、知貢舉鄭顯，﹝註51﹞可見其對進士的豔羨之情。

在這六十年間，士族的地位已有變化。唐代最主要的士族是位近京畿的關中士族，他們在漢代的主要文化潮流是經學。漢代時可以靠通經而成為博士，並成為家學：

> 依靠通經而成為經學博士，不僅可以由政府安排弟子承學，傳授學術，而且可以進入官僚機構議政參政，經術與仕進之塗被打通。﹝註52﹞於是由累世經學，變成累世公卿，完成了由地域性的私家學術向中央官僚化的轉變過程。……子弟繼世承繩，蛻化而變成經學世家，殊途而同歸。﹝註53﹞

關中士族掌握了學術文化、政經權勢之後，成為連綿不斷的世家貴族。到了魏晉，雖然政局紛亂，位於北方的關中士族依然講誦經學，傳習不絕，並與鮮卑等少數民族交融，因而除了原本的文質氣息之外，又多了幾分勇武的傳統。

進入唐朝以後，建國初期程依舊是內外征伐不斷，所以勇武的條

他的說法猶有待考證之處。馬端臨《文獻通考》卷二十九載有《唐登科記總目》，顯示唐高祖武德五年始有「秀才一人，進士四人」。

﹝註51﹞王定保撰、姜漢椿校注：《唐摭言》卷十五：「大中中，都尉鄭尚書放榜，上以紅箋筆札一紙云：『鄉貢進士（原注：御名）以賜顯』。」（上海，上海社會科學院出版社，2003 年）頁，294。

﹝註52﹞原文注：許倬雲：〈西漢政權與社會勢力的交互作用〉一文中說：「自此以後，地方上治術之士可以期待經過正式的機構、確定的思想和定期的選拔方式，進入政治權力結構中，參加這個權力的運行。縱然這時其他權力結構，如經濟力量。與社會力量，都已經服屬在政治權力結構之下了；一條較狹，但卻遠爲穩定的上升途徑反使各處的俊傑循規蹈矩的循序求上進。於是漢初的豪傑逐漸變成中葉以後的士大夫。」（台北）《歷史語言研究所集刊》第 35 本，1964 年。

﹝註53﹞李浩：《唐代關中士族與文學》（台北，文津出版社，1999 年），頁 94。

件也是此時求取功名方式之一。此時的關中士族也與時俱進，由文學世家轉爲武力強宗，同時社會也彌漫一股重武輕文的風氣，據《舊唐書・卷六一・竇威傳》云：

> 威家世勳貴，諸昆弟並尚武藝，而威眈玩文史，介然自守，諸兄哂之，謂爲「書癡」。隋内史令李德林舉秀異，射策甲科，拜祕書郎。秩滿當遷，而固守不調，在祕書十餘歲，其學業益廣。時諸兄並以軍功致仕通顯，交結豪貴，賓客盈門，而威職掌閒散。諸兄更謂威曰：「昔孔丘積學成聖，猶狼狽當時，栖遲若此，汝效此道，復欲何求？名位不達，固其宜矣。」〔註54〕

竇威的兄長均因軍功而「致士通顯」，獨竇威一人卻「眈玩文史，介然自守」，反而「職掌閒散」，正是此時尚武觀念的縮影。而關中士族也轉型成爲武學世家而繼續掌有政治優勢，家族勢力依舊維持不墜。

然而，隨著唐帝國局勢的穩定，馬上得天下的尚武風氣逐漸式微，取而代之的是文以治天下的崇文風氣。士族因爲政經方面的優勢，擁有較佳的教育環境以培養子弟應考以取得功名。但因爲科舉取士的方式已經將機會釋出，江南、山東各地的商庶子弟，或是各地的寒素之士均可憑才學而應考，使得自漢代以來士族的官場獨占情形慢慢產生改變。

雖然士族子弟的教育環境較佳，但他們自漢代以來就是經學世家，甚至以經學爲家學，他們一向擅長者爲此。所以當官方的進士科舉不斷的加重文學比例時，也弱化了經學的重要性。尤其是「帖經」的考試，是類似於現代考試的填充，試題一般是摘錄經書的一句並遮去幾個字，考生需填充缺去的字詞，困難度並不高。在這種相對不重視經學的進士科考制度下，對士族是一個打擊，不過畢竟士族有教育環境的優勢，並未全面造成士族的沒落，只是其獨擅政壇的局面不再而已。

〔註54〕劉昫等：《舊唐書》卷六一（北京，中華書局，1997 年），頁 2364。

　　科舉造成士族在學術、政治等方面的絕對獨占優勢不再，不但符合了唐朝立國以後抑制士家大族的方針，[註55] 更產生了社會階層的變動。讀書人有機會憑藉自己的努力登上政治、社會的上層。到了中唐安史之亂以後，士族經歷了這一場動亂，更加不振，社會的變動也更受科舉所左右。於是新興的文人、進士對社會政治更是充滿熱情，相對於士族的暮氣沉沉，他們勇於表現、充滿活力，成為社會的活水。

　　雖然文人、進士是中唐社會的活水，但在社會的過度期待與推崇之下，士子們像是被寵壞的孩子一般，好功而虛華。所以當士族人物以科舉造成士風敗壞，建議停辦，並將安史之亂的因素歸咎於科舉制度，也獲得社會一定程度的認同：

> 公元 763 年，即安史之亂平息的當年，禮部侍郎楊綰即上書言科舉事，認為科舉造成了士風衰敗，「六經則未嘗開卷，三史則皆同掛壁，他主張取消科舉制度。賈至（718～772）更明確地把科舉、士風與安史之亂聯繫起來，說道：「近代趨仕，靡然向風，致使祿山一呼而四海震蕩，思明再亂而十年不復。向使禮讓之道弘，仁義道著，則忠臣孝子比屋可封，逆節不得而萌也，人心不得而搖也。」[註56]

自古以來，經史被認為讀書人立身處世的依據以及鑑往知來的借鏡，熟讀經史，被視為讀書人自我修養，培養情操的基本要件。但過度尚文而輕經史的進士科考試又是唐朝整體社會最重視的一門科舉，楊綰

〔註55〕唐朝在天下底定之後，就有打擊士族的考量，根據唐曉敏：《中唐文學思想研究》說：「世族與中央集權制度有內在矛盾，世族力量強大自然是對中央集權的威脅，所以，統治者從自己的利益考慮，都不能不對世族勢力加以抑制。……隋唐時期的帝王更是注意抑制世家大族的勢力。貞觀年間，唐太宗命高力廉主修《氏族志》，貞觀十二年書成，將氏族分為九等，由於書中以崔姓為第一等，太宗非常不滿，並敕令重修，明確規定總的修訂原則是「崇中今朝冠冕」。（案：《舊唐書・卷六五・高力廉傳》）雖然太宗並非反對世族本身，而主要是抬高皇族及關中士族的地位，但客觀上有抑制士族高門的作用。」（北京，北京師範大學出版社，2000 年），頁 7。

〔註56〕唐曉敏：《中唐文學思想研究》（北京，北京師範大學出版社，2000年），頁 9～10。

和賈至認爲因爲輕忽經史的科舉造就一批重文采的輕浮之士，再加上社會的縱容，終於造成士風敗壞，並被視爲安史之亂的原因之一。

當時的洋州刺史趙匡也負面批判科舉及第的文學之士：

> 進士者時共貴之，主司褒貶，實在詩賦，務求巧麗，以此爲賢，不唯無益於用，實亦妨其正習；不唯撓其淳和，實又長其佻思。自非識度超然，時或孤秀，其餘溺於所習，悉昧本源。欲以啓導性靈，獎成後進，斯亦難矣！〔註57〕

趙匡則認爲科舉重視藝文，追求文字形式之巧麗，非但無助於端正個人之習，反而助長輕佻之風，科舉原始舉才治國的立意，非但蕩然無存，甚至於因科舉而使道德風氣沉淪。

雖然將安史之亂的原因歸諸於科舉並不盡然公平，但士風因科舉而變壞卻是不爭的事實。因爲考試並未糊名，士子們爲了加深主考官的正面印象，投行卷與納省卷之風盛行。〔註58〕考前士子傾全力於結交權貴，攀龍附鳳，視社交活動的重要性更甚於刻苦力學。〔註59〕舉子們爲了釣取聲譽，相互吹捧，交際宴酬，成爲一種集體勢力的結合，並造成輿論的影響力，進而形成了朋黨。

有時朋黨則是志同道合、文趣相同的結合：

〔註57〕杜佑撰：《通典·選舉五》（北京，中華書局，1992年），頁419。

〔註58〕投行卷與納省卷即是一般所謂的干投行卷。根據程千帆《唐代進士行卷與文學》的研究，所謂行卷：「就是應試的舉子將自己的文學創作加以編輯，寫成卷軸，在考試以前送呈當時在社會上、政治上和文壇上有地位的人，請求他們向主司即主持考試的禮部侍郎推荐，從而增加自己及第的希望的一種手段。」（上海，上海古籍出版社，1980年），頁3。又，納省卷則爲：「進士到禮部應試（即所謂省試，禮部屬尚書省）之前，除了上面所談的要向有地位的人投行卷之外，還要向主司官納省卷。」同書，頁7～8。

〔註59〕根據傅璇琮的考證，納省卷並非私下授受或個別行爲，而是禮部的要求，是一項規定，藉此讓主考官更清楚每位應試舉子的才學，以作爲能否及第的依據之一。參閱：《唐代科舉與文學》（西安，陝西人民出版社，2003年），頁251～253。但是，當這種被動的納省卷成爲一種人人皆應爲之的行爲之後，由舉子主動提出的投行卷顯得更加重要，攀附權貴，請託當時文壇、政界舉足輕重之士成了重要鑽營方向。

> 唐貞元中，李元賓、韓愈、李絳、崔群同年進士。先是，
> 四君子之定交久矣，共游梁補闕肅之門。居二歲，肅未之
> 面，而四賢造肅多矣，靡不偕行。肅異之。一旦延接，觀
> 等俱以文學爲所稱，復獎以交游之道。〔註60〕

韓愈等人並爲文友，同游梁肅之門，雖然不免有依附權貴、追逐名
聲之動機。但梁肅乃韓愈的前輩古文家，韓愈等人與之游，實仍有
學術上的積極意義。不過，猶有一批以沽名釣譽，攀附權貴以謀取
聲譽者：

> 時（貞元）應進士舉者，多務朋游，馳逐聲名；每歲冬，
> 州府薦送後，唯追奉宴集，罕肄其業。〔註61〕

舉子在應考之前的行爲就如此放縱，幾乎已經到了不務正業，士風
敗壞的地步。所以唐代社會一方面重視進士科，一方面又批評進士
輕薄：

> （鄭）覃雖精經義，不能爲文。嫉進士浮華。開成初，奏
> 禮部貢院宜罷進士科。初，紫宸對，上語及選士，覃曰：「南
> 北朝多用文華，所以不治。士以才堪即用，何必文辭？」
> 帝曰：「進士及第人已曾爲州縣官者，方鎮奏署即可之，餘
> 即否。」覃曰：「此科率多輕薄，不必盡用。」帝曰：「輕
> 薄敦厚，色色有之，未必獨在進士。此科置已二百年，亦
> 不可遽改。」〔註62〕

鄭覃雖然因爲士族與進士出身的競爭心態而提出攻擊，卻也點出了一
般社會對「進士輕薄」的普遍看法。因此當文宗爲進士辯護時，並非
辯明「進士非輕薄」，而是以進士「非唯一輕薄」，等於間接承認進士
輕薄的事實。所以，進士輕薄也是中唐士風的一個表徵。

〔註60〕王讜：《唐語林・卷七・知己》（上海，上海博古齋影印本，1922
　　　　年）

〔註61〕劉昫等：《舊唐書・卷一四七・高郢傳》（北京，中華書局，1997年），
　　　　頁3976。

〔註62〕劉昫等：《舊唐書・卷一七三・鄭覃傳》（北京，中華書局，1997年），
　　　　頁4491。

三、中唐的文化與文學環境

　　中唐因爲外族的入侵、藩鎮的割據、世家大族的沒落、進士階層的興起與集團的唱和，造成了多元而矛盾的社會風尚。排外風氣使得文化生活逐漸轉向保守；世族的沒落造成了階級的變動；進士依然風光，但卻日漸被時人視爲「輕薄」的一群。這些現象相互交雜，形成了種種社會問題，並影響價值判斷。韓愈的險怪詩歌創作年代主要集中在中唐的貞元、元和年間，故此時的文學與文化環境，勢必要先有所認識。

（一）形式上崇尚「蕩」、「變」與「怪」

　　李肇《國史補》卷上有云：

> 元和已後，爲文筆則學奇詭於韓愈，學苦澀於樊宗師；歌行則學流盪於張籍；詩章則學矯激於孟郊，學淺切於白居易，學淫靡於元稹，俱名爲「元和體」。大抵天寶之風尚黨，大曆之風尚浮，貞元之風尚蕩，元和之風尚怪也。〔註63〕

「貞元之風尚蕩，元和之風尚怪」雖有所不同，但基本上都有背離詩歌溫柔敦厚的傳統。中唐的士風流於輕薄、放蕩，李肇《國史補》卷下云：

> 長安風俗，自貞元侈於游宴，其後或侈於書法、圖畫，或侈於博奕，或侈於卜祝，或侈於服食。〔註64〕

唐人孫棨《北里志》：

> 進士自此尤盛，曠古無儔。僕馬豪華，游宴崇侈。〔註65〕

皇甫湜更痛陳貞元末年的士人放蕩而少才學：

> 近風教偷薄，進士尤甚。……詩未有劉長卿一句，已呼阮籍爲老兵矣；筆語未有駱賓王一字，已罵宋玉爲罪人矣；書字未識偏旁，高談稷契；讀書未識句度，下視服鄭：此時之大病。

〔註63〕李肇：《唐國史補》卷上（上海涵芬樓影印本，1922）
〔註64〕李肇：《唐國史補》卷下（上海涵芬樓影印本，1922）
〔註65〕孫棨：《北里志》（清順治丁亥（四年）兩浙督學李際期刊本，1647年）

這種放蕩風氣的主要形成因素是藩鎮勢力的擴大，以及德宗自「建中之亂」後對藩鎮的消極態度使然，[註66] 國君的態度如此，社會上的氛圍也有所感染，於是消極浪蕩之風充斥著貞元一朝。

至於元和時期，雖然一度中興，但藩鎮的勢力並未真正削去，士大夫的態度也不若貞元時期消極，對「變動」仍有所期待。大曆的浮，貞元的蕩，看在元和詩人眼中，是有深切的痛苦與認知的。元和詩人知道國家社會的不穩定，使得詩人充滿現實的無力感，但短暫的憲宗中興的刺激，又使得他們產生了一線的動力與希望，於是有了求變以突破舊局勢的普遍心態。所以元和之風由變而生怪。因為一切的的怪，都是新變的事物讓人產生新奇、不同於以往的經驗，才會有怪的感受。與其說元和之風尚怪，不如說元和之風「尚變」來得貼切。

（二）乞靈於神異怪誕的心態

前文李肇《國史補》卷下曾載明長安的風俗「或侈於卜祝」，顯然此時迷信之風盛行，反應的是一種對現實的無助與逃避。儒家思想本對於鬼神之事存而不論，他們將所有的注意力集中於現實生活層次的探討與精進，所以孔子有「未知生，焉知死」之說。但是此時佛、道盛行，宗教形式的信仰必須有一個未知的世界作為精神的歸宿，於是隨著佛、道而來的風氣是充滿神怪靈異的宗教傳媒。唐代帝王大多信佛或信道，上有所好，下必從之，宗教信仰原本是各民族普遍的精神世界追求，但是到了中唐卻逐漸走向極端。

《舊唐書·李抱真傳》載：

> （李抱真）晚節又好方士，以冀長生。有孫季長者，為抱真煉金丹，紿抱真曰：「服之當昇僊。」遂署為賓僚。數謂參佐曰：「此丹秦皇、漢武皆不能得，唯我遇之，他年朝上清，不復偶公輩矣。」復夢駕鶴沖天，竊而刻木鶴、衣道

[註66] 建中之亂是發生於德宗建中二年（781），以李希烈、朱泚、李懷光為主，為期五年的藩鎮之亂，德宗皇帝曾經一度被趕出長安。之後長安雖然收復，但德宗皇帝此後亦不敢輕易對藩鎮用兵。

士衣以習乘之。凡服丹二萬丸，腹堅不食，將死，不知人
者數日矣。道士牛洞玄以豬肪穀漆下之，殆盡。病少間，
季長復曰：「垂上僊，何自棄也！」益服三千丸，頃之卒。
〔註67〕

李抱眞爲了尋求長之途，竟然相信方士之言，服食其「金丹」，冀求
長生成仙之夢想，以致於到了性命垂危之際，依然執迷不悟，終於爲
藥石所誤，尋求長生卻以夭壽而終，殊爲諷刺。

　　另一方面，現實生活的空虛、無助，也迫使中唐人遁往神秘、虛
無的宗教信仰之中，劉航說：

中唐人雖竭盡所能地享受著世俗生活之樂，但卻無法獲得
心靈的眞正滿足。在這個一切都並不安寧的的社會裡，他
們不能不經常感到茫然失措。中唐時期，時局不寧且不必
說，就連道德標準和社會風習也都處於新舊交替之中。陳
寅恪先生《元白詩箋證稿・艷詩與悼亡詩》云：「縱覽史乘，
凡士大夫階級之轉移升降，往往與道德標準及社會風習之
變遷有關。當其新舊蛻嬗之際，常呈一紛紜綜錯之情態，
即新道德標準與舊道德標準，新社會風習與舊社會風習並
存雜用。各是其是，而互非其非也。斯誠事實之無可如何
者。」在這種情況下，由於人們一時無法找到習慣的歸屬，
找不到社會共同認可的生活方式和道路，是以只有在一大
堆帶著幾分超驗的、神秘色彩的習俗中才能虛幻地找到一
種確證自己歸屬的方式。〔註68〕

劉航的觀點是以民俗的角度切入，剛好能正確反應中唐的社會變動
以及外在奢侈浮華，內在空虛無助的時代中，人們在現實中的無所
適從，於是選擇避開紛擾不安的人世，投入超驗的宗教之中，以尋
求心靈的慰藉，韓愈的〈謝自然詩〉、〈華山女〉所批判的即是此種
現象。

〔註67〕劉昫等：《舊唐書》（北京，中華書局，1997年），頁3649。
〔註68〕劉航：《中唐詩歌嬗變的民俗觀照》（北京，學苑出版社，2004年），
　　　　頁101～102。

（三）對中下階層的關懷與思想的保守傾向

鄧小軍也在《唐代文學的文化精神》中觀察中唐時期文人對中下階層的人民生活痛苦，有著深刻的人道關懷，這種人道取向的形成有「時代的原因」、「文化的原因」以及「詩史傳統的原因」三大方面。〔註69〕

中唐社會的變動，豪門士族的地位逐漸被一群經由科舉出身的士庶子弟所取代。這些出自民間的新進士人，雖然未必出身貧困，但對於中下階層的百姓生活之苦況是遠較豪門士族體會得深，尤其中唐社會國家的動盪，受害最大的還是黎民百姓，他們的處境深深吸引了文人的注意與同情。另一方面，唐代文人好遊歷，在實地遊歷的過程中，除了大山大水之外，對人民百姓的生活自然有了更近距離的觀察與體會。

中唐的詩歌形式上尚怪，但在思想上卻走向保守。安史之亂以後，對外族的不再是以兄弟視之，夷夏之防的觀念逐漸加深，對外族文化亦不再持開放的態度。盛唐時期的積極立功邊疆的豪雄氣魄，已經不復存在，取而代之的是退向保守。不信任番將的結果，反而將國柄操持在宦官的手中。士人在大文化的洪流中感受到外向進取的態度難以伸展，於是退向個人情感的抒發。他們所著重的不再是大唐文化聲威以及個人在宇宙中的偉大情懷與目標，而是將目標轉向現實中的人世，關懷的是社會風氣的善淑與否。他們不是不憂國事，而是不再存有積極拓邊的「天可汗」式的憧憬。國君的消極，讓士人不再存有「致君堯舜上」的偉大理想，但卻仍懷有「再使風俗淳」的知識份子使命感，他們將積極的情志包裝於表面的的樸實與退卻，也就是對個人的理想追求不再積極，而將更多的心力放在傳統詩歌文化的回歸與開拓。如鄧小軍論到此時的孟郊詩歌時有如下評述：

〔註69〕 大致來說，鄧小軍所謂的「時代的原因」集中在戰亂、藩鎮割據、政治失道以及佛教勢力的膨脹；「文化的原因」是指古文與儒學的復興運動、新樂府運動以及《春秋》學派的影響；「詩史傳統的原因」是基於杜甫詩史典範的認同與感召，而將詩歌的視角投向生民。詳見鄧小軍：《唐代文學的文化精神》（台北，文津出版社，1993年），頁502～503。

> 人性，是孟郊詩出色表現的主題。〈遊子吟〉……優美含蓄
> 的比興，精闢自然的語言，寫出母親對兒子的無限慈愛，
> 亦寫出兒子對母親的無限敬愛，……只要人類在，人性在，
> 人性之詩就不朽。〔註70〕

不同於盛唐邊塞的豪情壯志，孟郊代表的是中唐詩人的一個普遍面向──再度回歸中國傳統文化的思想模式：抒情的傳統雖然、含蓄的比興，以及質樸自然的語言，這些元素，構成一首情感真摯、思想樸素的詩篇。

另外，如元白的新樂府也將關懷面透射到市井小民身上，他們回歸傳統，以〈詩大序〉的傳統儒家詩論為根柢，將時空定位於中唐的環境，以樸實的語言，真切的情感，刻畫一幅幅底層社會人民的悲苦圖像，當中雖有諷諭，但真正的目的是希望通過改良政治，淳厚社會風俗，再使唐王朝中興。

基本上，傳統詩人都負有強烈的社會使命感，他們在詩歌的表現直接的情感與訴求，大量的俗白語言，是為了向普羅大眾傳達他們的思想。這是一種訴諸百姓、關懷百姓為目的的作品，相較於盛唐邊塞詩的建立事功思想，就詩人的個體而言，是保守多了；但就社會群體而言，卻是積極而令人動容的。

中唐的社會、政治變動激烈，對當時人的心理衝擊甚大，於是產生衝突矛盾的文化性格。此時社會風尚好奇好變，是人又崇尚虛華游宴之風，但這些行為卻是為了麻痺不安與無奈的內心。外在看來是好奇好變，但內在思想又是回歸傳統文化的求索。也因為對現實生活的無力感，所以求助、寄託於未知的世界，於是對宗教、鬼神等均有極端信仰。因為社會的變動，出自民間的文人也對生民的痛苦有著深刻的認知與同情，並將這份認知與同情形諸詩歌。韓愈身處這樣的一個矛盾時代，他的詩歌風格也翔實地呈現以上種種特徵。

〔註70〕鄧小軍：《唐代文學的文化精神》（台北，文津出版社，1993年），頁
497～498。

第二節　韓愈當世社會接受的主流詩歌

　　韓愈主要的寫作時空環境大約在貞元、元和時期，此時的時尚所好已見於本章第一節〈中唐民族主義的興起與社會文化的轉變〉。接著再觀察此時的詩歌選輯現象，藉由當時人的眼光與選擇，觀察時人主觀喜好的詩歌風格與類型，並且考究時人對主流詩歌的討論。

　　現存韓愈當世的時人唐詩選集有令狐楚的《御覽詩》一本。但卻不足以作爲當時的代表性選集，呂玉華說：

> 對於詩選來說，既要著眼於詩本身的規律，又要著眼於社
> 會一貫的好尚。元和十年，元稹計劃編輯《元白往還詩
> 集》，……同年，他呈給穆宗的〈進詩狀〉中還特別提到自
> 己的樂府詩。可以說，此時新樂府方興未艾，令狐楚也有
> 知聞，但他並沒有把這類詩選入《御覽詩》，從而這部詩選
> 突出的只有閑情氣味，不沾染言志明道等社會倫理教化色
> 彩。毛縉跋說其意圖不可解，其實令狐楚不過採取了唐代
> 一貫的「純詩」態度而已。〔註71〕

呂玉華不但說明了《御覽詩》不足以代表韓愈當世主流的詩歌選集，更是直指此時新樂府是「方興未艾」，居於重要的地位。

　　貞元、元和的主流詩歌到底爲何？前文引李肇的《國史補》卷上云：「元和已後，爲文筆則學奇詭于韓愈，學苦澀于樊宗師。歌行則學流蕩于張籍。詩章則學矯激于孟郊，學淺切於白居易，學淫靡于元稹，俱名爲『元和體』。」很明顯的，韓愈於此被排除於詩歌之外，此時的韓愈，所被重視的是「文筆」而非「歌行」、「詩章」。

　　就詩歌的角度而言，韓愈並不居於當時之主流，此時的主流詩歌是孟郊、白居易、元稹等人的作品。孟郊雖然與韓愈並稱，但卻不是以詩歌並稱，而是因爲交情較爲深厚之故，所以時人稱爲「孟詩韓

〔註71〕呂玉華：《唐人選唐詩述論》（台北，文津出版社，2004 年），頁 76
　　　～77。

筆」，基本上這樣的評價是與李肇的說法相符。孟郊的的詩在當時是深受好評的，甚至於流傳到海外。賈島〈哭孟郊〉：

> 身死聲名在，多應萬古傳。寡妻無子息，破宅帶林泉。塚近登山道，詩隨過海船。故人相吊後，斜日下寒天。〔註72〕

詩中「塚近登山道，詩隨過海船」即說明孟郊的詩曾經飄洋過海，遠傳海外，自然是一種高度的肯定。

然而，相對於元、白，韓、孟在當時詩壇的地位並不高，主要的原因是韓孟欠缺集體性的推廣，韓孟的組成關係，友誼的相契大於詩歌的相互吹捧。相對的，元稹、白居易在元和年間以詩歌唱和，而且廣為流傳，元稹〈上令狐相公詩啓〉：

> ……其間感物寓意，可備矇瞽之風者有之。辭直氣粗，罪尤是懼，固不敢陳露於人。唯杯酒光景間，屢為小碎篇章，以自吟暢。然以為律體卑痺，格力不揚，苟無姿態，則陷流俗。常欲得思深語近，韻律調新，屬對無差，而風情宛然，而病未能也。江湖間多新進小生，不知天下文有宗主，妄相放效，而又從而失之，遂至於支離褊淺之辭，皆目為「元和詩體」。
>
> 稹與同門生白居易友善。居易雅能詩，就中愛驅駕文字，窮極聲韻，或為千言，或五百言律詩，以相投寄。小生自審不能過之，往往戲排舊韻，別創新辭，名為次韻相酬，蓋欲以難相排。自爾江湖間為詩者，復相放效，力或不足，則至於顛倒語言，重複首尾，韻同意等，不異前篇，亦目為元和詩體。而司文者考變雅之由，往往歸咎於稹。嘗以為彫蟲小事，不足以自明。〔註73〕

元稹自認為個人的作品原本僅是抱著抒情寫意，飲酒之時自吟以暢懷，所以「格力不揚」而「陷流俗」，難以登大雅之堂，並無示於他人之意。只是一些新進小生，紛紛仿效而成為一種集團性的書寫風

〔註72〕賈島著、李建崑校注：《賈島詩集校注》（台北，里仁書局年，2002年），頁91。

〔註73〕元稹：《元稹集》（台北，漢京文化事業有限公司，1983年），頁231。

格，遂成爲「元和詩體」。元稹不斷貶抑自己此時的作品是「小碎篇章」以及無法達到思想深刻、韻律新穎的理想詩歌作品。

　　這種連作者都自貶的作品，爲何會成爲一種風行一時的代表作品呢？

　　流傳的現象即是一個時代的時尚取向，其內容有雅有俗；而文人的創作，主要是以「雅」爲追求目標，所以當元稹的一些「辭直氣粗」的作品推出後，經由一群江湖間的新進小生推波助瀾之下，一時蔚爲風潮，形成元稹所謂的「元和詩體」。

　　就詩歌的傳統觀念而言，雅正、言志等功能是繫乎詩歌的根本價值與核心，元稹所言娛樂抒情篇章與之實屬背道。站在一個正統的標準視角而言，與之相左的的風格作品是可以稱之爲「怪」，畢竟，「怪」與「常」本無客觀標準，只有所取的角度之相對標準而言。主觀標準是「常」，也就是詩歌內容與功能的傳統標準；相對主觀的「怪」就是違反此一「常態」。所以，「元和詩體」實屬反常道而言，故可謂之「怪」。

　　相同的判斷根據，韓愈詩歌中的內容與形式皆有明顯的反傳統傾向，所以亦屬於「怪」的美學特徵。只是韓愈詩歌的「怪」雖符合當時的風俗與審美取向，但相較於元稹、白居易，他的詩風並未能在當時的詩壇或社會取得高度的認同。歸結「元和詩體」屬於元白而非韓孟的因素，大略可歸納如下：

一、社會的落差造成流蕩之風

　　中唐元和時期是一個社會階層有落差的時代：上層社會奢侈浮華，終日游宴，士大夫在學術上往往也是浮華無實；相對的，因爲政治動盪，外則藩鎮割據，內有宦官肆虐，自從朱泚之亂以後，〔註74〕國君之權益重，相對的相權則日漸旁落。自古以來，宰相是百官之長，「它既是對君主過度專制的一個制約環節，也是溝通上下、選賢任能

────────────

〔註74〕關於朱泚之亂，詳見歐陽脩、宋祁：《新唐書·卷二二五中·朱泚列傳》（北京，中華書局，1997年）頁6441～6450。

的關鍵所在，甚至一個朝代的興衰，也與宰相的賢能與否緊相關聯」。
〔註75〕在缺乏相權制約的局勢之下，奸邪當道、直士逐漸沉淪，國家
在這種局面下，有權有勢者反而不思振作，游冶沈迷。士人則多日漸
浮薄，在生活上縱情聲色，學術上則浮華無實，於是乎形成流蕩之風。
尚永亮先生對此風氣的形成歸納如下看法：

> 產生此一現象并使其愈演愈烈的深層原因卻在於政治的腐
> 敗和道德標準的變化。在《元白詩箋證稿》第四章中，陳
> 寅恪先生曾指出：「凡士大夫階級之轉移昇降，往往與道德
> 標準及社會風習之變遷有關。當其新舊蛻嬗之間際，常呈
> 一紛紜錯縱之情態，即新道德標準與舊道德標準，新社會
> 風習與舊社會風習並存雜用。」而至唐之中葉，「此二者已
> 適在蛻變進行之程途中。」〔註76〕

這是中唐的社會轉折現象，也是上層社會的普遍樣貌，上層社會的貴
族在一個社會動盪，道德標準失焦，以及對個人前途產生茫然之感的
時空環境之下，無助的心情只能藉由放縱自己的行為加以掩飾與麻
痺；相對的，中下層社會的百姓卻是塗炭悲苦，無以立椎，呈現一種
上下階級雖然有物質上的落差，但內心的苦悶卻是一致的。

　　如上文所述，中唐是一個局勢動盪不安的時代，處於中下階層
的人民，所受的傷害更深。事實上，從杜甫詩歌所描述的安史之亂
期間的百姓生活，就已經深刻呈現大時代混亂之下，生靈塗炭的慘
狀。中唐時期，國運每況愈下，百姓的生活隨之困頓。在經歷長時
間的窮苦生活之後，人民對政治清明的期待日漸絕望，對傳統的雅
正文學也不再感到興趣與期待，取而代之的是「通俗」兩個特徵：
輕浮與寫實。

　　因為現實生活的不如意，轉而在精神上尋求放縱、解脫，以獲得

〔註75〕尚永亮：《元和五大詩人與貶謫文學考論》（台北，文津出版社，1993
　　　年），頁23。
〔註76〕尚永亮：《元和五大詩人與貶謫文學考論》（台北，文津出版社，1993
　　　年），頁24～25。

非物質性的滿足，於是對於一些淺俗率意而流於瑣碎的作品與溫婉綺靡並失之纖巧的作品有了接受的條件，也就形成這種詩風的期待視野條件。這也是元稹在〈上令狐相公詩啓〉所言的體卑氣俗的作品所以能獲得賞識，並成爲所謂「元和詩體」的因素之一。

　　另外，中下層人民對現實環境的失望與生活的困頓，亟需一種適切的情緒抒發管道，這種抒發管道除了以「虛」的放縱方式表現之外，更要有「實」的文章表現。白居易適切的提出了新樂府的創作精神正符合人民期待，他在〈新樂府並序〉中明言其詩歌創作主張：

> 其辭質而徑，欲見之者易諭也。其言直而切，欲聞之者深誡也。其事核而實，使采之者傳信也。其體順而肆，可以播于樂章歌曲也。總而言之，爲君、爲臣、爲民、爲物、爲事而作，不爲文而作也。〔註77〕

顯然，白居易的詩歌主張迥異於元稹。白居易追求的是「辭直而徑」，在詞藻的使用上是以符合大眾閱讀方便爲目標，並以直接淺顯的方式傳達其內容主旨。基於傳達的需求，他重視詩歌的流傳便利性，所以要「使采之者傳信」，並希望藉由音樂的傳播，而達於四方。顯然，其目的完全在於傳播的效能，藉由傳播的速效，以達到他的現實面功能——爲君、爲臣、爲民、爲物、爲事而作。也是一種極端重質輕文的創作主張，完全背離了傳統詩歌的比興審美觀念，所以這種極俗的詩風亦可稱之爲「怪」了。

　　蘇軾在〈誄友辭〉有「郊寒島瘦，元輕白俗」之說，這也是精準的看出了二人詩歌風格的差異之處。元輕，所以在風格上是屬於輕浮之怪；白俗，在筆調上是屬於寫實之怪。二者各有所長，卻也足以構成元和詩體的兩個極端，並符合當時社會、人心的普遍需求。

　　然而，白居易尋求在現實面的俗之傳達功能，雖能切中時弊，抒情解怨，但在元和當世眞正受到歡迎、接受的，卻是與元稹次韻的贈

〔註77〕白居易著、顧學頡校點：《白氏長慶集（第一冊）》（北京，中華書局，1979 年），頁 52～53。

答與雜律詩。關於這方面議題，留待下一單元〈元白集團的唱和相應〉再詳述。

二、元白集團的唱和相應

　　唐朝文人喜好群黨相應，以詩酒相交，風雅韻事迭出，成爲流傳古今之美談。李肇雖云「天寶之風尚黨」，事實上整個唐朝的風氣又何嘗不如此呢？只是其中的黨聚模式與行爲或有不同罷了。

　　整個唐朝文人的行爲，是以集團式的唱和爲主要模式。胡可先說：

> 天寶時期，是唐帝國最爲隆盛的時期，以其政治的開明，思想的解放，國力的強盛，武力的顯赫稱著於世，其文化精神表現爲氣象恢宏。生活於這一階段的士人們，充滿了盛世的自豪感，人與人的關係，誠實自然，輕鬆和諧。處在同時的詩人們飲酒賦詩，情同手足。……安史之亂以後，情況就不大一樣。動亂使得天寶的盛世一去不復返，世風變得澆薄。……李肇《唐國史補》卷下：「長安風俗，自貞元侈於游宴，其後或侈於書法、圖畫，或侈於博奕，或侈於卜祝，或侈於服食。〔註78〕

天寶之「黨」，在於惺惺相惜；貞元之「黨」，在於浮靡游宴。行爲內容雖不同，但基本上仍數群聚性質的文人相交模式。至於元和時期，一方面上承貞元遺風的侈宴放蕩，一方面又經歷了「永貞革新」的積極政治活動與熱情，現實上又經歷短暫的「憲宗中興」鼓舞。所以文人在思想與行爲上既有天寶的積極入世的遺風，又不脫貞元放浪形骸習氣，形成一種既折衷於二者，又兼有二者的矛盾式集團唱和行爲。

　　元和歷經長期的國勢積弱不振與浮華的文風影響，一時之間習氣難以改變；但是憲宗元和年間短暫的削藩也讓萎靡已久的人心振奮不已。所以當時士人的「黨」，是具有雙重特性，誠如元稹在〈上令狐相公詩啓〉所言「與同門生白居易友善。……或爲千言，或五百言律

〔註78〕胡可先：〈論元和體〉，《中國韻文學刊》2000 年第 1 期（湖南，湘潭大學，2000 年），頁 1～2。

詩，以相投寄。小生自審不能過之，往往戲排舊韻，別創新辭，名爲次韻相酬」。這種行爲所表現的情韻興致是有繼承尙黨的天寶之風，我們在元、白之間書信往來的內容中可以看出他們彼此深厚而眞摯的友誼。

在〈上令狐相公詩啓〉前段有言「然以爲律體卑痺，格力不揚，苟無姿態，則陷流俗。……江湖間多新進小生，不知天下文有宗主，妄相仿效，而又從而失之，遂至於支離褊淺之辭」。雖未能看出元白之外，尙有何重要的唱和對象，但的確造成了一種群起仿效的風潮。

憲宗的中興鼓舞了士人的士氣，杜甫的「致君堯舜上，再使風俗淳」的理想再度被喚起。韓愈、孟郊等人也作了許多關懷生民作品，元白就更不在話下了。鄧小軍說：

> 中唐後期詩，人性人道淑世情懷的高揚，不僅體現於新樂府高潮，亦體現於一代詩人群體。韓愈（768～824）的淑世情懷多訴諸散文，但亦抒發於詩歌——儘管含詩多寫個人情感。……孟郊（751～814）是韓愈的摯友，亦是一位高人。人性，是孟郊詩出色的表現主題。[註79]

這是文人在傳統儒家的思想教化之下，總是未曾淡忘兼濟天下的理想。所以中唐的短暫復興已足以喚醒他們內心深藏已久的淑世之渴望，畢竟「學而優則仕」是文人的終極目標；「致君堯舜上」是他們的職業（出仕）理想。不可否認的，文人的這些理想對民間的中下階層或有抒情發洩的實質效益，但在流傳的效果方面，依然未及流連光景的豔情小詩與唱和詩。所以白居易的新樂府雖然重視「文章合爲時而著，歌詩合爲事而作」的現實主義要求，但就流傳與接受的效果而言，現實主義有其深刻性，但不利於群體相聚、游宴之時交口唱和。

元和、長慶間，「元和體」流傳四方，風靡天下，白居易說：「自長安抵江西三、四千里，凡鄉校、佛寺、逆旅、行舟之中，往往有題

〔註79〕鄧小軍：《唐代文學的文化精神》（台北，文津出版社，1993年），頁496～497。

僕詩者，士庶、僧徒、孀婦、處女之口，每每有詠僕詩者」。〔註80〕
元稹在〈白氏長慶集序〉中亦云：「二十年間，禁省、觀寺、郵候、
牆壁之上無不書；王公、妾婦、牛童、馬走之口無不道」。〔註81〕所
以當白居易進士及第時「偶助笑談」時所作的一首題贈長安名妓阿軟
的遊戲作品，竟然傳至千里之外的通州，並於十五年後爲元稹所見並
唱和。〔註82〕但這些大受歡迎的「元和體」詩歌並不包含新樂府的寫
實主義風格，白居易在〈與元九書〉中感嘆說：

> 凡聞僕〈賀雨詩〉，眾口籍籍，以爲非宜矣；聞僕〈哭孔戡
> 詩，〉眾面脈脈，盡不悅矣；聞〈秦中吟〉，則權豪貴近者，
> 相目而變色矣；聞〈登樂游園〉寄足下詩，則執政柄者扼腕
> 矣；聞〈宿紫閣村〉詩，則握軍要者切齒矣！大率如此，不
> 可遍舉。不相與者，號爲沽譽，號爲詆訐，號爲訕謗。苟相
> 與者，則如牛僧孺之誡焉。乃至骨肉妻孥，皆以我爲非也。
> 其不我非者，舉世不過三兩人。有鄧魴者，見僕詩而喜，無
> 何魴死。有唐衢者，見僕詩而泣，未幾，而衢死。其餘即足
> 下。足下又十年來困躓若此。嗚呼！豈六義四始之風，天將
> 破壞，不可支持耶？抑又不知天意不欲使下人病苦聞於上
> 耶？不然，何有志於詩者，不利若此之甚也！〔註83〕

白居易最重視的詩歌——現實主義精神作品在當時是曲高和寡的，所
以要稱元白詩歌爲元和體的代表，就接受的角度而言，新樂府是必須

〔註80〕白居易著、顧學頡校點：《白氏長慶集（第三冊）‧與元九書》（北京，
　　　　中華書局，1979 年），頁 963。

〔註81〕元稹：〈白氏長慶集序〉收錄於白居易著、顧學頡校點：《白氏長慶
　　　　集（第一冊）》（北京，中華書局，1979 年），頁 1。

〔註82〕元稹於元和十年三月貶爲通州司馬，到任之時即於江館的壁上見到
　　　　白居易十五年前進士及第時所作的〈贈阿軟〉詩，内心感慨萬千，
　　　　於是作了一首〈見樂天詩〉寄給長安的白居易，並謄下壁上詩一併
　　　　附上。〈見樂天詩〉內容爲：「通州到日日平西，江館無人虎印泥。
　　　　忽向破簷殘漏處，見君詩在柱心題。」通州地屬偏遠，白居易的詩
　　　　能傳至此地，可見其詩名之大。

〔註83〕白居易著、顧學頡校點：《白氏長慶集（第三冊）‧與元九書》（北京，
　　　　中華書局，1979 年），頁 962～963。

屏除的。就唱和的角度而言，「杯酒光景兼之小碎篇章」適合群聚時吟和，「次韻相酬之長篇排律」適合往來唱和。因此，就集團唱和的條件而言，元白的此類作品是較適宜當時的時空環境，這也是元白的這類詩歌作品能被視爲元和時期的代表之原因。

三、禪宗偈語錄與淺白詩風

　　佛教盛行於唐代，中唐時，更是具有全面的影響力。唐代佛學思想中，又以禪宗思想爲主流。勞思光說：

> 唐武宗既以政治力量壓制佛教，於是寺院被毀，經卷散失。佛教重經論之各宗——如天台，華嚴，法相等，經此破壞，勢遂大衰。而禪宗不重經論，只主參悟，故在此「法難」後，並不受嚴重影響；反而他宗皆衰，而成獨秀之勢。唐末至五代，以迄宋時，中國之佛教實際上只有禪宗爲主流。……隋唐之世，佛教最盛。專以唐代而論，中國佛教三宗中，華嚴及禪宗皆成立於唐初。故大概言之，此時思想界主流實爲佛教教義。〔註84〕

禪宗是一種不立文字，不拘形式的思想教義，這種特點「決定了它只能採用當時最通俗淺易的口語入偈，這種不加雕飾的原生態語言，正是禪宗語錄的最廣泛的表現形式」。〔註85〕傳教的工具自然是越簡單明瞭越好，禪宗的淺白世俗化語言，最能符合大眾的胃口。這類口語化的傳教形式作風，在中唐的詩家之中，是比較近於元白的風格，尤其是白居易：

> 白居易有大量談論禪機的詩，且帶有對王梵志詩的模擬痕跡。事實上，白居易詩的淺俗，不只表現在語言風格方面，更多地表現在詩歌的深層意蘊方面。白居易的全部閒適詩

〔註84〕勞思光：《新編中國哲學史（三上）》（台北，三民書局，1990 年），頁 21。

〔註85〕鄧新躍：〈中唐詩風的新變與元和體的形成〉，《新疆師範大學學報（哲學社會科學版）》第 21 卷第 1 期（烏魯木齊，新疆師範大學，2000 年），頁 63～64。

> 創作都以滲透了禪宗情緒的自甘平庸與凡俗的人生意識爲
> 基礎，通過對最廣泛的世俗生存狀態與情感世界的描繪，
> 展示了最爲普通人最淺俗也最眞切的思想層面。〔註86〕

早在初唐的王梵志與寒山的詩歌就有偏向淺白的偈頌，這種偈頌的目
的也在於傳教之便。白居易的詩歌亦屬於淺白，所以在流傳的條件上
是與淺近的偈頌有著異曲同工之妙，也符合一般人的接受程度。張海
沙在《初盛唐佛教禪學與詩歌研究》中說：

> 王梵志詩的獨特，還在於他採用了白話詩這樣一種迥異於文
> 人所作的古體詩和近體詩（格律詩）的詩歌藝術形式。王梵
> 志之採用白話詩，其原因一在於他長期生活在下層民間，受
> 民歌影響，二在於他是個佛教徒，受偈頌的影響。〔註87〕

白居易也是佛教徒，對於佛教的傳教方式，自然是了然於胸的。而他
又擅作淺俗詩風的作品，以利流傳，在這兩種條件兼備的情況下，白
詩在當時的流傳是有其得天獨厚的條件。

　　再從另一個角度而言，中唐時的社會文化條件雖然對外族文化有
所反省，對中國文化有回歸的傾向，但這一切並不針對佛教。佛教最
初傳入漢土，確實年代已難稽考。一般較爲可信的說法是：東漢明帝
永平年間（58～75），印度佛教東傳中國，惟流行不廣，傳化事蹟闇昧
難詳。到了魏晉以後佛教盛行，尤其爲了解經方面以及便於中國人對
佛教經典的認識，於是有了援引中國傳統的思想概念來比配佛教思想
的作法，以說明佛教的般若思想的「格義」譯經、解經方式。〔註88〕

〔註86〕鄧新躍：〈中唐詩風的新變與元和體的形成〉，《新疆師範大學學報（哲
　　　　學社會科學版）》第 21 卷第 1 期（烏魯木齊，新疆師範大學，2000
　　　　年），頁 64。

〔註87〕張海沙：《初盛唐佛教禪學與詩歌研究》（北京，中國社會科學出版
　　　　社，2001 年），頁 94。

〔註88〕關於「格義」的解經方式，最早見於東晉釋道安，根據《高僧傳》
　　　　卷五‧義解二‧〈飛龍山釋僧光〉傳：「釋僧光……值石氏之亂，隱
　　　　於飛龍山，遊想巖壑，得志禪慧。道安後復從之，相會欣喜，謂：『昔
　　　　誓始從。』因共披屬思，新悟尤多。安曰：『先舊格義，於理多違。』
　　　　光曰：『且當分析（一作析）逍遙，何容是非先達？』安曰：『法鼓

格義的解經方式，大大拉近了中國思想與佛教思想的距離，也促使佛教的中國化，並被中國人廣泛接受。到了唐朝，雖然因爲傳說老子姓李的緣故，而將道教定爲國教，但在整個唐帝國的歷史上，除了唐武宗的「會昌法難」之外，〔註89〕並未刻意打壓其他宗教，甚至於從帝王到平民都有信佛、佞佛的情形。終唐之世，就有七次帝王盛大迎請「佛指舍利」，〔註90〕也就是所謂的「佛骨」，每次都造成全民的宗教狂熱。太宗時已有人因不見舍利，乃燒頭煉指，刺血洒地，以表信誓之誠。到了憲宗朝迎佛骨時，百姓更是「焚頂燒指，百十爲群；解衣散錢，自朝至暮轉相放傚，惟恐後時；老少奔波，棄其業次。」〔註91〕所以佛教雖非唐朝的國教，但稱爲唐朝最盛行的宗教也不爲過。

　　佛教在唐朝的各階層流傳，也成爲廣泛接受的宗教形式與教義，元白的詩歌型態在形式上與精神上都與之相近，這也是它所以能成爲當世主流詩歌的一個重要接受條件。相對的，韓愈的詩歌在精神上「觝

競鳴，何先何後？』光乃與安、汰等南遊晉平，講道宏化。後還襄陽，遇疾而卒。」詳見南朝梁慧皎：《高僧傳》（台北，廣文書局，1971年），頁287～288。
〔註89〕關於「會昌法難」發生的原因很多，主要是集中在經濟層面：由於中晚唐僧尼人數繼續上升，寺院經濟持續發展，寺僧經濟實力龐大，又免於稅賦，加重了國家的負擔。唐武宗繼位後，決定廢除佛教。他在「廢佛敕書」中寫道：「洎於九州山原，兩京城闕，僧徒日廣，佛寺日崇。勞人力於土木之功，奪人利於金寶之飾；遺君親於師資之際，違配偶于戒律之間。壞法害人，無逾此道。且一夫不田，有受其饑者；一婦不蠶，有受其寒者。今天下僧尼不可勝數，皆待農而食，待蠶而衣。寺宇招提，莫知紀極，皆雲構藻飾，僭擬宮居。晉、宋、梁、齊，物力凋瘵，風俗澆詐，莫不由是而致也。」他認爲，廢佛是「懲千古之蠹源，成百王之典法，濟人利衆。」詳見劉昫等：《舊唐書・卷十八・武宗本紀》（北京，中華書局，1997年），頁605～606。
〔註90〕關於唐朝帝王七次盛大迎請「佛指舍利」之事，可詳閱果藏：〈唐王朝七次盛大迎請「佛指舍利」（上）（下）〉，《香港佛教》月刊第527期、528期（香港，香港佛教雜誌社，2004年）。
〔註91〕韓愈著、馬其昶校注、馬茂元整理：《韓昌黎文集校注・論佛骨表》（上海，上海古籍出版社，1998年），頁615。

排異端,攘斥佛老」;〔註92〕形式上「周誥殷盤,佶屈聱牙」。〔註93〕

這也是在中唐韓愈在世期間,他的詩歌未能被廣泛接受的原因之一。

第三節　韓愈當世的詩歌流傳與接受

　　上一節討論了中唐的社會環境,包含了韓愈生前與身後的各種文化政治、社會風尚等範疇,先為詩歌的流傳與接受設定了一個前提環境,也就是整體社會的「期待視野」。以這個「期待視野」為限制範疇,討論韓愈在世,尤其是他的主要文學活動期間的詩歌作品與此期待視野框架的契合度,來進行討論韓愈詩歌的流傳接受情況。〔註94〕另外,為了避免先入為主或討論資料偏於單一,在前一節中,列舉當世的主流詩歌風格作為對照,藉以研究整體社會風尚的期待視野造成的詩風接受傾向,與韓愈詩歌在這個期待視野範疇下的接受落差相比較。

　　探討韓愈詩歌在其當世的流傳現象,可由兩個方向探索:一、韓愈的自述;二、時人的相關討論。以下就此兩方面分別探討,並於最後作綜合分析。

一、韓愈自述其詩歌

　　韓愈關於詩歌的自述或自評甚少,這基本上跟他自己的創作態度與取向有關。如前文所述,相較於文,韓愈自身並不看重詩歌,所以現今可見的相關自述資料也甚少。

　　在古文與詩歌的作用和特點上,韓愈有著鮮明的對比色彩,季鎮

〔註92〕韓愈著、馬其昶校注、馬茂元整理:《韓昌黎文集校注‧進學解》(上海,上海古籍出版社,1998年),頁45。

〔註93〕韓愈著、馬其昶校注、馬茂元整理:《韓昌黎文集校注‧進學解》(上海,上海古籍出版社,1998年),頁46。

〔註94〕所謂韓愈的主要文學活動期間大略是以德宗貞元元年(西元785年),韓愈十八歲至穆宗長慶四年(西元824年)韓愈五十七歲過世為限,但主要還是集中在貞元與元和之間。採用的依據是錢仲聯編:《韓昌黎詩歌繫年集釋》所列的起訖時間。(台北,學海出版社,1985年)。

淮於此有相當明確的論述：

> 他（韓愈）認為古文是「扶樹教道」，「有所明白」的，在
> 他看來詩只是「舒憂娛悲，雜以瑰怪之言」，「諷於口而悅
> 於耳」的一種「俗時之好」。他習慣於使古文與傳道聯繫，
> 而使詩和自己生活聯繫，很少用詩來傳道，僅僅是給和尚
> 寫詩時講了幾句排斥佛老的話，〔註95〕一般不講道統。在
> 晚年寫的〈韋侍講盛山十二詩序〉，正是發揮了詩「舒憂娛
> 悲」的思想，他不僅肯定了詩和古文不同的作用，使詩文
> 分家，而且也指出了它們不同的語言特點。他對古文取其
> 「明白」，詩則強調其「瑰怪」和樂於諷詠。這種對詩和古
> 文不同的創作觀點：重古文，忽視詩的社會作用而強調其
> 語言形式。〔註96〕

顯然韓愈將詩、文看待的態度大有不同，古文在他眼裡負有「載道」
之責，詩歌只是表現文字技巧的形式主義罷了，所以韓愈本人對詩歌
的自評不高是可想而知的。

韓愈在〈醉留東野〉中曾將自己與孟郊比為杜甫和李白：

> 昔年因讀李白杜甫詩，長恨二人不相從。吾與東野生並世，
> 如何復躡二子蹤？東野不得官，白首誇龍鍾。韓子稍姦黠，
> 自慚青蒿倚長松。低頭拜東野，願得終始如驅蛩。東野不
> 迴頭，有如寸莛撞鉅鐘。吾願身為雲，東野變為龍。四方
> 上下逐東野，雖有相別何由逢？〔註97〕

本詩雖然韓愈將自己與孟郊比為李杜，但完全不是在自我吹捧或肯定
個人的詩歌才華。相反地，在這首詩中，韓愈處處呈現個人的謙遜與
對孟郊的讚譽，不斷的突顯對孟郊的讚許。尤其是「低頭拜東野」、「吾
願身為雲，東野變為龍。四方上下逐東野」直是將自己比為孟郊的追

〔註95〕此處當指〈送僧澄觀〉、〈送靈師〉等詩。
〔註96〕見張清華評注、季鎮淮審閱：《韓愈詩文評註》中季鎮淮所撰之〈前
言〉。（鄭州，中州古籍出版社，1991年），頁19。
〔註97〕錢仲聯編：《韓昌黎詩繫年集釋》（台北，學海出版社，1985年），頁
58～59。

隨者，這對性強氣任的韓愈而言，當是眞心佩服才有可能出此言。

　　韓愈與孟郊時稱「孟詩韓筆」，這是當時人對二人文學成就的評語，韓愈本人未見對此稱號有任何相關的意見，所以這個稱號應該是被他們所接受。韓愈在〈醉留東野〉將自己與孟郊比爲李杜，應該沒有要將自己的詩才與李杜相提並論，而是一方面要強調二人的文學才華可與李杜相比，而且在情感方面比之李杜更加親密；另一方面是要突顯孟郊的詩才。自己與之相交，在詩學才能上，並非是「平等」的，而是「傾斜」的，是很明顯以孟郊爲主，韓愈爲輔的。

　　所以，在〈醉留東野〉中，韓愈將自己與孟郊和李杜相提並論，雖不免有對自己和孟郊的文學才華表現出自信自負之意，但重點是在肯定孟郊，自己僅爲旁襯的角色罷了。故韓愈本身雖不免有認同自身的詩歌寫作能力，〔註98〕但在與孟郊的比較之下，亦不得不認同時人的「孟詩韓筆」之評議了。

　　另一則關於韓愈自述其個人詩歌者爲〈和席八十二韻〉：

> 絳闕銀河曙，東風右挾春。官隨名共美，花與思俱新。綺
> 陌朝游間，綾衾夜直頻。橫門開日月，高閣切星辰。庭變
> 寒前草，天銷霽後塵。溝聲通苑急，柳色壓城勻。綸綍謀
> 猷盛，丹青步武親。芳菲含斧藻，光景暢形神。傍砌看紅
> 藥，巡池詠白蘋。多情懷酒伴，餘事作詩人。倚玉難藏拙，
> 吹竽久混眞。坐慚空自老，江海未還身。〔註99〕

這是一首唱和詩，旨在敘景讚美席夔。但當中一句「多情懷酒伴，餘事作詩人」也點出了韓愈個人對詩歌創作的立場與態度。

　　「多情懷酒伴」是韓愈所珍視的情感，「餘事作詩人」是他的消極目標。韓愈並非認眞的對待詩歌創作問題，雖然整個唐代文壇瀰漫著一股崇尚詩歌的風潮，韓愈身處其中自然具備詩歌創作的能力。但是就他一生的創作重點與態度，我們知道他著力的重點在於「文」而

〔註98〕基本上，韓愈將自己與李杜並舉，即有對自我詩歌創作的肯定之意。
〔註99〕錢仲聯編：《韓昌黎詩繫年集釋》（台北，學海出版社，1985年），頁
　　　962～963。

非詩，所以他的詩歌走向較爲自由無拘束。歐陽脩曾評之曰：

> 退之筆力，無施不可，而嘗以詩爲文章末事，故其詩曰：「多
> 情懷酒伴，餘事作詩人」也。然其資談笑，助諧謔，敘人
> 情，狀物態，一寓於詩，而曲盡其妙。〔註100〕

歐陽脩是以一個知音、欣賞者的角度來判讀韓愈的「多情懷酒伴，餘
事作詩人」之自述，並輔以韓詩的特色加以觀察。尤其是拉開時空的
審美距離之後，更能欣賞他拋下時代的審美限制後的自由，以至於連
韓愈本人都未必認同的「資談笑，助諧謔，敘人情，狀物態」等「非
主流」題材都能給予高度評價。然而這種多樣自由的創作模式，他自
己都評爲「餘事」之作，是不可能視爲高度的藝術作品。

二、時人對韓詩的相關討論

　　現今可見與韓愈同時人對其詩的討論相關資料很少，當然與他
個人對詩的重視程度以及時人的欣賞角度有關，也就是唐人對韓愈
詩歌的認識並沒有對他的古文那樣深刻。根據陳新璋的分析，主要
原因有三：

> 一是韓愈的詩文雖然充滿著創新的精神，但他本人認爲文
> 有「志道」的功用。而詩卻僅僅是個人的「餘事」（所謂「多
> 情懷酒伴，餘事作詩人」）。充其量不外乎是娛人、娛己或
> 是顯示才學而已。這雖然可能是韓愈面對盛唐「極盛難繼」
> 的局面，用來掩蓋創作中出現的不成熟的嘗試，或用來暗
> 示他對他對於詩歌創作並未耗費多少精力，以顯示自己才
> 力過人。但這在客觀上也可能使人對他的詩不太看重。
> 二是韓愈的詩文就其對當世的影響而言，文超過詩。……
> 因而難以出現中肯和有份量的評價。
> 三是韓愈的時代離盛唐詩歌高峰時代還相去不遠，人們印
> 象中，詩當以李杜王維的詩歌爲楷模。像韓愈所寫的許多
> 奇險難讀，尤其是許多「以文爲詩」的作品，人們在接受

〔註100〕歐陽脩：《六一詩話》（明崇禎庚午（三年）虞山毛氏汲古閣刊本，
　　　　1630 年）

　　　　上還有一定的距離。〔註101〕

不論原因爲何，具體的資料已證明韓愈的詩歌並不受時人的重視。現今可見時人論及韓愈詩歌的資料寥寥無幾，且大多不涉及評價部份，今列之於下並簡論之：

　　王建〈寄上韓愈侍郎〉：

　　　　重登太學領儒流，學浪詞鋒壓九州。不以雄名疏野賤，唯
　　　　將直氣折王侯。詠傷松桂青山瘦，取盡珠璣碧海愁。序述
　　　　異篇經揔核，鞭驅險句物先投。碑文合遣貞魂謝，史筆應
　　　　令諂骨羞。清俸探將還酒債，黃金旋得起書樓。客來擬設
　　　　官人禮，朝退多逢月下遊。見向雲泉求住處，若無知薦一
　　　　生休。〔註102〕

詩中頌讚韓愈的各種文體才力，當中「詠傷松桂青山瘦」一句中的「詠」字是指詩歌作品。傳統上，「詠」是以充滿抑揚頓挫的語調吟唱。如《論語‧先進》：「風乎舞雩，詠而歸。」《世說新語‧文學》：「聞江渚間估客船上有詠詩聲，甚有情致。」〔註103〕而王建以「傷松桂」、「青山瘦」說明韓愈的詩歌正是傾向於險怪陰冷的風格特色而言，但本詩是屬於應酬性的作品，多是溢美之詞，正是所謂「半是交情半是私」，〔註104〕恐怕不能當眞。如「碑文合遣貞魂謝，史筆應令諂骨羞」，與文學史上的普遍認知有極大出入：韓愈爲了筆潤寫了許多華而不實的碑文而被後世諷爲「諛墓」，這種行爲在同時代的人眼中已經相當的不以爲然，如劉叉就曾「持愈金數斤去，曰：『此諛墓中人得耳，不若與劉君爲壽。』」〔註105〕又，韓愈的〈平淮西碑〉也引起一場文

〔註101〕陳新璋〈唐代的韓愈研究〉，《周口師專學報》第 15 卷第 6 期（河
　　　　　南，周口師範高等專科學校，1998 年）
〔註102〕李昉等：《文苑英華》卷二五四（台北，大化書局，1985 年），頁
　　　　　580。
〔註103〕劉義慶原著、李自修譯注：《世說新語》（台北，地球出版社，1994
　　　　　年），頁 270。
〔註104〕楊萬里：〈讀元白長慶二集詩〉：「讀遍元詩與白詩，一生少傅重微
　　　　　之。再三不曉渠何意，半是交情半是私。」
〔註105〕歐陽脩、宋祁等：《新唐書》卷一百七十六（北京，中華書局，1997

學史的風波，並成爲千古的懸案，〔註106〕但不論實情爲何，韓碑的評價具有爭議性，卻是事實。

韓愈的「史筆」更是備受爭議的問題，《舊唐書・卷一百六十・韓愈傳》謂：

> 時謂愈有史筆，及撰《順宗實錄》，繁簡不當，敍事拙於取捨，頗爲當代所非。穆宗、文宗嘗詔史臣添改，時愈婿李漢、蔣係在顯位，諸公難之。而韋處厚竟別撰《順宗實錄》三卷。〔註107〕

韓愈原本被認爲有史才史筆，但《順宗實錄》成書後，因爲取捨剪裁不當，反爲時人非議，最後又被韋處厚取代。另外，韓愈的「史膽」也爲柳宗元所鄙。韓愈在〈答劉秀才論史書〉中云：「夫爲史者，不有人禍，則有天刑，豈可不畏懼而輕爲之哉。」〔註108〕柳宗元對韓愈這種瞻前顧後，缺乏史官的道德勇氣之行爲甚表不滿。他在〈與韓愈論史官書〉駁之曰：

> 凡居其位，思直其道。道苟直，雖死不可回也；如回之，莫若亟去其位。……今學如退之，辭如退之，好議論如退之，慷慨自謂正直行行焉如退之，猶所云若是，則唐之史述其卒無可託乎？……果卒以爲恐懼不敢，則一日可引去，又何以

〔註106〕 韓愈的〈平淮西碑〉原本是一件歌頌憲宗平定淮西鎮的一件美事。但之後卻被廢去，改由翰林學士段文昌重新撰文勒石。關於這件史實的確切因由，最早載於羅隱所著《讒書》中的一篇〈說石烈士〉，大意爲一壯漢名喚石孝忠，擔任李愬的部屬。之後裴度、李愬等同平淮西吳元濟，憲宗命韓愈撰〈平蔡碑〉（按：即爲〈平淮西碑〉）。韓碑之文將主要的功業歸於宰相裴度，石孝忠見之，大爲不滿，遂力推傾該碑。石孝忠因此事被押解赴京，並得以面陳憲宗韓碑所記重裴度而輕李愬，未見公允。「憲宗既得淮西本末，且多其義，遂赦之，因命曰『烈士』，復召翰林段學士撰〈淮西碑〉。」相關事件均載於兩《唐書》。

〔註107〕 劉昫等：《舊唐書・卷一百六十・韓愈傳》（北京，中華書局，1997年），頁4204。

〔註108〕 韓愈著、馬其昶校注、馬茂元整理：《韓昌黎文集校注》（上海，上海古籍出版社，1998年），頁667。

> 云「行且謀」也？今人當爲而不爲，又誘館中他人及後生者，
> 此大惑已。不勉已而欲勉人，難矣哉！〔註109〕

由上述兩件關於韓愈的學術事件可知，韓愈的碑文與史筆在當時人的
眼中是傾向負面評價的。所以王建〈寄上韓愈侍郎〉中對於韓愈詩歌
的高度評價恐怕也只是應酬用語的溢美之詞罷了，並不足視爲時人的
共同評價。

　　韓愈的文壇摯友孟郊論及韓愈詩歌的作品勉強僅得一首〈招文
士飲〉：

> 曹劉不免死，誰敢負年華？文士莫辭酒，詩人命屬花。退
> 之如放逐，李白自矜夸。萬古忽將似，一朝同歎嗟。何言
> 天道正？獨使地形斜。南士愁多病，北人悲去家。梅芳已
> 流管，柳色未藏鴉。相勸罷吟雪，相從愁飲霞。醒時不可
> 過，愁海浩無涯。〔註110〕

這是帶有悲傷愁緒的詩作，孟郊在詩中表達了對時間流逝的無奈以及
詩人命運多舛的無助感。詩中提到「文士」、「詩人」的稱呼，應屬詩
句中相對的句法應用，後一句「退之」與「李白」並舉，似乎有兩種
暗示：一是李白與韓愈都是廣泛的詩人，也就是文士；一是孟郊如同
時人一般，並不重視韓愈的詩，甚至於未將韓愈視爲詩人，所以以韓
愈爲「文士」，李白是「詩人」，並不相類。

　　然而，細讀本詩，可知孟郊在詩中強調的是李白和韓愈的共同命
運與感嘆天道不公。將韓愈與李白並舉就可證明孟郊是褒揚韓愈的，
所以豈有先在詩中將二人並列稱許之後，再刻意貶抑其中一人之理？
況且孟郊與韓愈平素多有詩歌相和，並有合作聯句之交往，故對韓愈
的詩歌應該會有一定程度的肯定。所以孟郊的〈招文士飲〉是有肯定
韓愈是詩人之意，只是沒有具體肯定他的詩歌作品，本詩著重在強調
他與李白皆爲文士、詩人，並且有才無運的嘆嗟之意。

〔註109〕柳宗元：〈與韓愈論史官書〉，轉引自吳文治編：《韓愈資料彙編》
　　　　一（北京，中華書局，2004 年），頁 19。
〔註110〕孟郊：《孟東野詩集》卷四（明末期吳興凌濛初刊朱墨套印本）

　　韓愈的另一位文友張籍僅在〈酬裴僕射朝回韓吏部〉及〈祭退之〉兩篇詩中有敘及韓愈詩歌。先看〈酬裴僕射朝回韓吏部〉：

> 獨愛南闈裡，山晴竹杪風。從容朝早退，蕭灑客常通。案曲新亭上，移花遠寺中。唯應有吏部，詩酒每相同。〔註111〕

本詩爲朋友應酬之作，主敘友情。詩中提到與韓愈「詩酒每相同」，主要表現二人是詩友，間接也肯定了韓愈能詩。只是並未對韓愈的詩歌做出具體的評價，恐怕也是應酬目的爲主，「詩」只是順帶一提，並非眞有論詩之意。另外〈祭退之〉一詩：

> 鳴呼吏部公，其道誠巍昂。……獨得雄直氣，發爲古文章。……學詩爲眾體，久乃溢笈囊。……公文爲時師，我亦有微聲。而後之學者，或號爲韓張。……共愛池上佳，聯句舒遲情。……公爲遊谿詩，唱詠多慨慷。自期此可老，結社於其鄉。……書札與詩文，重疊我笥盈。頃息萬事盡，腸情多摧傷。〔註112〕

此乃韓愈死後，張籍作詩以祭之。一般祭悼文字雖多有溢美之辭，但依舊可大略呈現一個人一生的生活大要與才能表現。詩中關於韓愈文采的敘說，依然可供我們觀察張籍對韓愈詩歌的評價大要：我們可以肯定張籍對韓愈的詩文評價與時人幾乎一致，也就是文筆勝於詩才。當中「獨得雄直氣，發爲古文章」、「公文爲時師」實爲當時一般對韓文的普遍認知，也是一種有共識的推崇。提到韓愈的詩歌，則有「學詩爲眾體，久乃溢笈囊」、「聯句舒遲情」與「公爲遊谿詩，唱詠多慨慷」。當中「學詩爲眾體，久乃溢笈囊」是說明韓愈的詩歌具有多樣性，以及數量龐大。其實就韓愈的詩作數量而言，在唐人之中並不突出，所以張籍此句並未涉及韓詩的評價問題，而是基於祭悼文的正面傾向評價；後二者分別是聯句和〈南溪始泛〉

〔註111〕 張籍：《張司業詩集》卷四（明嘉靖庚戌（二十九年）毘陵蔣孝刊中唐詩本，1550 年）

〔註112〕 張籍：《張司業詩集》卷七（明嘉靖庚戌（二十九年）毘陵蔣孝刊中唐詩本，1550 年）

三首，〔註113〕「聯句舒退情」是論及韓愈的聯句之功用或特色，乃在於朋友之間閒暇之餘的怡情之作，爲可視爲韓詩的一般評價。至於「公爲遊谿詩，唱詠多慨慷」的確有針對詩歌的風格評價而言，殊堪重視與探求。〈南溪始泛〉其一：

> 榜舟南山下，上上不得返。幽事隨去多，孰能量近遠。陰沈過連樹，藏昂抵橫坂。石麤肆磨礪，波惡厭牽挽。或倚偏岸漁，竟就平洲飯。點點暮雨飄，梢梢新月偃。餘年懍無幾，休日愴已晚。自是病使然，非由取高寒。

其二：

> 南溪亦清駛，而無楫與舟。山農驚見之，隨我勸不休。不惟兒童輩，或有杖白頭。饋我籠中瓜，勸我此淹留。我云以病歸，此已頗自由。幸有用餘俸，置居在西疇。困倉米穀滿，未有旦夕憂。上去無得得，下來亦悠悠。但恐煩里閭，時有緩急投。願爲同社人，雞豚燕春秋。

其三：

> 足弱不能步，自宜收朝蹟。羸形可輿致，佳觀安事擲。即此南坂下，久聞有水石。拖舟入其間，溪流正清激。隨波吾未能，峻瀨乍可刺。鷺起若導吾，前飛數十尺。亭亭柳帶沙，團團松冠壁。歸時還盡夜，誰謂非事役。

三首詩雖作於韓愈病中，但卻寫得自然率眞，清麗可人，尤其用字遣詞幾乎全無雕琢，與韓愈平日追求的奇險風格大相逕庭。無怪乎此三首古詩在韓愈的詩作中，格外受到矚目與肯定。如蔣之翹曰：「眞率」、

〔註113〕〈南溪始泛〉三首可參閱錢仲聯編：《韓昌黎詩繫年集釋》（台北，學海出版社，1985 年），頁 1278～1283。又該書於注一云：「長慶四年甲辰。〔魏本引樊汝霖曰〕公長慶四年八月，病滿百日假。既罷，十二月，薨於靖安里第。明年正月，葬於河陽。張籍祭以詩，略云：『去夏公請告，養疾城南莊。籍時官罷休，兩月同游翔。移船入南溪，東西縱篙根。公爲游溪詩，唱詠多慨慷。』則知公此詩，其年以病在告日所作。故云『足弱不能步』，『餘年懍無幾』，殆絕筆於此矣。籍又有〈同韓侍郎南溪夜賞〉篇，亦云『南溪兩月逐君行』，蓋謂此也。」

「樸切」、「玄澹」；〔註114〕朱彝尊曰：「不古不唐」、「無痕」；〔註115〕以及其他各詩評家多認爲近於陶淵明之類的詩風。〔註116〕所以，韓愈的〈南溪始泛〉三首並不被列爲他的普遍詩歌風格看待，也就是屬於個人另類的作品。所以這張籍對三首詩的評價雖高，卻不能列入韓愈的整體詩風之中作評斷。張籍所謂「公爲遊谿詩，唱詠多慨慷」的評價雖是出自內心，但也是針對「遊谿詩」而言，並不涉及對韓詩的整體批評。

　　元稹也有一首五言排律〈見人詠韓舍人新律詩，因有戲贈〉，本詩對韓愈詩歌有較爲全面的肯定：

> 喜聞韓古調，兼愛近詩篇。玉磬聲聲徹，金鈴箇箇圓。高疏明月下，細膩早春前。花態繁於綺，閨情軟似綿。輕新便妓唱，凝妙入僧禪。欲得人人伏，能教面面全。延之苦拘檢，摩詰好因緣。七字排居敬，千詞敵樂天。殷勤閒太祝，好去老通川。莫漫裁章句，須饒紫禁仙。〔註117〕

〔註114〕錢仲聯編：《韓昌黎詩繫年集釋》中，蔣之翹在〈南溪始泛〉其一的〈集說〉中稱：「寫得眞率，不用雕琢。」其二的〈集說〉中稱：「即物寫心，愈樸愈切。柳柳州於此派猶近。」其三的〈集說〉中又稱：「全詩玄澹，能除自家本色，不特『帶沙』、『冠壁』句清麗而已。」（台北，學海出版社，1985年），頁1280～1283。

〔註115〕錢仲聯編：《韓昌黎詩繫年集釋》中，朱彝尊在〈南溪始泛〉其二的〈集說〉中稱：「不古不唐，昌黎本色。」案：此乃就風格的差異性而言。也就是說：朱彝尊認爲韓愈的詩歌風格就是「不古不唐」，是謂能超出唐人的窠臼。所以說不論是險怪風格或是閒遠清淡詩風，都是不類於唐人與古體，但是並不代表險怪風格和閒遠清淡的詩風是相同的。朱彝尊在〈南溪始泛〉其三的〈集說〉中又稱：「鍊得已無痕，但不免微有著力處。此等在陶亦有之，此則又隔陶一間耳。」（台北，學海出版社，1985年），頁1281～1283。

〔註116〕錢仲聯編：《韓昌黎詩繫年集釋》中，胡仔《苕溪漁隱叢話》：「《蔡寬夫詩話》云：『退之詩豪健雄放，自成一家，世特恨其深婉不足。〈南溪始泛〉三篇，乃末年所作，獨爲閒遠，有淵明風氣。』」《唐宋詩醇》曰：「三首神似陶工，所謂『姿窮變怪得姿窮變怪得，往往造平淡』者。」程學恂曰：「數詩清興尚依舊，而氣韻蕭颯，神情黯慘，夫子之病，殆轉深矣。」（台北，學海出版社，1985年），頁1283。

〔註117〕元稹：《元稹集》卷十二（台北，漢京文化事業有限公司，1983年），

本詩一開始就將「喜聞韓古調，兼愛近詩篇」列出對舉，呈現出兩個意義：一是元稹原本就喜好韓愈的古詩，而古詩正是韓愈所有詩歌中佔有的比例最高者。韓愈長於古體，元稹在這方面可算是他的知音，只是在本詩中並沒有相關的評價；第二，元稹同時也肯定他的近體詩，只是在本詩中所欲稱許的是他所「見人詠」的韓愈律詩。元稹在詩中對於韓愈的律詩從形式方面著眼批評，給予高度的評價，認為他的七絕勝過元居敬，〔註 118〕百韻律詩又足可與白居易相匹敵；在詩風方面，論優雅閒適、渾樸自然，則不讓於張籍；詩歌通透流暢則優於元稹。因為詩風多面，且均能通善，故云：「欲得人人伏，能教面面全」。本詩雖然給予韓愈詩歌肯定的評價，但終究如鳳毛麟角，不可多見，況且遍檢元稹詩文作品，他贈送給韓愈的作品也僅此一篇，可見二人並無深交，自然對韓愈詩歌不會有深入、精到的見解。因此，本詩雖對韓詩多有肯定，但僅為特例，並不是當時普遍的見解，也非元稹長期深入研究之所得。

以上大略為現今可見時人對於韓愈詩歌的評論之相關資料。我們大致可得下面簡單的結論：

一、時人對韓愈詩歌的評論不多，可以推知韓愈的詩歌在時人的眼中未受到太多的重視。

二、倘有對韓愈詩歌的評價，亦多流於概略式、印象式的批評，或是基於友情而作的溢美之辭。

三、韓詩中少數較受肯定的詩歌是其晚年清麗自然的作品，而非韓愈一生主要著力的奇險詩風。於此正好可以反證韓愈的一般詩作在時人的眼中地位、價值並不高。

總而言之，韓愈的主要詩歌風格在時人的心目中是無甚可取的，

頁 134。

〔註 118〕元稹：《元稹集》卷十二註云：「侍御八兄，能為七言絕句。」（台北，漢京文化事業有限公司，1983 年），頁 134。所謂「侍御八兄」，即元八，名宗簡，字居敬，排行第八，河南人，舉進士，官至京兆少尹。他是白居易的詩友，兩人結交二十餘年。

尤其他的詩友如孟郊、張籍、賈島等人幾乎無人認真評論韓愈的詩歌，其所受冷落的情況，可見一斑。

第四節　小　結

　　本節雖以中唐為設定範疇，但主要是鎖定韓愈從事文學活動的前後時空為範圍，並就其中可能影響詩歌風尚與流傳的因素如以討論。主要的論述面向是放在社會文化的環境考索，並從中分析此時的時空環境與韓詩流傳接受的關係。為了映證不同的社會文化與世風等因素對詩歌的流傳與接受的影響，本章以較多的篇幅論述了中唐的元白詩歌，藉以比較二者的不同，以及他們的差異性正是是否能獲得接受與流傳的區別之所在。

　　另外也分析了時人對韓愈詩歌的評價以及韓愈本人對自己詩歌的態度，雖然偶有稱讚韓愈詩歌的言論與作品，但總是如鳳毛麟角一般，所呈現出來的結論都是韓愈詩歌在當時的接受與流傳都遠不如韓愈的古文，也難以與元白詩歌相提並論。其中因素，除了韓愈本身的詩文條件差異與個人的寫作態度不同之外，有著更大的因素是：韓愈的詩歌並不能契合於中唐的社會文化等條件所建構的讀者期待視野。

第四章　晚唐五代社會文化環境與韓愈詩歌的接受

　　「晚唐」，是傳統「四唐說」的最後時期，也是唐帝國最後的餘暉。前文所提到的中唐，重點都圍繞在韓愈為中心的社會文化等相關議題，所以在時限的區隔就不是非常重要。況且時限區隔是一種強制性的割裂，對我們在文學的說明與探討未必符合實際需求，所以在此做一個特殊的界定：本文所討論的議題是以韓愈為中心，且韓愈辭世之時（824），距文學史上慣稱晚唐起點（836）僅十二年，所以在本單元所界定「晚唐」，權以韓愈死後以迄唐亡，主要還是著眼於韓愈身後的影響力探討。一方面符合實際文學探討的範疇需要；另一方面與傳統認定的「晚唐」也差距不大。

　　「五代」的時間斷限就比較單純，從西元 907 年唐哀帝李柷遜位，到公元 960 年北宋建立，短短的五十四年間，中原相繼出現了梁、唐、晉、漢、周五個朝代，史稱後梁、後唐、後晉、後漢、後周，是為「五代」。同時，在這五朝之外，還相繼出現了前蜀、後蜀、吳、南唐、吳越、閩、楚、南漢、南平（即荊南）和北漢十個割據政權，史稱「十國」，這就是中國歷史上的「五代十國」。

　　本章所處理的問題集中在時間點接近韓愈辭世的晚唐五代對韓

詩的接受。接受的期待視野也是建構於社會文化的背景因素，其中的重點放在不同時空環境、文化與群體的反應與批評現象變化的「效果史」研究，採用具體的考察詩學專著與詩詩選本，並經由歷史的縱向觀察，再輔以相關文獻佐證，藉以釐清韓愈詩歌在晚唐與五代的流傳及接受情形。

第一節　晚唐的社會文化環境與詩風

一、晚唐的社會文化環境

晚唐時期，政治危機不斷，社會經濟也深受政治的牽累，最終使得盛極一時的大唐帝國走向滅亡。箇中原因複雜且彼此交互影響，難以簡單析論，但歸其大要，可得以下四端：

（一）君主無能

文宗至哀帝歷經七帝，前者多昏庸無能，後繼者雖有興國之志，一旦沈痾已深，勢難挽回。新、舊《唐書》以及《資治通鑑》對晚唐的帝王有如下評述：

> 至於文宗，不能明弘志等罪惡，以正國之典刑，僅能殺之而已，是可歎也。……文宗恭儉儒雅，出於天性，嘗讀太宗政要，慨然慕之。及即位，銳意於治，每延英對宰臣，率漏下十一刻。唐制，天子以隻日視朝，乃命輟朝、放朝皆用雙日。凡除吏必召見訪問，親察其能否。故大和之初，政事脩飭，號爲清明。然其仁而少斷，承父兄之弊，宦官撓權，制之不得其術，故其終困以此。甘露之事，禍及忠良，不勝冤憤，飲恨而已。由是言之，其能殺弘志，亦足伸其志也。〔註1〕

文宗皇帝仰慕太宗，也勤於政務，可惜本身的能力與識人任才的眼光都遠不及太宗。雖然在他任內曾經有短暫的「清明」，但才小而欲任

〔註1〕歐陽脩、宋祁等：《新唐書》卷八（北京，中華書局，1997 年），頁253。

大事,終究是一件極其危險之事。「甘露之變」〔註2〕就是在所託非人,與計畫不夠周延的情況下貿然行動,結果事跡敗露,株連千人,參與其事的官吏如李訓、王涯、舒元輿、王璠、羅立言、李孝本、韓約等人,均先後遭到捕殺,甚至還遭滅族之禍,株連甚眾。甘露之變以後,由於官吏大批遭殺,朝臣空員極多,無人理事。宦官更加專橫,文宗更是備受屈辱,不久即含恨而死。

關於唐武宗,史家有如下評述:

> (武宗)迂訪道之車,築禮神之館,棲心玄牝,物色幽人,將致俗於大庭,欲希蹤於姑射。……徒見蕭衍、姚興之謬學,不悟秦王、漢武之非求,蓋惑於左道之言,偏斥異方之說。〔註3〕

武宗則是典型的末世帝王,其行為完全是為了自己的內心宗教信仰追求與長生之虛幻思想。也許是前朝皇帝的前車之鑑,武宗在一種極為缺乏安全感的環境中不斷的放縱自己,終於死於服食丹藥。

關於宣宗,史書給於較正面的評述:

> 宣宗性明察沈斷,用法無私,從諫如流,重惜官賞,恭謹節儉,惠愛民物。〔註4〕

宣宗是晚唐最賢明的君主,他終結了牛李黨爭,壓制宦官,為祖宗基業做過不懈的努力,也適度延緩了唐帝國走向滅亡的步伐。但國家頹勢已經積重難返,宦官雖有所壓制,但因甘露之變的教訓,對宦官又不敢採取過於積極的手段,以致於無法徹底扭轉這一趨勢。

〔註2〕　(文宗)大和九年,又用李訓、鄭注,謀去宦官,結果又反為所敗。宦官仇士良等率兵大殺朝官,宰相王涯,賈餗、舒元輿、李訓、太原節度王璠,以及郭行餘、鄭注、羅立言、李孝本、韓約等十餘家,皆族誅,朝官被殺者六七百人,朝野震駭,史稱「甘露之變」。「甘露之變」以後,宦官勢力更大,文宗也自嘆「受制於家奴」。相關說明可參考《資治通鑑》卷二四六。

〔註3〕　劉昫等:《舊唐書・卷十八上・武宗本紀》(北京,中華書局,1997年),頁610～611。

〔註4〕　司馬光:《資治通鑑・卷二百四十九・唐紀六十五》(北京,中華書局,1997年),頁8076。

　　到了懿宗、僖宗之時，國家局面已難以挽回，更不幸的是，兩名
君主都屬昏君之流，《新唐書》敘說如下：

　　……懿、僖當唐政之始衰，而以昏庸相繼；乾符之際，歲大
　　旱蝗，民愁盜起，其亂遂不可復支，蓋亦天人之會歟！〔註5〕

懿宗在位十五年，驕奢淫逸，不思進取，寵信宦官，又大肆迎奉佛骨，
面對內憂外患亦毫無作為，把宣宗所建立起的一點中興希望之火完全
吹熄了，所以《新唐書》評之為「以昏庸相繼」。僖宗皇帝生於深宮
之中，長在宦官之手，宮中生活場景能夠帶給他的就是可以肆無忌憚
地遊樂。他是一個完全縱情於自我世界的人，在宦官的蒙蔽之下，他
完全不理會國務，也不知、更不顧民間疾苦，是個典型的末世昏君。

　　以上三段分別是三篇本紀的「贊」，也就是史官的評論。對於文
宗，雖然有心削弱宦官勢力，並杖殺了逆弒憲宗的宦官陳弘志，但此
舉僅是一件個案，未能完整重建國家的典章制度，使宦官的越權違逆
之情事根絕，是其可惜之處，所以《舊唐書》批評他「有帝王之道，
而無帝王之才」。〔註6〕之後的武宗沉迷於方士金丹，又無情的毀佛滅
教，屬於宗教思想上的極端性格與作為，最後終為金石所誤，三十三
歲即崩殂。宣宗是晚唐最賢明的君主，終唐之世，人民猶念之不已，
稱之「小太宗」。〔註7〕只是，唐帝國百年的弊病叢生，非一人於十餘
年內所能挽救。懿宗、僖宗才能低下，使得原已積弱的國勢雪上加
霜。昭宗時，大勢已去，縱然「雖有智勇，有不能為者矣」，以至於

〔註5〕歐陽脩、宋祁等：《新唐書》卷九（北京，中華書局，1997年），頁
　　　281。

〔註6〕劉昫等：《舊唐書‧卷十七下‧文宗本紀》（北京，中華書局，1997
　　　年），頁580。

〔註7〕劉昫等：《舊唐書‧卷十八下‧宣宗本紀》：贊曰：「李之英主，實惟
　　　獻文。秕糠盡去，淑慝斯分。河、隴歸地，朔漠消氛。到今遺老，
　　　歌詠明君。」（北京，中華書局，1997年），頁646。又，司馬光：《資
　　　治通鑑‧卷二百四十九‧唐紀六十五》：「宣宗性明察沉斷，用法
　　　無私，從諫如流，重惜官賞，恭謹節儉，惠愛民物，故大中之政，
　　　訖於唐亡，人思詠之，謂之『小太宗』。」（北京，中華書局，1997
　　　年），頁8076。

「而用匪其人，徒以益亂」。〔註8〕最後哀帝十四歲即位，三年後被廢，朱全忠篡唐。幼小的哀帝三年帝王生涯爲宦官所制、軍閥所逐殺，自是無所作爲。

（二）宦官弄權

宦官的問題，與唐帝國的國勢成反比之勢：宦官愈盛，則國勢愈弱。錢穆說：

> 唐宦官之盛，肇自武后，而極於玄宗。肅、代以後，宦官寖橫用事。及德宗時，宦官遂握兵柄。其後又有樞密之職，承受詔旨，出納王命。宦寺既握兵權，又外結藩鎮，帝王生死，遂操其手。〔註9〕

國家的盛衰發展，雖可依其因素羅列項目，但這些因素對大局不是獨立影響，而是環環相扣，彼此相互繫連。晚唐國君的無能，宦官的掌控朝政以至於國君縱使有大志亦難以伸展。

文宗爲宦官所立，即位後，他曾兩度採用朝臣之力以除去宦官，但皆以失敗收場。尤其是大和九年（835），用李訓、鄭注，謀除宦官，結果反爲所敗，宦官仇士良等率兵大殺朝官，宰相王涯以下朝官六百餘人被殺，朝廷上下一片恐慌，甚至有朝臣入朝前，必須與家人訣別。此爲歷史上著名的「甘露之變」。

此後，宦官權勢更盛，往後諸帝，均爲宦官所控制。武宗朝，宦官仇士良致仕前，給他的同黨留下的經驗建言竟是：

> 天子不可令閒暇，暇必觀書，見儒臣，則又納諫，智深慮遠，減玩好，省遊幸，吾屬恩且薄而權輕矣。爲諸君計，莫若殖財貨，盛鷹馬，日以毬獵聲色蠱其心，極侈靡，使悅不知息，則必斥經術，闇外事，萬機在我，恩澤權力欲焉往哉？〔註10〕

〔註8〕　歐陽脩、宋祁等：《新唐書》卷十（北京，中華書局，1997年），頁305。

〔註9〕　錢穆：《國史大綱》（台北，台灣商務印書館，1994年），頁479～481。

〔註10〕歐陽脩、宋祁等：《新唐書》卷二百七（北京，中華書局，1997年），

晚唐的君主，從登基以後的生活，直到死亡，幾乎都掌握在宦官的手裡。而宦官為了鞏固自身的利益，莫不窮極心力塑造昏庸愚昧之君，以供其操弄掌握。國家中樞體系，業已麻木腐朽，大唐帝國論至此境，豈能不衰。

（三）朝臣黨爭

朝中朋黨之爭，自古有之。但唐代的「牛李黨爭」則是歷時久，影響大。

「牛黨」以牛僧孺、李宗閔為首；「李黨」以李德裕為首。在出身方面：牛黨大多是科舉出身，屬於庶族階層，門第卑微，靠寒窗苦讀獲得官職。李黨大多出身於世家大族，門第顯赫，他們多依靠父祖的高官地位而進入官場，稱為「門蔭」出身。除了出身差異之外，兩黨最主要的歧異之處是在面對藩鎮的問題上：李黨主張對藩鎮用兵，以強勢的姿態鞏固唐朝的中央政府地位；牛黨則主張姑息遷就。

兩黨除了政治上的分歧外，個人恩怨也是使兩黨勢如水火的原因。這些私人恩怨又與兩黨在政治態度的不同與地位的升降而相互牽連、排擠，使得國家大政流於意氣之爭。當時牛僧孺、李宗閔因評論時政，得罪了宰相李吉甫，並遭到貶斥。李德裕正是李吉甫的兒子，因此雙方結怨甚深，一旦大權在握，以排擠對方為要務。唐穆宗長慶年間（821～824）牛僧孺居宰相時，把李德裕排擠出朝廷。李德裕任四川節度使時，接受吐蕃的投降，收復了重鎮維州。牛僧孺卻意氣用事，強令把降將和城池交還吐蕃，完全將個人的恩怨凌駕於國家的利益之上。唐武宗時（841～846），李德裕入朝為宰相，相對的將牛僧孺、李宗閔放逐到南方。唐武宗死後，宣宗即位，拔擢牛黨白敏中任宰相，於是大量啟用牛黨成員，李黨不論賢愚全遭罷斥。李德裕被貶到遙遠的崖州，最後鬱忿而終。

這種不理性的為了私怨而意氣之爭，使得朝臣心中無是非，眼中

頁 5874～5875。

僅朋黨，國政之壞，帝國之亡，此爲主因之一。所以唐文宗曾慨歎說：
「去河北賊易，去此朋黨難！」〔註11〕

（四）藩鎮割據

藩鎮的問題，肇因於「安史之亂」，轉烈於中晚唐。期間雖有憲宗、武宗的削藩，但這些短暫的勝利，並未從根本上解決藩鎮問題：

> 唐自安、史之亂以後，武夫戰卒，以功起行陣，互爲侯王者，
> 皆除節度使。由是方鎮相望於內地，大者連州十餘，小者猶
> 兼三、四。自國門以外，幾乎盡是方鎮勢力。……在勘平安、
> 史功臣，尚且如此，至於安、史餘孽得授節鎮者，更不堪
> 問。……其第一個最大影響，厥爲藩鎮政權下之社會經濟破
> 產。其第二個更大的影響，則爲藩鎮政權下之社會文化水準
> 降低。……藩鎮跋扈，另一個影響，使朝廷亦不得不竭財養
> 兵。……這全是唐代黷武政策所招的懲罰。〔註12〕

錢穆先生所關心的除了政治層面的問題，對於經濟民生以及文化水準的降低更是關注。相同的，就一個研究接受環境的接受視野角度而言，錢先生所關注的議題與本文的研究方向更是契合。

晚唐時期，實際上各個獨立王國已經是有實而無其名。而到了昭宗朝，各割據藩鎮便紛紛立國了。大順二年（891），王建建立前蜀國，景福元年（892）楊行密建立吳國，景福二年（893）錢鏐建立吳越國，王審知建立閩國，乾寧三年（896）馬殷建立楚國。唐帝國在正式亡國之前，已經連基本的共主之名也蕩然無存了。最後，昭宗禪位朱全忠，唐王朝隨之滅亡。

二、晚唐社會局勢所形成的文學環境

晚唐詩人處於一個偉大帝國的餘暉之下，他們的內心對於過往的光榮有著依戀之情，但在現實環境的不斷摧磨下，這分依戀之情也只能

〔註11〕歐陽脩、宋祁等：《新唐書》卷一百七十四（北京，中華書局，1997
　　　年），頁5236。
〔註12〕錢穆：《國史大綱》（台北，台灣商務印書館，1994年），頁458～470。

被壓抑下來。但是壓抑下來並不等於消失，在詩人的筆下，還是會偶見
那回憶似的筆調，訴說著心中對大唐盛世的眷念。相對的，他們對於現
實，是採取遁逃的態度。所以，晚唐的詩人，他們並未能在時代中「生
根」：他們緬懷過去，對當下時局逃避，縱有描寫當下之情景者，往往
也以小巧細碎的筆法描景抒情，對現實環境採取保持距離的態度。這是
晚唐文學環境的一個面向，也是一般人對晚唐文風的一個傳統理解角
度。所以宗白華在《美學散步》對晚唐的文風做了以下批評：

> 歷史說明自中唐以後，唐朝向衰亡的途上走去，藩鎮跋扈，
> 宦官竊柄，內亂外患，相逼而至，在這樣國運危險萬分之
> 際，晚唐詩人應該怎樣本著杜少陵的非戰文學，積極的反
> 對內戰！應該怎樣繼著初唐、盛唐詩人的出塞從軍的壯
> 志，歌詠慷慨的民族詩歌！然而事實是使我們失望的！晚
> 唐的詩壇充滿著頹廢、墮落及不可救藥的暮氣；他們只知
> 道沉醉在女人的懷裏，呻吟著無聊的悲哀。〔註13〕

宗白華的敘述代表了一般人的看法，但卻不是全面性的的客觀理解。
的確，淡泊情懷與豔情綺思的主題是晚唐詩歌風格的主要特徵，但不
是唯一顯眼的代表。一個動盪的時代，人事的遭遇複雜而多變，現實
與理想，當下與歷史，都在在牽引著詩人的情思，詩人的心思與情思
多樣而矛盾，作品的風格也會迥異。如果說，盛唐的詩歌環境像一片
春和景明的沃土，因此百花齊放，熱鬧非凡；晚唐的詩歌環境就像風
急露冷的脊地，各展姿態，千奇百怪。

晚唐的政治社會環境原本就是江河日下，「甘露之變」以後更是
使士子尚存的政治理想與抱負徹底幻滅，羅宗強在《隋唐五代思想
史》中以白居易與李商隱面對甘露之變的態度，做為這時期士人的心
理變化與衝擊之代表，白居易是像中驚弓之鳥般的抱持「遠禍避害已
自全」的態度：

> 「甘露之變」對士人的震動是很大的，不少人在詩文中都

〔註13〕宗白華：《美學散步》（上海，上海人民出版社，1997年），頁309。

或隱或顯地有所反映。白居易寫有〈九年十一月二十一日感事而作〉：「禍福茫茫不可期，大都早退似先知。當君白首同歸日，是我青山獨往時。顧索素琴應不暇，憶牽黃犬定難追。麒麟作脯龍為醢，何似泥中曳尾龜？」（《白居易集》卷三二）在震恐與感慨繫之之餘，他採取了一種遠禍避害以自全的態度。他還有一首〈詠史（九年十一月作）〉：「秦磨利劍斬李斯，齊燒沸鼎烹酈其。可憐黃綺入商洛，閒臥白雲歌紫芝。彼為葅醢機上盡，此作鸞凰天外飛。去者逍遙來者死，乃知禍福非天為。」（《白居易集》卷三〇）表現了相同的思想。〔註14〕

白居易的是一個傳統的儒者，但也接受了佛家與道家的思想。他在立身處世以儒家「達則兼濟天下，窮則獨善其身」為職志，但在中唐憲宗的元和中興如曇花一現以後，他的兼濟天下理想就漸行漸遠了。在本身「窮」且外在政治環境的惡劣交相影響下，他選擇了獨善其身，以求遠離禍害。這在當時是一種環境逼迫下，使士人不得不放棄其讀聖賢書的初衷，而做此選擇。與白居易抱持相同態度的有劉禹錫，他在〈歲月詠懷〉中說：「以閑為自在，將壽補蹉跎。」〈酬思黯見示小飲四韻〉：有「兵符相印無心戀，洛水松雲恣意看。」在〈再贈樂天〉中說：「一政政官軋軋，一年年老駸駸。身外名何足算，別來詩且同吟。」身為老一輩的社會詩人，在歷經政壇的紛擾與肅殺之後，也不得不走向明哲保身之途，顯見甘露之變在詩人的經歷中是前所未有的衝擊。

　年輕輩的詩人，如李商隱，則是對這件事情表現無比的義憤與同情：

李商隱為此事寫有〈有感二首〉：對宦官的兇殘表示了義憤，對文宗用人不當表示惋惜，而對被殺者表示了深切的同情：「古有清君側，今非乏老成。素心雖未易，此舉太無名。誰暝銜冤目，寧吞欲絕聲。近聞開壽宴，不廢用〈咸英〉。」（《玉谿生詩集箋注》卷一）他還寫了〈重有感〉，

〔註14〕羅宗強：《隋唐五代思想史》（北京，中華書局，2003年），頁223。

寄希望於上書責問宦官的劉從諫。「玉帳牙旗得上游，安危
須共主君憂。竇融表已來關右，陶侃軍宜次石頭。豈有蛟
龍愁失水，更無鷹隼與高秋？晝號夜哭兼幽顯，早晚星關
雪涕收。」（《玉谿生詩集箋注》卷一）〔註15〕

李商隱深具才華與抱負，而且年輕氣盛，早期的他，尚未經歷人生的的
重大挫敗與衝擊，黨爭的陰影也還未籠罩上他的仕途，所以依舊懷有雄
心壯志，作品呈現不平則鳴之主張，寫下對於甘露之變的的痛心疾首之
作。除了對甘露之變遭難的朝臣同情外，李商隱的〈行次西郊作一百韻〉
也有一段以紀實的手法，描述了甘露之變對京西一帶的百姓所造成的災
難：「鄉里駭供億，老少相扳牽、兒孫生為孩，棄之無慘顏。」

　　然而，隨著國政局勢的日壞，個人身世坎坷多舛，外在與內在的
磨難使他逐漸認清個人的無力與有限，後來的詩也呈現這樣的無奈
感，羅宗強說：

　　他的希望不久也就破滅了。後來，他在悼文宗的詩裡，就
　　曾發了很深的感慨：「運去不逢青海馬，力窮難拔蜀山蛇。」
　　（〈詠史〉，《玉谿生詩集箋注》卷一）……可以看出此一事
　　件對其時士人心理狀態影響之深刻。〔註16〕

歷經了甘露之變，晚唐詩人面對現實層面的態度轉趨消極，尤其是政
治層面的詩歌大多望之卻步。他們跳脫了政治的批判與諫諍之言後，
就像掙脫了中唐以來的矛盾枷鎖，〔註17〕開始探索出更多的創作題材
與空間。

三、晚唐的詩歌思想

　　晚唐的詩歌環境迴避了政治的實用與功利目的後，展現了多方面

〔註15〕羅宗強：《隋唐五代思想史》（北京，中華書局，2003年），頁223。
〔註16〕羅宗強：《隋唐五代思想史》（北京，中華書局，2003年），頁223。
〔註17〕中唐社會雖然步入動亂時期，但一般士人還是抱存著積極入世的關
　　　　懷，盛唐的榮景還是深深吸引著他們，所以詩中出現了許多對人世
　　　　的關懷，並且有著參與政治的品格。但是黨爭與政治黑暗，也使他
　　　　們卻步。這種矛盾的心態是中唐文人難以解脫的苦。

的風格與思想。正如李商隱的〈登樂遊原〉:「夕陽無限好,只是近黃昏」,在形式上一方面帶有絢麗的藝術魅力,一方面又帶有落寞與死寂的生命情調。在思想上則帶有亡國之音的頹廢與對過往的眷戀之情。

(一)現實主義

晚唐政治形勢比中唐更加惡化,人民生活更加貧困,詩人的關注力也投向了中下階層的百姓,因此杜甫與白居易的現實主義詩歌在晚唐繼續得到發展,這類詩歌在晚唐詩壇雖然份量不重,卻更顯得彌足珍貴。其中的代表有皮日休、杜荀鶴、貫休、張孜等。

皮日休踵繼白居易的新樂府精神,他在〈正樂府序〉中說:

> 詩之美也,聞之足以觀乎功;詩之刺也,聞之足以戒乎政……今之所謂樂府者,唯以魏、晉之侈麗,陳、梁之浮豔,謂之樂府詩,真不然矣。[註18]

皮日休根據這種精神,模仿白居易的新樂府作了十篇樂府詩,方法上也是先構思要評論的一些議題,再將這些議題的概念演化成詩歌。

杜荀鶴也有此類的精神,代表作品有〈山中寡婦〉:

> 夫因兵死守蓬茅,麻苧衣衫鬢髮焦。桑柘廢來猶納稅,田園荒盡尚征苗。時挑野菜和根煮,旋斫生柴帶葉燒。任是深山更深處,也應無計避征徭。[註19]

本詩是敘述徭役賦稅的繁重以使得民不聊生,丈夫征戰而死的寡婦就算是逃到深山的更深處,也沒有辦法逃避賦稅,從一個寡婦的角度反映了唐末社會狀況。

吳融作《禪月集》的序文,亦可以從中看出他個人對詩歌現實主義的主張以及對貫休的肯定:

> 夫詩之作,善善則頌美之,惡惡則風刺之。苟不能本此二道,雖甚美,猶土木偶不主於氣血,何所尚哉?……國朝

[註18] 皮日休撰:蕭滌非、鄭慶篤整理:《皮子文藪》(上海,上海古籍出版社,1981 年),頁 107。

[註19] 杜荀鶴:《唐風集》卷二,收錄於胡嗣坤、羅琴著《杜荀鶴及其〈唐風集〉研究》(成都,巴蜀書社,2005 年),頁 141~142。

> 能爲歌爲詩者不少，獨李太白爲稱首。蓋氣骨高舉，不失
> 頌美諷刺之道焉。其後白樂天諷諫五十篇，亦一時之奇逸
> 極言。〔註20〕

吳融在序中盛讚貫休的詩歌可上嗣太白、樂天之美。他所看重的也是
頌美諷刺之道。

　　張孜〈雪詩〉對富貴人家的奢華與貧無立錐之地者的處境做了鮮
明的對比：

> 長安大雪天，鳥雀難相覓。其中豪貴家，搗椒泥四壁。到
> 處爇紅爐，周回下羅羃。暖手調金絲，蘸甲斟瓊液。醉唱
> 玉塵飛，困融香汗滴。豈知饑寒人，手腳生皴劈。〔註21〕

本詩從大雪天的惡劣天氣爲起景，其冷其凍以「鳥雀難相覓」呈現，
此爲「外景」；相對的，「內景」卻是「華屋」、「金絲」、「瓊漿」以及
動態的紙醉金迷畫面。最後，再帶回「外景」，襯托窮人在風雪中又
饑又寒，甚至手腳凍裂的苦境。很明顯的是仿製杜甫的「朱門酒肉
臭，路有凍死骨」的現實描繪，只是在筆法方面保有晚唐的綺美色
彩，不若杜甫般以寫實爲主，但在核心的精神卻是一致的。

　　寫實主義的作品在當時的環境其實是難以生存的，既未能居於主
流詩風，作品數量也不多，但在這種不利的環境下，有這類作品依然
是值得肯定的。

（二）詠史懷古

　　晚唐在「夕陽無限好，只是近黃昏」的無限感傷悼舊中，詩人們
逃避式的跳過當下，直接投入那一去不回的大唐輝煌歲月中，從中找
尋一些心理慰藉，並對現實發出微弱的呼喊。這種情調，基本上仍屬
於帝國沒落的凄冷基調。「他們帶著一種既對於過去繁榮昌盛的眷
念，又帶著一種無可奈何的心情，接受了中興已成一夢的現實，從中

〔註20〕貫休：《禪月集》卷首（明末虞山毛氏汲古閣刊本）
〔註21〕康熙御製、彭定求等編校：《全唐詩》卷六○七（上海，上海古籍出
　　　　版社，1996年），頁1537。

體認到盛衰興亡不可抗拒的哲理」。〔註22〕這一時期寫作詠史詩的詩人主要有胡曾（有《詠史詩》三卷，一百五十首），汪遵（《詠史詩》一卷，今存五十八首），周曇（《詠史詩》八卷，今存一百九十五首），孫元晏（《六朝詠史詩》一卷，今存七十五首）。此外，杜牧、李商隱、薛逢等，也都有大量的詠史詩。其中以李商隱、杜牧為最突出。

如李商隱〈詠史〉：

> 北湖南埭水漫漫，一片降旗百尺竿。三百年間同曉夢，鍾
> 山何處有龍盤？〔註23〕

由玄武湖與雞鳴埭的開闢以及孫皓降晉的古事談起，再轉入現下的感懷，便由「懷古」而引入「傷今」，使古事與現實相契合。比附當時的現況：縱有龍盤虎踞的山川形，亦難以屏障人謀不臧所造成內部腐敗，令人不勝欷歔。

又如〈隋宮〉詩：

> 紫泉宮殿鎖煙霞，欲取蕪城作帝家。玉璽不緣歸日角，錦
> 帆應是到天涯。於今腐草無螢火，終古垂楊有暮鴉。地下
> 若逢陳後主，豈宜重問後庭花。〔註24〕

詩中所感嘆的是隋朝的亡國舊事，但在歷史實際面上，唐帝國不也正走往這條道路上？在亂世，能清楚看穿一切的人是痛苦的，當無力挽回又無法明白表達內心的實際感受時，只得以借古諷今的曲折手法表現了。

杜牧更擅於寫詠史詩，其中佳作也不少，如〈江南春絕句〉：

> 千里鶯啼綠映紅，水村山郭酒旗風。南朝四百八十寺，多
> 少樓臺煙雨中？〔註25〕

「千里」帶出了遼闊的空間感，「南朝」呈現的悠遠而繁華美麗的歷

〔註22〕羅宗強：《隋唐五代思想史》（北京，中華書局，2003年），頁225。

〔註23〕李商隱著、馮浩箋注：《玉谿生詩集校注》卷三（台北，里仁書局，1981年），頁687。

〔註24〕李商隱著、馮浩箋注：《玉谿生詩集校注》卷三（台北，里仁書局，1981年），頁685。

〔註25〕杜牧：《樊川詩集注》卷三（台北，台灣中華書局，1983年），頁7。

史回憶，南朝的美，暗中又比附了曾經盛極一時的唐帝國，而今南朝
焉在？藉由時空的美景交融與對彼，讓這首詩充滿了對時間與歷史過
往的感傷，煙雨朦朧之中，看似江南的無限風光，其實煙雨中的樓台，
何嘗沒有蒼涼之慨？

　　又如〈題宣州開元寺水閣，閣下宛溪，夾溪居人〉：

> 六朝文物草連空，天淡雲閑今古同。鳥去鳥來山色裏，人
> 歌人哭水聲中。深秋簾幕千家雨，落日樓臺一笛風。惆悵
> 無日見范蠡，參差煙樹五湖東。〔註26〕

本詩依然借借六朝的興衰成敗，將對逝往的美好投射於當下的心情。
繁華已去，無可挽留；現今敗極，興復無望，古今歷史重演，所留下
的，只有天淡雲閑與參差煙樹罷了。詩中雖無嘆悲之詞，卻又有無限
的喟嘆埋藏於詩間。

　　這種蕭索無奈的心情，也隨著國勢的轉壞，逐步由家國之感轉向
人生的消極感嘆。薛逢的〈悼古〉就是此類代表：

> 細推今古事堪愁，貴賤同歸土一丘。漢武玉堂人豈在，石
> 家金谷水空流。光陰自旦還將暮，草木從春又到秋。閒事
> 與時俱不了，且將身暫醉鄉遊。〔註27〕

懷古的詩風是士人對國勢轉弱的心理反射，其中的程度又有所不同：
以借古諷今的創作心理者而言，心中對這個國家雖然失望，但尚存一
線眷戀，所以曲折以諷；傷古消極者，對古今之變感嘆更深，但已對
時局不存希望，所以有「且將身暫醉鄉遊」的消極避退思想。這種避
退思想有的是純粹的自我放逐，有的走入輕豔浮靡的創作風格，也有
走入個人封閉式的文字遊戲，即所謂的苦吟詩人。誠如葉慶炳所言：
「晚唐詩壇，一面流行中唐賈島之僻苦詩風，一面有華美詩風興起，
甚且後來居上，成為晚唐詩之主流」，〔註28〕這兩類詩風，正是晚唐

〔註26〕杜牧：《樊川詩集注》卷三（台北，台灣中華書局，1983年），頁8。
〔註27〕康熙御製、彭定求等編校：《全唐詩》卷五四八（上海，上海古籍出
　　　　版社，1996年），頁1398。
〔註28〕葉慶炳：《中國文學史（上）》（台北，台灣學生書局，1992年），頁

詩風的主流。

（三）苦吟僻句

苦吟詩風是晚唐特有的詩歌情韻，但它的產生是遠紹於中唐以來的「險怪派」，但險怪派的內容、名稱等方面並無一統之概念，集團成員有逞怪、苦吟之屬，前者以韓愈為代表，後者以孟郊為代表。前文討論中唐的韓愈詩歌接受時，已知韓愈詩歌在中唐時並不受重視，其所受評價較高者乃其古文，故有「孟詩韓筆」之說。

晚唐繼其餘緒，所以險怪派主要是繼承孟郊的苦吟詩風，除了有其縱向歷史繼承因素外，更有橫向的政治黑暗、社會困苦之因素。

葉慶炳在《中國文學史（上）》談到晚唐詩壇狀況時，如此論述苦吟詩人：

> 晚唐苦吟詩人甚多，如劉得仁〈夏日即事〉詩云：「到曉改詩句，四鄰嫌苦吟。」（《全唐詩》卷五四四）方干〈贈覲〉詩云：「纏吟五字句，又白幾莖髭。」（卷五四八）崔塗〈苦吟〉詩云：「朝吟復暮吟，只此望知音。」（卷六七九）杜荀鶴〈秋夜苦吟〉詩云：「吟盡三更未著題。竹風松雨共淒淒。」（卷六九三）是輩自訴苦吟之情形，正與賈島之「二句三年得，一吟雙淚流」同。晚唐之苦吟詩人，特別推崇賈島，作詩亦多效之。所以如此，一由於苦吟詩人或秉性怪異，世俗不容；或功名失意，窮愁潦倒，自易引賈島為同病，進而愛好其詩。〔註29〕

苦吟詩人之「苦」，在於精神思想之苦，因為國家局勢無可挽回、政治的黑暗，使得這些詩人必須在精神上避世，但這種精神上得避世卻又不得精神上的自由。他們不能像陶淵明般忘懷得失，因為他們都忘情不了政治的舞台，〔註30〕政治的現實又屢屢令他們失望，所以如賈島詩：「應

433。

〔註29〕葉慶炳：《中國文學史（上）》（台北，台灣學生書局，1992年），頁433。

〔註30〕如方干死後，宰相張文蔚奏名儒不第者十五人，請賜一官以慰其魂，

憐獨向名場苦，曾十餘年浪過春。」（〈贈翰林〉）、「自嗟憐十上，誰肯待三徵。」（〈即事〉）也是他們心情的寫照。他們在人生現實中，都是面臨重大的經濟壓力，所以就算想忘情於山水，恐怕也無能為力，孟郊詩：「借車載家具，家具少於車。」（〈移居詩〉）也都切合於現實的寫照。

因此，他們的詩，就不斷在文字上力求奇巧，律詩在造語、格律技巧方面要求嚴格，適合於練字鍛句，所以受到苦吟詩人的喜愛。但他們徒求技巧，思慮褊狹，反而顯得體格卑陋。所以明人楊慎譏諷晚唐苦吟詩人說：

> 則大曆以下，如許渾輩，皆空吟不學，平生鏤心嘔血，不過五七言短律而已，其自狀云：「吟安一個字，撚斷數行鬚。」不知李杜長篇數千首，安得許多胡須撏扯也，苦哉！又云：「詩思在灞橋風雪中驢子背上。」不思周人〈清廟〉、漢代〈柏梁〉，何必爾耶？〔註31〕

楊慎的說法雖不免譏諷太過，但晚唐苦吟詩人的詩風過於追求形式技巧，卻又不以「美」為追求條件，而是逐字逐句遍尋各種字句與意向的組合，風格極其不自然，也欠缺內容的深度與詩歌的含蓄之美，其走偏鋒的特性，也為人所詬病。但是，苦吟詩人的形成，也有其歷史環境因素之使然：在客觀上，政治環境已是險惡腐敗至極，詩人的內心世界缺乏寄託與正常的抒發管道；主觀上，苦吟詩人大多生活窮困，社會地位社會條件不高。所以「苦吟」就成為這類詩人的一種精神寄託，或排遣孤獨寂寞與物質條件的壓力，或自我陶醉於詩歌的創作過程與獨特的詩歌境界。

（四）艷情綺思

除了苦吟詩風外，晚唐的詩歌代表體裁就屬艷情綺思的題材。

方干就是其中之一。劉得仁本是望族，但仍思有科第出身，結果出入試場三十年，以致「家貧似布衣」而死。參閱葉慶炳：《中國文學史（上）》（台北，台灣學生書局，1992 年），頁 433。

〔註31〕楊慎著、王仲鏞箋證：《升庵詩話箋證》卷十一（上海，上海古籍出版社，1987 年），頁 418。

晚唐時局如西風落照，士人深感回天乏力，遂有退避束手與放浪形骸與之思想，所以淡泊情懷與豔情綺思的主題在晚唐詩壇便十分流行。這也是前文宗白華所批判的「晚唐的詩壇充滿著頹廢、墮落及不可救藥的暮氣；他們只知道沉醉在女人的懷裏」。這種豔情綺思的詩歌，本來就與亂世末代相依存，正所謂「亡國之音哀以思」，並非晚唐之特例。

盛唐時的大開大闔詩風已然遠去，中唐對社會政治的熱情詩風也已不再，晚唐綺美詩歌作家的心境逐漸內轉。他們將熱情與感受隱藏於心，再表現於詩，李商隱情感多周折，所以雖有濃情，也以隱晦的方式表現；杜牧、韓偓等人熱情直接，所作多香豔露骨。

李商隱雖負才學，也俱詩名，但因夾於牛李黨爭之間，備受排擠，仕途坎坷。感嘆之餘，他將敏感的心緒內化成曲折的詩篇，雖然未必是避禍，但驚疑之心而有朦朧之言是可以理解的。李商隱在表現心靈方面的詩歌是「以心象鎔鑄物象」，余恕誠說：

> 由於晚唐詩人的情思和心緒多指向細微和幽渺的一面，精神上幻滅的、把握不定的成分往往占很大的比重。……像李商隱這樣的詩人處境惡劣，心事箝口難言，有「幾欲是吞聲」的隱痛，於是在潛心摹寫自己心象的同時，又須將其著意客觀化，借客觀意象以及由神話、傳說、典故等得來的形象經過改造之後可以誘發多種聯想的優長，將本難直接表現的心象，滲透或依託於物象乃至於典故之中，令人撫玩無斁，聯類興感。〔註32〕

人心的複雜本難測，詩人的心思又更敏感多變，更是難以窺探。李商隱的詩中有太多屬於內心難以窺知的部份，他又透過各種物象、典故、神話等象徵性強的材料表現，使得詩歌內容隱之又隱，朦朧難測。所以歷來對李商隱的〈無題〉詩、〈錦瑟〉詩等眾說紛紜，難得其解。元好問〈論詩絕句〉說：「望帝春心託杜鵑，佳人錦瑟怨華年。詩家

〔註32〕余恕誠：《唐詩風貌》（合肥，安徽大學出版社，1997年），頁135～136。

總愛西崑好，獨恨無人作鄭箋。」〔註33〕

杜牧、韓偓的詩歌更爲輕豔露骨，杜牧生性風流倜儻，好歌舞，流傳不少風流韻事。相傳他在淮南節度使牛僧孺掌書記時，「時淮南稱繁盛，不減京華，且多名姬絕色，牧恣心賞」。〔註34〕也曾與一名十餘歲女孩相約婚事，〔註35〕在在顯示他的生活行爲之放浪，並表現於詩歌之中。但杜牧的詩歌雖豔，卻不流於輕薄或僅重在女性情態之描寫，他往往先營造幽渺之境，再投以令人銷魂之情。杜牧雖爲風流才子，但詩中情致未見輕薄，並未將女子視爲玩物，而是處處藏有眞情與無奈。且看以下幾首杜牧詩：

其一，〈贈別〉：

多情卻是總無情，唯覺樽前笑不成。蠟燭有心還惜別，替人垂淚到天明。〔註36〕

其二，〈寄遠人〉：

終日求卜人，回回到好音。那時離別後，入夢到如今。〔註37〕

其三，〈寄揚州韓綽判官〉：

青山隱隱水迢迢，秋盡江南草未凋。二十四橋明月夜，玉人何處教吹簫？〔註38〕

〔註33〕元好問：《元遺山詩集》卷十一（台北，清流出版社，1976年），頁5。

〔註34〕辛文房撰、傅璇琮主編：《唐才子傳校箋》第三冊（北京，中華書局，2000年），頁202。

〔註35〕「大和末，往湖州，目成一女子，方十餘歲，約以十年後吾來典郡當納之，結以金幣。洎周墀入相，牧上箋乞守湖州，比至，已十四年，前女子從人，兩抱雛矣。賦詩曰：『自恨尋芳去較遲，不須惆悵怨芳時。如今風擺花狼籍，綠葉成陰子滿枝。』」事見辛文房撰、傅璇琮主編：《唐才子傳校箋》第三冊（北京，中華書局，2000年），頁205。

〔註36〕康熙御製、彭定求等編校：《全唐詩・第八函・卷七》（上海，上海古籍出版社，1996年），頁1328。

〔註37〕康熙御製、彭定求等編校：《全唐詩・第八函・卷七》（上海，上海古籍出版社，1996年），頁1329。

〔註38〕康熙御製、彭定求等編校：《全唐詩・第八函・卷七》（上海，上海古籍出版社，1996年），頁1327。

比之六朝與韓偓之詩，雖同為艷詩，但其中的情韻較之深長，詩中多綺情柔思，故而能在俊爽峭健之中，時帶風華流美之致。

　　韓偓詩稱「香奩體」，則其艷情可知，所以嚴羽稱他的詩「皆裙裾脂粉之語」。〔註39〕這類作品反映士大夫的狹邪生活，感情浮薄，作風輕靡，但在人物形象等方面的刻劃也有其生動可取之處。

　　晚唐是一個特別的時代，因為環境的複雜與社會的動亂，所以詩歌的精神風格多樣，幾乎是各種體裁均能各擅勝場。他們延續了整個唐帝國歷來的各種詩歌風格，雖然其中或有質變，光輝不若前賢，但終究也算是唐詩的一個迴光返照。在這個各體均有迴光返照的時代，韓愈的詩歌也在此時開始受到注意，雖然與其他詩歌體裁、風格相較，所受到重視的程度算是微不足道，但較之曩昔，已經算是前進一步了。這部份關於韓愈詩歌接受的問題，且先按下，留待本章第三節再討論。

第二節　五代的社會文化環境與詩風

一、五代十國的社會文化環境

　　本節所稱的五代是一個概稱，它所包含的時空範圍包括了北方遞嬗的五代以及同時多國並存的十國。五代所屬的中原地區戰亂不斷，人民生活困苦；相對的，南方的征伐較少，經濟、政治等方面較為穩定。中唐可謂人文精神的最後提振力量，但依然無法改變結構性的政治問題，國勢依然日下；晚唐時，就算文人有心戮力興復，但是在大時代的摧殘下，個人顯得渺小與無力，於是紛紛轉成無力的呻吟。到了五代時期，士大夫的傳統儒家精神已蕩然無存，理想與氣節不再是士人的第二生命，逃避與功利兩個極端成為此時的社會心理寫照，連帶詩歌風格也是繼承晚唐之遺緒。

〔註39〕嚴羽：《滄浪詩話・詩體》，收錄於何文煥編：《歷代詩話》（北京，
　　　　中華書局，1982 年），頁 690。

（一）北方因戰亂而文化蕩然

五代是唐代藩鎮割據之延續，時間爲由唐滅亡過渡到宋代建立的五十四年間（907～960），北方的黃河流域一帶地區，相繼建立了後梁、後唐、後晉、後漢、後周五代的政權。朱溫篡唐立梁，但此時中國南方早已由節度使瓜分立國，朱溫的後梁缺乏統一全國的能力，政權並不穩固，所以相繼爲後唐、後晉、後漢、後周所代，其政治形態與作風，均與後梁無異，政權容易被其部下悍將或其他藩鎮篡奪。此時的中原之地，戰亂紛擾，民生困苦。錢穆先生說：

> 黃河流域的民眾，經黃巢、秦宗權大亂之後，繼續還是經受武人、胡人不斷爭奪，橫征暴斂，火熱水深，幾乎難以想像，難以形容。〔註40〕

五代延續中晚唐藩鎮割據的局面，藩鎮的身分是武人，專以征伐爲能事。況且亂世中掌握武力的軍人是一切權力的來源，所以此時君主多起自藩鎮及武將，故軍人專政、兵將驕橫之風極盛，由兵變而篡代之事迭生，帝王之位，多操於軍將之手。唐代的藩鎮本多外族所擔任，之後中國內部動亂，北方外族也進入中國，使得此時的內部局面更爲複雜。後唐、後晉、後漢三朝都是沙陀人所建；後梁，後周時，北部爲外族勢力所掌控，尤其是後晉石敬瑭爲了爭取契丹的軍事援助，竟割讓燕雲十六州，並自稱「兒皇帝」，使得契丹的氣燄甚爲高張。

在軍人與外族蹂躪下的北方政治黑暗，綱紀敗壞，君主多以馬上得天下，故好戰嗜殺，治國無方。以至於百姓困苦，士大夫人人自危，朝夕難保之下，投機厚顏之人眾多。況且朝代更迭之速，君臣關係欠缺長久穩固之基礎，縱有效忠之心，也沒有足堪效忠的對象。因此人心敗壞，道德淪喪，君臣多有忝不知恥之輩，如馮道歷事四代十君，不以爲恥，竟厚顏地自命爲「五朝元老」、「長樂老」；又如上述的石敬瑭爲求帝位，竟割地求榮，並對契丹君主自稱「兒皇帝」。

有無恥君主，自有失節的朝臣，如：牛希濟曾於前蜀任職御史中

〔註40〕錢穆：《國史大綱》（台北，台灣商務印書館，1994年），頁518。

丞，前蜀亡於後唐，牛希濟非但轉入後唐為官，更為唐明宗撰〈奉詔賦蜀主降唐詩〉：「滿城文武欲朝天，不覺鄰師犯塞煙。唐主再懸新日月，蜀王難保舊山川。非幹將相扶持拙，自是君臣數盡年。」〔註41〕

　　無怪乎歐陽脩在《新五代史》中感嘆：

> 禮義，治人之大法；廉恥，立人之大節。蓋不廉，則無所不取；不恥，則無所不為。人而如此，則禍亂敗亡，亦無所不至，況為大臣而無所不取不為，則天下其有不亂，國家其有不亡者乎！予讀馮道長樂老敍，見其自述以為榮，其可謂無廉恥者矣，則天下國家可從而知也。〔註42〕

環境的不安，士大夫為適應這種複雜多變的外在氛圍，逐漸拋棄原有的道德觀與文化、社會責任，一切以苟活、安逸為主，風氣之壞，可見一斑。

（二）南方在苟安中發展文化

　　十國（902～979）也是由藩鎮演變而成，梁太祖朱溫篡唐前後，因為中原正統已失，各地節度使相繼獨立建國。至於南方的十國，除北漢外，其他九國：吳、閩、楚、吳越、南唐、前蜀、後蜀、荊南、南漢都在長江流域建國，而且多有異地同存的時代重疊性，所以不以「代」相迭替，故史稱「十國」。

　　相對於北方的五代，南方的傳統並不崇尚勇武，所以戰事較少，社會相對安定，司馬光《資治通鑑》云：

> 自黃巢犯長安以來，天下血戰數十年，然後諸國各有分土，兵革稍息。及唐主即位，江、淮比年豐稔，兵食有餘，群臣爭言「陛下中興，今北方多難，宜出兵恢復舊疆。」唐主曰：「吾少長軍旅，見兵之為民害深矣，不忍復言。使彼民安，則吾民亦安矣，又何求焉！」漢主遣使如唐，謀共

〔註41〕康熙御製、彭定求等編校：《全唐詩‧第十一函‧卷六》（上海，上海古籍出版社，1996 年），頁 1888。

〔註42〕歐陽脩：《新五代史‧雜傳‧序》（北京，中華書局，1997 年），頁 611。

> 取楚，分其地；唐主不許。〔註43〕

後晉天福七年，又有類似情況與結果：

> 吳越國火，焚其宮室、府庫，甲兵皆盡，群臣請乘其弊攻之，
> 昪不許，遣使弔問，厚賙其乏。錢氏自吳時素為敵國，昪見
> 天下亂久，常厭用兵，及將篡國，先與錢氏約和，歸其所執
> 將士，錢氏亦歸吳敗將，遂通好不絕。……而志在守吳舊地
> 而已，無復經營之略也，然吳人亦賴以休息。〔註44〕

或許出於偏安心態，它們都以苟安的態度經營國家，雖然欠缺大一統
的野心與氣魄，但卻為長期飽經兵燹之禍的百姓，營造一個安居樂業
的環境。因為先天環境的優勢，以及各國君主多能注意興修水利，以
及勸課農桑，社會經濟盛於北方，也促使中國經濟重心再度南移。

　　另一方面，南方君主大多能保存文教，禮待文士，如南唐的中主
和後主因為本身也喜愛文學，所以也建立學校，提倡文學，也因此促
使文士聞風南遷，如閩王王審之「好禮下士。王淡，唐相溥之子；楊
沂，唐相涉從弟；徐寅，唐時知名進士，皆依審知仕宦。又建學四門，
以教閩士之秀者。」〔註45〕大量的文士流入，自然促成了南方文教的
發展。

二、儒家傳統的士風喪失

　　五代時，北方紛亂，士人的地位長期得不到應有的尊重和體現。
所以他們也走向自我放逐，理想性也普遍喪失。中國傳統知識份子的
「修、齊、治、平」思想也於此時消磨殆盡，他們不論身處鐘鼎或山
林，生命的寄託都是漫無目標的。閑居山林者，避世以求遠禍；投身
鐘鼎者，則與世推移，消極而無所作為。二者都欠缺積極性。

〔註43〕司馬光：《資治通鑑・卷二百八十二・後晉紀三》（北京，中華書局，
　　　　1997年），頁9221。
〔註44〕歐陽脩：《新五代史・卷六十二・南唐世家第二》（北京，中華書局，
　　　　1997年），頁768。
〔註45〕歐陽脩：《新五代史・卷六十八・閩世家第八》（北京，中華書局，
　　　　1997年），頁846。

　　這種漫無目標的放逐生命，促使他們選擇出仕時，或則極端功利、或則混世度日；在野則或避居不問世事、或輕浮放縱。王鳳翔先生在〈論五代士風〉一文中將此時的士風歸類爲「隱逸」、「混世」、「浮薄」、「功利」等四大風氣，敘述翔實又頗具完整性，故以該文爲基礎，且分別引述並說明如下：

（一）隱逸山林、避禍南遷──隱逸之風

　　唐末五代以來動盪的社會局面，尤其是皇權不張、藩鎮武夫跋扈的時局，使士人普遍存有大勢已去、無可挽回的悲觀心理，部分士人走上了隱居山林，避禍遠遁之路。另外，南方普遍的好文尚士之風，則與中原五代形成了鮮明的對照，使大批士人選擇了南遷避禍。

　　這是一種現實環境使然，北方紛亂，難以安居，武夫治國，使士風低壞，於是士人紛紛南遷。但他鄉雖好，總也是異鄉，漂泊的心思總是不踏實，所以羅隱有「得即高歌失即休，多愁多恨亦悠悠。今朝有酒今朝醉，明日愁來明日愁」〔註46〕之嘆了。

　　不論是選擇隱逸山林或是或南遷，他們都是在尋求一個安定的生活環境。這是一種逃避的態度，因爲在經歷漫長的政治黑暗與鬥爭之後，又面臨了隨時可能發生的兵戎之禍，促使他們選擇陶淵明式的隱逸行爲。他們的這種行爲，就以天下爲己任的士大夫而言，是退卻了；但比起在亂世中投機牟利，時時準備見異思遷的機會主義者，在道德與名節方面，又高出甚多。

（二）混世度日、明哲保身──混世之風

　　五代時期，士人不爲當局的武夫所重，他們不管是在朝廷爲官還是委身地方幕府，地位大多卑微，必須仰人鼻息、搖尾乞憐，逐步走向混世度日、明哲保身的地步。因此選擇混世的行爲方式，是特殊的政治和社會環境促成的一種消極的反映，這種混世度日以求明哲保身

〔註46〕羅隱：〈自遣〉，收錄於康熙御製、彭定求等編校：《全唐詩・第十函・卷四》（上海，上海古籍出版社，1996 年），頁 1658。

的行徑，是屬於北方五代的士人心態，如自稱「長樂老」的馮道，他的為官自保祕訣竟然是「依違兩可，無所操決」。〔註47〕他們因為朝代轉移快速，無所依歸，對國家的觀念淡薄且疏遠。又如後唐宰相馬胤孫則「臨事多不能決，當時號為『三不開』，謂其不開口以論議，不開印以行事，不開門以延士大夫也」。〔註48〕後晉周環為高祖任命權判三司事，不久即請求轉任責任較輕之職務，他說：

> 「臣才輕任重，懼終不濟，苟以避事，冒寵獲罪，願陛下
> 哀其疲駑，優以散秩。臣之幸也。」高祖可之，尋命權總
> 河陽三城事，數月改授安州節度使。〔註49〕

這是一副垂涎官位利祿，又不願意有任何積極作為的士大夫嘴臉，自承「苟以避事」，且直接要求「優以散秩」的話都能大言不慚的提出，是在其他朝代少見。

這種行屍走肉的人生態度，完全背離傳統士大夫「立德」、「立言」、「立功」的三不朽。這種態度對國家社會最大的傷害，是他們不敢有所作為，卻又不願意屈居於山林；身居廟堂，但是無所作為，只求苟安的態度，不但個人沒有施展才能的空間，更對國家百姓的生活毫無貢獻。這種消極的為官自保心態，只為了名利富貴而寡廉鮮恥，不顧良心的譴責與黎民的苦難，歷來士風之敗，莫此為甚。

（三）行為浮薄、放縱無節——浮薄之風

士族的衰落，所謂的禮法家風也被衝擊蕩滌得一乾二淨，時風以浮薄放縱為美，於是寡廉鮮恥大行於道，士風也隨之大壞。士人浮薄表現，有的是品行的不端，也有行為放縱不羈，其行為放縱無節以至於荒唐的事例，在五代也屢見不鮮，如蕭愿「性嗜酒無節，職事弛慢，為兵部郎中日，常掌告身印，覃恩之次，頗怠職司，父頃為吏部尚書，

〔註47〕司馬光：《資治通鑒·後晉紀五》（北京，中華書局，1997 年），頁9272。

〔註48〕歐陽脩：《新五代史》（北京，中華書局，1997 年），頁 629。

〔註49〕薛居正等撰：《舊五代史》卷九十五（北京，中華書局，1997 年），頁 1265～1266。

代愿視印篆，其散率如此。」〔註50〕王峻更是「才疏位重，輕躁寡謀，聽人穿鼻，既國權在手，而射利者曲爲指畫，乃啗餌虎臣，離間親舊，加以善則稱己，無禮於君，欲求無罪，其可得乎！」〔註51〕士子在這種急劇的社會變動中表現的尤爲浮躁，以致多有不羈不端之舉。

中唐以來世稱進士輕薄，時至五代，更是變本加厲。本是亂世禮崩樂壞，缺乏禮法約束所致。這種浮薄放縱的士風，與官員的混世有其共同成因，也是一種相依存的現象，因爲士風浮薄放縱，一旦入朝爲官，其操守行爲自然無二。

士子不再注重禮儀道德，生活輕浮，倫理道德的觀念淪喪，張全義爲了媚事朱溫，甚至妻妾子女爲其所亂，也不以爲愧。這些現象已經不是單純的放縱可以概括而言，而是已經「無節」到五倫關係淪喪，親朋之交無所禮儀規範。這也是宋初爲了改正此風，而有矯枉過正之行爲，以至於宋代成爲中國歷史上政治、社會最爲保守的時代。

（四）求名躁進、急功近利──功利之風

在五代時期，政治社會環境雖然堪憂，但有的士人仕進求祿的熱情不減，對功名利祿趨依然之若鶩，甚至更爲瘋狂。五代後期的貢舉中出現了一個反常的現象，舉人應明經諸科的人數劇增，而原本唐人熱中的進士科反而相對遭受冷落。主要原因乃是投機取巧的心態作祟，士子試圖尋求出仕任官的捷徑，所以放棄比較難考的進士科，而報考相對容易的明經諸科。

功利之風恰好與隱逸之風相反，但彼此並不矛盾。他們都是在面臨一個亂世時所做的兩種決定，但都是在文人精神上的消極行爲：選擇隱逸，逃世而居，有其消極逃避的無奈；選擇功利，投機求祿，是一種缺乏氣節靈魂安身立命方式。尤其是選擇功利而昧於士大夫之天

〔註50〕薛居正等撰：《舊五代史》卷一百二十八（北京，中華書局，1997年），頁 1688。

〔註51〕薛居正等撰：《舊五代史》卷一百三十（北京，中華書局，1997年），頁 1715～1716。

下責任者，他們都是讀聖賢書出身，一旦隨著世局而自甘墮落如此，內心必然經過無數衝擊而最後趨於麻痺。〔註52〕

　　根據王鳳翔的觀點整理結果，儒家的傳統士風，在五代已蕩然無存，社會現實的驅迫、武人專政，以及晚唐以來的頹廢思想，重創了儒家的士風。儒家思想在這個階段受到挑戰與冷落，似乎都不離這四大因素。然而，這些思想與行為，除了環境上的影響之外，深入內在精神的論述，更有佛、道的勢力與影響面擴大而對儒家思想產生的排擠。

　　佛、道的勢力歷經整個唐帝國的發展之後，到了五代，因為社會的動盪、現實生活的困苦以及對未來充滿不安定感的情形下，人們宗教的需求遠大於對思想的探索，尤其是儒家一直以來都是以思想行為的傳承方式，到了亂世，並不能滿足於一般人的內心渴望與需求。於是，宗教式的佛家的彼岸寄託與道家的神仙世界成了滿足人們在現實中的空虛感的最佳心靈慰藉。於是，儒家的思想在精神層面也沒落了，對於一般人與士人都已缺乏約束與引導的功能。

三、五代的詩歌思想

　　晚唐與五代是屬於「歷史」的切割點，在文學、文化方面，似乎就不若朝代切割那般簡潔而斷然，因此，五代十國的詩歌思想與晚唐仍有藕斷絲連的關係。不過，時序推移，改朝換代是事實，詩人對環境的具體變遷也是確有所感，因此，五代詩人除了繼承唐末的的詩歌思想外，他們相對於環境與文化的改變而有了時代特性的詩歌思想。

　　五代詩人，他們進退失據，精神生活貧乏，不論是閑居山林或是在朝任官，內心難免會有所失落。山林閑居，往往並非出於天性，所求的只是遠罪避禍，或是看破世態，有其不得已的苦衷，所以他們的閒適，是帶有「清苦」的的悲情生命特徵；在朝任官者所受的的教育思想與前人並沒兩樣，所以他們的生命根柢與情懷依然是儒家「窮則

〔註52〕以上四種風氣的歸類引述自王鳳翔：〈論五代士風〉，收錄於《中華文化論壇》2006年第1期（成都，《中華文化論壇》雜誌社，2006年）

獨善其身，達則兼濟天下」的理想準則，然而，遭逢亂世，又不願遠
罪避禍而退隱山林者，往往必須昧著自身所學的「兼濟天下」之道，
委屈的投身仕途或幕僚，以尋求富貴利達，劉寧在《唐宋之際詩歌演
變研究》一書中，申明如下：

> 從史料記載來看，唐末五代有幕府經歷的士人，並非沒有
> 志向，……南唐宋齊丘「好學，有大志」。〔註53〕然而這
> 些人的志向相當狹隘，其用心多是在功名富貴，談不上遠
> 大的政治理想。……十國中吳國徐知諤賓客「率以功名富
> 貴自許」。〔註54〕這些人入幕，不過是尋找政治出路，很
> 多人在強藩稱帝過程中起了重要的作用，其目的不過借以
> 尋求自身的發達。許多強藩稱帝後，其幕僚封官拜相，甘
> 食祿位，謹願以終，很少有人再表現出更大的政治理想。
> 〔註55〕

因為曾有的志向被現實所磨滅，他們只能在物質生活上面盡量追
求，並隨時小心謹慎的應付官場上的事物，這種栖栖遑遑的日子，
早已磨盡了他們的志向，讀聖賢書時所蘊積的政治理想，早已消磨
殆盡。

　　閒散頹廢、重視物質追求的生活態度也影響了當時文人的詩歌思
想，與時代風氣想對應的思考與態度，造就了「清淺無味」、「緣情娛
性」這樣一體兩面的詩歌思想。〔註56〕

（一）清淺無味

　　五代詩人在狹隘、貧瘠的思想空間中，作品也隨之走入清淺乏
味的胡同之中。他們秉持混世的態度，不論入朝為官或是隱居山林，
都維持著少問世事、明哲保身的消極態度，呈現在詩歌的風格上，

〔註53〕原文註：《十國春秋》卷二〇〈宋齊丘傳〉。
〔註54〕原文註：《十國春秋》卷一〇〈江夢孫傳〉。
〔註55〕劉寧：《唐宋之際詩歌演變研究》（北京，北京師範大學出版社，2002
　　　　年），頁317。
〔註56〕不論是「清淺無味」，還是「緣情娛性」，他們都是欠缺深度，投閒
　　　　置散的消極人生態度下的兩個面向，固云「一體兩面」。

也跟著走入無關痛癢，清淺無味的境地。他們宗法中唐元白的「元和體」，然而，他們所取的不是元白的諷喻詩，而是淺白風格的唱和詩，藉以表現個人悠閒的生活情趣以及單純的趣味，或是偏向淺淡的個人的體悟。

如王仁裕的〈放猿〉：

> 放爾叮嚀復故林，舊來行處好追尋。岳明巫峽堪憐靜，路隔巴山莫厭深。棲宿免勞青嶂夢，躋攀應恰白雲心。三秋果熟松梢健，任抱高枝徹曉吟。〔註57〕

這首七律很淺白的寫出主人縱放猿猴回歸山林的叮嚀之情，筆調平鋪直述有如散文，雖有依依不捨的叮嚀，但流於個人情緒的拼湊。詩中有意造境，企圖以山岳、明月、秋季等景觀、季節營造閒靜、優美的景致，然而堆積到散文化的詩歌語言風格之中，反而顯得格格不入。

又如張泌的〈長安道中蚤行〉：

> 客離孤館一燈殘，牢落星河欲曙天。雞唱未沈函谷月，雁聲新度灞陵煙。浮生已悟莊生蝶，壯志仍輸祖逖鞭。何事悠悠策羸馬，此中辛苦過流年。〔註58〕

詩中一開始展現寂寥孤單的風格鋪出前景，似有客居旅途，思鄉欲歸之情，然《全唐詩》載：「張泌，字子澄，淮南人。仕南唐，為句容縣尉，累官至內史舍人」。〔註59〕可見其一生投身仕途，詩中一方面卻呈現莊周的人與外物的和諧交感，泯除物我的隔閡，以及追求自由自在的人性的天真純潔與人生的美妙和諧；另一方面，又自陳壯志依舊，只是不及祖逖般有具體的行動與高昂的激情。二者相互衝突下，最終走向為官任仕，但卻消極寥落的二者皆違反之人生境地。

〔註57〕康熙御製、彭定求等編校《全唐詩・第十一函・第四冊》（上海，上海古籍出版社，1996年），頁1841。

〔註58〕康熙御製、彭定求等編校《全唐詩・第十一函・第四冊》（上海，上海古籍出版社，1996年），頁1850。

〔註59〕康熙御製、彭定求等編校《全唐詩・第十一函・第四冊》（上海，上海古籍出版社，1996年），頁1850。

另外如自稱「長樂老」的馮道之〈偶作〉也是無味貧乏之作：

> 莫爲危時便愴神，前程往往有期因。須知海嶽歸明主，未
> 必乾坤陷吉人。道德幾時曾去世，舟車何處不通津。但教
> 方寸無諸惡，狼虎叢中也立身。〔註60〕

姑且不論馮道的人品，單就詩中充滿道德說教，同時又不失政治圓滑
的思想，讀來令人感到味如嚼蠟。也許此爲馮道個人立足政壇的確切
態度，也是其個人常居高位的人生哲學，但充其量只是作爲個人的心
得文章，至於詩哥的美學蘊含，完全付之闕如。

　　唐末以來逐漸重視詩的「味」，但多以「清淡」爲爲追求目標，
並逐步走向「清淺」的路子，並由「清淺」轉而「無味」，箇中原因，
乃在於有「情致」無「思想」。政治風氣逼得詩人走向外在的山林隱
遁或內在的精神閒散，使得他們處處表現出蕭索清寂或徒具道德架子
的疏散態度，因而單以表面的清淺孤寂或「無爲」的出仕精神作爲詩
歌的創作走向，他們關注自身的仕途起伏，往往流露出瑣碎與消沈的
詩歌內容，對於週遭事物的觀察力與敏銳度逐漸減弱，詩歌的內在精
神也逐步淡化。「使得詩歌從『求味』出發，而以『寡味』甚至『無
味』收場」，〔註61〕殊爲諷刺。

（二）緣情娛性

　　五代的詩歌思想逐步走向個體心情抒發，於國家、社稷充滿無力
感與疏離感，於是緣情於性的個別式作品也成爲此時期的特點。由劉
昫署名的《舊唐書‧文苑傳序》就提出了緣情的詩歌思想：

> 臣觀前代秉筆論文者多矣。莫不憲章謨、誥，祖述詩、騷，
> 遠宗毛、鄭之訓論，近鄙班、揚之述作。謂「采采芣苢」，
> 獨高比興之源；「湛湛江楓」，長擅詠歌之體。殊不知世代
> 有文質，風俗有淳醨，學識有淺深，才性有工拙。昔仲尼

〔註60〕康熙御製、彭定求等編校《全唐詩‧第十一函‧第四冊》（上海，上
　　　　海古籍出版社，1996 年），頁 1841。
〔註61〕劉寧：《唐宋之際詩歌演變研究》（北京，北京師範大學出版社，2002
　　　　年），頁 156。

演三代之易，刪諸國之詩，非求勝於昔賢，要取名於今代。
實以淳樸之時傷質，民俗之語不經，故飾以文言，考之絃
誦。然後致遠不泥，永代作程，即知是古非今，未爲通論。
夫執鑒寫形，持衡品物，非伯樂不能分駑驥之狀，非延陵
不能別雅、鄭之音。若空混吹竽之人，即異聞韶之歎。近
代唯沈隱侯斟酌二南，剖陳三變，攄雲、淵之抑鬱，振潘、
陸之風徽。俾律呂和諧，宮商輯洽，不獨子建總建安之霸，
客兒擅江左之雄。〔註62〕

《舊唐書》成書於後晉出帝開運二年（945），因此，本篇序文可以作
爲觀察五代文學思想的一個面向。本文呈現出一種與實俱變的文學主
張，反對貴古賤今，而且欣賞不同時期的詩歌與作家的個別優點，雖
然沒有具體指出五代的文人與作品，但主張「執鑒寫形，持衡品物，
非伯樂不能分駑驥之狀，非延陵不能別雅、鄭之音」，認爲只有個別
的質性才能展現各別的題材之優點，也就是能緣其情、騁其才的個別
性抒發之肯定。

尤其在南方的國家，因爲環境的安定，風土民情又較爲柔婉，
且因國家都屬偏安的格局，所以詩人在文學的表現上就轉爲緣情的
娛性抒發，少有國家興亡與鴻鵠之志的牽繫了，南唐徐鉉的〈蕭庶
子詩序〉云：

人之所以靈者，情也。情之所以通者，言也。其或情之深，
思之遠，鬱積乎中，不可以言盡者，則發爲詩。詩之貴於
時久矣。〔註63〕

徐鉉的主張是將詩最爲抒情的媒介，且提升爲性靈的抒發，也是將積
鬱於心的種種感受，集中化爲文字。

如同爲南唐的李建勳的〈細雨遙懷故人〉：

江雲未散東風暖，溟濛正在高樓見。細柳緣堤少過人，平

〔註62〕劉昫等：《舊唐書·卷十八上·武宗本紀》（北京，中華書局，1997
年），頁4981～4982。
〔註63〕徐鉉：《徐公文集》卷十八（北京，線裝書局依據清徐乃昌景宋明州
初本影印，2004年）

蕪隔水時飛燕。我有近詩誰與和？憶君狂醉愁難破。昨夜
南窗不得眠，閒堦點滴迴燈坐。〔註64〕

由景而抒情，是爲緣情而起，在景物的描寫與情感的抒發方面，造語
平淡自然，情感細膩而不造作。由「高樓」、「細柳」、「平蕪」、「飛燕」
等景物串出「懷人」的基調，並進而引出思友的心情，最後以「狂醉」
卻依然「不得眠」映襯出懷想故人的濃烈愁緒。

　　另一位南唐詩人伍喬的作品〈僻居謝何明府見訪〉呈現的是另一
種風格：

公退琴堂動逸懷，閒披煙靄訪微才。馬嘶窮巷蛙聲息，輾
到衡門草色開。風引柳花當坐起，日將林影入庭來。滿齋
塵土一床蘚，多謝從容水飯回。〔註65〕

從詩題的僻居到內容中的窮巷、草色，處處散發作者的閑居情懷。詩
中隨著友人到訪的動態路徑依序展該各種景致，所呈現的是一種具有
統一性淡泊情懷與優閒的韻致。由景而出情，情中處處推呈自娛自足
的恬淡趣味。

　　時代的思想的轉變相較於改朝換代的切割，會延遲發生的。五代
的詩歌思想特色除了「清淺無味」與「緣情娛性」之外，依然延續著
晚唐「現實主義」、「詠史懷古」、「苦吟僻句」以及「艷情綺思」的餘
緒，構成爲更爲複雜的詩歌思想特徵。另一方面，這樣的複雜多樣的
詩歌思想特徵也意味著晚唐五代的詩歌接受面向是多向且廣泛的。

第三節　晚唐五代對韓愈詩歌的接受

　　晚唐五代政治紛亂黑暗，使得各種正面與負向的思想與詩歌創作
行爲同時並起。可謂是整個唐帝國詩歌風貌的最後回顧，不論是寫實

〔註64〕康熙御製、彭定求等編校《全唐詩・第十一函・第四冊》（上海，上
　　　　海古籍出版社，1996 年），頁 1846。
〔註65〕康熙御製、彭定求等編校《全唐詩・第十一函・第四冊》（上海，上
　　　　海古籍出版社，1996 年），頁 1852。

的、綺麗浮華的、險怪的、浪漫的詩歌類型，都提供它們謝幕的舞台。晚唐五代的詩歌在文學史上的評價並不高，一方面是太多極端偏鋒的詩歌風格，如流於雕章麗句的西崑體，或是朦朧難解的愛情詩歌，或是清奇僻苦的苦吟詩，以及靡爛輕浮的五代詩風之影響；另一方面是因為後人普遍不欣賞晚唐五代文人的消極與缺乏氣節，特別是五代，後人論及他們的行為與操守，莫不持負面評價，尤其儒家傳統的道德在此時的文人身上已經蕩然無存了。所以在人品與文品結合而評斷的傳統觀念下，晚唐五代所受到的低評價也就不令人意外了。

另一方面，因為時代背景對詩歌的多元接受與包容，韓愈的詩歌在此時雖然還是不受重視，卻也不被刻意忽略或排擠，尤其是司空圖已能正面肯定韓愈的獨特詩風了。

一、詩學專著對多種詩歌風格的兼容並蓄

因為時代的變遷之因素，使得晚唐五代能夠多方面認同各種詩歌風格，此時雖然對詩歌依舊有優劣討論，但他們評論的著眼點是各種詩歌體裁風格內部的優劣，對於不同詩歌體裁風格之間，就較少論及彼此間的高下。以下就司空圖的《二十四詩品》與張為《詩人主客圖》分別提出說明。

（一）司空圖的《二十四詩品》

司空圖的《二十四詩品》將詩歌的創作風格，歸類為二十四種。當中的特色就是它不同於之前皎然的《詩式》等作品，將各種詩風提出正反面批評與意見，《二十四詩品》所列舉的風格，全部都是屬於正面評價。

《詩品》由二十四首詩組成，每首均是四言十二句的韻文，將詩分為二十四個品目，以比喻象徵的手法表現二十四種詩歌風格，依序為：雄渾、沖淡、纖穠、沉著、高古、典雅、洗煉、勁健、綺麗、自然、含蓄、豪放、精神、縝密、疏野、清奇、委曲、實境、悲慨、形容、超詣、飄逸、曠達、流動等。

　　比較值得注意的是，司空圖在《二十四詩品》中並未論其順序的排法與是否有等級的差別？若有，則「品」之意就如同鍾嶸《詩品》之等第排序之意；若無，則「品」之意就如品目類別。

　　歷來研究《二十四詩品》者，莫不極力尋找該書對詩歌風格的好惡所在，但因《二十四詩品》中並無直接評騭高下的線索與觀念，所以大多尋找司空圖的相關文學思想資料作旁證，〔註66〕企圖將司空圖的平生文學思想與《二十四詩品》的品目解釋相呼應，從中找尋《二十四詩品》的思想中心：如張少康《司空圖及其詩論研究》以司空圖的亂世身世與晚年信仰為背景，提出道家思想與佛家思想是「貫穿二十四品的共同特徵」，生活上主要是「體現了司空圖在亂世蔽身隱居時的生活情景，和他超越人世劫難、尋求精神解脫的追求」。〔註67〕張少康並從《二十四詩品》的品目說明中，歸納其共同的基本審美理想是「沖和淡遠」：

> 在沖淡之中有雄渾之氣，在陰柔之中具有陽剛之美，即使是典雅、勁健、豪放、悲慨這些品目中，也都不是一般意義上的典雅、勁健、豪放、悲慨，而與和沖和淡遠有著不可分割的內在聯繫。〔註68〕

後人對《二十四詩品》的整體意境美學特徵的看法幾乎都推向司空圖的〈與極浦書〉所概括的「象外之象，景外之景」，〔註69〕並將彼此

〔註66〕晚近有很多學者對《二十四詩品》的作者是否為司空圖抱持懷疑的態度。大陸學者陳尚君、汪涌豪在〈司空圖《二十四詩品》辨偽〉一文中，認為是明人張悅所作，此說引起很大的震撼，許多學者如張健、祖保泉、張少康、張柏青、束景南、周裕楷、劉永翔都提出了觀點不一的意見，但並無一個可以確切推翻司空圖作《二十四詩品》的論證。所以，本文依傳統仍將《二十四詩品》視為司空圖所作，否則接下來的討論司空圖生平思想與《二十四詩品》的關係將毫無意義。

〔註67〕張少康：《司空圖及其詩論研究》（北京，學苑出版社，2005年），頁125。

〔註68〕張少康：《司空圖及其詩論研究》（北京，學苑出版社，2005年），頁128。

〔註69〕司空圖：《司空表聖文集》卷三（吳興劉氏嘉業堂刊本，1914年）

繫連，推論，認為超脫「象」與「景」的既定框架是《二十四詩品》論詩的精要。

　　基本上，將司空圖的生平思想與相關的論述資料互相比較，並加以引申，而將二者的關係找出內在的繫連，本無可議之處，因為這些文獻內容都是出自司空圖之手，一個人的思想本是整體而不該分割的。不過，換個思考角度想：一個人的文學思想雖然具有整體性，但在面對不同的評判需求或不同的條件目的時，也會採取不同面向因應，或針對功能性的個別需求而作某些局部性的呈現。

　　根據司空圖在《二十四詩品》的敘述，可以看出他是平列式的鋪陳這二十四種品目，而且在各種品目之下分別用比喻象徵的手法，說明各種風格的特徵，並無涉及跨類之間的比較優劣問題。所以〈四庫全書總目〉說：「諸體畢備，不主一格。」許印芳在《二十四詩品》的〈跋〉中也說：「其教人為詩，門戶甚寬，不主一格。」所以筆者認為：論思想的關係，《二十四詩品》的理論與思考重心必然須視之為司空圖的整體詩歌思想的一環；但是就創作目的與文學環境的考量，《二十四詩品》應該視為作者在一個相對多元接受與包容的晚唐文學環境中，「門戶甚寬，不主一格」的創作風格歸納與說明，當中並未主觀涉入個人的好惡與品級思考。

　　司空圖《二十四詩品》的全面蒐羅解釋方式，可以視為一個普遍的晚唐五代詩學觀念：各種詩歌體裁風格均有其優點與特殊藝術性，其價值是可以並存的。

（二）張為《詩人主客圖》

　　張為的《詩人主客圖》有強烈的評騭詩人等級意識。

　　《詩人主客圖》分類粗簡，總共分成六類，再依六類之中的詩人分「主客」，藉以做出等級層次的區分，有刻意建宗立派的目的，茲將張為的分類品級表列如下：

流派	主	上入室	入　室	升　堂	及　門
廣大教化	白居易	楊　乘	張祜、羊士諤、元稹	盧全、顧況、沈亞之	費冠卿、皇甫松、殷堯藩、施肩吾、周元範、祝元膺、徐凝、朱可名、陳標、童翰卿
高古奧逸	孟雲卿	韋應物	李賀、杜牧、李餘、劉猛、李涉、胡幽貞	李觀、賈馳、李宣古、曹鄴、劉駕、孟遲	陳潤、韋楚老
清奇雅正	李　益	蘇　鬱	劉畋、僧清塞、盧休、于鵠、楊洞美、張籍、楊巨源、楊敬之、僧無可、姚合	方干、馬戴、任蕃、賈島、厲玄、項斯、薛壽	僧良乂、潘誠、于武陵、詹雄、衛準、僧志定、俞鳧、朱慶餘
清奇僻苦	孟　郊	陳　陶　周　朴			劉得仁、李溟
博解宏拔	鮑　溶	李群玉	司馬退之、張爲		
瑰奇美麗	武元衡	劉禹錫	趙嘏、長孫佐輔、曹唐	盧頻、陳羽、許渾、張蕭遠	張陵、章孝標、雍陶、周祚、袁不約

　　張爲的分主客圖在思考的嚴謹度或有不足，詩歌的認識或流於粗略，如孟雲卿、韋應物、李賀、杜牧置於一流派；白居易、盧全屬於同一流派，這些人的風格差異有如天壤，置之一派其實是很令人不解。另一個欠缺嚴謹度之處是取捨的問題：《主客圖》所選的都是中、晚唐以及五代詩人，所以難免會選入當世詩人，在尚未蓋棺論定之前就做出評論與取捨是有一定的風險；尤其是張爲在《詩人主客圖》中將自己列入「博解宏拔」，並列爲「入室」一級，這是很少見且具有爭議的。

　　不過，從另一個面向來看張爲的《詩人主客圖》，其重要意義是「爲我們提供了晚唐詩壇多種詩風並存的信息」。〔註70〕《詩人主客圖》雖然有對各流派詩人作品第等級，但只是根據各流派內部比較作

〔註70〕陳伯海、蔡哲倫主編，倪進、趙立新、羅立剛、李承輝著：《中國詩學史（隋唐五代卷）》（廈門，鷺江出版社，2002年），頁293。

單線的評價，並未涉及跨流派之間的比較，所以在張爲所選列的「廣大教化」、「高古奧逸」、「清奇雅正」、「清奇僻苦」、「博解宏拔」、「瑰奇美麗」六大詩歌流派彼此之間並沒有優劣評價問題，也可以說《詩人主客圖》對中晚唐五代詩歌有著多元化的價值取向，這一點和司空圖的《二十四詩品》的觀念是一致的。

二、唐代詩歌傳本與選輯

　　根據呂玉華《唐人選唐詩述論》所述，現今可知的唐人選唐詩約有四十七種，但是現存者僅有十三部。分別是許敬宗等編選的《翰林學士集》，〔註71〕佚名的《搜玉小集》，〔註72〕以及崔融編選的《珠英集》〔註73〕三本初唐詩選集；芮挺章編選的《國秀集》，〔註74〕殷璠編選的《河嶽英靈集》，〔註75〕元結編選的《篋中集》〔註76〕三本盛唐詩選集；高仲武編選的《中興間氣集》，〔註77〕令狐楚編選的《御覽詩》，〔註78〕姚合編選的《極玄集》〔註79〕三本中唐詩選集；以及四期俱選的有韋莊編選的《又玄集》，〔註80〕韋縠編選的《才調集》兩本選集；另外尚有一本李康成編選的《玉臺後集》，〔註81〕是繼承《玉臺新詠》的續集，內容也是蒐集艷詩爲主的，蒐羅範圍自梁代至玄宗天寶年間的作品；以及唯一的一本地方詩選——殷璠的《丹陽

〔註71〕貴陽陳氏光緒間影寫刊本。
〔註72〕北京圖書館藏明汲古閣刊本（有臨何焯披校）。
〔註73〕敦煌遺書寫本殘卷（分藏於巴黎的伯3771與倫2717）。
〔註74〕四部叢刊影印明刻本。
〔註75〕北京圖書館藏莫友之據毛宸校本過錄之宋刻二卷本。
〔註76〕刻入徐乃昌《徐氏叢書》中的影印宋鈔本。
〔註77〕北京圖書館藏毛氏汲古閣影印宋本。
〔註78〕北京圖書館藏毛晉汲古閣刻本。
〔註79〕上海圖書館藏影印宋本。
〔註80〕古典文學出版社據日本享和三年（西元1803年）江戶昌平阪學問所刊本（日本內閣文庫原藏）影本。
〔註81〕輯自《後村詩話》、《郡齋讀書志》、《樂府詩集》、《永樂大典》，及吳琯《初唐詩紀》、《盛唐詩紀》。

集》，〔註82〕本書蒐集潤州（即丹陽）籍的詩人作品。

　　現今可見的唐人選唐詩中，與韓愈相符合收集條件的有：《御覽詩》、《又玄集》、《才調集》。其餘或時間斷限不合；〔註83〕或空間範圍不符；〔註84〕或詩風趨向不類。〔註85〕然而，三本可能選輯韓詩的選本中，僅有韋莊編選的《又玄集》中選錄了七律〈貶官潮州出關作〉〔註86〕以及七絕〈贈賈島〉兩首。

　　今存韋莊《又玄集》三卷共選詩人一百四十六家，詩篇二百九十九，時間跨度經歷整個唐帝國，從初唐的宋之問，盛唐的張九齡、李、杜、王、孟等；中唐的韓愈、賈島、元、白等，到晚唐的李商隱、杜牧、溫庭筠、羅隱等。另外還收錄了皎然、無可等十餘位詩僧以及薛濤、魚玄機等十九位女詩人的作品，其收錄的時空範圍之大，唐朝五代選集中無能出其右者。韋莊在該集〈序〉中云：

> 自國朝大手名人，以至今之作者，或百篇之內，時記一章；
> 或全集之中，唯微數首但掇其清辭麗句，錄在西齋；莫窮其

〔註82〕上海圖書館藏明刻本《吟窗雜錄》及復旦大學圖書館藏明萬曆刻本吳琯《唐詩紀》等。

〔註83〕選錄中唐以後作品者，除上述《御覽詩》、《又玄集》、《才調集》之外，尚有《中興間氣集》、《極玄集》兩本。但《中興間氣集》所蒐羅的時間範圍在編者自序已明言：「起自至德元首，終於大曆暮年。」而大曆末年韓愈才十一歲左右，自無收錄之可能。又《極玄集》蒐羅的範圍為：「年代最早的是祖詠，生於 699 年，去世最晚的是盧綸，約逝於 799 年。入選的詩人大都生活於七世紀末至八世紀末的時間內，正是大曆年間。」詳見呂玉華：《唐人選詩述論》（台北，文津出版社，2004 年），頁 196。因此《極玄集》亦無收錄韓愈詩歌之可能。

〔註84〕如殷璠的《丹陽集》中所收錄的均為丹陽籍的詩人之作品，且編成時間在天寶元年到乾元元年之間，所以韓愈自然不在其蒐羅的範圍。

〔註85〕現存唐人編選的唐詩集子中，以詩風為編選條件的是李康成的《玉臺後集》，本書選取標準完全踵繼《玉臺新詠》的浮艷詩風，韓愈的奇險激矯風格與之格格不入，且根據劉克莊的的說法，李康成應屬盛唐人，故斷無收韓愈詩歌之理。參閱劉克莊撰，王秀梅點校：《後村詩話》（北京，中華書局，1983 年），頁 84～86。

〔註86〕本詩之名根據日本享和三年江戶昌平阪學問所刊本所題，其餘如錢仲聯所編之《韓昌黎詩繫年集釋》等均題為〈左遷至藍關示姪孫湘〉。

> 巨脈洪瀾，任歸東海。總其記得者，才子一百五十人；誦得
> 者，名詩三百首。……昔姚合撰《極玄集》一卷，傳於當代，
> 已盡精微，今更採其玄者，勒成《又玄集》三卷。〔註87〕

韋莊說明他選集中的作者均是國朝大手名人的少數「清辭麗句」，除
了自信之外，也透露了他的選輯標準。另外，他也明確說明《又玄集》
的編纂是繼承姚合的《極玄集》。觀之二集所選的詩歌最大的共通處
在於形式的美感，也就是「玄」的審美特性，呂玉華在《唐人選唐詩
述論》中，分析了姚合《極玄集》中「玄」的況味，並歸納「玄」的
美感概念為「冷清、精巧、工致的詩禪之意」，〔註88〕正與韋莊《又
玄集》所強調的「清辭麗句」同屬。

　　《又玄集》所選的詩篇，大多是律絕，也有少部分歌行，五古最
少，可見他在體裁的選擇是以近體詩為主。韓愈入選七律、七絕各一
首，在比例上算是一般，〔註89〕若以現存韓愈詩歌的數量來算，計有
「樂府三十四首，四古三首，五古一百二十三首，七古五十三首，古
體詩在全集之中所佔比例最高，……五律尚有不少同門唱和之作共四
十七首，七律則全集僅十四首，五排十六首，五絕二十七首，七絕七
十七首，五言聯句十五首。」〔註90〕總計為四百零七首。雖然《又玄
集》中所選的韓愈兩首近體詩是感情深厚，語氣開合頓挫，令人悲嘆
再三的至情之作，但所選終究不是韓愈質量最佳的體裁、風格，不過
這是現存唐人選唐詩的集子中最早收錄韓愈的詩歌作品，其意義在於
顯示韓詩在晚唐五代已較中唐時受到重視、接受。

　　韋縠《才調集》十卷，收錄唐代詩人作品一千首，自盛唐的王維、

〔註87〕 李昉等：《文苑英華》卷七一四（台北，大化書局，1985年），頁1682。
〔註88〕 詳見呂玉華：《唐人選唐詩述論》第二章（台北，文津出版社，2004年）。
〔註89〕 《又玄集》中共收錄一百四十六家，詩篇二百九十九，平均每家約兩篇，以杜甫入選七首律詩最多，其餘各家都在五首以下，所以韓愈入選兩首算是在平均值內。
〔註90〕 李建崑：《韓愈詩探析》（台北，國立台灣師範大學博士論文，1991年），頁147。

李白直到唐末，時間跨度也很大，是為現存唐人選唐詩中規模最大者，蒐羅的範圍雖然大，但韓愈的作品並未入選。韋縠在〈序〉中云：

> 暇日因閱李、杜集，期間天海混茫，風流挺特。遂采撮奧妙，並諸賢達章句，不可備錄，各有編次。或開窗展卷，或月榭行吟，韻高而桂魄爭光，詞麗而春色鬥美。但貴自樂所好，豈敢垂諸後昆。〔註91〕

〈序〉中標舉所選錄之風格標準為「韻高」、「詞麗」，顯然是屬於晚唐五代的綺麗詩風，觀其所錄者，也是以晚唐最多。韋莊選六十三首最多，溫庭筠六十一首次之，元稹、杜牧、李商隱又次之，所以就其所選者，即足以印證序言中所揭櫫的標準──「韻高」、「詞麗」。而杜甫、韓愈的詩歌未能入選，其原因也在於此了。

另外較值得注意的是顧陶《唐詩類選》二十卷，該書內容現已亡佚，僅存〈序〉與〈後序〉兩篇，該書〈序〉言：

> 國朝以來，人多反古，德澤廣被，詩之作者繼出，則有杜、李挺生於時，群才莫得而並。其亞則昌齡、伯玉、雲卿、千運、應物、益、適、建、況、鵠、當、光羲、郊、愈、籍、合十數子，挺然頹波間，得蘇、李、劉、謝之風骨，多為清德之所諷覽，乃能抑退浮偽流豔之辭宜矣。爰有律體，祖尚輕巧，以切語對為工，以絕聲病為能，則有沈、宋、燕公、九齡、嚴、劉、錢、孟、司空曙、李端、二皇甫之流，時繁其數，皆妙於新韻，播名當時。亦可謂守章句之範，不失其正者矣。〔註92〕

他將李、杜提到最高地位，其他詩人無以足以和他並列於同類。其餘詩人分成兩類：一類是能「抑退浮偽流豔之辭」的具有德清骨健的作品，韓愈即列入此類；另一類是長於綺麗詩風，重形式之美。

現今雖未能看到顧陶《唐詩類選》二十卷的具體收錄情況，但從他的序文中，可以得知韓愈也是他所收錄的對象，並將他歸類在具有

〔註91〕韋縠《才調集》（台北，新文豐出版公司，1980年），頁1。
〔註92〕李昉等：《文苑英華》卷七一四（台北，大化書局，1985年），頁1681。

風骨內涵的作品之列。

　　透過現存晚唐五代人所選的唐詩選集，可以得知韓愈詩歌在晚唐五代的接受與評價的梗概。基本上，晚唐五代所收的唐詩選集大都不收韓愈詩歌作品，少數收入韓愈詩歌的選輯，也是因爲收錄的時空範圍較廣，或是體裁包羅多樣，而將韓愈的作品「夾帶」而入。所以，就選詩的條件而言，韓愈詩歌在晚唐五代並未受到特別的重視；但就文學環境的條件而言，當時對各種詩歌風格、體裁均保持一定開放接受的態度，促使部份選詩編者對韓詩開始注意、挖掘。

三、司空圖〈題柳柳州集後〉所代表的韓詩接受之關鍵意義

　　晚唐五代對於詩歌的看法是開放的，評論詩歌多能各種風格體裁兼顧，當中雖仍有個人的好惡，但基本上是能保持一定的兼蓄態度，所以韓愈的詩歌在經歷了中唐的沈寂後，終於在晚唐五代開始受到注意與討論。其中最大的轉折關鍵在於司空圖。

　　司空圖在《二十四詩品》中是針對詩歌的風格美學作說明，並未涉及到詩人本身的評價問題。不過，《二十四詩品》是一種兼容並蓄的風格探索專著，其中所代表的意義是一種突破各體藩籬，具有普遍性的欣賞眼光。司空圖在這種開闊的胸襟之下，一反中唐以來「孟詩韓筆」的固定化思維與眼光，站在一個全方位的制高點，完整的看待韓愈的詩歌，他在〈題柳柳州集後〉云：

> 金之精麤，效其聲，皆可辨也，豈清於磬而渾於鐘哉？然則作者爲詩爲文，格亦可見，豈當善於彼而不善於此耶？愚觀文人之爲詩，詩人之爲文，始皆繫其所尚，既專則搜研愈至，故能炫其工於不朽。亦猶力巨而鬪者，所持之器各異，而皆能濟勝以爲勍敵也。
>
> 愚常覽韓吏部歌詩數百首，其驅駕氣勢，若掀雷抉電，撐抉

於天地之間，物狀奇怪，不得不鼓舞而徇其呼吸也。〔註93〕

司空圖這段文字的重點並非刻意褒揚韓愈，而是他的整體詩文論的價值闡揚，韓愈只是他所舉的例子。他用韓愈的例子論證文人的作品有其內在的一個主旨或精神，這個主旨或精神一旦成熟，他是可以超越文類，自由貫通於作家的各種作品之中。不論是文人爲詩，或詩人爲文，沒有偏善於某一方面的問題，也就是詩人可以爲文，文人亦可爲詩，中間沒有一定的藩籬，眞正的影響是在於最初的崇尚爲何，所崇尚的文類風格專精之後，援筆寫作，不論何種文體皆能工且精。

基於這個理念，司空圖舉韓愈的詩文爲例證說明。司空圖在敘述之後，提起韓愈的詩歌爲證，顯示了以下意義：

（一）發掘與肯定韓詩的風格特質

中唐以來，韓愈詩歌的認識一直是欠缺的，韓愈被視爲理所當然的文人，唐代的文人，莫不爲詩，因此沒有唐代文人會不會寫詩的問題，只有詩寫得好不好、是否受到肯定的問題，所以唐人並非不知道韓愈會寫詩，而是不肯定他的詩。

司空圖在〈題柳柳州集後〉以韓愈作爲例證絕非偶然，他說「愚常覽韓吏部歌詩數百首」，而韓愈詩歌流傳下來也僅四百餘首，就算當時所流傳多於現代，應該也不至於超過千首。司空圖所讀的韓愈詩歌，應該是就其所能見者了；又，司空圖說「愚常」的「常」，表示韓詩當是其所愛，故常常翻閱吟詠。可見他應該深愛韓詩，才會無所不讀，讀之又讀。因此，司空圖當爲中晚唐以來韓詩第一知音。

司空圖《二十四詩品》有對各種詩歌風格的評論，他在〈勁健〉一篇敘述如下：

行神如空，行氣如虹。巫峽千尋，走雲連風。飮眞茹強，蓄素守中。

喻彼行健，是謂存雄。天地與立，神化攸同。期之以實，御之以終。

〔註93〕司空圖：《司空表聖文集》卷二（吳興劉氏嘉業堂刊本，1914年）

勁健是一種強勁且健壯的詩歌風格，其力量是來自於自身與大自然的雄健之氣相呼應而展現於作品之中，「中四句則是強調這種『勁健』的力量來自於自然本體，『飲眞茹強』就是『眞體內充』、『飲之太和』，指內心充滿了陰陽和合之元氣、眞氣」，〔註94〕這是一種與天地具存，養天地之氣並充實於內，再形諸文字，故有自然造化之妙。這種雄健的氣勢，與〈題柳柳州集後〉所形容韓愈詩歌「其驅駕氣勢，若掀雷抉電，撐抉於天地之間，物狀奇怪，不得不鼓舞而徇其呼吸」是相同的。

　　另外，《二十四詩品》中的〈豪放〉也是出於自然的剛雄之氣：

觀花匪禁，吞吐大荒。由道返氣，處得以狂。天風浪浪，海山蒼蒼。

眞力彌滿，萬象在旁。前招三辰，後引鳳凰。曉策六鼇，濯足扶桑。

「豪放」是有一種氣勢縱橫，筆力如刀般無所滯凝。「具有氣勢狂放的特色，亦由內中元氣充沛，得自然之道，內心進入得道之境，則外表自有狂放之態」。〔註95〕所以「豪放」與「勁健」一樣，是以自然之氣，進入內中，再展現爲文，故其文就有自然豪放之氣。

　　這種豪放，因爲有個「道」加以節制，所以在行文之時豪氣縱放，但不會流於放蕩失格。所以當韓詩「若掀雷抉電，撐抉於天地之間」時，依然扣人心弦，使人「鼓舞而徇其呼吸」。司空圖肯定韓愈詩歌是筆力高強之作，以文人而擅爲詩者，將他的文中勁健、雄渾的筆力展現於詩，依然是令人讀來嘆爲觀止。

　　司空圖這篇文章是爲柳宗元的《柳柳州集》而作，本與韓愈的詩文討論無直接關係，司空圖卻讓韓愈喧賓奪主，成爲主要舉例論述對象，並藉以表達他個人的詩文風格互見的觀念，可見司空圖對韓愈詩

〔註94〕張少康：《司空圖及其詩論研究》（北京，學苑出版社，2005年），頁105。

〔註95〕張少康：《司空圖及其詩論研究》（北京，學苑出版社，2005年），頁109。

歌的重視與獨到的眼光。這篇〈題柳柳州集後〉之所以在韓愈的評價
與接受方面具有關鍵意義，在於他肯定了韓愈「以文爲詩」〔註96〕的
跨文類技法，也是最早注意到韓詩是以文章的雄奇之氣一以貫之，預
爲宋人爭論不休的「以文爲詩」立下了命題。

（二）肯定風格的內在共通性

韓愈的文章當其在世時即備受肯定，劉禹錫〈唐故中書侍郎平章
事韋公集〉云：

> 初蕃既纂修父書，咨於先執李習之，請文爲領袖，許而未
> 就。習之悄然謂蕃曰：「翱昔與韓吏部退之爲文壇盟主，同
> 時倫輩，惟柳儀曹宗元、劉賓客夢得爾。韓、柳之逝久矣。
> 今翱又病，慮不能自述，有孤前言，費恨無已，將子薦誠
> 于劉君乎！」〔註97〕

韓愈在當時已經是文壇盟主，文章所受的重視與肯定自是不待言
述。至於文章風格的論述，都是偏向於奇詭雄勁的風格，時人的看法，
可以以孫樵和皇甫湜爲代表，孫樵〈與王霖秀才書〉：

> 譬玉川子〈月蝕詩〉、楊司成〈華山賦〉、韓吏部〈進學解〉、
> 馮常侍〈清河壁記〉，莫不拔天倚地，句句欲活，讀之如赤
> 手捕長蛇，不施控騎生馬，急不得暇，莫可捉搦，又似遠
> 人入太興城，茫然自失。〔註98〕

此處標舉〈進學解〉等文之風格，但其中的敘述套在韓愈的大部分文

〔註96〕「以文爲詩」一詞最早載於北宋陳師道《後山詩話》：「黃魯直云：『杜
　　　之詩法出審言，句法出庾信，但過之爾。杜之詩法，韓之文法也。
　　　詩文各有體，韓以文爲詩，杜以詩爲文，故不工爾。』」而此處所指
　　　的「以文爲詩」是循司空圖〈題柳柳州集後〉所謂「文人之爲詩，
　　　詩人之爲文，始皆繫其所尚，既專則搜研愈至，故能炫其工於不朽」
　　　之理路而推。陳師道：《後山詩話》（明崇禎庚午（三年）虞山毛氏
　　　汲古閣刊本，1630 年）

〔註97〕劉禹錫：《劉賓客文集》卷二十三（民國二年至十九年吳興劉氏嘉業
　　　堂刊本）

〔註98〕孫樵：《孫樵集》卷二（上海，上海商務印書館四部叢刊影印明天啓
　　　間吳翀本，1929 年）

章也是當之無愧，所以孫樵的評語可以視為韓愈文章的普遍認知。引文中，強調的是文章的氣勢以及生硬奇險，難以捉摸。皇甫湜〈論業〉說：「韓吏部之文，如長江大注，千里一道，衝飆激浪，汙流不滯。」〔註99〕當中所強調的是氣勢的奔放宏肆，推陳出新，故云「汙流不滯」。

因為長時間的共同認知與焦點都著重在韓愈的文，他的詩歌就一直被忽視，如同司空圖將文學家分成兩種：「詩人」與「文人」，〔註100〕韓愈自然是被歸於文人之屬。筆者認為司空圖的文人與詩人二分的概念並不是他個人的看法，而是當時的普遍認知，試想：司空圖在〈題柳柳州集後〉努力要疏通一般人對韓愈的詩文之間的區隔，必然是當時人就有此區分，否則司空圖何必大費周章自己作區分，然後又推論出根本不須作區分的理由。

〈題柳柳州集後〉中將好的作家視為一個有機體，他在專研、精練一種文體的風格之後，會在內部形成一種強有力的美學特徵，這種美學特徵會形成他的創作基調，並流通於作家的各種文類之間。司空圖以這樣的觀念，將韓愈的詩歌評價依附在原本已經具有崇高地位的文章上，而大大提高其價值。自此，韓愈的詩歌接受也從谷底逐步爬升。但是，宋人對韓愈的接受未必是完全延續司空圖的藝術風格內在一致性的觀念，而是藉由這種內在藝術風格一致性的基礎，擴大其領域，把精神思想等一併串連接受。

我們可以說司空圖在〈題柳柳州集後〉，已為宋人的韓愈詩歌接受做好了準備：一方面因為晚唐五代對各種詩歌風格的兼容並蓄，所以司空圖發覺了韓愈詩歌的獨特藝術特質，並認為詩、文二體在一個資稟與才力深厚的詩人身上是可以互通的，於是開展了宋人「以文為

〔註99〕皇甫湜：《皇甫持正文集》卷一（上海，上海商務印書館四部叢刊影印宋本，1929 年）

〔註100〕前文司空圖的〈題柳柳州集後〉就明確提出「文人之為詩，詩人之為文」，可見司空圖之時的人是有明確的詩人與文人的區分概念。

詩」的論爭；另外，司空圖的風格的內在共通性思考，則啓發了宋人援引韓愈古文的「載道」思想入詩的全新接受與反應的模式。

四、《舊唐書・韓愈傳》評韓愈「端士之用心」

　　《舊唐書》完成於後唐末帝，當時劉昫監修國史，所以署劉昫之名，但並非出自劉昫之手，實際參與編修者甚眾，當中以張昭遠、賈緯、趙熙等人爲主，所以該書的史觀爲眾人之觀點，也可說是多人共同的認知。一般認爲《舊唐書》中對韓愈多有貶抑之意，如「時有恃才肆意，亦有蘗孔、孟之旨」，至於韓愈所撰的《順宗實錄》，則評爲「繁簡不當，敘事拙於取捨」。這些批判從其他的相關的資料也可以得到佐證，所以不能說是《舊唐書》編撰者對韓愈的偏見，甚至於可以視爲中晚唐以來的集體對韓愈形象的認知。不過，《舊唐書》中史家之筆所描繪的韓愈形象較爲全面，除了同於一般的負面形象外，對於韓愈的人格與作品也有另一面向的肯定：

> 愈發言眞率，無所畏避，操行堅正，拙於世務。……常以爲自魏、晉已還，爲文者多拘偶對，而經誥之指歸，遷、雄之氣格，不復振起矣。故愈所爲文，務反近體，抒意立言，自成一家新語。後學之士，取爲師法。當時作者甚眾，無以過之，故世稱「韓文」焉。

> 史臣曰：貞元、大和之間，以文學聳動搢紳之伍者，宗元、禹錫而已。其巧麗淵博，屬辭比事，誠一代之宏才。如伻之詠歌帝載，黼藻王言，足以平揖古賢，氣吞時輩。而蹈道不謹，昵比小人，自致流離，遂隳素業。故君子群而不黨，戒懼慎獨，正爲此也。韓、李二文公，於陵遲之末，遑遑仁義，有志於持世範，欲以人文化成，而道未果也。至若抑楊、墨，排釋、老，雖於道未弘，亦端士之用心也。〔註101〕

當時的史家對韓愈在學術成就方面的意見爲：形成一種群體仿效的

〔註101〕詳見劉昫：《舊唐書》，引文中前半段出自卷一百六「韓愈傳」；自「使臣曰」以下，引自卷一百六末段。（北京，中華書局，1997年）

「韓文」，這種「韓文」是以抒意立言，自成一家之言。他的一家之言，在消極面是為了反對所謂「多拘偶對」的魏晉以來駢文之風；積極面是為了重振「經誥之指歸，遷、雄之氣格」，他在〈進學解〉中自述：「上規姚姒，渾渾無涯。周誥殷盤，佶屈聱牙。春秋謹嚴，左氏浮誇。易奇而法，詩正而葩。下逮莊騷，太史所錄。子雲、相如，同工異曲。」

　　對韓愈的另一個重點評價是人格與道：韓愈是「發言真率，無所畏避，操行堅正，拙於世務」的人，因為他拙於事物，所以不與世推移，能堅持自己的立場與理想，故能特立於當世。而他的特立在於對「道」的堅持，才能在「陵遲之末」，依然遑遑於仁義，有志於持世範。雖然最終的結果是「道未果也」、「於道未弘」，但仍被評之為「端士之用心也」，肯定之態度，溢於言表。

　　我們再將《舊唐書·韓愈傳》對韓愈的「學術成就」與「人格與道」的評價結合在一起分析，可以清楚看出韓愈將他的「道」呈現於學術之中，也就是「文以載道」的主張：因為韓愈重道，且他的文章所表現者為姚姒、周誥、殷盤、春秋，左氏、易、詩、莊騷、太史、子雲、相如等思想，大多屬於儒家的經典範疇。經由這樣的繫連關係，可以呈現《舊唐書·韓愈傳》對韓愈的文、道關係相結合的高度評價。

　　《舊唐書·韓愈傳》代表五代人對韓愈文章與人格的肯定，尤其是史家之筆對韓愈人格與文章中「經誥之指歸」，有心弘道的端士之用心之評價，對急於重建道統的宋人起了很大的鼓舞與效尤的方向。

第四節　小　結

　　晚唐五代的紛亂，打亂社會與政治的一致性，也使得思想趨向多元，詩人為求安身立命，各自尋求屬於自己的生活方式與詩歌表現方式，在審美的觀念與接受也傾向多元，對於各種詩風均能有一定的包容與接納。韓愈詩歌經過中唐的忽略後，總算在晚唐五代拜多元接受

環境之賜而受到注意，雖然這種注意並不是單獨針對韓詩而來，而是晚唐五代對整個唐代的詩歌作全面性回溯與整理而被收錄於詩選集，或在詩風討論中被提及，但單就韓愈詩歌而言，總是開啓了接受的契機。

　　司空圖對韓愈的詩歌與古文風格結合討論，並給予高度評價，爲宋人討論韓詩啓了文體論辨的開端，從「以文爲詩」的爭論，促使宋人從新審視詩歌題材的跨度，從形式上走出一條與唐詩不同的路徑。司空圖〈題柳柳州集後〉提供了一個整體文學風格的思考：一個人的寫作才能一旦成熟且形成自己的風格後，是會普遍呈現在各種文體之中。司空圖論述的對象雖然是韓愈的詩與古文的關係，但在宋人更進一步思考與推進之後，不只是風格可以流通於韓愈的詩文之間，載道思想能在詩文互相涉入，當宋人急於重建儒家之道時，韓文與韓詩都是他們所要尋求的對象。

第五章　宋代的社會文化環境與韓愈詩歌接受

　　宋初以武力廓清五代十國的紛亂，卻無法以武力迅速匡正五代十國所遺留下來的浮靡纖麗文風與墮落的士風。面對道統的裂解與士大夫的道德品行低落，以及西崑豔風，自上至下莫不竭盡心力，試圖重建道統與士風。他們向前代搜尋一個足以效法且能全面導正五代以來的柔靡寡恥之典範，因此，重視道統的韓愈成了最符合北宋人所期待與形塑的的條件。

　　自從晚唐五代韓愈詩歌開始被討論、收錄於詩選集之中，接著司空圖對韓愈詩文的風格作內部的共通認識，促使宋人在肯定韓愈的「文」與「道」關係之時，也對韓愈詩歌有了更多的認識與接受。宋人對韓愈的接受是整體性的接受，所以在詩文的討論中難以分割所重視者為何，且宋代的《韓集》乃詩文合刊，所以在論韓詩時，難以避免會將韓文併入分析。但本文的論述重點是韓愈詩歌，因此筆者仍會在合理的範圍內耙梳出其中的分野，若是詩文均有論述的材料，則以客觀的態度分析是否具有共通性，以免主題失焦或流於牽強附會之說。

　　在政治上，宋朝雖有北、南的歷史與空間的區分，但在文學文化方面卻是一脈相承，難以硬性區分。尤其在韓愈的詩歌接受過程所圍

繞的主題，其發展並無北宋、南宋的時間斷限痕跡，所以在行文敘說
與章節的安排多所爲難。在多方考量後，爲了顧及主題的延續性，決
定將南北宋合爲一章，再從章節中細分時間的限度與主題的跨限，如
此則能顧及大範圍的朝代之完整性，同時又能考察韓詩接受的發展與
微妙變化。

　　本章第一節總體陳述宋代學術環境與《韓集》流傳現象，首先論
述宋代的文風重建與道統復興，以及之後的發展變化，即是梳理宋代
學術與思想環境，爲韓愈詩歌的接受建構期待視野；同時檢視韓愈詩
文集的流傳，以客觀的數據與資料，具體呈現韓愈詩歌受到宋人的接
受情形。

　　第二節開始將韓詩的接受分四階段：第二節爲第一階段，是宋初
的宣傳期，大約是宋初到仁宗朝至和年間（約 960～1055）；第三節
爲第二階段，是全面接受期，大約是仁宗嘉佑年間到神宗熙寧五年（約
1056～1072）歐陽脩辭世爲止；第四節爲第三階段，是從論爭轉而成
熟期，大約是歐陽脩去世後到南宋中期寧宗慶元年間（約 1072～
1200），朱熹去世、永嘉四靈崛起爲止；第五節爲最後的衰落期，從
永嘉四靈到宋亡爲止（約 1190～1269）。〔註1〕我們可以發現，宋人
對韓愈詩歌的接受過程，與宋學的發展一致，所以劉眞倫先生明白指
出：宋學即韓學。〔註2〕

第一節　宋代的社會思想環境與《韓愈集》的流傳

　　本節討論宋代的思想環境與韓愈地位的提昇與確立，北宋早期
的主要思想議題是關於五代遺風的廓清，主要觀察點爲：道統的建立

〔註1〕　本章對於宋代韓詩接受的分期概念，是根據劉眞倫的說法，並加以
　　　　擴充說明。詳見劉眞倫：《韓愈集宋元傳本研究》（北京，中國社會
　　　　科學出版社，2004 年），頁 1。
〔註2〕　關於「宋學即韓學」的說明，詳閱劉眞倫：《韓愈集宋元傳本研究》
　　　　（北京，中國社會科學出版社，2004 年），頁 1～2。

與文人地位的提高。儒家的復興與道統的再確立是宋人精神建設的重點，他們取法的對象就是韓愈，所以對「道」的重視也連帶提升了韓愈的地位；此外，刊物的流傳、校勘在觀察接受的過程中具有重大的決定性，所以本節也將透過《韓愈集》〔註3〕的流傳探討宋代韓愈的文學接受情形。

一、道統的發展與文人地位的提高

（一）宋代的道統觀之發展

　　五代道德淪喪，文人物質生活與精神生活俱感失落，遂有自我放逐與積極功利而不顧廉恥之行為。宋朝建立以來，在大一統的帝國之鼓舞下，士人也開始以革除晚唐餘風為己任，《宋史‧穆修傳》指出：

> 自五代文敝，國初，柳開始為古文。其後，楊億、劉筠尚
> 聲偶之辭，天下學者靡然從之；修於是時獨以古文稱，蘇
> 舜欽兄弟多從之游。修雖窮死，然一時士大夫稱能文者必
> 曰穆參軍。〔註4〕

宋初的文人原本就是來自五代、十國，風格自然延續五代，尤其是來自後周、南唐、後蜀最多，「梁、唐、晉、漢、周文風柔靡，前後蜀多淫豔之詞，南唐多感傷之調」，〔註5〕這些文風都對宋初的文壇造成重大影響，所以宋初的文壇風氣並未隨著朝代的轉移而改變。於是，柳開與周翰、高錫等人挺身以淳古的古文與之抗衡，〔註6〕當中又以柳開的貢獻最大。柳開知道要以少數人之力去抗衡一個流傳百餘年的文風並非易事，除了自身的努力之外，必須尋求一個具有代表性的典範人物作為精神指標，於是他上尋中唐的韓愈，《宋史‧柳開傳》云：

〔註3〕　為了行文方便，以下簡稱《韓集》。

〔註4〕　脫脫等：《宋史》‧卷四百四十二，（北京，中華書局，1997年），頁13070。

〔註5〕　曾棗莊：《唐宋文學研究》，（成都，巴蜀書社，1999年），頁223。

〔註6〕　脫脫等：《宋史‧卷四百四十二‧梁周翰傳》：「五代以來，文體卑弱，周翰與高錫、柳開、范杲習尚淳古，齊名友善，當時有『高、梁、柳、范』之稱。」（北京，中華書局，1997年），頁13003。

> 既就學，喜討論經義。五代文格淺弱，慕韓愈、柳宗元爲文，
> 因名肩愈，字紹先。既而改名字，以爲能開聖道之塗也。著
> 書自號東郊野夫，又號補亡先生，作二傳以見意。〔註7〕

柳開不僅從形式上反對宋初五代體，更是在內涵中取自經義，紹述先
賢，以開盛道之塗，可謂徹底的擁韓派，也是宋人第一個標舉韓愈文
章者。

　　但是，百年來的文風並非一時數人所能改易，其後繼承並改良自
晚唐的西崑體再盛，一時蔚爲風潮。西崑體在形式美與內容的深沈含
蓄之美的追求，雖不出形式主義的表層美學，但也掃除了宋初以來淺
薄刻露的文風。曾棗莊認爲西崑體在宋初盛行的因素有三：

　　第一、宋初相對於五代十國，呈現一片國泰民安的局面，操筆之
　　　　　士以藻麗之辭給予錦上添花，這種情形和漢賦的發展相似。

　　第二、西崑領袖楊億當時獨步文壇，足以比美唐代的燕、許大手
　　　　　筆，號召力自是不在話下。

　　第三、西崑作家雖然走唯美路線，但不流於俗套，比之五代更爲
　　　　　深沈含蓄；較之宋初古文更爲風雅。〔註8〕

　　隨著宋代文人的思想不斷深化，對於講求唯美主義而缺乏深刻
「古道」內涵的西崑體逐漸有能力批判與取代。除了上文《宋史·穆
修傳》所說：「脩於是時獨以古文稱，蘇舜欽兄弟多從之游。脩雖窮
死，然一時士大夫稱能文者必曰『穆參軍』之外，尚有范仲淹直接批
判西崑末流的徒事藻飾：

> 洎楊大年以應用之才獨步當世，學者刻詞鏤意，依稀彷彿，
> 未暇及古也。期間甚有專事藻飾，破碎大雅，反謂古道不
> 適於用，廢而弗學者久之。〔註9〕

范仲淹是一位重實踐的且充滿責任感的政治家，他有著經世濟民的自

〔註7〕　脫脫等：《宋史》卷四百四十，(北京，中華書局，1997年)，頁13024。
〔註8〕　關於楊億等人的西崑體在宋初興盛的原因，詳見曾棗莊：《唐宋文學
　　　　研究》，(成都，巴蜀書社，1999年)，頁226。
〔註9〕　范仲淹：《范文正公集》卷六(清康熙四十六年范氏刊本，1707年)

我期許，所以重實學、斥輕浮，在文學的要求上也求其內質合乎古道，並由此而尊韓：

> 予觀堯典舜歌而下，文章之作，醇醨遷變，代無窮乎？爲抑末揚本，去鄭復雅，左右聖人之道者難之。近則唐貞元、元和之間，韓退之主盟于文，而古道最盛。懿、僖以降，寢及五代，其體薄弱。〔註10〕

范仲淹所言韓愈主盟於文壇，古道最盛，從客觀角度而言，雖不盡然正確，但就主觀性而言，可以確認范仲淹實用文學的觀念是有取法於韓愈，而如此也逐步奠定了北宋韓愈接受的基礎。〔註11〕

　　歐陽脩繼承了范仲淹的實用文學觀念，也就是將復興古道與政治相結合，而有「重道宗經」的主張，並實踐於文，他認爲：「聖人之文，大抵道勝者文不難而自至也。」〔註12〕歐陽脩更運用個人在文壇的影響力，仿造韓愈與孟郊、張籍等集團式的唱和，推行詩文革新。歐陽脩認爲：「韓氏之文之道，萬世所共尊，天下所共傳而有也」，〔註13〕蘇軾也稱：「自漢以來，道術不出於孔氏而亂天下者，多矣。……五百餘年而後得韓愈。學者以愈配孟子，蓋庶幾焉。愈之後，三百餘年而後得歐陽子」。〔註14〕歐陽脩將「尊韓」的風氣，推到至高至盛。其中較具特色的是：將詩歌的題材與精神與聖人之道結合，因而開啓了宋詩的新面貌——以文爲詩。一般文學史評宋人「以文爲詩」都是側重於技法的討論，宋人對詩的態度比韓愈嚴謹，在以文爲詩的大膽突破文體藩籬之餘，仍然嚴肅看待這種近似於文的詩，使他在內容與形式

〔註10〕范仲淹：《范文正公集》卷六（清康熙四十六年范氏刊本，1707年）
〔註11〕所謂「奠定北宋韓愈接受的基礎」是指全面性的接受開端，宋人對韓愈的接受包括古文、道統、思想、詩歌、人格，甚至於行爲皆有所繼承。
〔註12〕歐陽脩：《歐陽文忠公文集·答吳充秀才書》（台北，世界書局，1991年），頁321～322。
〔註13〕歐陽脩：《歐陽文忠公文集·卷七十三·記舊本韓文後》，轉引自吳文治編：《韓愈資料彙編》（北京，中華書局，2004年），頁110。
〔註14〕蘇軾：《蘇東坡全集·居士集序》（台北，河洛圖書出版社，1975年），頁315。

皆有法可尋，而非視之為餘事。

因為正視「以文為詩」，所以把「文之道」加諸於詩，使得宋詩充滿古文的精神，文道入詩道，雖不至於「以文代詩」，但詩有文貌卻是不爭的事實。歐陽脩從韓愈古文與道的肯定，再將古文特質帶入詩中，也間接將「道」引入宋詩之中，開啟了宋詩的全新風貌，也營構了韓愈詩歌接受的視野。

蘇軾雖然對韓愈多有批評，﹝註15﹞但談到韓愈的道統時，也說：「文起八代之衰，道濟天下之溺」。﹝註16﹞另外，程頤是宋代將韓愈的道統推廣到至高地位者，但也是盛極而衰的分水嶺。程頤將韓愈以下屬於系統傳承的「道統」，轉而成為自家之言的「道學」，所以他在論韓愈的道統時，往往先褒後貶。因為當時韓愈道統為主流，程頤藉褒揚道統以進入思想主流，之後再針對韓愈道統思想的缺失加以貶抑，藉以建立自己超越、圓融的一家之學，以下引《二程語錄》觀之：

> 韓愈亦近世豪傑之士，如〈原道〉中言語雖有病，然自孟子而後，能將許大見識尋求者，才見此人。﹝註17﹞

> 孟子而後，卻只〈原道〉一篇，期間語固多病，然要之大意儘近理。若〈西銘〉則是〈原道〉之祖宗也。〈原道〉卻只說到道，元未得〈西銘〉意思。﹝註18﹞

> 韓退之言「博愛之謂仁，行而宜之之謂義，由是而之焉之

﹝註15﹞ 如蘇軾曾批評韓愈詩是「詩格之變」，又批評韓愈〈示兒〉：「主婦治北堂，膳服適戚疏。恩封高平君，子孫從朝裾。開門問誰來，無非卿大夫。不知官高卑，玉帶懸金魚。」又云：「凡此坐中人，十九持鈞樞。」所示皆利祿事也。相關批評出自《苕溪漁隱叢話》卷十七、卷十六（清順治丁亥（四年）兩浙督學李際期刊本，1647）

﹝註16﹞ 蘇軾：《蘇東坡全集·潮州韓文公廟碑》（台北，河洛圖書出版社，1975年），頁627。

﹝註17﹞ 張伯行輯：《二程語錄》卷一（清同治五年福州正誼書院刊正誼堂全書本，1866年）

﹝註18﹞ 張伯行輯：《二程語錄》卷二（清同治五年福州正誼書院刊正誼堂全書本，1866年）

謂道，足乎己無待於外之謂德」。此言卻好。只云「仁與義
爲定名，道與德爲虛位」，便亂說。只如〈原道〉一篇極好。
退之每有一兩處，直是搏得親切，直似知道，然卻只是搏
也。〔註19〕

程頤雖然不是全面否定韓愈的道統說，但他對韓愈道的肯定的也僅止
於〈原道〉一篇，而且並不是完全認同，甚至於還批評韓愈能有一兩
處「親切」也是「搏得」，言下之意，似乎明示韓愈於「道」本無所
得，縱然偶見一兩處近於道，也是純屬勉強。

　　程頤承續北宋崇韓的道路跟著言「道」，但他似乎有意將韓愈作
爲墊腳石，一腳踏著韓愈之「道」而上，然後卻又回頭否定韓愈的
「道」，那眞正值得肯定的道呢？程頤在〈上太皇太后書〉中毛遂自
薦說：「臣竊內思，儒者得以道學輔，蓋非常之遇，……竊以聖人之
學不傳久矣，臣幸得之於遺經，不自度量，以身任道。」言下之意，
韓愈所傳之道，未得聖人之精要，眞能傳聖人之學，並「以身任道」
者，只有程頤自己。所以他是與時人一樣由韓愈的道統論起，但在
最後卻歸結成「道學」爲己有。二程兄弟也跳過韓愈，自居爲孟子
以後的道統繼承者：「周公沒，聖人之道不行；孟軻死，聖人之學不
傳。道不行，百世無善治；學不傳，千載無眞儒。……先生出，揭
聖學以示人，辨異端，辟邪說，開曆古之沉迷，聖人之道，得先生
而複明，爲功大矣。」〔註20〕二程兄弟已經將本身與孔孟相繫連，
以道統傳人自居，所以聶安福先生直接認定「這便將孔、孟道統歸
結於程、朱之學的一統，北宋本指孔、孟傳統儒學的『道學』一名
也隨之演變爲伊洛學派的專稱」。〔註21〕

　　程頤從韓愈之道進入道學，雖然他本人一再強調自己的學說是

〔註19〕張伯行輯：《二程語錄》卷十二（清同治五年福州正誼書院刊正誼堂
　　　　全書本，1866年）
〔註20〕程頤：《二程全書·明道先生墓表》（日本刊本，國家圖書館影本）
〔註21〕王水照主編：《宋代文學通論》聶安福撰：「思想篇」第一章〈宋學
　　　　與宋代文學〉（高雄，復文圖書出版社，2000年），頁247。

越過韓愈而上承孟子，不過就宋代儒學的演進脈絡來看，韓愈還是對程朱理學有間接的影響。〔註22〕宋代理學家之外的文人對韓愈的尊崇也自此盛極而開始走向下坡，詩歌的評價漸趨兩極，但對於韓愈的「道」卻未曾有根本性的否定，如晁補之說：「就有道而正焉耳，故韓愈之教人識路」，〔註23〕將韓愈之道視爲引人前進之途。

（二）文人地位的提高

北宋初年在政權統一和社會生活安定的條件下，農業生產和社會經濟得到了恢復和發展。宋太祖有鑑於五代十國的紛亂，造成軍人對國家的威脅以及文人地位的低落與氣節蕩然無存，於是確立了崇文尊儒的政策。宋太祖最早的具體作爲是在建隆三年（962），也就是開國的第三年就立下了不殺文人的〈太祖誓碑〉：

> 藝祖受命之三年，密鐫一碑，立於太廟寢殿之夾室，謂之「誓碑」。……一云：「柴氏子孫有罪，不得加刑。縱犯謀逆，止于獄中賜盡，不得市曹刑戮，亦不得連坐支屬」；一云：「不得殺士大夫及上書言事人」；一云：「子孫有渝此誓者，天必殛之。」〔註24〕

這塊誓碑的相關記載是否爲眞一直存有爭議，有不少學者認爲證據不足，尤其正史均無相關紀錄。但在建炎年間（1127～1130），武義大夫曹勛遁歸，北留的徽宗要他轉告高宗：「藝祖有誓約藏之太廟，不殺大臣及言事官，違者不祥。」〔註25〕雖然從徽宗交代曹勛的話中未能呈現〈太祖誓碑〉的全貌，但也間接證明確有此碑的存在，而且印

〔註22〕如勞思光在討論韓愈思想之後，總結說：「韓氏之學雖不足以承孟子，而其志則確以復興儒學爲己任。此所以論者常謂韓氏爲宋明理學之先驅者也。」《新編中國哲學史（三上）》（台北，三民書局，1990年），頁26。

〔註23〕晁補之：《雞肋集・卷三十三・題段愼修紙》，轉引自吳文治編：《韓愈資料彙編》（北京，中華書局，2004年），頁171。

〔註24〕丁傳靖：《宋人軼事彙編》卷一，收錄於《宋代傳記資料叢刊》（北京，北京圖書館出版社，2006），頁7～8。

〔註25〕脫脫等：《宋史》卷三百七十九（北京，中華書局，1997年），頁11700。

證了有「不殺大臣」及「言事官」之禮遇士人與鼓勵上諫的記載。不殺大臣，使臣子們不必在像五代栖栖皇皇過日；不殺言事官，讓士大夫不必再阿諛諂媚，曲意奉承。

　　人才的培育也是廣泛進行：「宋代則因經歷五代長期黑暗，人不悅學，朝廷刻意獎勵文學，重視科舉，只要及第即得美仕」。〔註26〕根據張其凡的統計，宋太宗即位後，宋朝進士科錄取人數平均每年一百八十六人，比起唐朝每年平均錄取進士二十八人，高出近七倍之多。以後錄取人數逐漸增加，真宗咸平三年（1000），錄取進士達四百零九人，到了北宋末年的徽宗時期，平均達六百八十七人。〔註27〕南宋以後，繼續實行右文政策，科舉錄取名額也大約維持北宋人數。高宗建炎元年（1127），也就是宋室南渡後的第一年，《題名錄》記載這年中榜的進士有三百三十名；〔註28〕之後也都維持在三、五百人之間，宋度宗咸淳四年（1268），甚至達到六百六十四名。〔註29〕南、北宋三百二十年間，總共開科一百一十八次，取進士達二萬人以上。

　　宋代官員不只人數眾多，俸祿也遠優於前代，以至於「恩逮於百官者唯恐其不足，財取於萬民者不留其有餘」〔註30〕的結果。宋朝開國以來，國家的崇文抑武政策，使得士人在「言」、「身、仕」、「俸」皆有享有超乎前代的保障，也使得他們有很高的理想抱負，充滿時代的責任感和使命感。他們在文學的表現是積極且入世的，浮華消極的文風與士風也為之一變，在責任感的強烈驅使下，「以救

〔註26〕 錢穆：《中國歷代政治得失──政治‧社會‧人文》（桂林，廣西師範大學出版社，2005 年），頁 49。

〔註27〕 以上的資料可參閱張其凡：〈論宋太宗朝的科舉取士〉，《中州學刊》1997 年第 2 期（鄭州市，河南省社科院，1997 年），頁 113。

〔註28〕 詳見《題名錄》（作者不詳）（北京，中華書局，1985 年）

〔註29〕 相關錄取名額資料參考李弘祺：《宋代官學教育與科舉》之〈附錄一：宋代登科人數表〉（台北，聯經出版事業公司，1993 年），頁 315～319。

〔註30〕 趙翼：《二十二史箚記‧卷二十五‧宋制祿之厚》（台北，世界出版社，1962 年），頁 526。

時行道爲賢，以犯顏納說爲忠」〔註31〕的精神和韓愈相契，並根植於宋代文人的心中。如歐陽脩被貶爲陝州夷陵（今湖北武昌）令時，也作〈新營小齋〉自勉：「微生慕剛毅，勁強早難屈。自從世俗棄，常恐天性失。」

　　這樣積極正向的士人思想與士風，不啻是爲宋朝的韓愈接受奠下良好的環境基礎。

二、宋代《韓愈集》的流傳

　　透過文本的流傳與刊行、校注的現象，可以用具體量化的資料比對結果，檢視韓詩在特定時空下的流傳與接受情形。宋代的韓愈文本流傳相當廣泛，有所謂五百家註韓之說，所以透過《韓愈集》〔註32〕的流傳與校勘的考察，可以整理出韓愈詩歌在北宋受到的重視與流傳及接受的現象。

　　本小節分成兩個部份處理：第一部分分析宋代韓愈集本的流傳，以呈現韓愈整體文學在宋代的流傳與接受；第二部份分析宋代韓愈詩歌選本的流傳，可以具體呈現韓愈詩歌的流傳與接受現象。

（一）宋代韓愈集本的流傳

　　南宋慶元年間鄭仲舉《新刊五百家注者辨昌黎先生文集》，雖然實際數量只有一百七十三家，〔註33〕遠不及鄭仲舉所言的五百家，但徵引資料豐富，不但奠定了研究韓學或是宋學的重要地位，更顯現了韓愈集本與校注本在宋代的蓬勃發展與流傳，「宋人尊韓學韓，論韓闡韓，蔚爲五百加注韓之大觀，《韓集》之刊行傳鈔，自是其中之觸媒與功臣」。〔註34〕

〔註31〕蘇軾：〈居士集敘〉，蘇軾：《蘇東坡全集》（台北，河洛圖書出版社，1975 年），頁 315。

〔註32〕爲便於論述，以下簡稱爲《韓集》。

〔註33〕劉眞倫：〈韓集五百家注引書考（Ⅰ）〉，《周口師範學院學報》第 20 卷第 1 期（河南，周口師範學院，2003 年），頁 7。

〔註34〕張高評：〈北宋讀詩詩與宋代詩學──從傳播與接受之視角切入〉，

　　《昌黎先生集》始自李漢所編四十卷本，[註35] 傳至北宋，紛
有傳刻與校注，今擇其要者整理論述，以呈現其流傳梗概，至於細部
傳本介紹，已有高光敏曾經撰文討論，故在此不擬重作版本介紹與考
證。[註36] 劉眞倫說：

> 已知最早韓集刻本是蘇溥所稱「益部所雕《昌黎先生
> 集》」，[註37] 歐陽脩稱之爲「蜀本」，方崧卿稱之爲「三
> 館本」、「舊川本」。此外，流傳最廣、價值最高的早期傳
> 本爲祥符杭本、嘉祐蜀本、秘閣本，方崧卿合稱爲「三本」。
> [註38]

祥符杭本、嘉祐蜀本與秘閣本被列爲流傳最廣、價值最高的《韓集》
傳本。因此，本單元簡論以上三種重要北宋《韓集》傳本的流傳，作

　　　　《漢學研究》第 24 卷第 2 期（台北，漢學研究中心，2006 年），頁
　　　　201～202。
[註35] 李漢：〈昌黎先生集序〉：「得賦四，古詩二百一十，聯句十一，律詩
　　　　一百六十，雜著六十五，書、啟、序九十六，哀詞、祭文三十九，
　　　　碑志七十六，筆、硯、《鱷魚文》三，表狀五十二，總七百，並目錄
　　　　合爲四十一卷，目爲《昌黎先生集》，傳於代。」詳見韓愈著、馬其
　　　　昶校注、馬茂元整理：《韓昌黎文集校注》（上海，上海古籍出版社，
　　　　1998 年），頁 2。
[註36] 針對北宋《韓集》的流傳、考證與說明，可參閱高光敏《北宋時期
　　　　對韓愈接受之研究》中〈北宋《韓集》流傳與其特徵〉一章。該文
　　　　分別介紹北宋時期的「益部所雕本」、「柳開校本」、「文苑英華」的
　　　　韓文收錄、「祥符杭本」、「唐文粹」的韓文收錄、「劉燁校本」、「穆
　　　　修校本」、「尹洙校本」、「歐陽脩校本」、「嘉祐蜀本」、「韓吏部文公
　　　　集年譜」、「洪興祖校本與《韓子年譜》、《韓文辨證》，最後得出的重
　　　　點大致爲：北宋初對《韓集》的整理工作主要在於校勘，並且多有
　　　　妄加臆測改易的現象，歐陽脩以後的校勘態度轉爲謹慎。後期擴大
　　　　了韓愈資料的整理辨證，並不局限於詩文，整個北宋的《韓集》刊
　　　　校與傳播均由私人主導。不過，高光敏著重在版本介紹與論證，對
　　　　於流傳的現象與接受的情形論述不足。（台北，國立臺灣師範大學國
　　　　文研究所博士論文，2003 年）。
[註37] 蘇溥〈書文集後〉，轉引自羅聯添編：《韓愈古文校注彙輯》（台北，
　　　　國立編譯館，2003 年），頁 4587。
[註38] 劉眞倫：《韓愈集宋元傳本研究》（北京，中國社會科學出版社，2004
　　　　年），頁 25。

為窺探韓詩文的流傳與接受。

祥符杭本是方崧卿《韓集舉正》的主要依據版本之一，在「三本」中的年代最早，刊行於宋真宗大中祥符二年（1009），《舉正‧敘錄》有「祥符杭本」條：

> 杭州明教寺大中祥符二年所刊本，時尚未有外集，與閣本多同。洪慶善謂《劉統軍碑》傳本作「反柩於京師」，後得祥符間印本，乃作「反机」，蓋此本也。《劉碑》世有石本，實做「反机」，則知此本最為近古。頃嘗於姜秘監補之家得校韓文一秩，考訂頗密，亦以此本為正，而參以自己見。又李漢老本每字皆注「閣本」、「舊本」二語，所謂「舊本」，亦此本也。信知前輩取與之不謬。猶恨此本斷爛，字難遍考，尚賴姜本以相參對云。〔註39〕

方崧卿認為祥符杭本是最近於古本，也就是舊本。因為它「稍若完正」，〔註40〕所以影響面很大，如「世所共傳」，〔註41〕的《唐文粹》錄韓愈文七十篇，「大約多用杭本」，可見杭本的重要性。同時，韓愈的文章也勢必隨著《唐文粹》而廣泛流傳。〔註42〕另外，北宋的「嘉祐蜀本」的刊刻也參校祥符杭本，此部份待討論嘉祐蜀本時再詳加說明。

嘉祐蜀本是蘇溥所校刻，方崧卿《韓集舉正‧敘錄》「嘉祐蜀本」條云：

〔註39〕 王雲五主持、方崧卿著：《韓集舉正敘錄》「祥符杭本」條。（台北，商務印書館受教育部中央圖書館籌備處委託影印故宮博物院所藏文淵閣本，1983 年）

〔註40〕 蘇溥〈書文集後〉：「益部所雕《昌黎先生集》，雖傳行久矣，文字脫爛，實難披閱。唯餘杭本稍若完正。」轉引自羅聯添編：《韓愈古文校注彙輯》（台北，國立編譯館，2003 年），頁 4587。

〔註41〕 王雲五主持、方崧卿著：《韓集舉正敘錄》「唐文粹」條。（台北，商務印書館受教育部中央圖書館籌備處委託影印故宮博物院所藏文淵閣本，1983 年）

〔註42〕 王雲五主持、方崧卿：《韓集舉正敘錄》「唐文粹」條。（台北，商務印書館受教育部中央圖書館籌備處委託影印故宮博物院所藏文淵閣本，1983 年）

> ……右蜀人蘇溥慶曆間所校，嘉祐間刊於蜀，洪慶善之所
> 謂蜀本，此也。……韓文之有集外篇，有音切，自此本始
> 也。第此本已經四校，故比舊集時有增損，校之今本則不
> 侔矣。況四君子大儒，絕非妄肆胷臆者，故舊本之所不通
> 者，猶賴此本以爲證。

嘉祐蜀本的重大意義在於校勘的精細，除了蘇溥自己的校對之外，
更取之柳開、劉燁、歐陽脩、尹洙「四君子」的校本，再參考「益
部所刻」本與「祥符杭本」而刊成。嘉祐蜀本又集合宋人所蒐集散
佚的韓愈詩文，編成《集外》，除了在文學史上有文獻保存之功外，
另外一個重大的意義是：韓愈的詩文已經是受到重視與接受，宋人
爲韓愈詩文集佚，必然在主觀上肯定其價值，並且有良好的接受環
境。

蘇溥在〈書文集後〉說：

> 益部所雕《昌黎先生集》，雖傳行久矣，文字脫爛，實難
> 披閱，唯餘杭本稍若完正。慶曆辛巳歲，溥求見王府，時
> 從兄渙以小著宰鄠陵，因即觀之，語及古學。且謂「退之
> 文自軻、雄沒，作者一人而已。余近獲河東先生所修正本，
> 雖甚惜之，於子無所隱耳。」比之杭、蜀二本，其不相類
> 者十三四。越明年，從兄改秘書丞倅南隆，復以故龍圖燁
> 所增修本爲示，又且正千餘字，並獲集外三十八篇。又得
> 嘉州李推官詡傳歐、尹二本，重加校勘。溥既拜厚賜，不
> 敢藏於家，期與好古之士共之，乃募工鏤版，備於流行。
> 其所增修字數及加音切，具諸目錄後，〈集外〉、《順宗實
> 錄》爲十卷。仍以河東先生〈後序〉附於末，謹迻傳授之
> 自，庶信於人爾。時嘉祐六年六月旦。〔註43〕

從蘇溥的這一段說明，除了可以更清楚嘉祐蜀本的校勘過程外，也明
白記載該刊本成於嘉祐六年（1061）。另外，在韓愈的接受意義而言，
可以很清楚蘇溥是刻意推行韓集，並可得知在當時已有良好的韓愈接

〔註43〕蘇溥〈書文集後〉，轉引自羅聯添編：《韓愈古文校注彙輯》（台北，
　　　國立編譯館，2003 年），頁 4587～4588。

受意識。

　　秘閣本出自宮中書庫，大約刊行於宋仁宗年間。〔註44〕釋文瑩
《玉壺清話》載：「興國中，太宗建秘閣，選三館書以置之。」〔註45〕
方崧卿《韓集舉正‧敘錄》「秘閣本」條云：

> 承平時閣下本，一時諸公得之於校讎之餘也。前輩如山谷
> 先生、王仲至、鮑欽止所校，大抵皆以閣本爲正。〔註46〕

秘閣本藏之宮中，當爲較佳的善本，「所以當時廷臣多具以取校。據
《舉正》校語，歐陽脩、宋祁、王安石、黃庭堅、王欽臣、鮑由等均
曾取校。其後李本、謝本，也多用閣本」。〔註47〕秘閣本因爲屬於善
本，所以朝臣們多喜歡借閱、校讎，其流傳與影響層面也隨之擴大，
直到南宋也被大量引據。〔註48〕

　　現存南宋所刻的《韓集》有十一種，劉眞倫再依其刻本傳承分出
三大系統：潮本屬於北宋監本系統；祝充本、文讜本、南宋浙本、南
宋江西本、南宋閩本、南宋蜀本、魏仲舉本屬於南宋監本系統；王伯
大本、張洽本、廖瑩中本屬於方崧卿、朱熹校理本系統。〔註49〕茲將
現存南宋《韓集》三大系列表列如下：〔註50〕

〔註44〕關於秘閣本產生年代的問題，可參閱劉眞倫：《韓愈集宋文傳本研究》
　　　　（北京，中國社會科學出版社，2004 年），頁 242。
〔註45〕釋文瑩：《玉壺清話》卷一（北京，中華書局排印本，1989 年），頁
　　　　2。
〔註46〕王雲五主持、方崧卿：《韓集舉正敘錄》「秘閣本」條。（台北，商務
　　　　印書館受教育部中央圖書館籌備處委託影印故宮博物院所藏文淵閣
　　　　本，1983 年）
〔註47〕劉眞倫：《韓愈集宋元傳本研究》（北京，中國社會科學出版社，2004
　　　　年），頁 242。
〔註48〕劉眞倫：《韓愈集宋元傳本研究》：「南宋初年，閣本尚存。謝克家、
　　　　李邴建炎間同爲參加政事，同樣大量引據閣本。」（北京，中國社會
　　　　科學出版社，2004 年），頁 242～243。
〔註49〕關於以上系統分類詳見劉眞倫：《韓愈集宋元傳本研究》（北京，中
　　　　國社會科學出版社，2004 年），頁 56～57。
〔註50〕本表之資料乃整理劉眞倫：《韓愈集宋文傳本研究》第一編〈集本〉‧
　　　　上編「現存集本」單元（北京，中國社會科學出版社，2004 年）

版本系統	刊刻本	時間、地點	重　要　性
北宋監本系統	潮本《昌黎先生集》	南宋孝宗淳熙元年（1174）杭州刻本	現存唯一屬於北宋監本的傳本，也是傳世《韓集》中，最早的刻本。
南宋監本系統	祝充本《音注韓文公文集》	南宋光宗紹熙間，浙刻本	補充《五百家注》所失收的資料。
	文讜本《新刊經進詳注昌黎先生文集》	南宋孝宗乾道間蜀之眉山刊本	廣泛收羅中唐至南宋初年韓文研究的重要資料，對韓文在宋代的接受與流傳，具有重要的史料價值。
	南宋浙本《昌黎先生文集》	南宋孝宗初浙刻本	可以考索方崧卿韓集校理本的澄書與流傳經過，也可以考察韓集文本由監本系統向方、朱校理本系統演變的軌跡。
	南宋江西本	南宋孝宗至寧宗之間，江西刻本	其書引及《舉證》，有助於考察《舉證》一書的成書及流傳。此本若干文字為朱熹所採用，可見其價值。
	南宋閩本《昌黎先生文集》	南宋孝宗年間閩刻本	錄存了現在已經失傳的若干韓集傳本的異文，具有獨特的版本價值。
	南宋蜀刻十二行本《昌黎先生文集》	南宋中期蜀刻本	在傳世韓集宋代刻本中，十二行本的文字獨樹一幟。
	魏仲舉本《新刊五百家注音辨昌黎先生文集》	南宋寧宗慶元六年（1200）魏仲舉刻於家塾	徵引資料豐富。近人傅增湘以為：「讀韓籍者，若求集注，當以魏仲舉本為優。」
方崧卿、朱熹較理本系統	王伯大本《朱文公校昌黎先生文集》	南宋理宗寶慶三年（1227）刻於南劍州	詳略得宜，篇幅適中，再加上朱熹的大名，故成為此後傳世韓集的通行本。
	張洽池州本《昌黎先生集》	南宋理宗紹定二年（1229）刻於池州	保留部分朱熹系統的白文無注本，吉光片羽，亦足珍貴。
	廖瑩中世綵堂本《昌黎先生集》	南宋恭帝德祐前刻於家塾	刊印精美，歷代履有翻刻，在韓集中流傳影響甚大。

　　北宋的「三本」南宋的三大系統都尤其刊本源頭以及後續流傳擴張，現今可見的這些《韓集》傳本僅是冰山一角，從南宋的三大系統也可以發現：刊刻者的單位有官方、民間，尤其是民間參與的態度相當積極，甚至連私人家塾也刊刻傳世，可見南宋《韓集》流傳之盛。

（二）宋代韓愈詩歌選本的流傳

以接受傳播的角度而言，選本是一種指標，透過選本的觀察，可以觀察一種相關學術的興衰、發展。本文是以韓愈詩歌的接受為考察中心，所以對韓詩的選本流傳分析是更具有針對性與精準度。

柳開《雙鳥詩解》：

《雙鳥詩解》是專就韓愈〈雙鳥詩〉所做的注解本。〈雙鳥詩〉中的雙鳥到底指涉為何，歷來學者各有見地，看法也就紛雜不一，本書第二章第三節曾討論各家說法不外「佛、老」、「李、杜」、「韓、孟」三端。而柳開是早期具體提出雙鳥指向佛、老的北宋學者，柳開〈韓文公雙鳥詩解〉云：

> 於居東郊府，從事高公獨知予。開寶中，授以昌黎詩三百首。開與之會，即廣誦，評其尤至者。一日，予咨曰：「〈雙鳥詩〉何謂也？」公曰：「得無若刺時之政者乎？」予因而悟之。與公言異，故作辭解之。〔註51〕

柳開的這段話是有值得關注處：高頔授詩於柳開，且內容為「昌黎詩三百首」，可見韓愈詩歌在宋初已有知音。

王安石《四家詩選》：

王安石輯有《四家詩選》十卷，所謂四家，是指杜甫、韓愈、歐陽脩、李白。劉真倫認為王安石雖選韓愈詩歌與三家詩人合輯，但是在態度上似乎並無肯定韓愈之處，他說：

> 王安石對韓氏雖有尊崇之說，但其議論之本則多不相合，所撰〈伯夷論〉、〈原性〉、〈性說〉，均與韓是針鋒相對。至於〈韓子〉一詩：「力去陳言誇末俗，可憐無補費精神。」對於韓氏文風亦深致不滿。

也許王安石的改革派思想在面對事物時，習慣於對立面的思考，所以他對韓愈的譏諷與針鋒相對可能是個性使然。站在一個革新派思想的立場與習慣上，他內心雖對於一些事物會給予肯定，但形諸言行時，

〔註51〕曾棗莊、劉琳主編：《全宋文》卷一二二（成都，巴蜀書社，1990年），頁671。

往往亦多所苛求，只爲凝蓄推進的力量。所以筆者認爲，王安石雖然對韓詩有所譏諷，但仍將他的詩與李白、杜甫、歐陽脩併入一集之中，就是具體的肯定韓詩。

李、杜本是中國詩壇雙璧，他們的地位在唐代就已奠定，宋人不論是尊李或是崇杜，也不至於將另一人貶之過低；歐陽脩是北宋中期的文壇盟主，在當世甚具聲望。王安石將韓愈的詩與其作品併入同一選本中，無疑是大大肯定韓愈的詩歌價值。

相對於韓詩評價的爭議性，北宋時期對於韓文的肯定更勝於韓詩，所以不論是在專選或是總集，韓愈作品的選本主要還是以文爲主。如《文苑英華》收錄韓文一百七十一篇，《唐文粹》錄韓文八十三篇；錄選篇章不明者有董逌《韓文考》。另外，早於李漢《昌黎先生集》的《昌黎文錄》在北宋很受重視，它是一本韓愈詩文選集，不過《文錄》一直未曾刊刻印行，南宋就若存若亡了，到了元、明就已確告失傳，其中所選韓愈詩文比例爲九比一。〔註52〕

北宋時《文錄》有呂夏卿、劉允著錄徵引，並且有多家校本採用，除了可以肯定其流傳現象外，也代表中唐以來重韓文輕韓詩的現象依然存在，只是程度上有所不同：唐人對韓詩是抱持否定態度，北宋人一致肯定韓文，但韓詩卻是處於褒貶爭議之中。

南宋並無韓詩的專輯或選輯，主要原因是整個宋代對韓文有一致肯定的評價，韓詩則是在毀譽中流傳與影響，此時對於韓詩編選都是依附於文學總集之中。現存南宋編輯的總集中，收錄韓詩的有以下七本：〔註53〕

〔註52〕關於《昌黎文錄》的成書與流傳，以及編次與文字的考訂，主要是依據劉眞倫的考訂，詳細內容可參閱劉眞倫：《韓愈集宋元傳本研究》第二編〈選本・上編・文錄〉。（北京，中國社會科學出版社，2004年）
〔註53〕關於所列七本收錄韓詩的南宋總集相關資料，整理自劉眞倫：《韓愈集宋元傳本研究》第二編〈選本・中編・總集〉單元（北京，中國社會科學出版社，2004年）

《楚辭後語》

　　朱熹撰，全書六卷，共收錄韓詩十首。

《樂府詩集》

　　郭茂倩編撰，全書一百卷，收錄韓詩十三首，其中所引韓詩，
　　文字大都與北宋監本雷同。

《萬首唐人絕句》

　　洪邁選編，全書一百卷，其中七言詩七十五卷，五言詩二十
　　五卷。收錄韓詩一百〇四首，其中七言卷三收錄七十八首，
　　五言卷二收錄二十六首。

《東萊集注類編觀瀾文集》

　　林之奇選編，呂祖謙集注，全書分甲、乙集，甲集二十五卷，
　　乙集七卷，共收錄韓愈詩文五篇。

《分門纂類唐宋時賢千家詩選》

　　劉克莊編選，全書二十二卷，收錄韓詩六首。

《吳都文粹》

　　鄭虎臣選編，全書九卷，收錄韓愈詩〈送文暢師北遊〉一首。

《分門纂類唐歌詩》

　　趙孟奎選編，全書一百卷，收錄韓愈詩十四首。

　　從選本觀察，韓詩在宋代是的發展呈現前期、後期衰微，中期興
盛的局勢。北宋朝前期韓詩不受重視，僅有柳開《雙鳥詩解》爲一專
論，到了王安石《四家詩選》雖對韓愈多有批評，但具體將韓愈與杜
甫、歐陽脩、李白等詩人並列而輯，當中肯定的意向，不言而喻。之
後韓愈的詩歌的編選都附於詩歌總集之中，且所佔的篇幅並不高，可
以大略推其原因如下：

　　第一、宋人的尊韓是全面性的，對韓愈的接受也是如此，所以在
　　　　　韓愈的作品刊刻與流傳時，普遍採用全集，於是將詩歌的
　　　　　流傳併入文集中，同樣可以被廣泛接受。

第二、韓詩相較於韓文，其爭議性較大，所以在刊刻流傳也就較
　　　不易受到普遍接受。

第三、宋人對文人的個別作品都是以集大成的態度編輯，所以對
　　　前人作品也是盡量收集完整，並不斷輯佚補足。如李白在
　　　後世眼中是詩人，宋人所重視其作品者也是詩歌，但在編
　　　李白作品時，雖以詩歌爲重，但對於他的其他雜作也是盡
　　　力收集齊全，並合刊於一書。〔註54〕

　　所以，韓愈的詩歌選本不成於宋人之手，未必是宋人不重視韓
詩，而是將韓詩、韓文等合而輯之，共同流傳與接受。

第二節　宋初韓學與韓詩的宣傳期

一、北宋「道」的重建標的——「韓氏之文之道，萬世 所共尊」

　　宋初有意扭轉五代之弊，朝廷獎掖文士，給予優渥的俸祿，並立
下「不得殺士大夫及上書言事人」的祖訓，目的是要提高文人的地位，
改正晚唐五代以來墮落的士風。士人受到激勵，也呈現積極入世，重
振士風的決心，到了北宋中期，士風已完全轉變，《宋史・忠義傳》
云：

　　士大夫忠義之氣，至於五季，變化殆盡。宋之初興，范質、

〔註54〕宋敏求在宋神宗熙寧元年重新編輯李白詩文，他在〈李太白文集後
　　　序〉載：「唐李陽冰序李白《草堂集》十卷，云『嘗時著述，十喪其
　　　九』，咸平中，樂史別得白歌詩十卷，合爲《李翰林集》二十卷，凡
　　　七百七十六篇。史又纂雜書爲別集十卷。治平元年得王文獻公溥家
　　　藏白詩集上中二帙，凡廣一百四篇，惜遺其下帙。熙寧元年，得唐
　　　魏萬所纂白詩集二卷，凡廣四十四篇，因裒唐類詩諸編，泊刻石所
　　　傳別集所載者，又得七十七篇，無慮千篇，沿舊目而釐正其匯次，
　　　使各相從。以別集附於後，凡賦、表、書、序、碑、頌、記、銘、
　　　贊文六十五篇，合爲三十卷。」可見宋人編輯的態度是以廣博合集
　　　爲主，不重視體裁別集的分類單行。

王溥，猶有餘憾，況其他哉！藝祖首襃韓通，次表衛融，
足示意嚮。厥後西北疆場之臣，勇於死敵，往往無懼。眞、
仁之世，田錫、王禹偁、范仲淹、歐陽脩、唐介諸賢，以
直言讜論倡于朝，於是中外搢紳知以名節相高，廉恥相尚，
盡去五季之陋矣。故靖康之變，志士投袂，起而勤王，臨
難不屈，所在有之。及宋之亡，忠節相望，班班可書，匡
直輔翼之功，蓋非一日之積也。〔註55〕

宋初最早學韓尊韓的是柳開，他所重視的是韓愈文章所傳達的「儒
道」，並將韓愈在傳揚儒道的貢獻提高到孟子、揚雄之上，〈昌黎先生
集後序〉云：

自下至於先生，聖人之經籍雖皆殘缺，其道猶備。先生于
時作文章，諷頌、規戒、答論、問說，淳然一歸于夫子之
旨，而言之過於孟子與揚子雲遠矣。〔註56〕

柳開認爲韓愈的文章能歸近於儒家的正宗，所以對儒家之道的傳承貢
獻是大於孟子與揚雄的。

北宋中期文化政治等條件成熟，范仲淹、歐陽脩等人高舉志節，
一時蔚爲風尚。仁宗朝，士人更是確立以儒學道統作爲思想的根基，
孫復說：

所謂道者，堯、舜、禹、湯、文、武、周公、孔子之道也，
孟軻、荀卿、揚雄、王通、韓愈之道也。〔註57〕

孫復所提的道統繼承脈絡，以韓愈爲殿軍，時代也是最接近宋人者，
因此只要承繼韓愈，就可以繫連上儒家的道統，韓愈成爲最接近宋人
的儒家道統繼承者，身價隨之水漲船高。歐陽脩被譽爲「今之韓愈」，
〔註58〕更是確定宋學思想內涵爲韓學的關鍵人物，他說：

〔註55〕脫脫等：《宋史》卷四百四十六（北京，中華書局，1997 年），頁 13149。
〔註56〕柳開：〈昌黎集後序〉，《河東先生集》卷一，轉引自吳文治編：《韓
　　　　愈資料彙編》（北京，中華書局，2004 年），頁 77。
〔註57〕孫復：〈信道堂計〉，《宋文選》卷九，轉引自《景印文淵閣四庫全書》，
　　　　1346 冊，頁 143。
〔註58〕蘇軾：《經進東坡文集事略·卷五十六·六一居士集序》，轉引自吳
　　　　文治編：《韓愈資料彙編》（北京，中華書局，2004 年），頁 148。

　　　　韓氏之文之道，萬世所共尊，天下所共傳而有也。〔註59〕

劉眞倫進一步闡釋歐陽脩的文、道關係：

　　　歐陽脩〈答祖擇之書〉云：「學者當師經，師經必先求其意，
　　　意得則心定，心定則道純，道純則充於中者實，中充實則
　　　發爲文者輝光，施於事者過果毅。」〔註60〕歐公之道爲「充
　　　於中者」，與「足乎己無待於外」的韓愈之道一樣，是一個
　　　自在自足的內在系統。「其充之於中者足而後發乎外者大以
　　　光」〔註61〕、「道勝者文不難而自至」。〔註62〕也是修辭以
　　　明道。對歐公而言，「道」爲「中」，「文」爲外，二者是同
　　　一個統一體的兩個層面。〔註63〕

韓愈的「文」與「道」在宋代的地位確立，韓文與道的關係如同一體
的兩個層面，言韓文不可脫離道，言道必稱韓文。所以在「以文爲詩」
的論辯中，將道涉入，就可深化爲「以道入詩」，無論是批判韓詩爲
「押韻之文」或是「不工」、「非本色」、甚至「終不是詩」，都無法在
詩歌思想層次駁斥韓詩的價值。〔註64〕

　　北宋文人對韓愈以文爲詩的攻擊不絕，但整個宋詩依舊籠罩在
韓詩的影響下，其深層原因就是韓詩有「道」的因子，宋人面對儒
道時，總是信服、接受，所以無論在形式風格上如何嚴厲批判，韓
詩的精神內涵是宋人樂於接受的。

〔註59〕歐陽脩：《歐陽文忠公文集・卷七十三・記舊本韓文後》，轉引自吳
　　　　文治編：《韓愈資料彙編》（北京，中華書局，2004年），頁110。
〔註60〕曾棗莊、劉琳主編：《全宋文》卷六九九，第十七冊（成都，巴蜀書
　　　　社，1990年），頁96。
〔註61〕曾棗莊、劉琳主編：《全宋文・卷六九九・與樂秀才第一書》第十七
　　　　冊（成都，巴蜀書社，1990年），頁109。
〔註62〕曾棗莊、劉琳主編：《全宋文・卷六九七・答吳充秀才書》第十七冊
　　　　（成都，巴蜀書社，1990年），頁56。
〔註63〕劉眞倫：《韓愈集宋元傳本研究》（北京，中國社會科學出版社，2004
　　　　年），頁17。
〔註64〕關於討論韓愈詩歌是「押韻之文」「不工」、「非本色」、以及「終不
　　　　是詩」的意見，可參閱本章第四節中〈「館中夜談」開啓詩、文形式
　　　　的爭端〉一小節之說明。

二、宋初的韓詩接受

　　宋初可稱爲韓詩宣傳期，也是準備期。北宋初期詩壇依舊籠罩在晚唐五代詩風的影響下，晚唐體、白體、西崑體盛行於當世，浮艷、雕琢與苦吟等形式主義的詩歌成爲主流。宋初承五代之弊，政治上有開國氣象，但文學方面卻配以亡國之音，於是有識之士急於尋求一盞足以成爲道德典範的明燈，所以當他們選擇韓愈的「道」時，同時也選擇了韓愈的整體學術思想。因爲尊崇韓愈之道，所以對韓愈的詩歌也連帶注意，只是他們面對韓詩時，還是站在一個符合「道」的功能性而表現的詩歌內涵。簡而言之，宋初少數有意廓清晚唐五代之風者，雖然選擇了韓愈爲典範，但並未著眼於他的詩歌。如宋初最爲標舉韓愈的柳開，論述韓愈的學術，所重者也是道的傳承與文的載道功能：

> 自下至於先生，聖人之經籍雖皆殘缺，其道猶備。先生于時作文章，諷頌、規戒、答論、問說，純然一歸于夫子之旨，而言之過于孟子與揚子雲遠矣。先生之于爲文，有善者益而成之，惡者化而革之。各婉其旨，使無勃然而生于亂者也。……觀先生之文詩，皆用於世者也，與《尚書》之號令，《春秋》之褒貶，《大易》之通變，《詩》之風賦，《禮》、《樂》之沿襲，經之教授，《語》之訓導，酌于先生之心，與夫子之旨無有異趣者也。〔註65〕

柳開在這一段〈序〉中，主要的目的在於強調韓愈的「道」足以繼承孔子之旨，而他的「文」正是「一歸于夫子之旨」。至於詩歌，柳開是併在文中一起看待，也認爲是符合「道」的原則而給予肯定，如「觀先生之文詩」顯然是把詩與文一併評價，認爲有「《尚書》之號令，《春秋》之褒貶，《大易》之通變，《詩》之風賦，《禮》、《樂》之沿襲，經之教授，《語》之訓導」，柳開對韓愈詩歌的評價，顯然是沾了韓文之光。

　　稍後的穆修也是宋初少數討論到韓愈詩歌的文人，他在〈唐柳先生集後序〉云：

〔註65〕柳開：《河東先生集・卷十一・昌黎集後序》（明萬曆庚戌（三十八年）呂圖南桂林刊本 1610 年）

> 唐之文章，初未去周、隋、五代之氣，中間稱得李、杜，
> 其才始用爲勝，而虢雄歌詩，道未極渾備。至韓柳氏起，
> 然後能大吐古人之文，其言與仁義相華實而不雜。如韓〈元
> 和聖德詩〉、〈平淮西〉、柳雅章之類，皆辭嚴義密，製述如
> 經，能崒然聳唐德于盛漢之表箴愧讓者，非先生之文則誰
> 與？〔註66〕

穆修將「文」視爲廣泛義，所以把詩也納入其中，因此雖稱「文章」，
但接下來談的是李、杜，並舉韓愈的〈元和聖德詩〉、〈平淮西〉一詩
一文爲例，顯然是將詩、文視爲廣義的文學作品加以討論。穆修把〈元
和聖德詩〉與〈平淮西〉視爲可以承繼李、杜的雄渾詩歌風格，更能
進一步彌補李、杜未極渾備之「道」。韓愈的詩文「辭嚴義密，製述
如經」所以有「儒道」，是乃超越李、杜之處。

　　北宋初期，標舉韓愈思想、文章，但卻多著力於「道」與「文」
的討論發現，至於他的詩歌，還是乏人問津，唯有柳開、穆修等人特
意標舉韓文、道統者，偶見論及韓詩。不過，柳開與穆修對韓詩的觀
點仍一致性的將韓詩列入韓文的文學體系之中，概括性的接受，並認
爲韓詩與韓文一樣，都是合乎經傳之道，至於韓詩的其他的特色，尤
其是獨立於韓文之外的價值，都未見闡揚。

　　雖然宋初韓愈詩歌未見明顯的接受行爲，但在柳開、穆修等人崇
尚韓愈文、道的推動下，韓詩的接受也與經傳精神有了初步的繫連，
這種連繫關係，也是此後韓詩接受的一個重要內在根基。

第三節　北宋中期韓詩的全面接受期

一、歐陽脩的「韓愈情結」

　　「情結」（complex）一語是由 Theodor Ziehen 於 1898 年所創，

〔註66〕穆修：《河南穆公集・卷二・唐柳先生集後序》（上海，上海商務印
　　　書館四部叢刊影印述古堂影宋鈔本，1929 年）

由榮格（C.G.Jmng, 1857～1961）在與佛洛伊德（Sigmund Freud, 1956
～1939）合作的時期發揚光大。榮格將 complex 形容爲「無意識之
中的一個結」，可以將情結想成一群無意識感覺與信念形成的結。這
個結可以間接偵測，而表現的行爲則很難理解。榮格在職業生涯早
期就找到證明情結存在的證據，1910 年他在詞彙關聯測驗中，已注
意到受試者的行爲模式暗示著此人的無意識感覺與信念。若爲「情
結」下定義，可以說「情結」是一心理學術語，指的是一群重要的
無意識組合，或是一種藏在一個人神秘的心理狀態中，強烈而無意
識的衝動。〔註67〕

　　歐陽脩的生命歷程與背景有很多與韓愈暗合之處：韓愈幼時喪母
失怙，由兄嫂扶養長大；歐陽脩幼年喪父，歐母獨立撫養教育，「畫
荻教子」已經成爲母愛教育的典範。韓愈個性耿介，直言不諱，曾兩
度被貶；歐陽脩爲官剛直敢言，也曾兩度被貶。韓愈的主要文學成就
在於古文，並以史才自負；歐陽脩古文成就高於詩，主撰《新五代史》、
《新唐書》。

　　因爲這些巧合，歐陽脩對韓愈有著密不可分的精神嚮往與模仿，
門人蘇軾的〈六一居士集序〉云：

　　　自漢以來，道術不出於孔氏，而亂天下者多矣。晉以老莊
　　　亡，梁以佛亡，莫或正之，五百餘年而後得韓愈，學者以
　　　愈配孟子，蓋庶幾焉。愈之後二百有餘年而後得歐陽子，
　　　其學推韓愈、孟子以達於孔氏，著禮樂仁義之實，以合於
　　　大道。其言簡而明，信而通，引物連類，折之於至理，以
　　　服人心，故天下翕然師尊之。自歐陽子之存，世之不說者，
　　　譁而攻之，能折困其身，而不能屈其言。士無賢不肖不謀
　　　而同曰：「歐陽子，今之韓愈也。」

　　宋興七十餘年，民不知兵，富而教之，至天聖、景祐極矣，

〔註67〕關於榮格「情結」的相關說明，可參閱榮格原著；劉國彬、楊德友
　　　合譯：《榮格自傳》（台北，張老師文化事業股份有限公司，2007 年），
　　　頁 462。

　　而斯文終有愧於古。士亦因陋守舊，論卑氣弱。自歐陽子
　　出，天下爭自濯磨，以通經學古爲高，以救時行道爲賢，
　　以犯顏納說爲忠。長育成就，至嘉祐末，號稱多士。歐陽
　　子之功爲多。嗚呼，此豈人力也哉？非天其孰能使之！
　　歐陽子歿，十有餘年，士始爲新學，以佛老之似，亂周孔
　　之眞，識者憂之。賴天子明聖，詔修取士法，風厲學者，
　　專治孔氏，黜異端，然後風俗一變。考論師友淵源所自，
　　復知誦習歐陽子之書。予得其詩文七百六十六篇於其子
　　棐，乃次而論之曰：「歐陽子論大道似韓愈，論事似陸贄，
　　記事似司馬遷，詩賦似李白。此非余言也，天下之言也。」
　　〔註68〕

蘇軾這段話的用意在於站在一個客觀的角度，將歐陽脩比爲宋代的韓
愈，其類比基礎在於道統的繼承、古文的推行之外，「自歐陽子之存，
世之不說者，譁而攻之，能折困其身，而不能屈其言」更顯示了歐陽
脩在經歷、個性方面的類同韓愈。所以蘇軾在結論中雖然只說「歐陽
子論大道似韓愈」，但通篇意旨，多有將韓、歐類而比之，且認爲此
現象與看法非一人一地，而是不論賢與不肖之士都不謀而同的認爲歐
陽脩是「今之韓愈也。」

　　主觀上，歐陽脩也是刻意比附韓愈，如本書〈緒論〉所引《邵氏
聞見錄》所載：「聖俞謂子美曰：『永叔自要作韓愈，強差我作孟郊。』」
以及梅堯臣的〈依韻和永叔澄心堂紙答劉原甫〉詩也明確說明歐陽脩
更將石曼卿、蘇舜欽比爲盧仝、張籍，顯然有意模仿韓愈的師友集團。
〔註69〕梅堯臣也自述與歐陽脩交往的過程及行爲類似於韓孟，他在
〈永叔寄詩八首并祭子漸文一首因采八詩之意警以爲答〉云：

　　昔聞退之與東野，相與結交微賤時。孟不改貧韓漸富，二
　　人情契都不疑。韓無驕矜孟無靦，直以道義爲己知。我今

〔註68〕蘇軾：《經進東坡文集事略・卷五十六・六一居士集序》，轉引自
　　　吳文治編：《韓愈資料彙編》（北京，中華書局，2004年），頁147
　　　～148。
〔註69〕關於歐陽脩的主觀模仿韓愈說明，參閱本書第一章〈緒論〉。

與子亦似此，子亦不愧前人爲。〔註70〕

又於〈別後寄永叔〉云：

> 前日辭親淚，又爲別友出。愁極反無言，欲言詞已窒。荷
> 公知我詩，數數形美述。茲道日未埋，可與古爲匹。孟盧
> 張賈流，其言不相昵。或多窮苦語，或特事豪逸。而於韓
> 公門，取之不一律。乃欲存此心，欲使名譽溢。竊比於老
> 郊，深愧言過實。然於世道中，固且異謗嫉。交情有若此，
> 始可論膠漆。〔註71〕

可見歐陽脩與梅堯臣等人對韓愈有深切的仰慕，並刻意踵繼韓、孟詩
文交往之行爲，這也是歐陽脩極力推廣韓學，並造就宋詩發展傾向。
且引錢鍾書在《談藝錄》的說法爲本小節作結：「唐後首學昌黎詩，
升堂窺奧者，乃歐陽永叔。」

二、從司空圖到歐陽脩──「以文爲詩」的概念之形成

錢鍾書在《談藝錄》說：「韓昌黎之在北宋，可謂千秋萬世，
名不寂寞矣」，〔註72〕強調韓愈在北宋的全面影響力，但影響力所
造成的並非全然正面的認肯，「名不寂寞」是因爲所受到的議論多、
爭議性強。其中有就哲學、文學、人品等方面，各種褒貶。〔註73〕
而文學的討論又可分爲古文與詩歌兩大文類的批評、爭論。當中的
焦點並非二者的分別討論，而是互相結合、交涉的爭議，也就是「以
文爲詩」的論爭。

開啓這場宋詩論戰與發展路向的是歐陽脩，他將韓愈的詩歌拉到
一個最高標的，從此成爲宋人或認同或反對的中心論述，並且在爭論

〔註70〕梅堯臣：《宛陵先生集》卷二十四（明萬曆丙子（四年）宣城知縣姜
　　　　奇方刊本，1576年）

〔註71〕梅堯臣：《宛陵先生集》卷三十三（明萬曆丙子（四年）宣城知縣姜
　　　　奇方刊本，1576年）

〔註72〕錢鍾書：《談藝錄》（北京，三聯書店，2001年），頁187。

〔註73〕關於宋人對韓愈的褒貶批評，可參閱錢鍾書：《談藝錄》（北京，三
　　　　聯書店，2001年），頁187～191。

中不斷確立、深化宋詩特色。

　　司空圖在〈題柳柳州集後〉說「文人之爲詩」是以文人的專長筆法寫詩，而文人本身質性是會在各種文類中互相影響，所以司空圖在一般人對韓文的肯定基礎上，連帶肯定韓愈的詩歌。北宋初期無人繼承延續司空圖的看法，到歐陽脩才再度重視韓愈的詩歌，且同樣提到「文人爲詩」，歐陽脩《六一詩話》云：

> 退之筆力，無施不可，而嘗以詩爲文章末事，故其詩曰：「多
> 情懷酒伴，餘事作詩人」也。然其資談笑，助諧謔，敘人
> 情，狀物態，一寓於詩，而曲盡其妙。此在雄文大手，固
> 不足論，而余獨愛其工於用韻也。〔註74〕

歐陽脩認爲韓愈以古文大家的手筆爲文，偶而在閒暇之餘，再以文人的身分寫詩，所以有「多情懷酒伴，餘事作詩人」的文人餘興觀念，這是屬於「文人爲詩」的層面，也是上承司空圖的的解讀模式。接著他將「資談笑，助諧謔，敘人情，狀物態」的散文筆法「一寓於詩，而曲盡其妙」，這是將韓愈的詩歌給予「以文爲詩」的層次說明。所以，歐陽脩是將韓詩從「文人爲詩」進一步導入「以文爲詩」的書寫模式之關鍵人物。〔註75〕「文人爲詩」者是以文人的身分，文人的質性寫詩，主體是文人的條件；「以文爲詩」是刻意援引散文的筆調、語氣、題材與句法入詩，基本上已經是文的骨架與血肉，「詩」所所呈現的僅是軀殼而已。這種藉詩行文的以文爲詩技法，開啓了宋詩的獨特面貌，錢鍾書《宋詩選注》云：

> 歐陽脩深受李白和韓愈的影響，要想一方面保存唐人定下
> 的形式，一方面使這些形式具有彈性，可以比較地暢所欲

〔註74〕歐陽脩：《六一詩話》第二十七條（明崇禎庚午（三年）虞山毛氏汲古閣刊本，1630 年）

〔註75〕「以文爲詩」一詞的正式提出是陳師道《後山詩話》引黃庭堅之語：「黃魯直云：『杜之詩法出審言，句法出庾信，但過之爾。杜之詩法，韓之文法也。詩文固有體，韓以文爲詩，杜以詩爲文，故不工爾。』」轉引自何文煥輯：《歷代詩話》（北京，中華書局，1982 年），頁 303。

言，而不至於削足適履似的犧牲了內容，希望詩歌不喪失
整齊的體裁，而能接近散文那樣的流動瀟灑的風格，在以
文爲詩這一點上，他爲王安石、蘇軾等人起了導夫先路的
作用，因此在韓詩接受史上尤具開創意義。〔註77〕

歐陽脩是北宋的文壇盟主，唐宋八大家中的北宋五家，都是他的門
生，其影響力可見一斑，所以他個人的偏好韓愈，也影響到整個北宋
文壇的取向：歐陽脩把韓愈視爲一個完整的典範。

歐陽脩幼時就受到韓愈的啓蒙，他在〈記舊本韓文後〉說：

予少家漢東。漢東僻陋，無學者；吾家又貧，無藏書。州
南有大姓李氏者，其子堯輔頗好學，予爲兒童時，多遊其
家，見有弊筐貯故書，在壁間，發而視之，得唐《昌黎先
生文集》六卷，脫落顛倒無次序。因乞李氏以歸，讀之，
見其言深厚而雄博。然予猶少，未能悉究其義，徒見其浩
然無涯，若可愛。〔註76〕

這是歐陽脩第一次接觸韓愈作品，雖然經過了三十餘年，記憶依舊深
刻，顯然在幼時就已對韓愈古文的「深厚而雄博」留下一次美好的接
觸與回憶。十七歲時，又再讀所藏的韓文，遂有會心而唷嘆「學者當
至於是而止爾！」〔註78〕並立下了學習韓文的志向，爲往後的古文奠
定思想基礎。

歐陽脩的思想也深受韓愈的影響與啓發，他繼承韓愈的〈原道〉
而作〈本論〉一文，也是爲了維繫道統觀念。與韓愈相同，歐陽脩尊
儒排佛，〔註79〕而對道教保持距離。他在〈御書閣記〉說：

夫老與佛之學皆行於世久矣，……二家之說，皆見斥於吾
儒。……然而佛能箝人情，而鼓以禍福，人之趨者常眾而

〔註77〕錢鍾書：《宋詩選注》（北京，人民文學出版社，1982年），頁27。

〔註76〕歐陽脩：《居士外集》卷二十三，收錄於楊家駱主編：《歐陽脩全集》
　　　　（上）（台北，世界書局，1991年），頁536。

〔註78〕歐陽脩：《居士外集》卷二十三，收錄於楊家駱主編：《歐陽脩全集》
　　　　（上）（台北，世界書局，1991年），頁536。

〔註79〕歐陽脩的排佛，並非從思想上的排斥，而是反對當時佛教陷人於迷
　　　　信，並藉機歛財，以及佛寺興建過度與僧官破壞人事制度等事。

　　熾。老氏獨好言清淨遠去，靈仙飛化之術。其事冥深，不
　　可質究，則其常以淡泊無爲爲務。故凡佛氏之動搖興作，
　　爲力甚易。而道家非遭人主之好尚，不能獨興。〔註80〕

他是站在儒家的立場看待佛、道，以經濟社會的現實層面作爲排佛的切入點，大致是與韓愈相近的。歐陽脩也將儒家的「道」提到「文」之上，所以他有「道勝者，文不難而自至也」〔註81〕、「心定則道純，道純則充於中者實，中充實則發爲輝光，施於世者果致」〔註82〕的主張。這樣的主張與韓愈「愈之所志於古者，不惟其辭之好，好其道焉爾」〔註83〕有相似的見解。

　　歐陽脩甚好韓詩，並以韓愈自比，所以在他主盟北宋文壇時，大力推行韓愈學術亦是必然，且因爲其地位之高、影響力之大，所以能將韓愈的學術、人格之特徵，深深烙入宋代文人心目中。就韓詩對宋詩的影響而言，歐陽脩將自己的影響力完全投入，「他對韓詩的推許、傳承，奠定了韓詩在北宋的大家地位，引領、影響了同時代以及稍後的文士認同、接受韓詩」。〔註84〕

三、韓詩的接受與仿作

　　梅堯臣和歐陽脩是北宋中期將韓愈詩歌推向高峰的關鍵人物，他們的詩歌也深受韓愈的影響：梅、歐二家在風格上，有意矯正晚唐五代以來疲軟圓熟的弊病，以求雄健之美；在題材上，刻意改善晚唐五

〔註80〕楊家駱主編：《歐陽脩全集・卷三十九・御書閣記》（台北，世界書局，1991年）

〔註81〕歐陽脩：《歐陽文忠公文集・答吳充秀才書》（台北，世界書局，1991年），頁321～322。

〔註82〕楊家駱主編：《歐陽脩全集・居士外集・卷十八・答祖擇之書》（台北，世界書局，1991年）

〔註83〕韓愈著、馬其昶校注、馬茂元整理：《韓昌黎文集校注・第三卷・答李秀才書》（上海，上海古籍出版社，1998年），頁176。

〔註84〕谷曙光：〈藝術津梁與終極目標——論韓愈作爲宋人學杜的藝術中介作用〉，收錄於《杜甫研究學刊》2005年第1期（成都，四川省杜甫研究會），頁32。

代以來空洞呻吟的缺失，追求多樣的內容。

（一）梅堯臣對韓詩的形式模仿

錢鍾書說梅堯臣：「古詩從韓愈、孟郊，還有盧仝那裏學了些手法」，〔註85〕所指的是其詩立意奇險。梅堯臣自己也直言不諱爲師韓之作，他的詩集中有兩首直接題爲「擬」、「效」韓體：

其一，〈余居御橋南夜聞袄鳥鳴效昌黎體〉：

> 都城夜半陰黑雲，忽聞轉轂聲咿呦。嘗憶楚鄉有袄鳥，一身九首如贅疣。或時月暗過閭里，緩音低語若有求。小兒藏頭婦滅火，閉門雞犬不爾留。我問楚俗何苦爾，云是鬼車載鬼遊。鬼車載鬼奚所及，抽人之筋繫車輈。昔聞此言未能信，欲訪上天終無由。今來中土百物正，安得遂與南方儔。上帝因風如可達，願令驅逐出九州。〔註86〕

本詩描寫半夜聽到袄鳥叫聲的回憶與感想：首先回憶詩人曾經在南楚之地體驗過此鳥鳴叫的時間、環境，並營造恐怖氣氛。接著指出袄鳥鳴時百姓的驚恐表現：「小兒藏頭婦滅火，閉門雞犬不爾留」，原來是「鬼車載鬼遊」，令人恐懼的是「抽人之筋繫車輈」的傳說。最後沒想到「百物正」的中土也與「南方儔」，作者無奈之餘，只能感慨並祈求：「上帝因風如可達，願令驅逐出九州。」本詩立意新奇險怪，讀來令人毛骨悚然。全詩刻意營造恐怖肅殺之氣氛，並非以令人驚駭爲目的，而是有意將這中陰暗詭譎的氣氛與現實相連繫。

本詩作於仁宗景祐元年（1034）。前一年，即明道二年，因廢郭后事件，將范仲淹等人出京外放。〔註87〕梅堯臣將當時政治局勢的險

〔註85〕錢鍾書：《宋詩選注》（北京，人民文學出版社，1982年），頁27。
〔註86〕梅堯臣：《宛陵先生集》卷三，轉引自吳文治編：《韓愈資料彙編》（北京，中華書局，2004年），頁100。
〔註87〕仁宗廢郭后原屬後宮后妃之爭，但宰相呂夷簡曾因「疏陳八事」爲郭皇后所反對，故心生怨懟而介入，力主廢后。時「中丞孔道輔率諫官范仲淹、孫祖德、宋庠、劉渙，御史蔣堂、郭勸、楊偕、馬絳、段少連十人詣垂拱殿伏奏：『皇后，天下之母，不當輕廢。願賜對，盡所言。』」最後，導致「出道輔知泰州，仲淹知睦州，

惡、黑暗，比擬為暗夜；主導整個廢后事件的宰相呂夷簡則被比喻成凶惡恐怖的妖鳥。本詩最後還是正面期待能夠奮進爭取，將惡勢力驅逐掃蕩。

　　這首詩頗具韓詩特色，尤其近於韓愈的〈月蝕詩效玉川子作〉的風格，先運用一個自然界的事物帶起一連串的想像，這些想像雜有詭譎的色彩，運用個人的奇思壯采，不斷將事物的神秘深化，引人入勝。最後再帶入個人主觀意識，希望能撥反此恐怖之物，重見光明平和之象。〔註88〕

　　其二，〈擬韓吏部射訓狐〉：
　　　黃昏月暗妖鳥鳴，尨然鈍質麤豪聲。憑凶自異立屋角，潛事嘴吻欲我驚。豈知慣聞此醜狡，呼集鬼物夸陰獰。夕盜雞雛無畏避，曾遭彈射沉泥坑。汝今病翼未甚愈，還作舊態侵平明。陽烏瞳瞳出東海，照汝宜喪膽與精。何為世人苦憎汝，汝常盜物資已榮。儻有弓矢勿污辱，殺此非得去惡名。養雛四三已相似，眼腦實異鸞皇生。一朝車輪翅墮地，狐鼠入穴梟黨烹。〔註89〕

本詩明言仿自韓愈〈射訓狐〉，茲引原詩如下：
　　　有鳥夜飛名訓狐，矜凶挾狡夸自呼。乘時陰黑止我屋，聲勢慷慨非常粗。安然大喚誰畏忌，造作百怪非無須。聚鬼征妖自朋扇，罷掉棋楠頹墜涂。慈母抱兒怕入席，那暇更護雞窠雛。我念乾坤德泰大，卵此惡物常勤劬。縱之豈即遽有害，斗柄行挂西南隅。誰謂停奸計尤劇，意欲唐突羲和烏。侵更歷漏氣彌屬，何由僥幸休須臾。咨余往射豈得已，候女兩眼張睢盱。梟驚墮梁蛇走竇，一矢斬頸群雛枯。

祖德等罰金」。相關史事見陳邦瞻《宋史記事本末·卷二十五·郭后之廢》，收錄於《歷代記事本末》二，（北京，中華書局，1997年），頁193～194。
〔註88〕韓愈的〈月蝕詩效玉川子作〉相關內容見第二章第三節〈韓愈詩歌的藝術特徵〉。
〔註89〕梅堯臣：《宛陵先生集》卷十二（明萬曆丙子（四年）宣城知縣姜奇方刊本，1576年）

〔註90〕
韓愈〈射訓狐〉的創作目的歷來說法不一，魏懷忠（《魏本》）認為本詩諷喻德宗時的裴延齡、韋渠牟；方世舉注曰：「《新唐書‧五行志》：『絳州翼城縣有鵂鶹鳥，群飛集縣署，眾鳥噪而逐之。鵂鶹一名訓狐。』按：狐比『伾、文』。〔註91〕『聚鬼征妖』，言其朋黨相扇，怵休中國也。『縱之豈即遽有害』，言其本無能為。『斗柄行拄西南隅』，即東方半明之意也。『意欲唐突羲和烏』，則誅之不可復緩，故欲往而射之。身在江湖，而乃心王室，見無禮於君，去之義不容已也。」〔註92〕

梅堯臣〈擬韓吏部射訓狐〉詩也是亦步亦趨於韓愈，通篇結構類似，敘述模式也相近，如開端都是先顯示妖鳥鳴飛入屋，其意在驚嚇作者，「豈知慣聞此醜狡」，使得妖鳥之計不售，到此正邪對立已判。接著敘述此鳥危害作惡，「夕盜雞雛無畏避」、「聚鬼征妖自朋扇」，應是比喻朝中小人為亂。最後導入兩個解決惡鳥的途徑：一是發矢射之，乃是有志之忠臣起而搏之，剷除奸險之徒；二是等到天明之時，以太陽喻國君，暗指天子盛明，群奸將無所遁形，「一朝車輪翅墮地，狐鼠入穴梟黨烹」。筆者刻意兩詩交錯採用，藉以證明二詩在行文脈絡，以及文意推出的方式都是如出一轍。梅堯臣仿韓詩以醜怪惡事入詩作比，令人讀之有奇險恐怖之感，正是接受韓愈的「以醜為美」的形式特徵。

梅堯臣除了整篇仿韓詩之外，也常於單句之中局部師法韓詩之筆法、立意。在第二章第三節中，筆者論述〈韓愈詩歌的藝術特徵〉時，提出「衝擊常理的美學震撼」的特色，曾舉〈苦寒〉與〈鄭群贈簟〉為例，梅堯臣也有仿擬之句。

韓愈〈苦寒〉有「日月雖云尊，不能活烏蟾，羲和送日出，㤞怯

〔註90〕錢仲聯編：《韓昌黎詩繫年集釋》卷二（台北，學海出版社，1985年），頁250～251。

〔註91〕乃指永貞革新的核心人物王伾與王叔文二人。

〔註92〕詳見錢仲聯編：《韓昌黎詩繫年集釋‧卷二‧射訓狐》注釋一，（台北，學海出版社，1985年），頁251。

頻窺覘，炎帝持祝融，呵噓不相炎。」以日月之尊，烈火之強，都難以阻此寒意，甚至陷入自身難保之窘境，對於一般的常態經驗產生巨大衝擊。梅詩〈次韻和馬都官苦熱〉則是以「火龍將焚鬣，陽烏多渴心」誇張表現炎熱之苦，係出於韓詩之途。

　　韓詩〈鄭群贈簟〉表現五月溽暑則曰：「自從五月困暑濕，如坐深甑遭蒸炊」，以自身如同坐於深甑並遭蒸炊，直接又傳神地表現出酷熱之苦。梅詩則以「蒸飰如炊煎」（〈雍丘遇雨〉）、「室屋如炊蒸」（〈答廷評宗說遺冰〉）、「鬱氣自甑炊」（〈和江鄰幾景德寺避暑〉）仿製其句，當中不論用字、立意，都與韓愈如出一轍。其他如〈觀傅陽山火〉有「十月原野枯，連山起狂燒，高焰過危峰，飛火入邏嶠，玉石被焚灼，誰能見輝耀，猿猱失輕捷，亦不暇相弔。長風又助惡，怒號生萬竅，炎炎赤龍奔，劃劃陰電笑」。有意學韓愈〈陸渾山火〉之「山狂穀很相吐吞，風怒不休何軒軒，擺磨出火以自燔。有聲夜中驚莫原，天跳地踔顛乾坤。赫赫上照窮崖垠，截然高周燒四垣。神焦鬼爛無逃門，三光弛隳不復暾。虎熊麋豬逮猴猿，水龍鼂龜魚與黿。鴉鴟雕鷹雉鵠鵾，燖炰煨爊孰飛奔」。梅詩有意效韓，但無論是場面的營造，氣勢的展現，都不如韓詩之雄放。

　　梅堯臣的詩歌刻意學韓，甚至於也有直接說明仿自韓愈作品的，但因為個人才性、氣質等因素，梅詩學韓而不如韓。然而，梅堯臣仿作韓愈詩歌的意義不在於超越，而在於接受：他是第一個努力仿作韓詩者，對韓詩在宋代的接受與地位起了引導作用，宋詩與韓詩的關係自此趨於密切。

（二）歐陽脩對韓詩的風格模仿

　　不同於梅堯臣在形式方面的接受、仿作韓詩，歐陽脩模仿韓詩在於精神與風格，較少觸及形式，尤其是險怪奇崛之表現，幾乎全然無追隨之意。他的詩重平易、尚議論，是韓愈「以文為詩」的實行者。

　　《西清詩話》評歐陽脩的詩為「清放」：

> 歐公守滁陽，築醒心、醉翁兩亭於琅琊幽谷，且命幕客謝
> 某雜植花卉其間。謝以狀問名品，公即書紙尾云：「深淺紅
> 白宜相間，先後仍須次第栽；我欲四時攜酒去，莫教一日
> 不花開。」其清放如此。〔註93〕

淺白而有韻味，讀之如同清麗短文，雖淺白如話，卻又富含詩意，實為親切之小詩。又如〈畫眉鳥〉：「百囀千聲隨意移，山花紅紫樹高低。始知鎖向金籠聽，不及林間自在啼。」讀之平易無窒，明顯通達，又有蘊意於其中。這首詩作於慶曆七年（1047），當時歐陽脩已經因為被政敵以「孤甥張氏獄傳以致罪」，而貶在滁州（今安徽省滁州市）。〔註94〕本詩的另一題目是《郡齋聞百舌》，可知此詩是作者閒居官署時聽到了畫眉鳥歡快的叫聲，並暗寓了對自己身世遭遇的感懷。

　　韓愈詩歌中如散文句法與流暢的行文脈絡，為其特色，當中又以〈嗟哉董生行〉為代表：

> 壽州屬縣有安豐，唐貞元時，縣人董生召南隱居行義於其
> 中。刺史不能薦，天子不聞名聲。爵祿不及門，門外惟有
> 吏，日來徵租更索錢。嗟哉董生朝出耕，夜歸讀古人書，
> 盡日不得息。或山于樵，或水于漁。……嗟哉董生孝且慈。
> 人不識，惟有天翁知，生祥下瑞無休期。…食君之祿，而令
> 父母愁。亦獨何心，嗟哉董生無與儔。〔註95〕

這如同是一篇夾敘夾議的短文，雖名之歌行體，讀來卻更近於文。吳喬稱本詩：「不循句法，卻是易路」；沈德潛說：「直白少文，正是不可及處」。〔註96〕二家所言正是點出韓詩的敘述直白淺易，不遵詩

〔註93〕據胡仔：《苕溪漁隱叢話・前集・卷二十九》引《西清詩話》（清道光丙午（二十六年）番禺潘氏海山仙館刊本，1846年）

〔註94〕脫脫等：《宋史》卷三百一十九（北京，中華書局，1997年），頁10378。

〔註95〕錢仲聯編：《韓昌黎詩繫年集釋》卷一（台北，學海出版社，1985年），頁79～80。

〔註96〕吳、沈二家之說，詳見錢仲聯編：《韓昌黎詩繫年集釋》卷一（台北，學海出版社，1985年），頁83～84。

歌句法的特色。歐陽脩的〈鬼車〉是仿韓詩造語平易，句法錯落的
風格：

> 嘉祐六年秋，九月二十有八日，天愁無光月不出。浮雲蔽
> 天眾星沒，舉手嚮空如抹漆。天昏地黑有一物，不見其形，
> 但聞其聲。其初切切淒淒，或高或低，乍似玉女調玉笙，
> 眾管參差而不齊。既而咿咿呦呦，若軋若抽，又如百兩江
> 州車，回輪轉軸聲啞嘔。

前以「嘉祐六年秋，九月二十有八日」起，乍讀就像是詩序，接著以
一連串視覺、聽覺的鋪陳雜入錯綜的句式中，像是一篇緊湊的短文，
充滿驚悚的氣氛，直敘而無婉轉、隱約之情，幾乎可以視為詩形散文，
完全不見詩歌的含蓄之美。

　　以詩歌議論，也是歐詩仿韓的特色之一，如〈獲麟贈姚闢先
輩〉：

> 世已無孔子，獲麟意誰知？我嘗為之說，聞者未免非。而
> 子獨曰然，有如壎應篪。惟麟不為瑞，其意乃可推。春秋
> 二百年，文約義甚夷。一從聖人沒，學者自為師。崢嶸眾
> 家說，平地生嶮巇。相沿益迂怪，各鬥出新奇。爾來千餘
> 歲，舉世不知迷。悼哉聖人經！照耀萬世疑。自從蒙眾說，
> 日月遭蔽虧。常患無氣力，掃除浮雲披。還其自然光，萬
> 物皆見之。子昔已好古，此經手常持。超然出眾見，不為
> 俗牽卑。近又脫賦格，飛黃擺銜羈。聖門開大道，夷路肆
> 騰嬉。便可剗眾說，旁通塞多歧。正途趨簡易，慎勿事嶇
> 崎。著述須待老，積勤宜少時。苟思垂後世，大禹尚胼胝。
> 顧我今老矣，兩瞳蝕昏眵。大書難久視，心在力已衰。因
> 思少自棄，今縱悔可追。戒我以勉子。臨文但吁嘻。〔註97〕

這是一篇議論性頗強的詩歌，中國詩本以抒情為主，韓愈以議論為詩
另闢蹊徑，歐陽脩可說是發揚光大，並奠定基礎的關鍵人物，此後影
響宋詩百餘年，也造就了不同於唐詩的獨特風格。

〔註97〕歐陽脩：《歐陽文忠公文集》卷六（上海，上海商務印書館四部叢刊
　　　　影印元刊本，1929 年）

第四節　宋代韓詩的反思與成熟

一、韓詩由極盛而轉向理性思考

　　北宋中期，歐陽脩帶起了一股崇韓的熱潮，政治環境與文化環境也都爲韓愈的尊崇與接受提供適當的期待的視野，韓愈詩歌順此環境而進入，很快就成爲了「顯學」。劉眞倫先生認爲北宋中期對韓愈是「全盤接受，崇拜有餘，批判不足」。〔註98〕然而，物極必反，在韓詩接受的高峰期也伴隨著懷疑與批判，這種懷疑批判並非出自利益衝突或門戶之見，而是一種內在理性的自我反思與檢討，這是宋人的特質。蘇軾曾經自述：「幽居默處而觀萬物之變，盡其自然之理而斷於其中，其所不然者，雖古之所謂賢人之說，亦有所不取。」〔註99〕宋代文人在面對自己所推崇之事物時，往往不會過度熱情，而是站在一個超然理性的態度。所以當我們看到葉燮《原詩》說：「宋之蘇（舜欽）、梅（堯臣）、歐（陽修）、蘇（軾）、王（安石）、黃（庭堅），皆愈爲之發其端，可謂極盛。」〔註100〕之後，再看歐陽脩、蘇軾、王安石、黃庭堅對韓詩的批評，〔註101〕除了歐陽脩以外，幾乎都對韓愈「以文爲詩」有所攻擊。

　　宋人的理性，也表現在挑戰經典的態度上。皮錫瑞《經學歷史》說：

　　　經學自漢至宋初未嘗大變，至慶曆始一大變也。……陸游
　　　曰：「唐及國初，學者不敢議孔安國、鄭康成，況聖人乎？
　　　自慶曆後，諸儒發明經旨，非前人之所及；然排《繫辭》，
　　　毀《周禮》，疑《孟子》，譏《書》之〈胤徵〉、〈顧命〉，黜

〔註98〕劉眞倫：《韓愈集宋元傳本研究》（北京，中國社會科學出版社，2004年），頁11。
〔註99〕蘇軾：《蘇東坡全集・第二十八卷・上曾丞相書》（台北，河洛圖書出版社，1975年），頁352。
〔註100〕葉燮：《原詩》（北京，人民文學出版社，1979年）
〔註101〕歐陽脩、蘇軾、王安石、黃庭堅對韓詩的批評可參閱本節第三單元：〈「以文爲詩」的形式風格批判〉。

《詩》之序，不難於議經，況傳注乎！〔註102〕

北宋中期的慶曆年間，處於學術地位最崇高的經學開始被懷疑，宋儒並非無的放矢的疑經改經，而是理性「發明經旨，非前人之所及」的境界。宋儒重理，甚至可以以此作爲政爭的籌碼。洛、蜀黨爭時，親洛的王覿就曾以蘇軾的文章重辭藻輕義理爲由，而大加撻伐：

元祐三年正月，王覿奏：「蘇軾長於辭藻而暗於義理，若使久在朝廷，則必立異妄作，宜且與一郡，稍爲輕浮躁進之戒。」〔註103〕

宋代士大夫在評價一個人時，往往道德重於學術才能。道德的檢驗，可以從一個仁是否急功近利爲觀察重點，也就是是否具有「老成持重」的特質。王安石從事新法改革時，就是因爲「躁進」而受到朝中老臣之反對。馬積高認爲：「宋人有一種特別的邏輯，凡是急功近利的都叫『小人』，反之則是『正人』。」〔註104〕王覿以爲蘇軾擅長辭藻的文章，對於偏向沉穩理性思考則有所欠缺，因此必將犯有躁進之弊，藉此間接將蘇軾歸爲小人之列。這樣的理由荒謬，但也可以看出宋代重視偏向沉穩的理性思想之特質。

　　北宋中期開始重視理性思考，宋人在推崇韓詩、學習韓詩之餘，也對韓詩充滿懷疑，王水照認爲宋儒的「懷疑精神是是自主人格的反映，其本身就是一種創造精神、開放心態。對於一向奉爲神明的經典文獻，一切都須經過自己的理性思辨加以鑑別、估量，這是漢儒所不敢想像、望塵莫及的」。〔註105〕因爲重視理性，促使以文爲詩的論爭深化，同時也促成了理學的興盛，最後在南宋中期完成整個「道學」系統

〔註102〕皮錫瑞：《經學歷史・經學變古時代》（北京，中華書局，1959年），頁220。

〔註103〕畢沅撰：《續資治通鑑・北宋記・第八十卷》（台北，明倫出版社，1972年），頁2031。

〔註104〕馬積高：《宋明理學與文學》（長沙，湖南師範大學出版社，1989年），頁19。

〔註105〕王水照：《宋代文學通論・緒論》（高雄，復文圖書出版社，2000年），頁25。

的建立，終於取代了韓詩的內在核心精神──道統，並導致韓詩接受的
式微。

二、「以文爲詩」的形式風格批判

「以文爲詩」是宋詩區別於唐詩的主要特色，也是韓愈爲宋詩標
下的烙記，不論宋人是否認同，但它確已籠罩整個北宋中期以後的詩
壇。

就「以文爲詩」的句意看，顯然宋人是有強烈的辨體意識，否則
詩即是詩，何須顧及其內在條件是否有其他體裁文類的涉入。宋人在
文化方面比唐人保守，思想行爲較內斂，表現在文學的態度上就比較
嚴謹。他們從日常生活中就有所謂「當行」、「本色」〔註 106〕的嚴守
本份與規範的要求，表現在文學上，就有了典範的追求，以及辨體的
意識。本小節討論北宋中期到南宋中期以文爲詩的形式與風格藝術層
次的辨證，並從他們的辨證中觀察宋人對韓愈詩歌的形式與風格的接
受過程。

（一）關於北宋韓詩「變」的批評

歐陽脩雖然高調肯定韓愈，但宋人的思考模式屬於理性的文化性
格，與唐人充滿浪漫熱情的感性不同，所以他在多方肯定、推崇之餘，
仍然冷靜點出韓愈的缺點。〈與尹師魯第一書〉中批評韓愈平時論事
「感激不避誅死」，但是一旦因事被貶，則「戚戚怨嗟，有不堪之窮
愁，形於文字。其心歡戚，無異庸人。雖韓文公不免此累」。〔註107〕
〈讀李翱文〉批評韓愈羨慕榮利：「愈嘗有賦矣，不過羨二鳥之光榮，
歎一飽之無時爾，此其心使光榮而飽，則不復云矣。」〔註 108〕歐陽

〔註106〕關於「當行」、「本色」對宋人評詩論詩的態度之影響，可以參照龔
　　　　鵬程：《詩史本色與妙悟》第三章〈論本色〉（台北，台灣學生書局，
　　　　1993 年）

〔註107〕歐陽脩：《歐陽文忠公文集・卷六十七・與尹師魯第一書》（上海，
　　　　上海商務印書館四部叢刊影印元刊本，1929 年）

〔註108〕歐陽脩：《歐陽文忠公文集・卷六十七・與尹師魯第一書》（上海，

脩這種理性思考與評論的性格，完全表現在北宋中期以後對韓愈「以文爲詩」的兩極化評論。但不論是褒或貶，韓愈的詩歌都已深入宋代文壇，正反之爭的結果都是促使韓詩往更大的面向影響。

劉攽《中山詩話》認爲韓吏部的詩有其優劣，其缺點在詩歌藝術之「變」：

> 韓吏部古詩高卓，至律詩雖稱善，要有不工者，而好韓之人，句句稱述，未可謂然也。韓云：「老公眞箇似童兒，汲水埋盆做小池。」直諧戲耳。歐陽永叔、江鄰幾論韓〈雪〉詩，以「隨車翻縞帶，逐馬散銀杯」爲不工，謂「坳中初見底，凸處遂成堆。」爲勝，未知眞得韓意否也？〔註109〕

劉攽認爲韓愈「古詩高卓」，律詩「要有不工」的說法，成了北宋人對韓愈詩歌的共同意見。這一段引文中，劉攽認爲韓愈以戲謔語言入詩是不可取的，也就是所謂的「不工」，在詩歌藝術的美感是——「變」。

蘇軾以藝術美感的角度對韓愈作品提出評論：

> 書之美者，莫如顏魯公，然書法之壞，自魯公始；詩之美者，莫如韓退之，然詩格之變，自退之始。〔註110〕

蘇軾是以審美的態度評論韓詩，他類比顏魯公的書法藝術與韓愈詩歌，認爲二者都是「美者」。接著話鋒一變，以魯公的書法爲「壞」之始；相對於韓愈詩，蘇軾的評語較溫和，僅以「詩格之變」的開端帶過。看似對韓詩無負面評語，實際上他將韓詩與魯公書法並舉，並以「壞」稱之，其意已然明顯：韓愈的「詩格之變」是負面評語。

張耒把韓愈的詩歌視爲「變句脈」：

> 韓退之窮文之變，每不軌轍。古今人作七言詩，其句脈多上四字，而下以三字成之。……而退之乃變句脈，以上三

上海商務印書館四部叢刊影印元刊本，1929年）

〔註109〕劉攽：《中山詩話》（明崇禎庚午（三年）虞山毛氏汲古閣刊本，1630年）

〔註110〕胡仔：《苕溪漁隱叢話前集》卷十七〈韓吏部〉（清道光丙午（二十六年）番禺潘氏海山仙館刊本，1846年）

> 下四。……退之以高文大筆，從來便忽略小巧，故律詩多
> 不工，如陳商小詩，敘情賦景，直是至到，而已脫詩人常
> 格矣。〔註111〕

所謂韓愈詩歌的「變句脈」，也就是本書第二章〈韓愈詩歌的創作技巧、思想與藝術特徵〉中「構句鍊字」中的句法轉變。張耒在形式方面批評韓詩，認為這種「變句脈」是屬於散文的形式範疇，其成因乃是韓愈的文筆高大，忽略小巧，所以在律詩表現上「多不工」。他一面肯定韓愈古文，一面批評韓詩將古文入詩，以致脫離詩人的常格，這也是關於韓詩「變」的批評。

　　觀察北宋人對韓愈詩歌「變」的批評，可以得到一個有趣的結論：他們力求詩的「工」，但並未明確提出何謂「工」，但又對於所謂「不工」的韓詩稱之為「變」。韓詩的「變」包括形式與風格的突破，因為出自「不工」，所以在北宋詩人的觀念裡是負面的詩歌創作行為，然而，弔詭的是，他們都不會將韓詩完全給予否定，而是在批判「變」的同時，也肯定韓詩的其他價值，所以韓愈的變調詩風才能在爭論中席捲整個北宋文壇。這種看似矛盾的現象其實有很清楚的內在一致性，因為宋人在歐陽脩以後，對韓愈有全面的肯定，所以在評他的詩歌時，不至於太苛。況且古文本是韓愈的強項，也深受北宋文人推崇，所以當以其所長的「文」為詩時，宋人批判的立場就顯得薄弱，至多也只能從形式、藝術的角度約略說其「變」與「不工」而已。

（二）「館中夜談」開啟詩、文形式的爭端

　　釋惠洪《冷齋夜話》記載著一段北宋文人對韓愈詩是「押韻之文」的論爭：

> 沈存中、呂惠卿吉甫、王存正仲、李常公擇，治平中在館
> 中夜談詩。存中曰：「退之詩，押韻之文耳，雖健美富贍，
> 然終不是詩。」吉甫曰：「詩正當如是。吾謂詩人亦未有如

〔註111〕張耒：《明道雜誌》（清順治丁亥（四年）兩浙督學李際期刊本，1647年）。

　　退之者。」正仲是存中，公擇是吉甫，於是四人者，交相
　　攻，久不決。公澤忽正色謂正仲曰：「君子群而不黨，公獨
　　黨存中？」正仲怒曰：「我所見如此，偶因存中便謂之黨，
　　則君非黨吉甫乎？」一座大笑。〔註112〕

南宋的胡仔《苕溪漁隱叢話》也有相似記載，〔註113〕沈括評韓詩有
「健美富贍」，但，僅是「押韻之文」，很顯然是認爲「健美富贍」屬
於文的優點，施之於詩，不但無助，反而破壞詩的主體性，變成了
「韻文」而「終不是詩」。這是對韓詩全面的否定，與劉攽、蘇軾、
張耒帶有保留的「變格」說有很大的不同。相對的，呂惠卿、李常認
爲詩「詩正當如是」，並進一步說明「詩人亦未有如退之者」，所謂「詩
人」應是有與「文人」的韓愈比較之意，言下之意，或有韓愈是以文
人的筆法入詩，此爲詩人所不如之處，這也是北宋對韓愈「以文爲詩」
爭論的開始。

（三）「以文為詩」的形式、風格論爭

　　《後山詩話》有兩條關於韓愈「以文爲詩」的記載：

　　黃魯直云：「杜之詩法出審言，句法出庾信，但過之爾。杜
　　之詩法，韓之文法也。詩文各有體，韓以文爲詩，杜以詩
　　爲文，故不工爾。」〔註114〕

〔註112〕釋惠洪：《冷齋夜話》卷二（明崇禎庚午（三年）虞山毛氏汲古閣
　　　　刊本，1630 年）。

〔註113〕胡仔《苕溪漁隱叢話》卷十八引魏泰《隱居詩話》：「沈括存中、呂
　　　　惠卿吉甫、王存正仲、李常公擇，治平中同在館中談詩。存中曰：
　　　　『退之之詩乃押韻之文耳，雖健美富贍，而格不近詩。』吉甫曰：
　　　　『詩正當如是。我謂詩人以來，未有如退之者。』正仲是存中，公
　　　　擇是吉甫，四人交相詰難，久而不決。公擇忽正色謂正仲曰：「君
　　　　子群而不黨，公何獨黨存中也？」正仲勃然曰：『我所見如是，顧
　　　　豈黨耶！以我偶同存中遂謂之黨，然則君非吉甫之黨乎？』一座大
　　　　笑。予每評詩，多與存中合。」（清順治丁亥（四年）兩浙督學李
　　　　際期刊本，1647 年）。

〔註114〕陳師道：《後山詩話》（明崇禎庚午（三年）虞山毛氏汲古閣刊本，
　　　　1630 年）。

退之以文爲詩，子瞻以詩爲詞，如教坊雷大使之舞，雖極
天下之工，要非本色。〔註115〕

「以文爲詩」之正式提出，應是黃庭堅，他認爲這種作詩方式是違背
詩歌的固有體裁，以致於「不工」。陳師道認爲以文爲詩的問題，就
是「非本色」，基本上也是承自黃庭堅。北宋圍繞在「以文爲詩」的
爭論點主要在於「辨體」的課題，贊成者如呂惠卿等人認同韓愈以個
人的古文形式、風格入詩；反對者如沈括、黃庭堅等以爲「詩文固有
體」，彼此各有規範，不該踰越。就文學史的客觀角度觀察，兩派相
爭並未影響韓愈詩在北宋的發展，如清人趙翼說：「以文爲詩，自昌
黎始，至東坡益大放厥詞，別開生面，成一代之大觀。」〔註116〕箇
中原因除了前文所說韓愈在宋人地位以及歐陽脩的刻意推崇之外，另
一個因素是兩派的論爭貌似針鋒相對，但事實上卻是站在不同的立論
基礎。這部分的說明可以援用索緒爾（Ferdinand de Saussure）的語言
學中「語言」（la language）和「言語」（la parole）的概念說明：所謂
語言（la language），是從一般多樣的語言中整理出一套共通且合俗的
規範，身在這個規範中的人都能理解、溝通；言語（la parole）是個
人在語言系統中詞彙、文字表現，是使用「語言」這個系統的行爲，
而非系統本身，是受到語言制約下的自由行爲。〔註117〕

　　將沈括、黃庭堅的批判模式歸爲語言（la language）體裁規範；
呂惠卿等人的評價標準歸爲言語（la parole）的個人風格，就可以清
楚知道他們所討論、論爭的對象是一致的，但是所採標準並不一樣。
在沈、黃的認知裡，韓詩並不合於詩的「語言」規範；在呂惠卿等的
觀念中，韓詩是在詩的「語言」規範中行使「言語」的個人獨創性。

　　所以在北宋的韓詩發展，長時間都是在一種沒有眞正交集的論爭

〔註115〕陳師道：《後山詩話》（明崇禎庚午（三年）虞山毛氏汲古閣刊本，
　　　　1630年）
〔註116〕趙翼：《甌北詩話》卷五（北京，人民文學出版社，1998），頁56。
〔註117〕詳參索緒爾（Ferdinand de Saussure）：《普通語言學教程・緒論》（臺
　　　　北，弘文館出版社，1985）

中進行著，因爲沒有眞正的交集，所以不會有確切的結果；但是，因爲有論爭，所以韓愈「以文爲詩」的形式、風格一直都是北宋人矚目的焦點，自然也不斷深化它的影響力。

　　韓詩既受爭議，又具有全面的影響性，顯然不能以簡單的二分法視之，因此，南宋時，就有主張折衷觀點的，陳善《捫蝨新話》云：

> 韓以文爲詩，杜以詩爲文，世傳以爲戲。然文中要自有詩，詩中要自有文，亦相生法也。文中有詩，則句語精確；詩中有文，則詞調流暢。謝玄暉曰「好詩圓美如彈丸。」此所謂詩中有文也。唐子西曰：「古人雖不用偶儷，而散句之中，暗有聲調，步驟馳騁，亦有節奏。」此所謂文中有詩也。前代作者皆如此法，吾謂無出韓、杜。觀子美到夔州以後詩，簡易純熟，無斧鑿痕，信是如彈丸矣。退之之〈畫記〉，觀其鋪張收放，字字不虛，但不肯入韻耳。或者謂其始自甲乙，則非也。以此知杜詩韓文，闕一不可。世之議者，遂謂子美于韻語不堪讀，而以退之之詩又但爲押韻文者，是果爲韓杜病乎？文中有詩，詩中有文，當有知者領予此語。〔註118〕

陳善主張跨越詩、文之間的藩籬，他認爲詩文各有特色，如能互補，也是一種「相生法」，對詩文均有助益。因爲韓詩的存在與影響是客觀的事實，主觀的批判亦無法將之逐出詩歌之門；韓詩的變革、破體、不工等問題也是客觀的存在，一味粉飾也不能掩人之耳目。所以陳善採取折衷並陳，試圖爲以文爲詩的爭議解套。

　　張戒也是力主調和兩派之爭，他在《歲寒堂詩話》說：

> 韓退之詩，愛憎相半。愛者以爲雖杜子美亦不及，不愛者以爲退之於詩本無所得。自陳無己輩，皆有此論。然二家之論俱過矣。以爲子美亦不及者固非，以爲退之於詩無所得者，談何容易耶？退之詩，大抵才氣有餘，故能擒能縱，顚倒崛奇，無施不可。放之則如長江大河，瀾翻洶湧，滾

〔註118〕陳善：《捫蝨新話》卷三（清順治丁亥（四年）兩浙督學李際期刊本，1647 年）

> 滾不窮；收之則藏形匿影，乍出乍沒，姿態橫生，變怪百
> 出，可喜可愕，可畏可服也。蘇黃門子由有云：唐人詩當
> 推韓、杜，韓詩豪，杜詩雄，然杜之雄亦可以兼韓之豪也。
> 此論得之。詩文字畫，大抵從胸臆中出，子美篤於忠義，
> 深於經術，故其詩雄而正；李太白喜任俠，喜神仙，故其
> 詩豪而逸；退之文章侍從，故其詩文有廊廟氣。退之詩正
> 可與太白爲敵，然二豪不並立，當屈退之第三。〔註119〕

張戒從北宋中期以來韓愈接受的正反兩面現象談起，認爲二者俱太
過。他將韓愈與李、杜相比，認爲韓詩的優點在於雄放崛奇都能收放
自如，但雅正則不如杜甫，雖可與李白相匹敵，但相較之下猶有不及
之處，故於唐代詩人可居第三。張戒的這段論述，巧妙地顧及兩邊的
立場。李杜的地位到了南宋已然至高，當中或有優劣之爭，然所爭者
皆是追求孰居冠、孰次之，他人已難撼動二者之地位。張戒將韓愈詩
歌列爲第三，居於李、杜之後，崇韓者認爲居李、杜下而高於唐代諸
家，是可以接受的高度；反對以文爲詩者認爲韓愈本來就不該高於
李、杜，但韓詩的全面影響也是事實，所以居於李、杜之下而非獨尊，
應該也是可以接受的說法。

　張戒、陳善的調和說較爲嚴謹，論述內容包含明確的目的與核
心，若能繼續推展，「以文爲詩」的創作方式或許能在調和中趨於完
備，並獲得更多一致性的接受。不過，隨著理學思想不斷深化，韓愈
的「道統」存在根源性的缺失，〔註120〕「道」的詮釋轉向理學，理
學家掌握了「道」的解釋權，並與「文」的關係逐漸走向對立，原本
以韓愈之「道」爲基礎的宋詩傳統漸失去舞台。

（四）「本色」的典範追求與調和

　龔鵬程在《詩史本色與妙悟》中說：

〔註119〕張戒：《歲寒堂詩話》卷上，〈《叢書集成新編（七十八）》〉，（台北，
　　　　新文豐出版公司，1985年），頁707。
〔註120〕韓愈「道統」的根源性缺失，可參閱本章第一節之〈宋代的道統發
　　　　展〉單元。

　　「典範」是一種特定的連貫的認知傳統，一群人若認同於
　　一個共同接受的典範，他們便說著同樣的語言，反之則難
　　以溝通。除非雙方能夠翻譯到一個中立語言去，否則兩者
　　無從比較，不可共量（Incommensurability）。〔註121〕

宋人強調「本色」，也就是重視典範的追求，他們一方面從前代歷史
中尋求典範，另一方面也不斷尋求突破與創新。雖然過程中爭論不
休，在各說各話的爭論中，對「以文爲詩」產生各自不同的見解，並
開創一個與唐詩全然不同的格局，這是一種「沒有交集的溝通」。因
爲以文爲詩的爭論是一者以辨體（語言）攻之，一者以個別性的藝術
表現（言語）拱之，所以是互不相涉的「不可共量」。但因爲互不相
涉，所以不會有結果，爭論的議題將不斷延續，對於韓愈「以文爲詩」
的流傳與接受反而是有利的。

　　「本色論」的宋代文人主要將典範建立在唐詩的風格，所謂的本
色，是要求詩歌的純粹性，也就是形式與風格兩方面的標準範式，如
張耒所謂「變字脈」是集中在形式範疇；黃庭堅所謂「詩文各有體」
是重視風格藝術。然而，再細究北宋文人的討論內涵，「本色論」所
重視的是在風格而非形式，更進一步說，形式只是表面的論述方便工
具而已，眞正所要切入的點是在風格。如劉攽認爲「老公眞箇似童兒，
汲水埋盆做小池」的問題是「諧戲」，這是風格層次的問題，在形式
上並無可議之處；張耒雖言韓詩是「變句脈」，但並無貶意，反而是
在風格方面說他「高文大筆，從來便忽略小巧，故律詩多不工，如陳
商小詩，敘情賦景，直是至到，而已脫詩人常格矣」，所重視者依然
是韓詩在風格上的脫離。其餘如沈括、黃庭堅、陳師道等人也都是將
焦點投射在文的風格引入詩中後，影響詩歌風格的純粹性的問題，尤
其是韓愈「高文大筆」、「健美富贍」的風格涉入詩歌後，所呈現的問
題。

　　黃庭堅認爲「以文爲詩」呈現的問題是「不工」，陳師道則認爲

〔註121〕龔鵬程：《詩史本色與妙悟》（臺北，台灣學生書局，1993），頁4。

是「工」，但「非本色」。這樣的論述排列，似乎出現了矛盾：黃庭堅認爲「不工」，陳師道卻認爲「工」，「以文爲詩」到底是「工」，還是「不工」？「工」究竟是何意？黃庭堅和陳師道所說的「工」究竟是否有一樣的意義？解釋這個問題之前，先看吳淑鈿的說法：

> 工和本色是他們所關心的價值所在，這可以用沈括所說的
> 「雖健美富贍，然終不是詩」來解釋。工是精巧，即作品的
> 藝術美，本色則包括體格和由此體格所達致的藝術美感。
> 詩、文、詞本身都具各自的文體特徵與特殊風格，文學作者
> 在選擇創作的載體時，必然考慮選用最適切的體裁，藉此表
> 現作品可能達到的最近於理想的藝術效果。〔註122〕

「工」是精巧，也就是文字的藝術。黃庭堅認爲韓文的屬性進入詩歌後，就使詩歌的文字細膩與精美度降低，所以稱爲「不工」；陳師道所看到的是屬於優雅的如「教坊」的詩，卻是雷大使舞般的雄渾，也就是將韓愈的古文比成雷大使舞，有其健美富贍的「工」。所以黃庭堅和陳師道所謂的「工」的解釋是一致的，只是他們所著眼的目標不同，才會有「不工」與「工」的差別。黃庭堅的著眼點與蘇轍的相近：

> 韓退之作《元和聖德詩》，言劉闢之死，曰：「宛宛弱子，赤
> 立傴僂，遷頭足。先斷腰脊，次及其徒。體骸撐拄，末乃取
> 闢。駭汗如瀉，揮刀紛紜，爭切膾脯。」此李斯頌秦所不忍
> 言，而退之自謂無愧於《雅》、《頌》，何其陋也。〔註123〕

這是一場殘酷的虐殺過程，血淋淋的呈現於詩中，完全沒有細膩與精巧可言，所以說「不工」。陳師道的著眼點與沈括對韓詩「雖健美富贍」相近，所以認爲「工」。總而言之，黃庭堅與陳師道所看到是韓愈詩歌形式的兩個面向，各有所取，才會有截然不同的評價。

〔註122〕 吳淑鈿：〈以文爲詩的觀念嬗變〉，《中國文哲研究集刊》第 17 期（台北，中央研究院中國文哲研究所，2000 年），頁 242。
〔註123〕 蘇轍：《詩病五事》（清順治丁亥（四年）兩浙督學李際期刊本，1647年）

　　然而，「工」與「不工」僅是形式方面的美，以文爲詩眞正吸引文人目光者爲「本色」的爭議。黃庭堅的批判僅止於形式美，陳師道更進一步著力於「本色」的探究。所謂本色，是宋代擁有一個「體裁大備的場面」時，必須面對「各體裁之間如何分辨的問題」。〔註124〕當北宋剛面臨體裁大備而必須分辨的取捨時，除了形式的「工」與否外，最大的判斷原則是風格，也就是各種文體所獨有的藝術特徵，即「本色」。換而言之，本色的確立，才能辨析各文體的差異性，學習的典範才能建立。這是本色論者的主張。

　　在前文論述了許多本色論者如蘇軾、黃庭堅、陳師道等人的意見，大抵是認定韓文主理性、雄豪、直接，不適於入詩。倘若我們站在韓文的相對面，大致可以理出本色論者所認定的詩歌宗旨正如龔鵬程所說：「詩當以吟詠情性、深婉含蓄爲宗旨，是宋朝的共識，當時之所以會有『本色』這樣的批評術語和觀念，也來自他們對詩之本質有此認定。」〔註125〕

　　肯定韓愈以文爲詩者也是站在相同的典範之內，也採用共同的「語言」，只是他們主張「言語」的個別性不但不會破壞詩歌的典範追求，更能開啓詩歌的多樣性面貌，如呂惠卿所稱「詩正當如是」。

　　兩派之論，表面雖然勢如水火，內在卻是一種辯證的釐清過程。以文爲詩的形成，是漸進產生，而後在北宋中期成爲風氣，所以本色論的提出，是因爲面臨了文體入詩的挑戰所做的回應。因爲「以文爲詩」不但成爲一種既定的客觀事實，甚至於主張本色典範者如蘇軾、黃庭堅、陳師道等人，雖然有意以唐詩爲典範，奉之爲本色，但在現實流傳接受已然成形下，他們能做的就是學古通變——「學習唐詩之優良典範，作爲變化詩風之借鏡與手段；同時標榜自得成家，作爲學唐之終極目標。」〔註126〕所以學習唐詩典範者也要標舉「自得成家」，同時也吸

〔註124〕龔鵬程：《詩史本色與妙悟》（臺北，台灣學生書局，1993），頁100。
〔註125〕龔鵬程：《詩史本色與妙悟》（臺北，台灣學生書局，1993），頁117。
〔註126〕張高評：〈北宋讀詩詩與宋代詩學——從傳播與接受之視角切入〉，

收當時主要的詩歌創作元素，於是籠罩在北宋中期以後以文爲詩的創作
手法，也是他們必須取用的元素，這也是蘇軾等人的詩歌兼有文章佈局
之法、才力展現以及議論義理的特色。所以「韓愈議論化，散文化的詩
風，則通過歐、蘇、黃、陳發展爲宋詩的主流」〔註127〕到了南宋中期，
論爭理由與立場皆已清晰，必須從「正──反」對立的局面中，開創出
「合」的新典範，於是有張戒與陳善的統合主張。因此，不論強調本色
與否，北宋中期到南宋中期的詩人都在論辯中不斷調合，在這過程中不
斷深化「以文爲詩」的宋詩風格。

三、「道」的涉入並鞏固韓詩地位

本單元主要討論以文爲詩的思想行爲，採取的「文」是韓愈的古
文思想主張，也就是「道」的承載問題。筆者以爲，宋人對韓愈以文
爲詩的接受一般皆著重在「文」工具性討論，如葉慶炳所說的：

> ……宋詩從此步入新境界。主氣格，賤麗藻，一也；重鍊意，
> 輕修辭，二也；以詩議論，三也；以詩紀事，四也。〔註128〕

葉慶炳的說法可以代表傳統對宋詩的看法。但是韓愈的以文爲詩能讓
宋人接受並影響整個宋代詩壇，甚至成爲宋詩的一大特色，所依靠的
眞的這些表象修辭與工具性的文類跨用嗎？〔註129〕筆者以爲不然。一
種文體內在特殊風格的形成，有其複雜的因素，除了形式風格之外，
內在的思想更是一大關鍵。所以追溯以文爲詩的接受與影響，必先察
知其特性在於文而不在詩，「文」的構成有兩個層面：表像文字與內在
思想。表像文字的層次就是葉慶炳所論的四項要點，大致在前一節已

《漢學研究》第24卷第2期（台北，漢學研究中心，2006年），頁207。

〔註127〕劉眞倫：《韓愈集宋元傳本研究》（北京，中國社會科學出版社，2004年），頁1。

〔註128〕葉慶炳《中國文學史》（台北，台灣學生書局（下），1994年），頁115。

〔註129〕所謂「文類跨用」，是指不同文類的特色彼此互用，如紀事本屬文之體裁功能，一旦入於詩體，則屬文類之跨用。

有略述，也是一般人對以文爲詩的聚焦所在。筆者以爲，韓愈的文中蘊道，所以在思想層面而言，以文爲詩就是間接「以道爲詩」，這才是宋人從精神上接受韓愈詩歌主因，也是他們所認爲的核心價值，更是使得以文爲詩的創作方式之所以能長期流行於宋代詩壇的主因。

　　韓愈的「道」，是儒家之道，關於這方面的說明，在本書第二章第二節〈韓愈詩歌的思想特徵〉討論道統的部份已經就「儒家爲正統的道統」與「韓愈詩歌的道統思想」兩個子題說明，在此不擬贅述。本單元要將宋儒詩歌受到韓愈道統的影響與接受提出討論，藉以說明宋代文人接受韓詩的內在精神因素。

　　宋人單獨討論「韓詩」與「經傳之道」的關係者不多，吳沆是其中少見之例，他在《環溪詩話》云：

> 韓詩無非〈雅〉也，然則有時近乎〈風〉，如〈誰家子〉、〈華
> 山女〉、〈僧澄觀〉則近于〈風〉乎！如〈失藤杖〉、〈靳州
> 笛〉、〈竹〉、〈桃源圖〉，則亦〈風〉之類也。如〈謝賜櫻桃
> 和裴僕射〉則近乎〈頌〉矣。如〈題南嶽〉、〈歌石鼓〉、〈調
> 張籍〉而歌李杜則〈頌〉之類也。雖〈風〉、〈頌〉若不足，
> 而〈雅〉正則有餘矣。〔註130〕

吳沆將韓詩的精神與儒家傳統的《詩經》結合，可以說是符合儒家之道。然而，宋人在論韓愈的道與文學的關係時，大都以總體文學而言，除了古文之外，很少有另外獨立一種文體而言「道」。如曾鞏〈雜詩〉五首之一稱讚韓愈詩文有經傳之根柢，也是稱「文辭」而不稱「文體」：

> 韓公綴文辭，筆力乃天授。並驅六經中，獨立千載後。謂
> 爲學可及，不絕驚縮手。如天有日月，厥要無與偶。當之
> 萬象榮，所照百怪走。〔註131〕

曾鞏將韓愈的文辭視爲天授，看似可學，實乃一般人難以企及，可謂

〔註130〕吳沆：《環溪詩話》卷中（清順治丁亥（四年）兩浙督學李際期刊本，1647 年）
〔註131〕曾鞏：《元豐類稿》卷四（台北，國立故宮博物院影印元大德刊本，1988 年）

以天才視之。論其內容，又足以與六經並驅，在儒家文人的眼中，無異是至高的評價。然而，曾鞏對韓愈文辭的高度評價是站在總體角度而言，並未突出詩歌的特色。

程杰則是把宋人的詩歌併在一起，討論和「道」的關係：

> 仁宗朝後期……詩文創作在思想作風都極「張力場」中獲得多項拓進的動力。王安石懷經國濟世之志，不以文章爲止境，主張文章「以適用爲本」，所作無論詩文，多「詳平政體」、「緣飾治道」，參以古今，斷以經術。曾鞏積極追隨歐陽脩，深得其傳，而「本源六經，斟酌於司馬遷、韓愈」，於「事實」、「道理」尤爲致意，立言於歐、王師友間「卓然自成一家」。〔註132〕

宋人重道，詩文創作的目的是實際效用，用於治道之經術，或本源於六經。可見儒家之「道」影響宋人寫作甚鉅。所以「以文爲詩」的爭議延續百年，非但不絕，反而成爲宋詩的藝術特徵，主要的因素就在於「以文爲詩」是工具性的目的，真正決定性的關鍵是「道」。換而言之，只要「以文爲詩」中的「文」與「道」的關係沒有被否定，單就「文」的形式風格是否可以入詩的討論，是難以有明確的答案與結果的。

四、韓詩的接受與仿作

北宋中期到南宋中期，是以文爲詩的爭論與深化的時期，文人受到的影響很深，學韓的風氣也極盛。不同於前一節梅、歐時期出於意態的模仿，此時的宋人仿韓詩表現得光明正大，直接在詩題中明白呈現。茲舉大要如下：

（一）蘇軾刻意仿韓詩

韓詩描寫琴聲琴韻，作有〈聽穎師彈琴〉；蘇詩有〈聽賢師琴〉；描寫打獵，韓愈有〈雉帶箭〉，蘇詩有〈祭常山回小獵〉；描寫初嘗異鄉新食物，韓詩有〈答柳柳州食蝦蟆〉，蘇詩有〈四月十一日初食荔

枝）；寫有關竹蓆，韓詩有〈崔群贈蓆〉，蘇詩有〈寄蘄蕈與蒲傳正〉；
描寫山林火災，韓詩有〈陸渾山火一首和皇甫湜用其韻〉，蘇詩有〈雲
龍山觀燒得雲字〉等。〔註133〕

　　從這些資料所浮現的意義為——蘇軾雖然對韓愈「以文為詩」
有負面批評，但並不影響他在整體上對韓詩的欣賞與接受。蘇軾為
宋代具有指標性的大詩人，他如此愛好韓詩，所呈現的韓詩接受意
義更是重大。

（二）王令的仿效韓詩

　　王令（1032～1059）作了許多仿效韓愈的詩文，有的標明「效」
某詩某文，有的直接與韓愈原作同題。詩歌方面，王令仿韓之作有標
明仿效的〈效退之清清水中蒲〉與同題的〈月蝕〉。

〈效退之青青水中蒲〉：

　　雙雙水中梟，足短翼有餘。飛高既能遠，行陸事安俱。
　　雙雙水中梟，來急去閒暇。江湖風挽波，泛泛自高下。
　　雙雙水中梟，已往又回顧，弋者窺未知，舟來避還去。
　　雙雙水中梟，常在水中居。還有籠中鷙，騰軒仰不如。
　　雙雙水中梟，食飽不出水。靈鳳來何時，鴻鵠志千里。

〔註134〕

再比較韓愈的〈青青水中蒲〉：

　　青青水中蒲，下有一雙魚。君今上隴去，我在與誰居。
　　青青水中蒲，長在水中居。寄語浮萍草，相隨我不如。
　　青青水中蒲，葉短不出水。婦人不下堂，行子在萬里。

〔註135〕

韓愈的作品是一組三首的樂府詩，乃具有同一主題的組詩——思婦之

〔註133〕觀於蘇軾詩歌仿韓詩的比較資料，取材自谷曙光：〈韓詩之變與蘇
　　　　詩的變中之變〉，《四川大學學報（哲學社會科學版）》2005 年第 5
　　　　期（成都市，四川大學，2005 年），頁 88～89。
〔註134〕王令：《廣陵先生文集》卷八（吳興劉氏嘉業堂刊本，1922 年）
〔註135〕錢仲聯編：《韓昌黎詩繫年集釋》（台北，學海出版社，1985 年），
　　　　頁 22。

歌。它是韓愈青年時代的作品，寫於貞元九年（793），是思念妻子盧氏而作。清人陳沆《詩比興箋》說此詩是「寄內而代爲內人懷己之詞」。王令的作品同樣是一組三首的樂府詩，但內容迴異於韓詩，其中多有驚恐、困難，最後期待機緣降臨，方有一展長才之希望，詩中或有其他寓意，但未能看出。

兩首不論是內容、篇幅、筆法皆大不相同，王令命題同於韓愈，其可能只是基於對韓愈之崇拜。

王令另有一首〈月蝕〉：「盧仝不作韓愈死，天目雖盲未見嗟。坐嘆清光無惜處，一將吞吐聽蝦蟆。」除了題目之外，完全無仿造韓愈、盧仝〈月蝕〉的跡象，倒是第一句：「盧仝不作韓愈死」頗似韓愈〈石鼓歌〉中「少陵無人謫仙死」句。此詩或許因月蝕而感發，但在內容並無仿作之意。

（三）黃庭堅詩師韓愈之說

黃庭堅本人並無論及個人有仿韓愈之詩作，但李詳（1858～1931）〈韓詩萃精序〉云其效法韓愈有十之六七：

> 黃魯直詩于公（韓愈）師其六七，學杜者二三。舉世相承，
> 謂黃學杜，起山谷而問之，果宗杜耶？抑師韓耶？〔註136〕

這是李詳主觀的見解，並無進一步論據佐證，本該成爲懸案。但詳觀黃庭堅在宋代詩壇的地位與特色，除了江西詩派的詩歌之外，就屬詩法最爲特出，所以谷曙光也認爲李詳的說法是針對黃庭堅的詩法而言：「黃庭堅則通過『以文爲詩』來鍛鍊詩法詩藝，不肯作一尋常語，以期造成生新的筆調，峭厲的氣格和某種特殊的文人氣」。〔註137〕

因爲「以文爲詩」是這段時期宋詩的主要風格，所以仿擬自韓愈

〔註136〕 李詳：《韓詩萃精‧序》轉引自錢基博《韓愈志》引文（上海，商務印書館，1958年），第145頁。

〔註137〕 谷曙光：〈論黃庭堅對韓愈詩歌的接受〉，《安徽師範大學學報（人文社會科學版）》第32卷第2期（蕪湖市，安徽師範大學，2005年），頁150。

者太多，故無法一一列舉，茲選出以上較具特殊性者以供參考。

第五節　南宋後期韓詩接受的沒落

　　南宋後期，韓愈詩歌的接受由盛而衰，一方面是本身「以文為詩」
走向疲乏，另外支撐韓愈文學內在價值的「道統」也被朱熹理論趨於
完整的「道學」所取代。在詩歌形式與精神都已然不利的環境下，又
遭受晚唐體的排擠，最後詩歌主流終為永嘉四靈的晚唐體所取代。

一、朱熹對「道」的建構與取代

　　北宋中期程頤（1032～1085）就曾經針對麗辭的「作文」而提出
「作文害道」的觀點：

　　　問：作文害道否？
　　　曰：害也。凡為文不專意則不工，若專意則志局於此，又
　　　安能與天地同其大也。《書》云：「玩物喪志。」為文亦玩
　　　物也。……古人學者，惟務養情性，其他則不學。今為文
　　　者，專務章句，悅人耳目；既務悅人，非俳優為何？……
　　　或問：學詩可否？
　　　曰：既學時須是用功方合詩人格，既用功，甚妨事。古人
　　　詩云：「吟成五個字，用破一生心。」又謂：「可惜一生心，
　　　用在五字上。」此言甚當。……某素不作詩，亦非是禁止
　　　不作，但不欲為此閒言語。且如今言能詩無如杜甫，如云：
　　　「穿花蛺蝶深深見，點水蜻蜓款款飛。」如此閒言語道出
　　　做甚？某所以不嘗作詩。〔註138〕

程頤將道與文分開，認為作文會妨道，將二者對立，基本上就是否定
了「文以載道」或「文以明道」的可能。以宋儒的立場，「文」與「道」
的關係是道重於文，當程頤將二者對立，並提出客（文）將害主（道）
時，詩將失去存在的必要性。程頤再進一步否定宋人學詩的最高典範

─────────────────

〔註138〕張伯行輯：《二程語錄》卷十一（清同治五年福州正誼書院刊正誼
　　　　堂全書本，1866 年）

——杜甫，刻意引用他的少數優柔詠物詩，藉以說明詩歌無益於道，試圖從源頭破壞詩歌存在的正當性。不過程頤在攻擊「作文害道」之時，並未能建構出一套完整的「道」以取代文士所依循的韓愈「道統」思想，所以並未有全面的影響。

　　南宋中期，朱熹繼承程頤排斥韓愈道統的態度而更甚之，不同於程頤對文道多破而少有個人主張之建立，朱熹將「破」與「立」二者並重。他一方面認爲韓愈對於儒家之道，只能「見其大體」，卻「未能究其所從來」；〔註139〕對於扶持儒家「正學」，更是不得要領，「韓退之，歐陽永叔所謂『扶持正事，不雜佛老者也』。然到得緊要處，更處置不行，更說不上去。便說出來也拙。緣他不曾去『窮理』，只是學作文，所以如此。」〔註140〕又說：「余謂老蘇，但爲欲學古人說話聲響，極爲細事；韓退之柳子厚輩亦是如此。」〔註141〕對於韓愈以及歐陽脩、蘇軾等鄙爲不識儒家之道者，僅以窮文學古之類的細事爲能。朱熹針對韓愈之「道」的這些攻擊，並不是獨到的見解，早在北宋中期蘇東坡就曾批評韓愈「其爲論甚高，其待孔子、孟軻甚尊，其距楊、墨、佛、老甚嚴，此其用力，亦不可謂不至也；然其論至於理而不精，支離蕩佚，往往自叛其說而不知。」〔註142〕朱熹更進一步將歐陽脩、蘇軾等人連在一起，一併批判，此爲針對韓愈的「道統」所「破」之論。

　　另一方面，朱熹也積極建立理學系統，陳來說：

　　　朱熹把《論語》、《孟子》、《大學》、《中庸》合編爲「四書」，
　　　使四書成了宋以後高於五經的經典體系，他一生用力於四
　　　書的詮釋，具有很高的造詣，這是後來他對四書的解釋被

〔註139〕朱熹：《朱文公集・卷五十八・答宋深之》，轉引自吳文治編：《韓愈資料彙編》（北京，中華書局，2004年），頁400。

〔註140〕黎靖德編：《朱子語類》卷一百三十七，轉引自吳文治編：《韓愈資料彙編》（北京，中華書局，2004年），頁419。

〔註141〕朱熹：《朱文公集・卷七十三・滄州精舍諭學者》，轉引自吳文治編：《韓愈資料彙編》（北京，中華書局，2004年），頁408。

〔註142〕蘇軾《經進東坡文集事略・卷八・韓愈論》，轉引自吳文治編：《韓愈資料彙編》（北京，中華書局，2004年），頁145。

> 奉爲科舉考試標準的原因。他以繼承伊洛傳統爲己任，以
> 二程思想爲基礎，充分吸收北宋其他理學家的思想營養，
> 建立一個龐大的「理學」體系。〔註143〕

朱熹以個人的才學，集合前賢之長，鎔鑄成一個成熟的理學體系，並
掌握了科舉考試的解釋權，促使理學大盛，「道」的詮釋與標準落入
程朱學派手中，韓愈的道統遂失去優勢，詩文的內在精神亦失去依
歸。另又因政治上歷經了長期的動盪、偏安，士人對於宋初所標舉的
韓愈道統已經失去熱情與著力點。韓愈偏向外王的「道」既已被心性
之學的內聖之「道」所取代；韓詩由是缺乏道的內在支撐力量，也逐
漸被永嘉四靈的晚唐體所取代。

二、永嘉四靈與江湖詩派的末世之音

　　南宋從高宗紹興九年（1139年），秦檜代高宗跪拜金使，稱臣議
和，並以納貢作爲換取和平的代價，尤其岳飛被殺與韓世忠被迫去職
後，高宗偏安的心態甚爲明顯，看在士人的眼中，豈能不失望而意志
消沉。寧宗以後，奸佞當道，政治腐敗，國勢日衰，《宋史》對寧宗
有如下評價：

> 中更侂胄用事，内蓄群姦，至指正人爲邪，正學爲僞，外
> 挑強鄰，流毒淮甸。頻歲兵敗，乃函侂胄之首，行成于金，
> 國體虧矣。既而彌遠擅權，幸帝耄荒，竊弄威福。〔註144〕

文學與環境的關係最爲密切，當國家局勢走向末世之途，詩人對於家
國之變有著敏銳的觸角，如晚唐李商隱面對帝國沒落，在無奈之餘，
詠出了「夕陽無限好，只是近黃昏」（〈登樂遊原〉）的悲慨。

　　南宋中期以後，宋室的偏安心態，造成士人低迷、消極的心態，
詩歌內部的「道統」已被理學的「道」所取代，同時理學家認爲作文
害道，對詩歌的態度並不積極，以致詩人的創作缺乏中心信念，也就
是「道」。所以在主觀的創作就不再爲道而作詩，有的詩人漸漸退到內

〔註143〕陳來：《宋明理學》（瀋陽，遼寧教育出版社，1997年），頁162。
〔註144〕脫脫等：《宋史》卷四十（北京，中華書局，1997年），頁781。

心世界柔靡清苦的詩境，並競馳麗句形式，如取法晚唐體的永嘉四靈。

（一）永嘉四靈

　　孝宗喜愛唐詩，曾於淳熙年間命人集錄唐詩數百首，上有所好，下必甚焉，此後洪邁兩度進獻唐人絕句共萬首，並因此受到朝廷降敕褒獎。〔註145〕於是有些南宋詩人轉向學唐，並與江西詩派抗衡，江西詩派在失去「道」的奧援，以文爲詩以及詩法主張流於空洞，導致詩人多有不滿。葉適反對江西詩派，又順應朝廷的崇尚唐詩風氣，遂鼓勵以晚唐詩風爲模仿對象的永嘉四靈。趙汝回〈瓜廬詩・序〉說：

　　　　唐風不競，派沿江西，此道蝕滅盡矣。永嘉徐照、翁卷、
　　　　徐璣、趙師秀乃始以開元、元和作者自期，冶擇淬煉，字
　　　　字玉響，雜之姚、賈中，人不能辨也。水心先生既嘖嘖嘆
　　　　賞之，於是四靈天下莫不聞。〔註146〕

葉適是朱熹、陸九淵去世之後，當世之大儒，〔註147〕唐宋文人對文壇的領袖都有高度的敬仰，他們也能充分運用自己的地位與影響力，大力推行文學，並獎掖後進。然而，永嘉四靈的晚唐體藝術水準並不高，作者才力又有限，〔註148〕四靈詩歌的流行是因爲環境的使然，

〔註145〕　洪邁進詩一事，可參閱費君清〈永嘉四靈的興起與南宋詩風的嬗變〉，收錄於王水照等編：《首屆宋代文學國際研討會論文集》（上海，復旦大學出版社，2001年），頁256。

〔註146〕　薛師石撰《瓜廬詩》；趙汝回〈序〉（清嘉慶六年石門顧修讀畫齋重刊本，1801年）

〔註147〕　方回：《瀛奎律髓》卷二十云：「乾淳以來，尤楊范陸爲四大家，自是始降而爲江湖之詩。葉水心適以文爲一時宗，自不工詩，而永嘉四靈從其說，改學晚唐詩，宗賈島、姚合。」

〔註148〕　葉慶炳認爲：「賈島、姚合，在唐詩亦非上乘；四靈效之，難免每下愈況。故《四庫總目・芳蘭軒集提要》曰：『蓋四靈之詩，雖鏤心鉥腎，刻意雕琢，而取境太狹，終不免破碎尖酸之病。』」葉先生又推論四靈取法姚合、賈島的原因有三：一、由於才力所限；二、由於地理環境使然；三、由於時代運氣所繫。以上分析詳見葉慶炳：《中國文學史》（下）（台北，台灣學生書局，1994年），頁150。關於詩人的主觀條件僅有個人才力的因素，偏偏又是負面條件。所以永嘉四靈的興起是時代環境的偶然，但偶然條件無法長

以及北宋中期以後韓詩接受與影響力的稍退所致，其本身的主觀條件
與影響力並不大，所以後繼並無可觀者。

（二）江湖詩派

南宋理宗時，國勢已是岌岌可危，詩人文士進退失據，最後眼看
局勢已不可為，遂交友成伴，遊於江湖，或成群吟詠，過著自我放逐
的生活，於是衍成成江湖詩派。

江湖詩派的群聚是由於個人的遭遇與時代環境促使，它的來源很
雜，有江西之後繼，有四靈之餘緒，各家各有主張與風格特徵，所以
江湖詩派並無一致的詩學核心思想。

江湖詩派的出現固是環境使然，但其中有個關鍵的繫連者——書
商陳起。他刊刻了許多中晚唐詩人的集子，並藉由商業活動促進了詩
人的群體活動，甚至結成詩派。陳起直接向詩人索詩刊刻，所以能與
詩人保持密切聯繫，也能掌握江湖詩人的創作情況。更重要的，是他
為江湖詩人建構了一個溝通的平台：陳起的書鋪是當時江湖詩人的一
個聚會點，詩人在此互相唱和，凝聚向心力。尤其是在寶慶元年《江
湖集》刊刻之後，江湖詩派之名以及詩人的作品隨之流傳開來。所以
江湖詩派的出現與流傳，陳起是一個凝聚與傳播的關鍵，這在中國古
代文學史上是一個特殊的例子。

但是無論是書商的傳播以及聚會吟和，都屬於外在環境的的條
件，在缺乏內在理論基礎與中心思想的指引下，產生許多弊病，袁行
霈主編的《中國文學史》對江湖詩人有如下批評：

> 而此時的江湖詩人則不再堅持那種操守和志趣，他們追求
> 的是社會的承認以及由此而帶來的實際利益，並不在乎沾
> 染庸俗習氣。這種習氣給江湖詩人的創作帶來了不利的影
> 響，他們寫了許多用於獻謁、應酬的詩，內容大多是歌功
> 頌德或嘆窮嗟卑，空洞無聊。〔註149〕

久，永嘉四靈如同曇花一現是必然的。
〔註149〕袁行霈主編：《中國文學史》第三卷（北京，高等教育出版社，2001

南宋詩壇從此走入庸俗、功利的地步，已無韓詩的接受空間，韓詩對宋詩兩百年來的影響，也於此告終。

第六節　小　結

　　宋朝是韓詩的全面接受期，但也是爭論最大的時期。宋人不斷以詮釋性的方式接受韓詩，尤其是在「以文爲詩」的是否合於詩歌體裁要求的討論最爲激烈，這樣的批判與爭論使得韓詩的價值不斷提高、論述不斷深入，終於在南宋中期，有了統合二者的主張。

　　韓詩能夠在兩宋不斷的論爭中持續被深入剖析，而不被「押韻之文」的批判所駁倒，當中的內在核心價值——具有超越形式論爭層次的「道」。在宋代，「道」與韓愈的「文」已經是不能切割的整體。所以「以文爲詩」的概念出現時，「道」順「文」之勢而入「詩」了，有了道的內在價值，韓愈的詩歌就難以從形式的層面而給予全盤否定。

　　在理學興盛的宋代，「道」是文學與思想核心，所以掌握「道」的詮釋權，就足以盛大其學其文。南宋中葉以後，「道」的詮釋權落入程朱學派之中，韓愈的道統失去優勢，詩文的內在精神失去依歸，在宋代詩壇的地位也被永嘉四靈與江湖詩派所取代。

　　本章作爲全書之末，亦是本書之重心，韓愈詩歌眞正盛行是在有宋一代，宋代不論是在韓愈詩文集的流傳、詩歌的仿作（影響史）與評價的高低（效果史）均有可觀的成果。基本上，宋學的發展歷程與興衰，是與韓學相始終的，所以：宋學即韓學。

年），頁 206。

第六章　結　論

　　本書採取歷史的縱向與橫向的觀察，期望能由接受的角度，經由讀者主動的立場與判斷，勾勒出韓愈詩歌在唐宋的的發展圖像。本書的中心縱軸線是韓愈詩歌的接受脈絡，在針對不同時期韓愈詩歌所受到的重視與接受條件時，依其比重旁出說明。基本上，韓愈的詩歌在本書是重心，接受理論是主要的的方法，但筆者撰寫本書的動機並不如此單純。本書除了希望透過韓愈詩歌的接受，觀察各時期韓詩地位的變化外，也期待韓詩的接受像是一面多角的菱鏡，能從中折射、反應各時期的詩歌主流風貌，如中、晚唐、五代、南宋中期以後，韓詩都未居主流，筆者就不勉強將韓詩作過多的接受討論，因爲文學史的真實面貌是不能隨意比附、增損。所以本文除了針對韓詩的接受討論外，也用了許多篇幅比較韓詩與其他詩歌在同一個時空環境下的接受情況，將文學史還原。

　　本文重視環境與文學接受、發展的關係，因此，對於接受的準備工作，也就是期待視野的重構，尤其是文化、政治環境這些具有關鍵性的因素，更是不能排除在期待視野的因子之外，因此筆者也不避冗長而分析、敘說。

一、本文之研究結論

　　第一、韓愈是一個爭議性強的人，他的思想、言行、文筆都具爭

議性，而且往往擺盪於極端的兩邊。他熱衷功名，甚至於可以在從政期間大力吹捧宦官俱文珍；極力闢佛，寫下直言犯上的〈諫迎佛骨表〉而一夕貶潮；到了潮州，立即深自檢討，以表謝上；曾以〈原道〉攻擊佛徒，又與僧徒如大顛、穎師等人交往；反對服食丹藥，白居易卻指他「服硫黃」，進而「一病訖不瘳」。詩文也是刻意主張標新立異，企圖創造另類的美學追求。因此，自中唐以來，韓愈都屬於爭議性人物，對於他的詩文評價也走入不同途徑：為文尚奇，在當時「元和之風尚怪」的社會心理下是可以接受的，但韓愈詩歌崇尚的怪帶有醜、僻、晦澀、散文化之特徵，就超出了社會的心理期待，而不如元白「輕俗」之反傳統的怪了。

第二、韓詩的創作手法與思想在本質上近於韓文，但是韓愈沒有意識到這個共通性。韓愈主觀的著力在於古文，古文的核心在於它所標舉的道統，這是他個人以及後世都清楚的標記；至於詩歌，韓愈以「餘事做詩人」的態度為之，並未見個人有特殊的理論、筆法貫注其中。殊不知，一個人的文學表現與思想有著內在的共通性，韓文刻意為道而作，韓詩不免有此意識；韓文求新求奇，韓詩筆法也就險怪，這是作為一個的文人所必然會有的才學質性的內在共通性，就像朱熹等理學家認為作文害道，但是他本身也寫詩，且所寫的詩歌幾乎都是平易中深蘊道與理，何害之有？

韓愈詩歌所蘊含的美感傾向與散文筆調，在宋人的眼中，得到肯定與批判的兩極論爭，並不斷的深入討論，對宋詩的發展影響甚鉅。

第三、晚唐五代開啓了韓愈接受的契機。在亂世缺乏一種向心力與最高文學藝術的追求目標，對現實採取遁逃的態度，他們緬懷過去，他們對當下時局逃避，縱有描寫當下之情景者，往往也以小巧細碎的筆法描景抒情，對現實環境採取保持距離的態度。他們缺乏一致性的美學典範，後世認為柔美綺麗的詩風是晚唐的代表，那是被動於環境的造就，而非積極的追求與建立，所以並無典範追求的目標。當無力於典範的建立與追求時，各種詩歌體裁與風格就有其自由馳騁的

場域，詩人的包容性也擴大，這時期的詩歌討論偏向風格的陳述，較少品級高低的評騭，如司空圖的《二十四詩品》將詩歌的創作風格，歸類爲二十四種。它不將各種詩風提出正反面批評與意見，而是能站在欣賞的角度分析《二十四詩品》所列舉的風格，並全部給予正面評價；張爲的《詩人主客圖》雖然有對各流派詩人作品品第等級，但只是根據各流派內部比較作單線的評價，並未涉及跨流派之間的比較，所以在張爲所選列的「廣大教化」、「高古奧逸」、「清奇雅正」、「清奇僻苦」、「博解宏拔」、「瑰奇美麗」六大詩歌流派彼此之間並沒有優劣評價問題，也可以說《詩人主客圖》對中晚唐五代詩歌有著多元化的價值取向，這一點和司空圖的《二十四詩品》的觀念是一致的。

晚唐五代對於詩歌的接受是兼容並蓄，韓愈的詩歌也在這時候開始受到注意，韋莊編選的《又玄集》收入韓愈兩篇作品，雖然比例不高，且是在韋莊全面回溯與整理唐詩而一併收入，但已預告韓詩將不再寂寞。

司空圖〈題柳柳州集後〉對韓愈的詩歌與古文風格結合討論，並給予高度評價，爲宋人討論韓詩開啓了文體論辨的源頭，並從「以文爲詩」的爭論，促使宋人重新審視詩歌題材的跨度，從形式上走出一條與唐詩不同的路徑。

第四、韓詩全面接受與興盛在於宋朝，但過程卻是充滿學術性的論爭。宋人不斷以詮釋性的方式接受韓詩，尤其是沈存中等人在「館中夜談」開啓詩、文形式的爭端後，就急速向兩個極端擺盪：反對者認爲韓愈將文章雄健的筆法入詩，完全破壞詩的柔性美感，使之完全失去詩的韻味，故斥之爲「押韻之文」，根本不入詩的殿堂。贊同者認爲「詩正當如是」，並進一步說明「詩人亦未有如退之者」，將「詩人」與司空圖認爲「文人」的韓愈比較，而推崇文人的筆法入詩，此爲詩人所不如之處，這也是北宋對韓愈「以文爲詩」爭論的開始。

不過，韓愈的「以文爲詩」是一種既定的事實，批判與爭論只能重新對韓詩賦予更多的額外價值，這種額外的價值就是「誤讀」，經

由誤讀而產生更多的創造性接受。長期的爭論，反而證明韓詩有難以推翻、取代的價值，也經由不斷的正反面探索，不斷深化韓詩的接受基礎。所以「韓愈議論化，散文化的詩風，則通過歐、蘇、黃、陳發展爲宋詩的主流」。〔註1〕到了南宋中期，論爭理由與立場皆已清晰，必須從「正──反」對立的局面中，開創出「合」的新典範，於是有張戒與陳善的統合主張。

第五、「道」的內在核心價值促使韓詩的地位難以撼動。在撰寫本書的過程中，筆者反覆思索一個問題：韓愈以文爲詩的特殊詩歌創作手法在宋代除了歐陽脩、呂惠卿等人之外，幾乎都上一面倒的抱持反對、批判的立場，但卻能對宋詩發展產生重大的影響。甚至於站在反對以文爲詩立場的蘇軾、王安石、黃庭堅等人都有受到韓愈的影響，並且刻意仿作。這種矛盾的現象應該如何解釋？或者說，他們如何接受自己的矛盾？筆者以爲，在王、蘇、黃等人的心中有一個高於「文」或者「詩」的標準，因爲這個高標準，他們才能擺脫「以文爲詩」是否「工」與「不工」的爭議，接受自己仿韓詩的創作，這個高標準就是「道」。

宋人重視韓愈古文，古文的精神在於載道或明道，這是宋人對韓愈古文所烙下的印記，所以「道」與韓愈的「文」已經是不能切割的整體。因此，當以文爲詩被提出討論的同時，道也透過文的精神涉入詩的領域，並且成爲詩的特徵，於是「以文爲詩」、「以詩議論」、「以理入詩」成爲宋詩的特色，再歸納而言，「以詩議論」與「以理入詩」中的「議論」與「理」都是「文」的表現，這就是文學史上批評宋詩散文化的特色，宋詩散文化也就是宋詩也負有載道的責任了。筆者不厭其煩輾轉論述，無非是要說明：在宋人的眼中，以文爲詩是詩歌藝術上的缺失，但因爲文與道的密切關係，使得他們不但不能根本性的否定韓詩以文爲詩的表現，反而必須加以接受、仿作。

〔註1〕 劉眞倫：《韓愈集宋元傳本研究》（北京，中國社會科學出版社，2004年），頁1。

　　第六、韓愈「道統」的發展與韓詩的宋代接受相始終。延續上述論點，韓愈道統是決定韓詩接受的核心條件，這樣的意見可以從「道統」在宋代的發展與韓詩的接受程度相類似得證。宋初士風承襲晚唐五代餘風，缺乏道德節義觀念，有識之士如柳開等人標舉韓愈道統以端正士風，這時韓愈道統初步受到重視，韓詩的價值也伴隨著受到少數人的重視，如柳開認為韓詩有「《尚書》之號令，《春秋》之褒貶，《大易》之通變，《詩》之風賦，《禮》、《樂》之沿襲，經之教授，《語》之訓導」。〔註2〕穆修把〈元和聖德詩〉與〈平淮西〉視為可以承繼李、杜的雄渾詩歌風格，更能進一步彌補李、杜未極渾備之「道」。韓愈的詩文「辭嚴義密，製述如經」所以有「道」，是乃超越李、杜之處。平心而論，北宋初期，標舉韓愈思想、文章，但卻多著力於「道」與「文」的討論發現，至於他的詩歌，還是乏人問津，唯有柳開、穆修等人特意標舉韓文、道統者，偶見論及韓詩。所以此時韓愈的「道統」正是初步推動時期，宋代韓詩接受也正在萌芽。

　　北宋中期歐陽脩等人在儒家的立場看待佛、道，以經濟社會的現實層面作為排佛的切入點，大致是與韓愈相近的。歐陽脩甚好韓詩，並以韓愈自比，所以在他主盟北宋文壇時，即大力推行韓愈學術，對韓詩的推許、傳承，奠定了韓詩在北宋的大家地位，促成文士認同與接受韓詩。這是宋代韓詩接受的最高點。

　　接著，進入批判與辯護的時期，也就是前文所述關於「道」的核心價值與以文為詩的爭辯期。經由前文的說明，可見此時的道是韓詩的發展根基，因為重視「道」，所以「以文為詩」才得以在正、反論爭中持續發展、影響與被接受。

　　南宋中期以後，理學家朱熹延續程頤「作文害道」主張，他一方面批評韓愈對於儒家之道只能「見其大體」，卻「未能究其所從來」，並將歐陽脩、蘇軾等人一併批判，從源頭（韓愈）到中流（歐、蘇）

〔註2〕柳開：《河東先生集・卷十一・昌黎集後序》，轉引自吳文治編：《韓愈資料彙編》（北京，中華書局，2004年），頁77～78。

全盤否定。另一方面集合前賢之長，鎔鑄一個成熟的理學體系，並掌握了科舉考試的解釋權，促使理學大盛，此後，「道」的詮釋與標準落入程朱學派之中，韓愈的道統失去優勢，詩文的內在精神失去依歸。韓詩在「道」的核心價值被取代後，便黯然退出宋詩的舞台。

二、韓詩接受研究的展望

　　韓詩接受從盛到衰都在有宋一代完成，金元以降，唐詩的接受全部籠罩在李杜的優劣評騭等相關議題，韓詩已經不再有廣泛的接受現象。僅見部分次級詩歌流派的接受，如明代的竟陵派主張「幽深孤峭」的審美追求，近於韓詩的「重骨神寒」；清代的鄭珍一生潦倒，詩風也是學自韓愈，陳衍評其〈正月陪黎雪樓舅遊碧霄洞作〉曰：「效昌黎〈南山〉而變化之。」〔註3〕稍後的陳三立宗法韓詩避熟，反俗而力求生新，他曾作〈樊山示疊韻論詩二律聊綴所觸以極〉讚揚韓愈詩歌：「愈後誰揚磨刀手，鼎來倘解說詩頤。」〔註4〕

　　然而，這些流派、詩人都不是在一個時代具有舉足輕重的地位，所以詳論他們對韓愈詩歌接受的意義不大。筆者以為，韓愈詩歌接受的時間縱向研究到宋代就已經沒有再往下深入的必要與空間，未來的研究方向勢必要走向主題性的接受研究。所謂的主題性接受研究，可以大略規劃出幾個方向：

　　一、學派的接受與反應：各學派內部的理論與思想背景對韓詩的接受與反應，如伊洛學派、蜀派、江西詩派等都有各自的詩學主張，韓愈的詩歌精神與風格與各派的核心價值是否能互相契合，或是相互牴觸，其中接受或是牴觸的詩學內在問題或是外在環境因素，都是值得討論的議題。

　　二、詩歌創作闡釋史研究：簡而言之，闡釋史研究是針對歷來作

─────────────

〔註3〕　陳衍：《石遺室詩話》卷四（台北，台灣商務印書館，1961 年），頁 1。

〔註4〕　關於竟陵派、鄭珍以及陳三立的韓詩接受，可參閱李卓藩：《韓愈詩初探》（台北，文史哲出版社，1999 年），頁 175～176。

品分析闡釋的歷史再研究，也就是闡釋的闡釋，針對單一作品的闡釋現象研究爲主。楊文雄《李白詩歌接受史》已經做過李白〈蜀道難〉與〈夢遊天老吟〉的闡釋史研究，殊堪參考。〔註5〕

　　三、關於「道」與詩的關係：筆者認爲韓愈詩歌在宋代的流傳與接受有一個內在核心價值爲導因，本文雖有相關討論說明，但在深度與廣度都感不足，相信這是未來值得開發的新向度。

〔註 5〕 楊文雄：《李白詩歌接受史》第三章「李白〈蜀道難〉〈夢遊天老吟〉闡釋史研究」（台北，五南圖書出版公司，2000 年）

參考書目

依出版時間排列

一、專書一（古籍之屬）

1. 劉歆：《西京雜記・卷二》江安傅氏雙鑑樓藏明刻本（上海，上海商務印書館）。

2. 貫休：《禪月集》（明末虞山毛氏汲古閣刊本）。

3. 皮錫瑞：《經學歷史》（北京，中華書局，1959 年）。

4. 劉熙載：《藝概》（台北，廣文書局，1969 年）。

5. 陳沆：《詩比興箋》（臺北，藝文印書館，1970 年）。

6. 慧皎：《高僧傳》（台北，廣文書局，1971 年）。

7. 《景印宋本昌黎先生集》（台北，國立故宮博物院印行，1972 年）。

8. 畢沅撰：《續資治通鑑卷》（台北，明倫出版社，1972 年）。

9. 朱熹：《朱文公校昌黎先生文集》，上海涵芬樓藏元刊本，臺灣商務印書館《四部叢刊》初編。

10. 蘇軾：《蘇東坡全集》（台北，河洛圖書出版社，1975 年）。

11. 李昉等：《太平廣記》（台北，古新書局，1977 年）。

12. 韋縠《才調集》（台北，新文豐出版公司，1980 年〕。

13. 嚴羽著、郭紹虞校釋：《滄浪詩話校釋》（台北，東昇出版事業有限公司，1980 年）。

14. 何文煥編：《歷代詩話》（北京，中華書局，1982 年）。

15. 王雲五主持、方崧卿：《韓集舉正敘錄》（台北，商務印書館受教育部中央圖書館籌備處委託影印故宮博物院所藏文淵閣本，1983 年）。

16. 蕭統編、李善等注：《增補六臣注文選》（台北，漢京文化事業有限公司，1983 年）。

17. 劉克莊撰，王秀梅點校：《後村詩話》（北京，中華書局，1983 年）。

18. 梅堯臣著、朱東潤編年校注：《梅堯臣集編年校注‧卷二十五》（台北，源流出版社，1983 年）。

19. 高亨注：《詩經今注》（台北，漢京文化事業有限公司，1984 年）。

20. 李昉等：《文苑英華》（台北，大化書局，1985 年）。

21. 朱熹：《昌黎先生集考異》（上海，上海古籍出版社，1985）。

22. 方崧卿《韓集舉正》十卷，《韓集舉正》一卷，文淵閣四庫全書本（台北，臺灣商務印書館，1986 年）。

23. 魏仲舉《五百家注昌黎先生集》，文淵閣四庫全書本（台北，臺灣商務印書館，1986 年）。

24. 鍾嶸：《詩品》（台北，金楓出版有限公司，1986 年）。

25. 皎然著、李壯鷹校注：《詩式》（濟南，齊魯書社，1986 年）。

26. 馬建忠：《馬氏文通》（北京，商務印書館，1989 年）。

27. 楊家駱主編：《歐陽脩全集》（上、下）（台北，世界書局，1991 年）。

28. 郭紹虞主編：《中國歷代文學論著精選（上）》（台北，華正書局，1991 年）。

29. 高棅編：《唐詩品彙》（上海，上海古籍出版社，1993 年）。

30. 劉義慶著、李自修譯注：《世說新語》（台北，地球出版社，1994 年）。

31. 劉勰著、周振甫注：《文心雕龍》（台北，里仁書局，1994 年）。

32. 北京圖書館藏宋蜀刻本《昌黎先生文集》（上海，上海古籍出版社，1994 年）。

33. 王國維著、滕咸惠校：《人間詞話新注》（台北，里仁書局，1994 年）。

34. 康熙御製、彭定求等編校：《全唐詩》（上海，上海古籍出版社，1996 年）。

35. 司馬遷：《史記》（北京，中華書局，1997 年）。

36. 范曄：《後漢書》（北京，中華書局，1997 年）。

37. 魏徵等：《隋書》（北京，中華書局，1997 年）。

38. 劉昫等：《舊唐書》（北京，中華書局，1997 年）。

39. 歐陽脩、宋祁：《新唐書》（北京，中華書局，1997 年）。

40. 薛居正等：《舊五代史》（北京，中華書局，1997 年）。

41. 歐陽脩：《新五代史》（北京，中華書局，1997 年）。

42. 脫脫等：《宋史》，（北京，中華書局，1997 年）。

43. 司馬光：《資治通鑑》（北京，中華書局，1997 年）。

44. 《歷代記事本末》（北京，中華書局，1997 年）。

45. 北京大學古文獻研究所編：《全宋詩》（北京，北京大學出版社，1998 年）。

46. 郭茂倩：《樂府詩集》（台北，里仁書局，1999 年）。

47. 王定保撰、姜漢椿校注：《唐摭言》（上海，上海社會科學院出版社，2003 年）。

48. 方世舉《韓昌黎詩編年箋注》十二卷，清乾隆德州盧世氏雅雨堂原刻本。

二、專書二（現代專著）

1. 錢基博：《韓愈志》（上海，商務印書館，1958 年）。

2. 張夢機：《思齋說詩》（台北，華正書局，1975 年）。

3. 陳寅恪：《陳寅恪先生論文集（下）》（台北，九思出版社，1977 年）。

4. 傅樂成：《漢唐史論》：（台北，聯經出版事業公司，1978 年）。

5. 程千帆：《唐代進士行卷與文學》（上海，上海古籍出版社，1980 年）。

6. 朱光潛：《談美書簡》（上海，上海文藝出版社，1980 年）。

7. 朱自清：《朱自清古典文學論文集》（台北，遠流出版社，1982 年）。

8. 錢鍾書：《宋詩選注》（北京，人民文學出版社，1982 年）。

9. 丁傳靖：《宋人軼事彙編》（台北，源流文化事業有限公司，1982）。

10. 錢穆：《中國學術思想史論叢》（四）（台北，東大圖書公司，1983 年）。

11. 張書文：《楚辭到漢賦的衍變》（台北，正中書局，1983 年）。

12. 閻琦：《韓詩論稿》（西安，陝西人民出版社，1984 年）。

13. 呂正惠：《唐詩論文選集》（台北，長安出版社，1985 年）。

14. 錢仲聯編：《韓昌黎詩繫年集釋》（台北，學海出版社，1985 年）。

15. 王明居：《唐詩風格美新探》（北京，中國文聯出版公司，1987 年）。

16. 羅聯添：《韓愈研究》（台北，台灣學生書局，1988 年）。

17. 何法周：《韓愈新論》（河南，河南大學出版社，1988 年）。

18. 許總：《杜詩學發微》（南京，南京出版社，1989 年）。

19. 廖美雲：《元白新樂府研究》（台北，台灣學生書局，1989 年）。

20. 馬積高：《宋明理學與文學》（長沙，湖南師範大學出版社，1989 年）。

21. 郭紹虞：《中國文學批評史》（台北，文史哲出版社，1990 年）。

22. 曾棗莊、劉琳主編：《全宋文》（四川，巴蜀書社，1990 年）。

23. 勞思光：《新編中國哲學史》（台北，三民書局，1990 年）。

24. 程千帆：《程千帆詩論選集》（太原，山西人民出版社，1990 年）。

25. 葛曉音：《漢唐文學的嬗變》（北京，北京大學出版社，1990 年）。

26. 張清華評注、季鎮淮審閱：《韓愈詩文評註》（鄭州，中州古籍出版社，1991 年）。

27. 劉大杰：《中國文學發展史》（台北，漢京文化事業有限公司，1992 年）。

28. 鄧小軍：《唐代文學的文化精神》（台北，文津出版社，1993 年）。

29. 尚永亮：《元和五大詩人與貶謫文學考論》（台北，文津出版社，1993 年）。

30. 龔鵬程：《詩史本色與妙悟》（台北，台灣學生書局，1993 年）。

31. 李弘祺：《宋代官學教育與科舉》（台北，聯經出版事業公司，1993 年）。

32. 曾勤良：《左傳引詩賦詩之詩教研究》（台北，文津出版社，1993 年）。

33. 葉慶炳《中國文學史》（台北，台灣學生書局（上）（下），1994 年）。

34. 李正治：《神州血淚行》（台北，月房子出版社，1994 年）。

35. 錢穆：《國史大綱》（台北，台灣商務印書館，1994 年）。

36. 尤信雄：《孟郊研究》（台北，文津出版社，1994 年）。

37. 傅錫壬註譯：《新譯楚辭讀本》（台北，三民書局，1995 年）。

38. 沈謙：《修辭學》（台北，國立空中大學，1996 年）。

39. 程杰：《北宋詩文革新研究》（台北，文津出版社，1996 年）。

40. 朱光潛：《詩論》（合肥，安徽教育出版社，1997 年）。

41. 余恕誠：《唐詩風貌》（合肥，安徽大學出版社，1997 年）。

42. 陳來：《宋明理學》（瀋陽，遼寧教育出版社，1997 年）。

43. 韓愈著、馬其昶校注、馬茂元整理：《韓昌黎文集校注》（上海，上海古籍出版社，1998 年）。

44. 陳文忠：《中國古典詩歌接受史研究》（合肥，安徽師範大學出版社，1998 年）。

45. 黃奕珍：《宋代詩學中的晚唐觀》（台北，文津出版社，1998 年）。

46. 宗白華：《美學散步》（上海，上海人民出版社，1997 年）。

47. 吳文治主編：《宋詩話全編》（南京，江蘇古籍出版社，1998 年）。

48. 周祖譔編選《隋唐五代文論選》(北京,人民文學出版社,1999 年)。

49. 李浩:《唐代關中士族與文學》(台北,文津出版社,1999 年)。

50. 李卓藩:《韓愈詩初探》(台北,文史哲出版社,1999 年)。

51. 曾棗莊:《唐宋文學研究》,(成都,巴蜀書社,1999 年)。

52. 辛文房撰、傅璇琮主編:《唐才子傳校箋》(北京,中華書局,2000 年)。

53. 楊文雄:《李白詩歌接受史》(台北,五南圖書出版公司,2000 年)。

54. 唐曉敏:《中唐文學思想研究》(北京,北京師範大學出版社,2000 年)。

55. 王水照主編:《宋代文學通論》(高雄,復文圖書出版社,2000 年)。

56. 尚學鋒、過常寶、郭英德:《中國古典文學接受史》(濟南,山東教育出版社,2000 年)。

57. 王德明:《中國古代詩歌句法理論的發展》(桂林,廣西師範大學出版社,2000 年)。

58. 錢鍾書:《談藝錄》(北京,三聯書店,2001 年)。

59. 張海沙:《初盛唐佛教禪學與詩歌研究》(北京,中國社會科學出版社,2001 年)。

60. 王水照等編:《首屆宋代文學國際研討會論文集》(上海,復旦大學出版社,2001 年)。

61. 王力:《漢語詩律學》(上海,上海教育出版社,2002 年)。

62. 陳伯海、蔡哲倫主編,倪進、趙立新、羅立剛、李承輝著:《中國詩學史(隋唐五代卷)》(廈門,鷺江出版社,2002 年)。

63. 劉寧:《唐宋之際詩歌演變研究》(北京,北京師範大學出版社,2002 年)。

64. 蔡振念:《杜詩唐宋接受史》(台北,五南圖書公司,2002 年)。

65. 陳飛:《唐代試策考述》(北京,中華書局,2002 年)。

66. 姜劍雲:《審美的游離——論唐代怪奇詩派》(北京,東方出版社,2002 年)。

67. 傅璇琮:《唐代科舉與文學》(西安,陝西人民出版社,2003 年)。

68. 閻琦、周敏:《韓愈文學傳論》(西安,三秦出版社,2003 年)。

69. 徐連達《唐朝文化史》:(上海,復旦大學出版社,2003 年)。

70. 羅宗強:《隋唐五代思想史》(北京,中華書局,2003 年)。

71. 羅聯添編:《韓愈古文校注彙輯》(台北,國立編譯館,2003 年)。

72. 郭鵬：《詩心與文道》（北京，北京語言大學出版社，2003 年）。

73. 顧永新：《歐陽修學術研究》（北京，人民文學版社，2003 年）。

74. 呂玉華：《唐人選唐詩述論》（台北，文津出版社，2004 年）。

75. 吳文治編：《韓愈資料彙編》（北京，中華書局，2004 年）。

76. 蔡振楚、龍宿莽：《唐宋詩詞文化解讀》（北京，北京圖書館出版社，2004 年）。

77. 市川勘：《韓愈研究新論》（台北，文津出版社，2004 年）。

78. 劉航：《中唐詩歌嬗變的民俗觀照》（北京，學苑出版社，2004 年）。

79. 陳伯海主編：《唐詩學史稿》（石家莊，河北人民出版社，2004 年）。

80. 劉眞倫：《韓愈集宋元傳本研究》（北京，中國社會科學出版社，2004 年）。

81. 劉學楷：《李商隱詩歌接受史》（合肥，安徽大學出版社，2004 年）。

82. 王曉驪：《唐宋詞與商業文化關係研究》（北京，中國社會科學出版社，2004 年）。

83. 張少康：《司空圖及其詩論研究》（北京，學苑出版社，2005 年）。

84. 錢穆：《中國歷代政治得失——政治‧社會‧人文》，（桂林，廣西師範大學出版社，2005 年）。

85. 孫琴安：《唐詩選本提要》（上海，上海書店出版社，2005 年）。

86. 易聞曉：《中國詩句法論》，（濟南，齊魯書社，2006 年）。

三、專書三（西方文論）

1. H‧R‧姚斯著：周寧、金元浦譯：《受美學與接受文論》（瀋陽，遼寧人民出版社，1987 年）。

2. 李正治主編：《政府遷台以來文學研究理論及方法之探索》（台北，台灣學生局，1988 年）。

3. 花建、于沛：《文藝社會學》（上海，上海文藝出版社，1989 年）。

4. Josef Bieicher 原著、賴曉黎譯：《當代詮釋學》（台北，使者出版社，1990 年）。

5. 趙毅衡：《文學符號學》（北京，中國文聯出版公司，1990 年）。

6. 朱光潛：《文藝心理學》（台南，大夏出版社，1991 年）。

7. 姜新立：《新馬克思主義與當代文論》（台北，結構群文化事業有限公司，1991 年）。

8. 帕馬著：嚴平譯：《詮釋學》（台北，桂冠圖書公司，1992 年）。

9. 佛克馬、蟻布思著；袁鶴翔等譯：《二十世紀文學理論》（台北，書林出版有限公司，1995 年）。

10. 漢斯・羅伯特・耀斯著；顧建光、顧靜宇、張樂天譯：《審美經驗與文學解釋學》（上海，上海譯文出版社，1997 年）。

11. 羅蘭・巴特著；李幼蒸譯：《寫作的零度：結構主義文學理論文選》（台北，桂冠圖書股份有限公司，1998 年）。

12. 讓——伊夫・塔迪埃著、史忠義譯：《20 世紀的文學批評》（天津，百花文藝出版社，1998 年）。

13. 陳先達主編：《馬克思主義哲學原理》（北京，中國人民大學出版社，1999 年）。

14. 洪漢鼎：《理解的真理——我讀伽達默爾〈真理與方法〉》（濟南，山東人民出版社，2001 年）。

15. 洪漢鼎：《詮釋學——它的歷史和當代發展》（北京，人民出版社，2001 年）。

16. 金元浦：《接受反應文論》（濟南，山東教育出版社，2002 年）。

17. 朱玲：《文學符號的審美文化闡釋》（合肥，安徽大學出版社，2002 年）。

18. 錢劍平：《文學原理導論》（上海，華東理工大學出版社，2002 年）。

19. 李咏吟：《詩學解釋學》（上海，上海人民出版社，2003 年）。

20. 朱立元：《接受美學導論》（合肥，安徽教育出版社，2004 年）。

21. 孔恩著；程樹德、傅大為、王道還、錢永祥譯：《科學革命的結構》，台北，遠流出版事業股份有限公司，2004 年）。

22. 榮格原著；劉國彬、楊德友合譯：《榮格自傳》（台北，張老師文化事業股份有限公司，2007 年）。

四、學位論文

1. 儲砥中：《韓柳文比較研究》（台北，國立政治大學中研所碩士論文，1966 年）。

2. 李章佑：《韓昌黎文體研究》（台北，國立臺灣大學中研所碩士論文，1968 年）。

3. 吳達芸：《韓愈生平及其詩研究》（台北，國立臺灣大學中研所碩士論文，1972 年）。

4. 王士瑞：《韓文研究》（台北，國立政治大學中研所碩士論文，1977 年）。

5. 簡添興：《韓愈之思想及其文論》（台北，國立臺灣師範大學中研所碩士論文，1978 年）。

6. 柯萬成：《韓愈詩研究》（香港，新亞研究所碩士論文，1983 年）。

7. 呂正惠：《元和詩人研究》（台北，東吳大學中研所博士論文，1983 年）。

8. 吳正恬：《韓愈交遊考》（台北，國立台灣大學中文研究所碩論文，1985 年）。

9. 高八美：《韓愈詩研究》（台北，國立臺灣師範大學國文研究所博士論文，1986 年）。

10. 黃理喜：《韓愈事蹟繫年考》（台北，東吳大學中文研究所碩士論文，1988 年）。

11. 方介：《韓柳比較研究》（台北，國立臺灣大學中國文學研究所博士論文，1990 年）。

12. 李建崑：《韓愈詩探析》（台北，國立台灣師範大學國文研究所博士論文，1991 年）。

13. 戴麗霜：《北宋以文為詩詩風形成原因及其風格研究》（台北，國立政治大學中國文學研究所碩士論文，1991 年）。

14. 廖棟樑：《古代楚辭學史論》（臺北，輔仁大學中國文學研究所博士論文，1997）。

15. 趙彩娟：《論韓愈的「以文為詩」》（內蒙古，內蒙古師範大學中國文學研究所碩士論文，2000 年）。

16. 張蜀蕙：《書寫與文類——以韓愈詮釋為中心探究北宋書寫觀》（台北，國立政治大學中國文學研究所博士論文，2000 年）。

17. 廖啓宏：《「李杜論題」批評典範之研究》（桃園，國立中央大學中國文學研究所碩士論文，2002 年）。

18. 高光敏：《北宋時期對韓愈接受之研究》（台北，國立臺灣師範大學國文研究所博士論文，2003 年）。

19. 陳裕美：《宋代對黃庭堅詩法之接受研究》（嘉義，南華大學文學研究所碩士論文，2003 年）。

20. 李妮庭：《閒樂：宋初白居易接受研究》（花蓮，國立東華大學中國文學研究所碩士論文，2003 年）。

21. 陳顯頌：《韓愈詩修辭藝術探究》（台中，國立中興大學中國研究所碩士論文，2004 年）。

22. 范墩禮：《韓愈的學術思想研究——以「道統觀」與「排佛理論」為主的考察》（彰化，國立彰化師範大學國文研究所碩士論文，2004

年）。

五、期刊論文

1. 張夢機：〈談韓愈五古的章法〉，《中華文化復興月刊》第八卷六期（台北，中華文化復興運動推行委員會，1975 年）。

2. 段醒民：〈由韓愈的感春詩評騭韓愈人格形態的發展歷程〉，《臺北商專學報》第 14 期（台北，國立臺北商專，1980 年）。

3. 傅錫壬：〈韓愈南山、猛虎行二詩作意辨識〉，《淡江人文社會學刊》第 21 期（台北，淡江大學，1984 年）。

4. 顏崑陽：〈從南山詩談韓愈山水詩的風格〉，《古典文學論叢》（台北，漢光文化，1987 年）。

5. 嚴壽澂：〈從元和詩風之變看韓柳詩〉，《文學遺產》1987 年第 4 期（北京，中國社會科學院，1987 年）。

6. 柯萬成：〈韓愈「以文為詩」的問題〉，《孔孟月刊》第 28 卷第 5 期（台北，孔孟月刊社，1990 年）。

7. 蔡瑜：〈高棅詩學研究〉《臺大文史叢刊》（台北，台灣大學，1990 年）。

8. 羅聯添：〈論韓愈古文幾個問題〉，《漢學研究》第 9 卷第 2 期（台北，漢學研究中心，1991 年）。

9. 李建崑：〈韓杜關係論之察考〉，《興大中文學報》第 4 期（台中，國立中興大學，1991 年）。

10. 李建崑：〈韓愈詩形式之分析〉，《興大中文學報》第 5 期（台中，國立中興大學，1992 年）。

11. 李建崑：〈韓愈詩與先秦漢魏南朝文學關係考〉，《興大中文學報》第 6 期（台中，國立中興大學，1993 年）。

12. 李建崑：〈韓愈詩之諷諭色彩與思想意識〉，《興大中文學報》第 7 期（台中，中興大學中文系，1994 年）。

13. 葛兆光：〈論盧仝〉，《文學評論》1994 年第 5 期（北京，文學評論雜誌社，1994 年）。

14. 李建崑：〈韓孟詩人集團之詩歌唱和研究〉，《興大文史學報》第 26 期（台中，中興大學，1996 年）。

15. 張其凡：〈論宋太宗朝的科舉取士〉，《中州學刊》1997 年第 2 期（鄭州市，河南省社科院，1997 年）。

16. 陳新璋〈唐代的韓愈研究〉，《周口師專學報》第 15 卷第 6 期（河南，周口師範高等專科學校，1998 年）。

17. 李肖：〈論唐代飲食文化的基本特徵〉，《中國文化研究》總第 23 期（北京，北京語言文化大學，1999 年）。

18. 胡可先：〈論元和體〉，《中國韻文學刊》2000 年第 1 期（湖南，湘潭大學，2000 年）。

19. 鄧新躍：〈中唐詩風的新變與元和體的形成〉，《新疆師範大學學報（哲學社會科學版）》第 21 卷第 1 期（烏魯木齊，新疆師範大學，2000 年）。

20. 吳淑鈿：〈以文爲詩的觀念嬗變〉，《中國文哲研究集刊》第 17 期（台北，中央研究院中國文哲研究所，2000 年）。

21. 孫鴻亮：〈論唐代服飾及夷夏觀念的演變〉，《唐都學刊》2001 年第 3 期（西安，西安聯合大學，2001 年）。

22. 兵界勇：〈台灣地區 50 年韓愈研究概況（1949～2000）〉，《周口師範高等專科學校學報》第 18 卷第 1 期（河南，周口師範高等專科學校，2001 年）。

23. 吳振華：〈千古含壯氣，異代有通情——韓愈《山石》的文化美學内涵〉，《名作欣賞》第 3 期（太原，名作欣賞雜誌社，2001 年）。

24. 祖倚丹、張紅雨：〈論唐代服飾文化的政治特徵〉，《河北科技大學學報（社會科學版）》第三卷第一期（河北，河北科技大學，2003 年）。

25. 龍迪勇：〈論韓愈詩歌「以醜爲美」的審美傾向〉，《學習與探索》第 149 期（哈爾濱，黑龍江省社會科學院，2003 年）。

26. 劉眞倫：〈韓集五百家注引書考（Ⅰ）〉，《周口師範學院學報》第 20 卷第 1 期（河南，周口師範學院，2003 年）。

27. 王基倫：〈韓愈讀書觀與其散文創作關係之研究〉，《唐代文學研究》第十輯（桂林，廣西師範大學出版社，2004 年）。

28. 果藏：〈唐王朝七次盛大迎請「佛指舍利」（上）（下）〉，《香港佛教》月刊第 527 期、528 期（香港，香港佛教雜誌社，2004 年）。

29. 吳河清：〈從唐詩之變到宋詩風貌的形成——韓愈詩歌對宋詩影響之背景分析〉，《周口師範學院學報》第 22 卷第 3 期（河南，周口師範學院，2005 年）。

30. 谷曙光：〈藝術津梁與終極目標——論韓愈作爲宋人學杜的藝術中介作用〉，《杜甫研究學刊》2005 年第 1 期（成都，四川省杜甫研究會，2005 年）。

31. 谷曙光：〈韓詩之變與蘇詩的變中之變〉，《四川大學學報（哲學社會科學版）》2005 年第 5 期（成都市，四川大學，2005 年）。

32. 谷曙光：〈論黃庭堅對韓愈詩歌的接受〉，《安徽師範大學學報（人文

社會科學版)》第 32 卷第 2 期（蕪湖市，安徽師範大學，2005 年）。

33. 谷曙光：〈論歐陽修對韓愈詩歌的接受與宋詩的奠基〉，《北京師範大學學報（社會科學版）》2005 年第 3 期（北京市，北京師範大學，2005 年）。

34. 王鳳翔：〈論五代士風〉，收錄於《中華文化論壇》2006 年第 1 期（成都，《中華文化論壇》雜誌社，2006 年）。

35. 張高評：〈北宋讀詩詩與宋代詩學——從傳播與接受之視角切入〉，《漢學研究》第 24 卷第 2 期（台北，漢學研究中心，2006 年）。

36. 吳振華：〈試論韓詩中的虛詞運用及其對後代詩歌的影響〉，《文學遺產》2006 年第 5 期（北京，中國社會科學院，2006 年）。